T0178873

# La furia del silencio

# La furia del silencio

Carlos Dávalos

Lumen

*narrativa*

Papel certificado por el Forest Stewardship Council®

Primera edición: febrero de 2021

© 2020, Carlos Dávalos Guevara
© 2020, Penguin Random House Grupo Editorial, S. A. U.
Travessera de Gràcia, 47-49. 08021 Barcelona

Printed in Spain – Impreso en España

ISBN: 978-84-264-0850-1
Depósito legal: B-6.450-2020

Compuesto en M. I. Maquetación, S. L.
Impreso en Egedsa (Sabadell, Barcelona)

H 4 0 8 5 0 1

*A Eva Boodts*

Las mentiras más crueles a menudo se dicen en silencio.

ROBERT LOUIS STEVENSON

NARCOLEPSIA: Acceso de sueño de carácter patológico en el que se padece un deseo irresistible de dormir o sucesivos accesos de sueño.

# PRIMERA PARTE

# 1

Puedo quedarme dormido en cualquier sitio. Una vez me pasó mientras jugaba al fútbol. Frente al arquero, cuando estaba a punto de marcar un gol en el último minuto, me quedé frito. Al despertarme tenía a todo el equipo a mi alrededor gritándome por haberles hecho perder el partido. Otra vez me quedé dormido mientras nadaba en una piscina. Casi me ahogo. Cuando era más pequeño, mamá solía decirme que yo era un pez dormilón. Según mamá, cuando me venían esos ataques de sueño, ponía cara de pez. Los peces son los únicos animales que duermen con los ojos abiertos: eso no lo sabía hasta que vi uno en una pecera. Parecía despierto, pero en realidad estaba dormido.

Entré en el colegio cuando en el Perú todo volaba en pedazos, la luz se iba todos los días y el agua escaseaba. El sonido de los coches bomba era algo a lo que ya nos estábamos acostumbrando, y mamá siempre nos decía que antes de irnos a dormir rezáramos un poco. Para ser honesto, nunca he sido religioso. Quiero decir que no creo que exista un señor allá arriba que esté mirando todos y cada uno de nuestros actos, como si llevara la contabilidad de nuestras buenas y malas acciones. No hay nada que me dé más sueño que la religión. Mis padres, a veces, van a misa, pero si me lo preguntan, no sabría decir a ciencia cierta si mi padre es un enfervorecido creyente. Mi madre, en cambio, sí lo es. Nací en Lima, y en ciudades como esta es muy común que la religión esté en todas partes. El miedo lleva a la gente a aferrarse a algo. Lo que sea. Si nunca has sentido miedo, es difícil que comprendas lo que quiero decir. El miedo se parece mucho a una descarga eléctrica: puede dejarte paralizado y, antes de no poder moverte, prefieres matricular a tus hijos en un colegio religioso o terminar votando por un presidente como Fujimori. El miedo me da náuseas. Y era eso con lo que quería acabar cuando hice lo que hice. No fue gran cosa, pero alguien tenía que hacerlo. Fue hace nada, en quinto de media, mi último año de secundaria. No quería hacerle daño a nadie, solo acabar de una vez por todas con esa farsa.

Nuestro colegio ocupa una manzana entera en un barrio de Lima llamado San Isidro. Fue fundado por un grupo de hermanas y curas católicos de origen anglosajón que llegaron a Sudamérica a finales de 1950. Entré ahí porque mi padre era amigo del director. Mi padre siempre ha tenido buenos contactos y a menudo me solía recordar que los contactos en la vida son demasiado importantes para dejarlos de lado. Quizá tenga razón. Mucha gente cree que por ser religioso, cristiano o como quieras llamarlo, vas a tener ciertos contactos en la otra vida. Algunos islamistas musulmanes, por ejemplo, tienen la certeza de que luego de volarse en pedazos van a encontrarse con setenta y dos vírgenes en el paraíso. Mi padre decía con ironía que si supieran que con el petróleo que tienen bajo tierra en Oriente Próximo podrían, en su lugar, comprar setenta y dos putas cada día, dejarían de matarse tanto en nombre de Alá. Por eso se lo pasan intentando aparentar cosas que no son o creyendo cosas en las que realmente no creen. A mi padre siempre le ha gustado hacer relaciones públicas, por eso no fue muy difícil que me aceptaran en el colegio. La verdad era que en ese momento no sabía que entrar en un colegio así iba a resultar tan aburrido. De haberlo sabido, quizá, hubiera dicho que no. Pero cuando eres pequeño, las decisiones no las tomas tú, claro, y mis padres habían decidido matricularme en un colegio similar al de mi hermana mayor, Alexia; de alguna forma teníamos que crecer bajo la misma educación.

Alexia es un año mayor que yo y lo que le pasó tiene mucho que ver con lo que hice ese día. El primer recuerdo que tengo de ella es el de mi fiesta de cumpleaños número cuatro. Mis padres habían contratado a un payaso para que hiciera reír y entretuviera a los niños invitados. Era un payaso grande y colorido. No sé si alguna vez has estado frente a un payaso, pero algunos pueden ser bastante escalofriantes. Aquel tenía la mirada triste y se parecía mucho a esos payasos que piden monedas en la calle y no tienen donde dormir. No hay nada más perturbador que un payaso con la mirada triste. Cuando lo vi, me asusté tanto que me quedé dormido.

—No tengas miedo —dijo mi hermana cogiéndome de la mano y despertándome—, solo es un payaso.

Alexia siempre ha tenido la capacidad de hacerme creer que no todo es tan grave como parece. Realmente es una buena chica y, por eso, no se merecía lo que le pasó.

—Tengo que contarte algo —me dijo esa tarde cuando estábamos los dos en casa—. Es muy importante.

—¿Estás bien? —Su habitación era más grande que la mía y casi nunca estaba ordenada—. ¿Qué es lo que ha pasado?

—¿Ves esto? —Me mostraba algo que jamás había visto—. ¿Sabes lo que es?

Levanté los hombros.

—Es una prueba de embarazo —Alexia se había puesto de pie junto a una especie de maniquí sin cabeza que estaba al lado de su cama y que siempre tenía una blusa colorida y muy retro encima—; acabo de hacérmela.

—No me digas que...

—Sí, Facundo. Estoy embarazada.

La mirada de mi hermana era indescifrable. Imaginaba lo que podía estar pasando por su cabeza, pero me era muy difícil llegar a percibir lo que podía estar sintiendo. Lo único que recuerdo con claridad es que me puse triste. Aunque la tristeza y el sueño eran dos cosas a las que ya me había acostumbrado.

—¿Tienes idea de lo que vas a hacer?

—No mucha —dijo dándome la prueba.

Después nos quedamos en silencio. La primera vez que Alexia trajo a Julián a casa había sido hacía un par de años. Ese día se metieron en su habitación y comenzaron a escuchar música. Antes de conocerlo, Alexia había tenido siempre una debilidad por los años sesenta y su música. Solía repetirme que le hubiera gustado ser joven en esa época, cuando los adolescentes descubrieron, en medio de la psicodelia, que había algo más que convertirse en adulto y formar una familia. Pero cuando conoció a Julián también le empezó a gustar la música electrónica. Julián tenía una mirada brillante y al mismo tiempo desoladora y desamparada. Quizá por eso mi hermana se había fijado en él. Siempre le han atraído los chicos vulnerables, aquellos que a primera vista no han ganado nada y buscan algo más que el resto de los de su edad. Su madre había muerto cuando él tenía poco más de siete años, y desde entonces vivía solo con su padre, un constructor inmobiliario que intentaba ocultar el dolor con generosas propinas que a Julián no parecían entusiasmarlo. Como nosotros, él estudiaba en un colegio que tenía fama de ser de los más exigentes de la ciudad y en el que solamente podías estudiar si el comité de admisión te consideraba uno de los suyos. Julián había conocido a mi hermana en una fiesta que nuestra escuela hacía un par de veces al año y a la que acudían chicos y chicas de otros colegios. Alexia se había fijado en él porque lo vio solo, de pie, en un rincón, con una lata de cerveza escondida en una bolsa de papel en una mano y un cigarrillo en la otra, como si realmente no le importara mucho estar ahí. Se acercó y le pidió si podía invitarle un cigarrillo.

—¿Crees que las sisters te permitan fumar aquí? —preguntó Julián.

Pero Alexia lo cogió de la mano y lo sacó del coliseo techado donde se hacía la fiesta. Fueron hacia las canchas de baloncesto, donde los niños pequeños jugaban a la hora del recreo, pero que esa noche estaba salpicada de adolescentes excitados experimentando la sensación de un primer beso con lengua.

—Aquí no nos verá nadie —dijo Alexia, y lo miró a los ojos—. Tu mirada me recuerda al cielo de noche. ¿Has visto el cielo de noche fuera de Lima?

Lo más probable es que Julián jamás hubiera salido de la ciudad, porque negó con la cabeza.

—Eres precioso —dijo entonces mi hermana, y esta vez él sí entendió.

Cuando se besaron, mi hermana vació su cuerpo y vertió su alma dentro de la boca de Julián. Desde aquel día comencé a verlo a menudo, por las tardes, después del colegio, o cuando venía a visitar a Alexia.

—Tengo miedo, Facundo —dijo mi hermana frente a mí con la prueba de embarazo en la mano.

Me acerqué. Quise abrazarla, pero en vez de eso le dije si pensaba decírselo a papá o mamá. Era una pregunta absurda, porque ella también se lo estaría preguntando.

—Por ahora solo lo sabes tú.

En ese momento sentimos un ruido y nos dimos cuenta de que alguien se acercaba. Pensamos que era mamá, pero vimos que era Dolina.

—¿Van a quedarse a comer esta noche? —Dolina se había asomado dentro de la habitación—. Lo digo para dejarles la comida lista.

Dolina era una mujer menuda, de manos alargadas, pero toscas y ásperas. Tenía una sonrisa blanquísima y cuando hablaba su español a veces sonaba distinto. Ella misma nos había contado que el primer idioma que aprendió a hablar no había sido el español, sino el quechua. Había llegado a Lima cuando tenía doce años y fue la abuela la que cuidó de ella y la llevó a vivir a su casa. Poco antes de morir, una de las cosas que la abuela dejó dicho era que mis padres se trajeran a Dolina a vivir con nosotros. Mamá sabía que Dolina había hecho mucho por la abuela, así que le hizo caso.

—Sí —se adelantó a responderle mi hermana—, si quieres déjanos algo en el microondas.

Luego se dirigió a mí.

—¿Tú tienes hambre, Facundo? —Pero antes de que yo pudiera decir sí o no, agregó—: ¿Estás bien, Alexia?

—¿Por qué lo preguntas?

—Se te nota preocupada, mijita. —Dolina se acercó.

—Estoy bien —contestó Alexia escondiendo rápidamente la prueba de embarazo que había dejado encima de la mesa de su escritorio—. Un poco cansada, nada más.

—¿Estás segura? Estás un poco pálida, mijita.

—Sí, Dolina, no pasa nada.

—¿Vas a salir? —intervine tratando de cambiar el tema de conversación.

—Voy un rato a ver a mi hermana Erminda —Dolina se metió la mano en el bolsillo y sacó un trozo de papel—; me dice que está por aquí cerca.

—No sabía que tenías una hermana que se llamaba Erminda.

—La Erminda, pues, la más joven de todas.

—Es que tienes tantas. —Alexia intentaba desviar la atención de Dolina—. ¿Cuántas eran?

—Trece.

—¡Trece hermanos! —agregó Alexia con una media sonrisa—. A tus padres no les gustaba ver la televisión.

Dolina soltó una carcajada.

—¡Ay joven, Alexia!, ¡tú siempre tan ocurrente!

—O sea que tu hermana Erminda está por aquí —dije tratando de ayudar a Alexia y llevarme fuera a Dolina—. ¿Hace cuánto que no la ves?

—No... —respondió ella mientras salíamos de la habitación—, si nos vemos regularmente, lo que pasa es que ella no suele venir mucho por acá, por este barrio, quiero decir.

—¿Dónde es que viven, entonces? —pregunté bajando las escaleras—. ¿Muy lejos?

—¡Ay!, Facundo, si supieras, lejísimos. —Hizo un gesto con la mano como señalando al infinito—. Bueno, con el tráfico que hay en Lima te demoras mucho. Por eso digo que es lejísimos.

—Claro —habíamos entrado en la cocina—, y ahora que tu hermana está por aquí, quieres aprovechar para verla un ratito.

—Sí, pues. —Comenzó a manipular ollas, a abrir y cerrar armarios. Con ella dentro de la cocina todo se veía en orden—.

Siempre tiene algo que contarme la muy bandida, no ves que es mucho más joven que yo, y mira que salió coqueta la forajida. Que si un día una historia con un chico, que otro día una historia con otro.

—¿Tiene un enamorado, entonces? —Me serví un vaso de Inca Kola de la refrigeradora.

—Enamorado, enamorado, lo que se dice enamorado, parece que uno tiene. —Dolina lavaba un par de vajillas y me daba la espalda, hablándome con el cuello torcido—. No sé, siquiera... Ya te dije que es muy bandida.

Hubo un silencio.

—¿Y tú, Dolina? —me senté a la mesa con el vaso—, ¿por qué nunca te has casado?

—¡Ay, Facundo! —pareció encogerse y esconder la cabeza entre los hombros con cierto pudor, sin dejar de manipular la vajilla que estaba lavando—, qué preguntas haces.

Luego volvió a girar el cuello y me miró. Entonces decidí que lo mejor era salir a dar una vuelta por el barrio, y subí a mi habitación a buscar mis llaves. El cuarto de Alexia tenía la puerta cerrada y me di cuenta de que estaba escuchando música. Pensé en tocarle y decirle algo, pero no quise molestarla. Querría estar sola. Cuando bajé, Dolina se había quitado el mandil y estaba en el vestíbulo con las llaves de casa en las manos.

—¿Vas a salir, Facu?

Asentí sin decirle nada.

—Yo también, que la Erminda está acá en la esquina. —Se asomó a la cocina y se cercioró de que todas las hornillas estuvieran apagadas—. Salgo contigo.

Salimos por la cocina y atravesamos el garaje, que a esa hora estaba vacío. Una vez en la calle, me metí una de las manos en el bolsillo para comprobar que llevaba el encendedor conmigo. Enseguida, escuchamos:

—¡Dolina, Dolina! —Una mujer gritaba desde la esquina y le hacía una seña con la mano para que se acercara.

—Ahí está la Erminda, pues —dijo Dolina—. Mírala.

Caminamos hacia ella.

—¡Qué casas más bonitas hay en este barrio! —dijo la mujer cuando la tuvimos enfrente. Luego me miró—: ¿Y este quién es?

Erminda era mucho más joven que Dolina, o por lo menos eso era lo que aparentaba. Estaba vestida completamente de negro, con unos jeans ceñidos, el pelo recogido en un moño sobre la cabeza y unos enormes tacones rojos que parecían hacerla tambalear.

—Él es el joven Facundo, el hijo de la señora Bea, pues. ¿Te acuerdas que te lo había mencionado?

—Pero no me habías dicho que era tan buen mozo. —La mujer acercó su mano a una de mis mejillas—. Yo soy Erminda. ¿Cuántos años tienes?

—Dieciséis.

—No seas bandida —Dolina se interpuso entre los dos—; vamos acá a la bodega a tomarnos una Inca Kolita.

—Ay, no seas tan malgeniuda, caricho —Erminda hablaba con un acento tan marcado como su hermana mayor—, solo estaba preguntando. Pero tienes razón, vámonos que tengo algo muy importante que contarte.

—¡Ahora con qué me saldrás, Erminda! —dijo Dolina, y en ese momento yo levanté las cejas, como despidiéndome, y me alejé de ellas—. Nos vemos más tarde, Facundo; tu mami ya sabe que estoy con la Erminda. No me demoro mucho.

A los pocos pasos me giré y vi que Erminda todavía seguía caminando y me hacía adiós con la mano sin dejar de sonreírme.

Me metí las manos en los bolsillos y seguí caminando. San Antonio, nuestro barrio, estaba en una zona de Miraflores en la que había algunos parques. En uno que llamaban Reducto se había librado una importante batalla contra los chilenos en la guerra del siglo pasado. Todos los parques tenían nombres de personas ya muertas, héroes olvidados que nadie reconocía, combatientes perdedores del Pacífico que así quedaban inmortalizados. Se supone que era un barrio heroico. No era un mal sitio para crecer. El color verde de los jardines es lo primero que se me viene a la mente. Seguí andando y me perdí entre las calles hasta llegar a uno de los parques. Me senté en una banca. Quería fumarme un cigarrillo en paz, sin que nadie me molestara. Sobre el césped había un grupo de niños jugando. No tenían más de diez años. Eran unos seis o siete, quizá ocho. Un par jugaba muy bien. Sabían darle a la pelota con la parte interna del pie, como deben darse los pases a tu compañero de equipo. De pequeño intenté jugar al fútbol, también lo intenté con el tenis. La verdad es que nunca fui bueno en los deportes, no sé muy bien por qué. Creo que porque nunca me ha gustado competir. Cuando jugaba al tenis, me gustaba darle duro a la pelota, pero me daba pena ganarle a mi rival. Odio competir. Me da sueño. Mi padre siempre se enfadaba. Para él la competencia lo es todo. Quizá por eso es tan bueno en los negocios. La primera y única vez que intenté jugar al fútbol en un equipo de verdad terminé magullado. Eran las canteras de la U y mi padre me llevó para probar suerte. El entrenador nos decía que había que entrar con fuerza, sin importar que te llevaras por delante al contrincante. Se lo tomaba muy en serio. Los deportes dejan de ser divertidos cuando te toca perder. Y yo sabía más perder que ganar. Por eso los abandoné cuando había que tomárselo en serio. Me gustaba más jugar con otros niños y salir corriendo cuando venía el guachimán que se encargaba de mantener verde los jardines. En clase de inglés nos dijeron que guachimán venía de *watchman*, o sea, alguien que mira. Lo recordé, mientras estaba sentado en la banca viendo a los niños, porque apareció uno con un silbato en la boca. Es lo peor que le puedes hacer a alguien que se está divirtiendo: decirle que deje de hacerlo. No sé muy bien de quién habría sido la idea, pero eso de querer mantener verde el césped a costa de prohibir que se juegue en él no tiene sentido. ¿Para qué están los parques entonces? La culpa era de las vecinas. En el barrio había muchas viejas cascarrabias, a las que no les gustaban los críos. Les gustaban más los jardines y los árboles que los niños. Por eso contrataban a los guachimanes, como el que se había puesto en medio y les estaba haciendo una seña para que dejaran de jugar.

—¡Mierda! —escuché a mi lado—. ¿Dónde están?

Ladeé la cabeza y vi a una mujer sentada al otro extremo de la banca. Estaba con las piernas cruzadas y buscaba algo en su bolso.

—Me he olvidado los cigarros —dijo y luego se dirigió a mí—. ¿Tú fumas?

En un principio no la reconocí porque su voz sonaba diferente. Pero era ella: Alicia Moll, una mujer voluptuosa, de manos grandes y largas que me estaban haciendo el ademán de fumar un cigarro invisible. No sé cuántos años tendría exactamente, podría bordear la mitad de los treinta o los cuarenta. Sus padres vivían a dos casas de la nuestra y si no había reconocido su voz era porque, esta vez, estaba sobria.

—No sé dónde he dejado los míos. —Seguía buscando.

Su historia era una especie de lastre que todos los vecinos llevaban con cierta resignación. Nadie podía entender cómo una mujer como ella, «tan guapa», como repetía siempre mi madre, pudo haber terminado de esa manera. Los primeros recuerdos que tengo de ella están marcados por los gritos y el delirio. Su alcoholismo comenzó a manifestarse desde que era muy joven y sus padres nunca supieron cómo manejarlo, más que nada por el entorno conservador del barrio y los vecinos que siempre parecían juzgarlo todo. Además, claro, del iracundo carácter de Alicia, que no ayudaba.

—Juro que tenía unos puchos en mi bolso.

—Toma —dije ofreciéndole el último cigarro que tenía—. Puedes fumarte este.

—¡Qué bien! Me moría por fumar. —Su voz sonaba áspera, grave y agradable, sobre todo comparada con los gritos que solía dar cuando iba ebria.

Luego de encenderlo, Alicia se cogió el codo con una de las manos, lo apoyó sobre sus piernas cruzadas y, mirando al horizonte, comenzó a fumar con una especie de alivio.

A los dieciocho años conoció al que luego sería el padre de su único hijo, un hombre adicto al juego y a las apuestas de peleas de gallos que se llamaba Rogelio. Según las historias que contaba mi madre, Rogelio fue el causante de su adicción al alcohol y quien la introdujo en la mala vida. Como cabía esperar, era muy mal visto por todos, pero ni siquiera el rechazo de sus padres pudo evitar que Rogelio se llevara a Alicia a vivir con él. Un par de años después, Alicia regresó al barrio peleada con Rogelio y embarazada.

Los niños ya habían dejado de jugar, apremiados porque el guachimán se había puesto a recoger los pocos desperdicios que había sobre el césped. Como no estábamos en el parque de nuestra cuadra, los críos no parecieron reconocer a Alicia, lo que en esa otra circunstancia los hubiera mantenido alejados; los exabruptos violentos de Alicia podían espantar a cualquiera.

—Qué cagada —dijo uno de ellos—, y ahora ¿qué hacemos?

—Vamos al otro parque —dijo el que tenía la pelota entre las manos—, quizá no haya nadie.

—¡Vamos! —intervino otro—. El que llega el último, tapa.

Durante un par de segundos escuchamos cómo los niños salían corriendo.

Un auto pasó a toda velocidad junto al parque.

—¡Oye, huevón! —gritó Alicia con el cigarro en la mano—, ¿por qué no dejas jugar a los chibolos en el parque?

El guachimán seguía recogiendo cosas del suelo y se hizo el desentendido.

—¡Te estoy hablando, carajo! —insistió Alicia—. ¿Por qué chucha no los dejas jugar?

—No puedo, pues, señorita —el hombre se acercó—, me han dado órdenes.

—Órdenes, órdenes. —Alicia remedó al guachimán que iba vestido todo de marrón y con un gorro en la cabeza—. Qué órdenes ni qué ocho cuartos, ¿quién te ha dado esas órdenes? ¿Para eso chucha te pagan?

—Sí, pues, señorita. —El hombre era enjuto, tenía el ceño fruncido—. Órdenes me han dado las vecinas.

—¡Qué chucha le haces caso a esas viejas de mierda! ¡Son unas amargadas!

—Hay que mantener los jardines verdes, me han dicho. Los niños con el fútbol lo maltratan.

—¡Huevadas, carajo! ¿Dónde van a jugar los pobres chibolos? Por las huevas tenemos tantos parques en este barrio, entonces. ¡Esas viejas son una cojudas!

El tipo se quedó ahí de pie, sin decir nada. Alicia ya se había acabado el cigarrillo y apagó la colilla debajo de sus pies.

—En este barrio hay una doble moral que me jode como mierda —dijo Alicia.

En ese momento un auto se detuvo en la esquina del parque e hizo sonar el claxon. Alicia lo reconoció, levantó una mano, se colgó el bolso del hombro y se levantó.

—¡Espérame —gritó dirigiéndose al auto—, espérame!

No supe distinguir quién iba dentro del vehículo, pero no era la primera vez que lo veía.

Cuando volví a casa ya era de noche. Mamá había llegado, su camioneta estaba en el garaje. Rómulo, el chófer, le pasaba un trapo al limpiaparabrisas. Me saludó. Entré por la cocina y vi que Dolina estaba llorando.

—¿Ha pasado algo? —dije—. ¿Todo bien con tu hermana Erminda?

—No, Facundo —Dolina seguía sollozando—, bueno, lo de la Erminda es otra historia. Pero algo ha pasado con la Alexia.

—¡Mierda —masculló—, Alexia!

Subí a las habitaciones y mientras me acercaba escuché gritos. Caminé hasta su cuarto y vi que mamá estaba dentro. La puerta estaba cerrada. Las dos estaban discutiendo.

—¿Qué piensas hacer? —gritaba mamá.

Me asomé por una rendija y vi sus ojos enfurecidos. Abrí la puerta.

—¡Facundo —dijo mi madre—, por favor, vete a tu habitación! —Luego volvió a dirigirse a Alexia—. ¡Respóndeme, pues!, ¿qué piensas hacer ahora? ¡Acabas de comenzar la universidad y mira con lo que nos sales! ¡Apenas tienes diecisiete años!

—No lo sé —Alexia estaba al borde del llanto—, no lo sé.

Me encerré en mi habitación y miré una foto en la que aparecemos mi hermana y yo cuando éramos pequeños. Salíamos sonriendo en un día soleado, en medio de la playa. A un lado, en mi mesa de escritorio, estaba el cuadernillo que me habían dado tiempo atrás en clase de religión. Uno de los capítulos decía: «La familia es el núcleo vital de la sociedad».

Los gritos de mamá traspasaban la pared.

# 2

Dolina me contó que la producción de un canal de televisión había llamado a su hermana Erminda para invitarla como panelista al programa de Lara Bosfia. Sus programas eran los más sintonizados del país y podían verse todos los días. No había nada más horrible que esos programas de televisión. Desde que Fujimori había dado el golpe de Estado, la televisión y la prensa comenzaron a llenarse de mierda. En serio. No es una exageración. Lara Bosfia había tenido la genial idea de implantar un formato televisivo de telerrealidad, donde los problemas de la gente eran expuestos ante las cámaras bajo un enfoque retorcido y sórdido. Alexia me decía que en Estados Unidos lo llamaban televisión basura. Ella pareció darse cuenta de que algo así tendría mucho éxito y no se equivocó, porque inmediatamente la audiencia de ese tipo de programas comenzó a subir como la espuma. Eran tan malos que cada vez que los veía me venía un ataque de sueño y me quedaba dormido. Pero había que ver cómo le gustaban a la gente. Había en los peruanos cierto afán de protagonismo, de salir en la tele y de sentirse identificados con los supuestos problemas de los otros. Erminda, la hermana de Dolina, era una más. La habían escogido luego de que ella les hubiera enviado una carta explicándoles que quería participar en uno de los shows dedicados a los conflictos de pareja.

Una chica llamada Andrea Solís, la productora del programa, cogió el teléfono y marcó el número de Erminda.

—Hemos visto que estás interesada en participar en nuestro programa. ¿Puedes pasarte por el canal para que te conozcamos?

Erminda había esperado ese momento toda su vida. Siempre quiso salir en la televisión y uno de sus sueños, el más grande de todos, era poder ser actriz algún día, protagonista de una telenovela. Otro de sus sueños era conocer a alguien con mucho dinero que la sacara del pueblo joven en el que vivía, pero Dolina siempre repetía que eso de la actuación y estar en el centro de todo era lo mejor que hacía su hermana.

Desde chiquita ya le gustaba llamar la atención, me contaba Dolina.

—Claro —contestó Erminda al teléfono—, ¿cuándo tengo que estar ahí?

—Mañana a las once de la mañana —había respondido Andrea—. ¿Puedes?

Erminda ya se había apresurado a decir que sí, pero Andrea continuó:

—Otra cosa, tienes que venir con él.

—Se refiere a...

—Tu enamorado, pues, en tu carta nos cuentas sobre los celos de tu novio, ¿no es así?

—Claro.

—Pues vente con él —insistió Andrea.

—Voy a ver, pues, señorita, es que el Jacinto tiene que trabajar.

—Inténtalo —zanjó Andrea—, no llamamos a cualquiera para que participe en el programa de Lara.

—Sí, sí —dijo Erminda—, para nosotros sería un honor participar en el programa.

—Además —agregó—, van a ser recompensados.

Erminda se quedó en silencio de tanta emoción. Encima le iban a pagar.

—Entonces, ¿te esperamos mañana?

—Sí, mañana estamos ahí.

—Preguntas por mí. Me llamo Andrea Solís. De la producción de *Lara en América*. En la puerta dejaré dicho que vas a venir.

—Gracias, señorita Andrea. Hasta mañana.

Al día siguiente se levantó muy temprano. No había podido dormir de los nervios. En un principio Jacinto, el chico con el que estaba saliendo, no quiso ir, pero cuando Erminda le dijo que les pagarían, su expresión cambió.

—¿Cuánto nos van a pagar?

—No me han dicho, pero seguro que pagan bien. Es la tele.

Desde Villa María del Triunfo hasta el canal Cuatro eran casi dos horas de viaje. El tráfico estuvo horrible. Cuando se bajaron en la cuadra diez de la avenida Grau en Barranco, Erminda le preguntó a Jacinto:

—¿Estoy bien arreglada? —Se cogió el pelo—. Creo que debí haberme puesto otros zapatos.

—Espero que nos paguen bien. —Desde esa altura, los dos podían ver la antena del canal que se erguía a varios metros de donde estaban—. Necesitamos la guita.

En la puerta de América Televisión había un tanque militar que parecía custodiar el canal. Desde el golpe de Fujimori, los tanques militares se habían quedado en las puertas de los canales de televisión más importantes del país. Nunca se supo para qué. Algunos decían que para proteger a los periodistas de cualquier tipo de rebrote, o atentado terrorista. Otros, que Fujimori lo hacía para recordarles a los dueños de los canales que, ahí dentro, la independencia se limitaba a contar lo que el régimen quería que se contara.

—Buenos días —dijo uno de los hombres de seguridad—, ¿a quién buscan?

—Venimos para el programa de Lara —se adelantó Erminda, sacando un trozo de papel de su bolso—, la señorita Andrea Solís nos está esperando.

—Un momentito —dijo el hombre antes de darse media vuelta y acercarse a la recepción—. Espérenme aquí.

A un lado, en uno de los sillones del vestíbulo de la entrada, había una mujer con un colorido atuendo andino y con un niño pequeño en los brazos que tenía una quemadura en la cara.

—¿Ustedes vienen al programa de Lara? —preguntó la recepcionista asomando la cabeza por encima del mostrador—. Pasen por aquí.

Les pidió la identificación. Luego de quedarse con su DNI, les dio una tarjeta plastificada que decía: VISITA, y marcó un número de teléfono interno para avisar de su llegada. Al cabo de un rato Andrea Solís hizo su aparición.

—¿Erminda? —preguntó al mismo tiempo que le estrechaba la mano—. Pasen por aquí.

Andrea Solís iba en jeans, zapatillas y una camiseta ceñida que marcaba unas tetas voluptuosas. Tenía un reloj plateado en la muñeca que miraba cada cierto tiempo y, en la cintura, un walkie talkie que constantemente hacía sonidos de radiofrecuencia.

—Estoy con dos de los panelistas —dijo manipulando uno de los aparatos con su mano derecha—. Estamos subiendo.

Erminda y Jacinto se sorprendieron cuando en las escaleras se cruzaron con uno de los comediantes que salía en los programas sabatinos de las noches. Erminda tuvo que controlarse para no pedirle un autógrafo.

—Es por aquí —Andrea giró la cabeza—, ¿habían estado antes en el canal?

—Jamás —dijo Erminda—, ¡qué bonito es todo!

Entraron en una habitación con una mesa grande y varias sillas alrededor.

—Lo primero que necesito de ustedes —Andrea les dio una hoja de papel a cada uno— es que me rellenen esto con sus datos. Con letra clara, por favor, a ser posible con letras capitales.

Jacinto levantó la mirada por un segundo y miró las tetas de Andrea. Luego la volvió a bajar y trató de leer los datos y preguntas que había en el formulario.

—Aquí tienen lapiceros —dijo Andrea cogiendo dos bolígrafos que estaban en una taza con el logotipo del canal—; yo vuelvo enseguida.

Salió de la habitación al mismo tiempo que su walkie talkie comenzó a sonar. Volvió poco más de veinte minutos después con una muchacha llamada Cecilia, que se presentó como la ayudante de producción.

—Imagino que habrán visto el programa —dijo Andrea recogiendo las hojas que les había dado—, saben de lo que va.

—Sí —se adelantó Erminda—, lo vemos siempre.

—A ver, cuéntanos brevemente tu caso —intervino Cecilia—. Hablabas de un tema de celos...

—Sí, bueno, lo que pasa es que a veces Jacinto se pone un poco celoso cuando salgo sola. Siempre quiere saber dónde he estado, con quién he ido.

—Y eso te molesta. —Cecilia iba tomando nota en un cuaderno.

—Sí, porque a veces me siento un poco insegura —continuó Erminda—. Siento que no confía mucho en mí. Sobre todo, cuando ha tomado un poquito.

—¿Bebes mucho, Jacinto? —preguntó Andrea.

—Solo los fines de semana —se defendió Jacinto—, o cuando me veo con los muchachos del barrio.

—Y cuando está tomado es cuando más pesado se pone, pues —dijo Erminda.

—Tampoco es para tanto —dijo Jacinto—, es que a veces ella se pone ropa, así, apretadita, y los chicos del barrio siempre la están mirando.

—Y eso a ti te molesta, claro.

—Es que en el barrio la gente es muy sapa —Jacinto levantó un poco la voz—, siempre están viendo a las chicas. Yo los conozco, pues, señorita, muy moscas son todos. Unos mañosazos.

—Pero eso yo no lo puedo evitar, pues, Jacinto, la gente ve lo que quiere ver, ¿no, señorita?

—¿Y tú has estado con otros chicos mientras estabas con Jacinto? —preguntó Cecilia.

Erminda se quedó en silencio. Volteó a ver a Jacinto que la miraba esperando una respuesta. Andrea y Cecilia también se miraron a los ojos. Sí: tenían una historia.

—No te preocupes —dijo Andrea—, no nos tienes que responder aquí, para eso está el programa.

Jacinto quedó algo desconcertado.

—Ahora lo que vamos a hacer es lo siguiente, nosotros pagamos ciento cincuenta soles por programa a cada panelista.

Durante unos segundos, Jacinto pareció olvidarse de la pregunta que le habían hecho a su chica.

—Ese monto puede aumentar o disminuir según sus dotes histriónicas —continuó Andrea—, mientras mejor lo hagan frente a la cámara, mejor serán recompensados.

—Normalmente, cuando la gente lo hace muy bien se lleva doscientos soles —dijo Cecilia—. No está nada mal para un solo día, ¿no?

—¿Están de acuerdo?

Ambos se miraron y luego asintieron.

—Ahora vente conmigo, Erminda. —Andrea se puso de pie—. Cecilia va a quedarse con Jacinto para terminar con las entrevistas. Sígueme.

Salieron de la habitación y se metieron en otra más pequeña que estaba al lado.

—Por lo que veo te gusta mucho bailar —dijo Andrea mirando la hoja—. ¿Cuál es tu música favorita?

—Chicha, pues, señorita —contestó Erminda—; bueno, la salsa también me gusta un poco.

—Muy bien, estamos pensando en hacer un programa, más adelante, que rivalizará a los salseros contra los chicheros. Quizá también puedas participar.

A Erminda se le iluminaron los ojos.

—A mí me encantaría, señorita. Lo que más me gusta es la tele.

—Ya veo, sí —continuó Andrea y luego cambió el tono de voz—. Ahora sí, quiero que me lo cuentes todo.

—¿A qué se refiere, señorita?

—Que me cuentes cómo así le has sido infiel a tu esposo.

—¿Esposo, cuál esposo?

—Jacinto, pues, mamacita, ¿quién más?

—Pero él no es mi esposo —Erminda levantó la mano como si fuera a espantar a una mosca—, es mi enamorado nomás.

—A partir de ahora va a ser tu esposo —dijo Andrea—, esto es la televisión. Aquí todo tiene más pegada si decimos que Jacinto es tu esposo. A ti te gusta actuar, ¿no es cierto?

Erminda enarcó las cejas.

—Tenemos que pensar en el rating, Erminda —continuó Andrea—. Cuéntame, ¿con quién le has sido infiel a Jacinto?

—Pero, señorita, con Jacinto llevamos recién un año, año y medio. Él es celoso, pero eso no quiere decir...

—Tres años.

—¿Cómo dice?

—Tres años juntos —dijo Andrea anotando lo que decía en un cuaderno rojo—. Ese es el tiempo que tú y Jacinto llevan de casados, ¿okey?

—Okey.

—El día de la grabación tiene todo que salir a la primera —Andrea chasqueó los dedos—, mientras más rápido y mejor se haga, más rápido se les pagará. ¿Entiendes?

—Entiendo.

—Ahora, sí, dime. Me contabas de este chico con el que salías a escondidas de Jacinto.

—Es que no hay ningún chico.

—¿Segura, Erminda? —insistió Andrea—. Mira que todo se puede ir al garete si no tenemos una buena historia. Allá afuera hay miles de personas que querrían estar en tu situación. Estás segura de que no hay nadie, ni siquiera alguien con quien haya habido miraditas, o con el que te hayas ido a tomar algo sin que Jacinto lo supiera.

—Bueno —dijo Erminda mirando al techo—, hay un chico que siempre está buscando la cosa.

—Bien —dijo Andrea sonriendo—, ¿vive en el mismo barrio?

—Sí.

—¿Y Jacinto lo conoce?

—Sí.

—¿Cómo se llama?

—Nilton. —Erminda sonreía tímidamente.

—¿Tú crees que el tal Nilton querría participar en el programa?

—Uy, no lo sé, señorita.

—¿Tiene teléfono?

—Creo que por aquí lo tengo anotado —dijo Erminda buscando dentro de su bolso—. Creo que es este.

—A ver, dime.

Erminda le dictó el número, mientras Andrea lo anotaba en su cuaderno. A un lado de la mesa había un aparato de teléfono.

—¿A qué se dedica Nilton?

—Creo que trabaja de guachimán.

—Guachimán, ¿o sea que va en uniforme?

—A veces tiene que ponérselo, sí.

—¿Te gusta verlo en uniforme? —Andrea seguía anotando en su cuaderno—. ¿Quiero decir que si te gustan los hombres que van en uniforme?

—Uy, no sé, señorita. —Erminda pareció sonrojarse—. Qué preguntas hace.

—¿Crees que si lo llamamos ahora lo encontramos? —Andrea acercó el aparato de teléfono y levantó el auricular.

—Puede ser.

Andrea marcó el número de teléfono ante la mirada casi estupefacta de Erminda.

—En televisión el tiempo es oro —le susurró a Erminda antes de que al otro lado de la línea alguien levantara el teléfono—. ¿Cómo se apellida?

—Carhuanca.

—Buenos días. ¿Con Nilton Carhuanca, por favor? —Hizo una pausa—. De Andrea, de América Televisión, del programa de *Lara en América*.

Al cabo de varios minutos Andrea había citado a Nilton para esa misma tarde en el canal. Su idea era tener el programa y la historia montada ese mismo día. Aunque no sería la única. Había tres historias más esperando a ser atendidas por la producción de *Lara en América*. Los lunes y martes, por lo general, eran los días en los que se hacía un primer contacto con los panelistas, se pautaban las historias y se dejaba todo listo para que al final de la semana se grabaran los programas, todos juntos, uno tras otro. Eso fue lo que Andrea le contó a Erminda.

Cuando Andrea terminó de hacer las llamadas volvió a juntar a Jacinto y Erminda en la misma habitación. Se volvieron a ver a los ojos, como si fueran un par de cómplices a los que la policía había interrogado por separado. Luego de explicarles que tenían que volver al final de la semana, Cecilia les dio una especie de contrato que tenían que firmar, en el que se les pedía absoluta discreción con respecto a lo que iban a hacer, se comprometían a venir el día de la grabación del programa y por ningún motivo debían contarle a nadie la historia que estaban a punto de grabar. La paga se realizaría el día mismo de la grabación, al final del programa, siempre y cuando el realizador hubiera dado su visto bueno para ser emitido.

—¿Tienen alguna pregunta? —preguntó Andrea.

Hubo un par de segundos de silencio en los que Jacinto y Erminda volvieron a mirarse antes de dirigir nuevamente sus ojos a las productoras.

—¿No nos podrían dar un adelanto, señorita?. Mire que hemos tenido que perder un día de trabajo. Venir hasta acá nos ha costado mucho, sobre todo tiempo.

—¡Oye! —Erminda le dio un golpe con el codo a Jacinto que zafó su brazo de un movimiento brusco—, no te pases.

Andrea y Cecilia se miraron.

—Primero firmen —dijo Cecilia.

Jacinto y Erminda firmaron los papeles. Cecilia salió de la habitación y al cabo de un rato volvió con dos billetes de diez soles.

—Esto va como adelanto —dijo dándoles un billete a cada uno—; no solemos hacerlo, pero nos han caído bien.

—Gracias, señorita —dijo Jacinto viendo el billete entre sus manos.

—Ni se les ocurra faltar el viernes —bromeó Andrea—, sabemos dónde viven.

—Es importante que lleguen temprano —dijo Cecilia—, para todos va a ser mejor.

En ese momento, el walkie talkie de Andrea volvió a sonar.

—Los acompaño a la puerta —dijo Cecilia invitándolos a ponerse de pie y llevándolos hasta la entrada—. El viernes sin falta. No salgan hasta muy tarde el jueves por la noche, por favor, ni bebas, Jacinto, que después les cuesta despertarse —dijo estrechándoles la mano como despedida.

—No se preocupe, señorita —Erminda estaba guardando su DNI en el bolso—, el viernes estamos aquí.

—Te dije que esto iba a estar bien —dijo Erminda con una sonrisa camino a la avenida Grau—, hasta nos han dado un adelanto.

—Quizá pudimos haberle sacado más billete. —Jacinto se había llevado las manos a los bolsillos—. ¿No crees?

—Veinte soles en un día... por venir a no hacer nada —Erminda agudizó la voz—, ¡cuándo te han pagado tanto por medio día de trabajo! Esto no lo sacas ni en una semana. ¡Ni en el mercado cargando frutas todo el día, oye!

Jacinto no dijo nada, pero al cabo de unos minutos, cuando esperaban la combi que los llevaría a casa, preguntó:

—¿Qué les has contado cuando te llevaron a la otra habitación?

Erminda había sacado un espejo de su bolso y se miraba la cara, como si quisiera retocarse el poco maquillaje que se había puesto esa mañana.

—¿A qué te refieres? —Erminda no dejaba de mirarse en el espejo.

—No te hagas, pues. ¿Qué les has contado?

—Ya después te digo —dijo Erminda levantando la mirada hacia la calle por donde venían los autos y señalando un colectivo—. ¡Mira, ese es el nuestro!

—Ahora resulta que llevamos tres años de casados —Jacinto soltó una sonrisa—, qué irá a decir la gente del barrio cuando se entere de todo esto.

—¡Sube, Jacinto! —Erminda cogió de la mano a su chico y subió a la combi—. ¡Quiero llegar pronto a casa! No quiero perderme el programa de Lara.

# 3

Estaba harto. Harto de tener que levantarme todos los días a las seis y media de la mañana, ponerme un uniforme e ir al colegio. Lo peor era abrir los ojos y salir de la cama. A veces me hubiera gustado dormir días enteros. Semanas. Dormir, y un día despertarme cuando las clases hubieran terminado ya. No más mañanas frías, oscuras y llenas de niebla húmeda que te calaba los huesos. Las clases no deberían empezar tan pronto. No sé por qué ese afán de querer hacernos empezar el día cuando muchos ni siquiera habíamos tenido tiempo de dormir lo suficiente. Esta vez Dolina no había entrado a primera hora en mi habitación para cerciorarse de que me me levantara y bajara a desayunar. A veces nos dejaba todo listo la noche anterior. Como hoy. Así que cuando bajé no había nadie. Antes Rómulo me llevaba al colegio, pero cuando pasamos a tercero de media dejó de hacerlo.

—Ya no son unos críos —había dicho papá—, tienen que aprender a moverse por la ciudad como cualquiera.

Mamá era la única que no estaba de acuerdo. Si por ella hubiera sido, tendríamos que haber ido en auto hasta el último día de la secundaria.

—Papá tiene razón —decía Alexia, que desde que había comenzado a salir con Julián buscaba más independencia—, ya estamos grandes.

Esa mañana, cuando entré en la cocina y no vi a mi hermana, supe que iba retrasado de tiempo. Aun así, me senté a desayunar, llegaría tarde de todos modos. La mañana estaba gris, con una niebla que llegaba hasta las rodillas, pero decidí andar y encender un cigarrillo antes de subirme al colectivo que me acercaría al colegio. El tabaco hacía que el frío se sintiera menos. En la calle todo el mundo parecía ir con prisa y el tráfico era ruidoso y caótico. Lima es una ciudad grande, tiene casi diez millones de habitantes, y a veces daba la impresión de que muy pocos de esos diez millones respetaban los semáforos. En el colegio nos contaron que antes no había tanta gente como ahora. Todo comenzó con la llegada de inmigrantes del campo a la capital, de la sierra andina a la urbe. Fue la gran migración de los cincuenta que durante treinta años hizo que la ciudad creciera desordenadamente. Como el tráfico. Cuando bajé y llegué a la esquina del colegio eran más de las ocho. Las puertas se cerraban a las siete y cuarenta y cinco, y, antes de acercarme, me metí un caramelo de menta en la boca. Siempre que uno llegaba tarde había que pasar por la entrada principal: una pequeña puerta de rejas que daba a una avenida y la única abierta luego del cierre oficial. El portero era el mismo desde que entré a primero de primaria: un hombre moreno de piel y de pelo ensortijado, con un bigote en el que asomaban algunas canas. A veces daba la impresión de que vivía en una especie de burbuja; hasta cuando nos sonreía, parecía estar haciéndolo por cumplir con su deber. Jamás se atrevía a entablar conversación con ninguno de los alumnos, nunca supe si por timidez o porque le estaba terminantemente prohibido.

El patio de quinto era una cancha de forma rectangular que los alumnos utilizábamos indistintamente para jugar al baloncesto y al futbito. Era donde los alumnos que llegábamos tarde teníamos que esperar al jefe de normas educativas. A lo lejos pude ver a uno de mis compañeros de sección que entraba en el aula. Dentro de los salones de clase, todos estarían alborotados, colocando las mochilas sobre las carpetas y pupitres: el pequeño caos antes del orden y el silencio que daría inicio a la primera clase del día. Todavía hacía frío, pero la niebla había subido un poco, así que ahora se podía ver la cruz sobre la iglesia al otro extremo del colegio. No era el único, había unos cuantos más que habían llegado tarde como yo. Había que ponerse en cinco filas, de primero a quinto, y esperar de pie a que Mr. Albiol apareciera y nos soltara el rollo de la puntualidad. Pero estaba cansado, así que me senté en el pequeño muro de color ladrillo, junto a la pista.

—¿Tienes un caramelo, Lescano? —A mi lado se había sentado Perico Soler.

Metí la mano en el bolsillo y saqué un caramelo de menta. A mi otro costado estaba Alfonso Neroni.

—Estuve a punto de no entrar —dijo Perico—, pero creo que hoy no es un buen día para estar en la calle.

—Si mi viejo se entera de que he faltado al colegio, me cuelga de los huevos —dijo Alfonso—. Es más, creo que esta tardanza me va a costar caro.

—Es que tú eres un burro, Neroni, no sabes hacer las cosas —dijo Perico—. Por eso has repetido de año.

Neroni era el más alto de los tres. Tenía el pelo castaño y la cara alargada, como la de una esfinge. Había hecho tercero de media dos veces.

—Lo que pasa es que anoche me quedé jugando al fútbol hasta muy tarde.

Era también de los que mejor jugaban al fútbol. Por eso a veces los profesores hacían la vista gorda con él cuando daba los exámenes. Casi siempre lo suspendían, pero a veces el entrenador de la selección intercedía por él. Sobre todo, cuando había competiciones importantes como el Adecore o la Copa de la Amistad, el torneo de fútbol infantil más importante de todo el país. Participaban todos los colegios y clubes del Perú y el nivel era muy alto. Una vez participé. Creo que fue en quinto de primaria y lo que más recuerdo fue el día de la inauguración del torneo. Se dio en el Estadio Nacional. Mamá y papá fueron a verme y me tomaron fotos. Fue la única vez que estuve en el Estadio Nacional. Quiero decir que esa fue la única vez que estuve donde suelen estar los futbolistas profesionales, sobre el césped y no en las gradas donde están los espectadores. Aunque solo fuera suplente, nunca lo voy a olvidar. Desde ahí todo se veía distinto. Por un momento pude imaginarme la sensación de estar siendo observado por miles de personas y casi me quedo dormido.

—Yo acabo de llegar de Miami —dijo Perico masticando su caramelo de menta.

—No jodas —dijo Neroni—. ¡Qué lechero!

El viejo de Perico Soler trabajaba como directivo en una línea aérea. En su juventud fue piloto, pero cuando ahorró lo suficiente, decidió comprar acciones en la empresa y fue dejando el pilotaje paulatinamente. Por eso Perico viajaba tanto; los billetes de avión le salían gratis, o pagaba casi nada. Lo cierto es que viajaba mucho y se iba de jueves a domingo fuera del Perú. Los profesores se hacían los suecos. Imagino que el padre de Perico le ofrecía billetes de avión gratis al director del colegio para que no molestaran a su hijo.

—Yo estuve el verano pasado —dijo Neroni—. Estuve en Epcot Center. ¿Conocen Epcot?

Nunca había estado en Miami. La verdad era que no sé qué le veían tanto a esa ciudad. Todo ese rollo de Disney me daba dolor de estómago.

—Me encontré con Lucho Salcedo —dijo Neroni.

La mamá de Lucho Salcedo se llevaba a su hijo de compras a Miami. Decía que le salía más barato irse de compras al Mall de las Américas que comprar ropa en Lima, que además era una mierda. Una vez Salcedo nos invitó a su casa y nos mostró la ropa que había comprado en Miami. Las prendas llevaban aún las etiquetas con el precio en dólares y olían a nuevas. La casa de Lucho tenía piscina, y esa tarde se bañaron todos. Menos yo.

De repente, escuchamos una voz. Era Mr. Albiol.

—¿Qué pasa aquí? —gritó cuando nos vio sobre los muros anaranjados—. ¿Qué hacen sentados?

Nos pusimos de pie inmediatamente y nos colocamos en la fila correspondiente a nuestro año.

—¡Encima de que llegan tarde, llegan cansados! —siguió bramando—. ¿Dónde creen que están? ¿En Disneylandia?

Se oyeron un par de risas contenidas.

—¡Párense derecho! —nos ordenó—. ¡Al que madruga Dios lo ayuda! ¿No habían oído eso antes?

Albiol se puso frente a Neroni y acercó su cara a la suya, a menos de medio metro.

—Sí, profesor —dijo Neroni—. Lo habíamos oído.

—¡No le estoy hablando a usted, Neroni! Estoy hablando en general, a todos ustedes, que son unos tardones y unos perezosos. ¡Unas tortugas!

En total éramos unos nueve, cuatro de segundo, uno de primero y nosotros, los de quinto.

—¡En esta vida hay que madrugar y estar en pie incluso antes de que salga el sol! —Albiol caminaba frente a nosotros, de una hilera a otra, mientras nos observaba—. ¡Hay que abrir los ojos con el rocío de la mañana!

—¿Dónde está Rocío? —me susurró Perico al oído.

No le hice caso.

—Es la única forma de convertirse en ganadores —continuó con su discurso Albiol—. Porque aquí todos quieren ser ganadores, ¿no es así?

Vi que en la fila de primero había llegado un nuevo alumno. Parecía el menor de todos.

—¿No es así? —repitió Albiol.

—Sí, Mr. Albiol.

—¿No han tomado desayuno, acaso? Parecen señoritas. ¡Hablen como hombres! ¡No parecen hijos del señor!

Entonces sentí una comezón en el hombro izquierdo, acerqué la mano para rascarme y me di cuenta de que tenía un cigarrillo en el bolsillo de la camisa. Eres un imbécil, Facundo, pensé.

—¡En este colegio no queremos perdedores! Porque los perdedores no sirven para dirigir el país. Y ustedes, aunque no lo crean, lo van a dirigir. Serán ustedes los que reemplazarán a sus padres y tomarán las riendas económicas del Perú. Y en el mejor de los casos, las riendas políticas, también.

—Yo creo que hoy este viejo se ha tomado más café de lo normal —me volvió a susurrar Perico.

—¡Porque me imagino que eso es lo que quieren, ¿no es así?! Por ejemplo, usted, Neroni. ¿Qué cosa quieres ser de grande?

—¿Yo?

—¿Yo? —Albiol lo imitó con desdén—. Sí, usted, ¡acaso hay otro Neroni aquí!

—Futbolista, profe.

—Futbolista, futbolista. —Mr. Albiol remedó a Neroni de forma burlona—. Aquí todos quieren ser futbolistas. La carrera de un futbolista termina a los treinta, treinta y cinco si eres arquero. Y eso con mucha suerte si llegas a primera división y puedes jugar en un equipo decente. ¿Y después qué...?

—Puedo ser entrenador.

—¡O aguatero! —soltó Perico.

—¡Silencio! —gritó Albiol y se acercó a Neroni enseñándo-le el reloj que tenía en la muñeca—. ¿Y usted cree que desper-tándose tarde va a conseguir ser futbolista? ¡Para el deporte hay que tener disciplina y rigor! ¡Si llega a esta hora al colegio, ima-gínese en un equipo de fútbol! ¡En este colegio queremos pro-fesionales universitarios, y con un máster en Estados Unidos o Europa si es posible, que para eso sus padres trabajan tanto! Nada de fútbol y tonterías. ¿Entendido?

—Sí, profe —respondió Neroni.

—Por ejemplo, usted, Freitas. —Albiol se acercó a uno de segundo de media—. ¿Qué quiere ser cuando sea grande?

—Ingeniero, profe —dijo Freitas.

—Muy bien, Freitas, muy bien. Eso ya es otra cosa.

Albiol se paseó entre las tres hileras de alumnos y comenzó a señalar la basta de los pantalones de cada uno para que le mos-tráramos los calcetines. Los uniformes eran siempre los mis-mos: pantalón gris, camisa blanca y una chompa de color azul. Los calcetines tenían que ser grises y los zapatos negros. No sé a quién se le habría ocurrido la idea de implementar el color gris de los pantalones. Como si no tuviéramos ya suficiente con el color gris «lomo de rata» del cielo; encima teníamos que vestirlo.

—Tienen que tener en cuenta que el tiempo pasa muy rápido —continuó Albiol mientras seguía revisando los calce-tines—, dentro de poco estarán fuera del colegio y habrá que tomar decisiones importantes que condicionarán su futuro y el resto de sus vidas. Y si nos quedamos dormidos, ¡como hoy!, pueden tomar la decisión equivocada. ¡Aquí no queremos tardones!

Ahora Albiol revisaba al alumno que acababa de llegar. Nunca lo había visto antes, pero eso siempre pasaba con los de primero, que acababan de pasar de primaria a secundaria.

—¿Y eso? —le preguntó Albiol al alumno—, no sabe usted que aquí los calcetines se llevan grises.

El alumno se quedó en silencio.

—¡Nombre y sección!

—Miguel de Sanz, primero C.

—De Sanz, ¿y usted no sabe que el color de los calcetines es el gris?

De Sanz parecía algo atemorizado. No era para menos. Cuando pasamos a primero de media, todos le teníamos terror a Mr. Albiol.

—Le estoy hablando...

De Sanz asintió.

—Y dígame, ¿de qué color son sus calcetines?

De Sanz se quedó en silencio.

—Le he hecho una pregunta. ¿De qué color son sus calcetines?

De Sanz parecía que iba a llorar.

—¿De qué color son sus calcetines? —levantó la voz Albiol.

—Blancos —sollozó De Sanz.

Albiol dejó de mirarlo y se dirigió a todos nosotros.

—Si confundimos el gris con el blanco estamos muy mal, muy mal. Y esto va para todos. —Albiol volvió a caminar—. Hay que saber distinguir el blanco del gris, el trigo de la paja. En el camino del señor tenemos que distinguir entre lo que está bien y lo que está mal. ¡No lo olviden nunca!

En ese momento me vino un ataque de sueño. Podía controlarlo, pero si estaba en un lugar muy cómodo, sentado en la carpeta de clase o en posición horizontal, haciendo ejercicios en educación física, los bostezos venían a mí de manera repentina e inevitable.

—¿Qué pasa, Lescano? Encima que llega tarde se pone a bostezar, ¿quiere seguir durmiendo?

—No, profe.

—¡Porque si quiere seguir durmiendo lo mando ahora mismo a su casa, eso sí, no regresa en tres días! ¿Quiere dormir?

—No, profe, estoy bien.

—A ver, quiero que vayan sacando sus libretas de control. —Albiol no había dejado de mirarme fijamente—. ¿Alguien ha llegado tarde por tercera vez en este mes?

Nadie dijo nada. Albiol pasó uno por uno, recogiendo las libretas de control donde nos pondría un gigantesco sello de TARDANZA. Delante de mí se había puesto Alejo Mendoza. Cuando Albiol se puso frente a él, se quedó observando su pelo.

—¿A quién quiere parecerse usted con este pelo, Mendoza? —le dijo cogiéndole el cabello por detrás de la nuca—. ¿A las chicas del San Silvestre? Acaso no conoce usted el reglamento del colegio acerca de la longitud del pelo. ¿Alguien aquí lo sabe?

Permanecimos callados.

—El cabello no debe tocar el cuello de la camisa —dijo acomodándoselo a Mendoza, que había decidido tirárselo todo para atrás y así no se notara que lo llevaba tan largo—. Aquí veo que por lo menos hay dos centímetros de más. ¿Quién se cree usted, John Lennon?

Mendoza no dijo nada.

—¡Ahora tiene dos opciones, o mañana viene usted con el pelo corto o se lo corto yo ahora mismo! —dijo Albiol—. ¿Alguien tiene una tijera?

—Me lo corto mañana, profe.

—No. No se lo corta usted mañana, se lo corta esta tarde —insistió Albiol—. Mañana lo trae corto. Si lo veo con las greñas mañana, yo mismo le corto el pelo, ¿me entendió?

Alejo Mendoza asintió, entregándole su libreta.

—La apariencia en este mundo es muy importante. —Albiol había girado la cabeza y ahora volvía a dirigirse a todos—. Tienen que ir presentables por la vida: ordenados, limpios, pulcros. Los hombres con el pelo corto y bien peinados. Es así como se tiene que mostrar uno ante el resto de la sociedad.

Volvió a girar la cabeza y esta vez quedó cara a cara conmigo. Me miró de arriba abajo.

—A ver, Lescano —dijo cogiéndome el jersey que llevaba encima—, ¿no tiene usted una plancha en su casa?

Asentí con la cabeza.

—¿Y sabe usarla? Porque quizá hay una plancha en su casa, pero no sabe usarla, o no sabe cómo encenderla. ¿Sabe encenderla?

Ahí mismo, abrió los botones de mi chompa y miró mi camisa para ver si estaba planchada.

—Me equivoco o esto que lleva usted aquí en el bolsillo es un cigarrillo. —Albiol había metido los dedos dentro del bolsillo de mi camisa—. ¿Fuma usted?

A mi alrededor, el resto de los alumnos hacían un gesto de lamento, apretando los dientes, cogiéndose la cara o cerrando los ojos.

—Le estoy hablando, Lescano, ¿fuma usted?

—No, profe.

—¿Y qué hace un cigarrillo en el bolsillo de su camisa, Lescano? —Me mostraba el cigarrillo—. ¡Me va a decir que cayó ahí por accidente!

Otra vez me entraron unas ganas brutales de quedarme dormido, pero en vez de eso me llevé las manos a la boca para evitar tener que bostezar. Traté de inventar una respuesta, pero sabía que, dijera lo que dijera, estaba en problemas.

—¡Deje de bostezar y respóndame, Lescano! ¿Fuma usted? A ver, sópleme... Sópleme, le he dicho.

Soplé en su cara.

—¡Más fuerte!

Volví a soplar.

—Menta. Ha estado masticando un caramelo de menta. Esto es muy sospechoso.

A lo lejos apareció el padre Cipriano, con su sotana negra y una especie de casquete sobre la cabeza. Llevaba una Biblia en la mano.

—¿Todo bien, Mr. Albiol?

—Padre Cipriano —dijo Albiol, dándose la vuelta—, buenos días.

—Buenos días, Mr. Albiol. —La voz de Cipriano era tenue y calma, como si susurrara en voz alta—. ¿Están causando muchos problemas estos alumnos?

—Son los tardones del día de hoy —dijo Albiol.

—¿Les ha recordado usted que a quien madruga Dios ayuda?

—Todas las mañanas. Pero estos jovencitos, a veces, no parecen oír los consejos que nosotros los mayores les damos. Parece que lo que les entra por una oreja les sale por la otra.

—La cosecha es abundante —dijo Cipriano—, pero los obreros son pocos.

—Lucas, diez, doce —apuntó Albiol.

—Así es, Mr. Albiol. El camino es sinuoso, y hay que enseñarles a estos jóvenes que muchas veces la cruz no es ligera e incluso puede llegar a tener astillas que nos desgarrarán la piel de las espaldas. Por eso, no dude usted en utilizar el rigor que sea necesario para encaminarlos por el camino recto, en el que no caben las ovejas descarriadas.

—Es lo que trato de hacer todos los días, padre Cipriano.

—Ya lo decía el santísimo José María: si te ven flaquear y eres jefe, no es extraño que se quebrante la obediencia.

El problema se había agravado. No sé muy bien por qué, pero el padre Cipriano me inspiraba más terror que el propio Albiol.

—¿Y qué tenemos para el día de hoy? —Cipriano comenzó a observarnos.

—Tenemos dos casos de..., no sé muy bien cómo llamarlo..., desobediencia y rebeldía.

—Ajá.

—Ve esto. —Albiol le mostró a Cipriano el cigarrillo que me había quitado—. El alumno Lescano lo tenía en el bolsillo de su camisa.

El padre Cipriano cogió el cigarrillo y lo inspeccionó, como si tratara de encontrar algo raro en él. Me miró.

—¿Usted fuma, señor Lescano?

—No, padre.

—¡Diga la verdad! ¡No mienta! —intervino Albiol—. ¿Qué hacía, entonces, un cigarrillo dentro de su camisa?

—¿Es suyo, Lescano? —preguntó el padre Cipriano—. ¿Es suyo el cigarrillo?

—No, padre, no es mío.

—¿Y por qué estaba dentro del bolsillo de su camisa?

Me quedé en silencio e imaginé lo que me harían si supieran que el cigarrillo sí era mío.

—Me lo encontré en la calle.

—¿En la calle?

—En el suelo —dije—. Yo simplemente lo recogí.

—Ah, lo recogió —dijo Cipriano—. ¿Y por qué lo recogió usted?

—Pensaba dárselo al portero del colegio —fue lo único que se me ocurrió decir—, para que se lo fumara en su tiempo libre.

—Ah, caramba, qué generoso nos ha resultado el alumno Lescano, ¿no le parece, Mr. Albiol?

—Sí, sí —dijo Mr. Albiol—. Ya lo veo. Es toda un alma caritativa.

—¿Y por qué no se lo dio usted, entonces? —Cipriano señaló la entrada—. Esta mañana entró usted por esa puerta, pasó frente al portero y no se lo dio. ¿Qué pasó?

—Pensaba dárselo a la salida. —Vaya invento que había creado—. Llegaba tarde.

El padre Cipriano giró la cabeza y volvió a dirigirse a Mr. Albiol.

—¿Y quién es el otro? —preguntó el padre.

—El alumno De Sanz, de primero —dijo Albiol—, que ha venido con calcetines blancos.

Por un instante fue como si el padre Cipriano hubiera perdido la noción del tiempo mientras miraba a Miguel de Sanz, que parecía muerto de miedo en la última línea de la fila de primero.

—Por qué no le dice al resto de los alumnos que entren en sus respectivas aulas —ordenó el padre Cipriano—. Creo que ya deberían estar en clase. Que se queden solo estas dos ovejas descarriadas.

—Sí, padre. —Mr. Albiol se apresuró a recolectar todas las libretas de notas, luego se dirigió a los alumnos y gritó—: ¡A ver, en orden, se dirigen a sus aulas de clase, y quiero que esta sea la última vez que los vea por aquí, no quiero más tardones en este colegio! ¿Me han entendido?

—Sí, profe —mascullaron todos y desaparecieron en dirección a las aulas de clase.

—Es increíble lo que nos puede costar que estos alumnos cumplan con sus obligaciones —se quejó Mr. Albiol. Luego se dirigió al padre Cipriano—. ¿Qué hacemos con estos dos alumnos?

Miguel de Sanz me miró directamente a los ojos y pude darme cuenta de que estaba mucho más asustado que yo.

—¿Tiene usted una regla de metal, Mr. Albiol? Ah, no, aquí tengo yo una. —El padre Cipriano sacó una regla que estaba dentro del bolsillo de su sotana—. Se lo voy a preguntar una vez más, ¿es este cigarrillo suyo, Lescano?

Entonces, me imaginé en mi cama, durmiendo. Durante un segundo fue un pensamiento reconfortante. Luego negué con la cabeza.

—¿Mano cerrada o abierta? —me preguntó.

Me quedé en silencio.

—¡Le he hecho una pregunta! —insistió Cipriano—. ¿Mano cerrada o abierta?

—Abierta —dije.

Entonces el hijo de puta me soltó un reglazo que me enrojeció la palma de la mano. Como hacía frío, el golpe se sintió más. Apreté los dientes para no llorar y aguanté sin decir nada.

—Esto va por faltar al octavo mandamiento —dijo antes de darme un segundo reglazo—. ¿Sabe usted cuál es el octavo mandamiento?

No dije nada.

—No mentirás. —Un nuevo reglazo en la otra mano, luego otro—. ¡Acostúmbrese a decir no a los vicios!

Esta vez las lágrimas se me salían de los ojos.

—Mr. Albiol, que Lescano lo ayude a cargar las libretas de notas y se las lleve a su oficina —dijo Cipriano—. Aplique el reglamento que hace referencia a introducir elementos extraños dentro del colegio.

—Sí, padre Cipriano —dijo Albiol—. ¡Ya oyó, Lescano, cargue las libretas y llévelas a mi oficina! ¿Y qué hacemos con De Sanz?

Cipriano se acercó y le pasó suavemente la mano por detrás de la cabeza.

—¿Acaba de pasar usted a primero, no es así, De Sanz?

De Sanz asintió.

—Mr. Albiol, yo me encargo. Esta criatura aún puede corregirse del descarrilamiento. Aún veo pureza en su mirada.

—Como usted diga, padre Cipriano.

—Usted encárguese de Lescano.

Albiol me miró.

—¡Qué hace ahí parado, Lescano, viéndonos como si fuéramos monos de circo! —gritó—. ¡Lleve las libretas de control a mi oficina!

Recogí todas las libretas de notas que Mr. Albiol había dejado sobre los muros color ladrillo. Las manos me dolían por los reglazos, pero pude con ellas. Antes de abandonar el patio vi cómo el padre Cipriano se alejaba con Miguel de Sanz caminando a su lado.

—¡A mi oficina, Lescano! —insistió Albiol—. ¡Ahí me espera a que llegue!

La oficina de Mr. Albiol estaba en la torre central del colegio, donde tenía un enorme ventanal con una vista panorámica de toda la escuela. Durante los recreos Albiol se ponía de pie frente a los cristales a observar a los alumnos y si lo consideraba necesario los llamaba desde allí, o bajaba a buscarlos para darles una reprimenda. Detrás de su silla había un cuadro de la Virgen María, y cuando puse las libretas de control sobre su mesa de trabajo, vi que además de la figura de un santo, estaba el micrófono por el que se hacían los anuncios o llamamientos oficiales a todo el colegio. Albiol tardó unos cinco minutos en subir. Lo esperé en uno de los sillones donde solía recibir a los padres de familia. En medio de los sillones había una mesa de centro de cristal con la foto de uno de los fundadores del colegio: el padre Scrivense. Apenas me senté, me quedé dormido.

—¡A ver, Lescano! ¡Quién le dio permiso para sentarse y dormirse! ¡Póngase de pie!

Estaba soñando con Alexia. Albiol se sentó detrás de su escritorio y me pidió que me acercara. En el sueño Alexia estaba llorando.

—Entonces usted dice que el cigarrillo no era suyo. —Albiol había traído el cigarrillo y lo había puesto sobre la mesa—. ¿Está seguro de que usted no fuma?

Negué con la cabeza.

—Bueno, pues usted tiene una suerte de los cojones, porque si lo hubiéramos cogido fumando...

De repente, sonó el teléfono que estaba sobre su escritorio. Albiol levantó el auricular.

—Sí, dígame. —Hizo una pausa—. ¿Señora Lescano...? ¿En qué la puedo ayudar? —Parecía muy sorprendido—. Sí, sí. Entiendo...

Mientras escuchaba, Albiol me miraba.

—Pero señora Lescano, sabe que esto de llamar a los alumnos en hora de clase no se debería hacer..., solo en caso de emergencia..., entiendo... Pero no me puede pedir que incumpla las normas del colegio..., sí, entiendo. —Ahora Albiol se dirigía a mí tapando el auricular del teléfono—: Dice tu madre si sabes algo de... Sí, sí, señora Lescano, yo mismo se lo voy a preguntar. Déjeme un número de teléfono para llamarla... Sí, no se preocupe, se lo pregunto a su hijo y la vuelvo a llamar... Sé que es una emergencia, pero hay que cumplir las normas de este colegio. En cuanto sepa algo, la vuelvo a llamar.

Colgó, se quedó mirándome y durante un par de segundos no dijo nada. Luego resopló.

—Lescano, ¿sabe usted algo de su hermana Alexia?

# 4

A Alexia no le gustaba el programa de Lara Bosfia, pero a veces no había otra cosa que ver. En la cocina había un televisor y Dolina siempre lo tenía encendido. Solo se veían programas basura. En verdad todo comenzó a joderse luego de que Fujimori volviera a ganar las elecciones tres años después del golpe. Papá decía que para el gobierno la televisión era muy importante, ya que, así, la gente no se daba cuenta de que vivíamos bajo un régimen autoritario. Según mis padres, gracias a la apertura del mercado y a la captura del líder de Sendero Luminoso, Abimael Guzmán, habíamos podido quedarnos en Lima. De otra manera, estaríamos viviendo en Miami o Santiago de Chile. Durante mucho tiempo, en casa se estuvo barajando esa posibilidad. Sobre todo, cuando comenzó a irse la luz todos los días y las bombas comenzaron a escucharse cada vez más cerca. Mamá tenía miedo de que algún día los «terrucos» llegaran a la ciudad y tomaran el poder. Así era como todo el mundo llamaba a los terroristas: terrucos. Nosotros éramos muy pequeños, pero todavía recordábamos cuando nos quedábamos totalmente a oscuras, escuchando las bombas a lo lejos. Antes del golpe, la televisión era mejor, pero como la luz se iba a cada rato, muchas veces estaba apagada. Cuando las luces se iban, encendíamos velas. A veces solo estábamos Alexia y yo en casa. Y Dolina, que nos contaba historias en la penumbra.

Una de ellas hablaba de una chica que todos los días iba al río a lavar ropa. Según Dolina, en la sierra del Perú, la gente aún sigue utilizando el agua de río para lavar ropa, como la chica, que salía acompañada de ovejas, llamas y vicuñas. Ella y su padre eran pastores, y un día, mientras estaba en silencio, perdida en sus pensamientos y quizá algo aburrida de la placidez y la belleza del paisaje andino, se le apareció un hombre vestido con traje negro, sombrero de copa y una camisa impecablemente blanca, de la cual solo se veía el cuello. Cuando la muchacha lo vio, se sorprendió, pero el hombre le dijo que no se asustara y comenzó a hablarle y, desde entonces, todos los días se aparecía cuando la chica salía a pastar sus animales, y fue así como ella se enamoró, porque el hombre le decía cosas bonitas, hasta que un día le preguntó si le gustaría volar y ella le dijo que sí y entonces él le dijo que se subiera a su espalda. La muchacha le hizo caso y cuando estuvo cogida de su cuello mirando el suelo, miró sus pies, pero lo que vio no fueron ni zapatos ni ojotas, sino las garras de un cóndor, y cuando quiso gritar ya estaba en el aire, y el cóndor la llevó a miles de metros de altura, hasta un barranco en el que tenía un nido, desde donde se podía ver toda la cordillera andina. La chica se quedó allí, y el cóndor le llevaba comida todos los días: carne de animales muertos que ella cocinaba en un fuego hecho con leña, y fue así como, poco tiempo después, quedó embarazada y tuvieron un hijo, pero la chica comenzó a echar de menos a su padre, porque se dio cuenta de que ella no era un cóndor. Un día se le apareció un picaflor y la muchacha le pidió ayuda para poder escapar, a cambio le prometió que le iba a permitir picar el néctar de todas las flores que tenía en su casa. Tengo muchas, le dijo llorando, y el picaflor se compadeció y fue en busca del padre, un hombre ya viejo que junto con el picaflor idearon un plan que consistía en distraer al cóndor con un animal medio muerto para rescatar a la muchacha y al bebé. Cuando el cóndor estaba picoteando la carne de una oveja muerta, el picaflor se acercó y le dijo al oído que un extraño maleficio había ocurrido en su nido, y fue así como, cuando la gigantesca ave volvió a casa, se dio cuenta de que la muchacha y el bebé ya no estaban. Enfurecido, el pájaro volvió al pueblo de la chica con su apariencia humana, pero esta vez el padre lo esperaba con una tinaja de agua hirviente que le echó encima, devolviéndole su verdadera apariencia de cóndor, pero ahora desplumado. Avergonzado, no tuvo más remedio que irse a su nido, en las alturas del altiplano, donde pasó el resto de su vida solo, triste, aprendiendo que jamás debería volver a enamorarse. Porque el amor duele, dijo Dolina en medio de la oscuridad y con el sonido de las bombas que explotaban a lo lejos.

Alexia decía que era imposible que un cóndor y una chica tuvieran un hijo, pero Dolina argumentaba que no todo tenía que ser cien por cien real, que el único que se había enamorado de verdad era el cóndor y que, en los Andes, los pretendientes de las chicas que vienen de pueblos lejanos no suelen ser bien vistos por los padres que prefieren que sus hijas se comprometan y se casen con gente cercana y conocida. Años después, recordando la historia, Alexia decía que todo era porque la chica estaba aburrida y sola, que el aburrimiento, el tedio y la soledad te pueden llevar a hacer cualquier cosa, incluso a enamorarte de un cóndor.

Mi madre decía que cuando Alexia nació esperaban un niño, pero nació niña y tuvieron que cambiar de planes. Alexia tenía buenas amigas, como Romina, a la que mi hermana siempre le decía que si fuera un chico, estaría perdidamente enamorado de ella. Los fines de semana, en las noches, solían hacer fiestas en piyama. A veces invitaba a alguna que otra más, pero Romina nunca faltaba. Cuando éramos más pequeños, me dejaban estar con ellas en el cuarto porque sabían que yo siempre me quedaba dormido. A mí me gustaba verlas jugar y pasar el rato, me hacía sentir mayor y era divertido escucharlas.

Una noche estaban pintándose las uñas de los pies. Creo que era la primera vez que lo hacían en toda su vida. Fue un año después de que Fujimori llegara al poder y mucho antes de que Lara Bosfia llegara a la tele. Ellas acababan de pasar a la secundaria y yo todavía seguía en la primaria.

—No te muevas —dijo Romina mientras pasaba la pintura morada por las uñas de mi hermana—, que esta pintura es muy fuerte.

—¿De dónde la sacaste? —Alexia había ladeado la cabeza, viéndose los pies.

—Del tocador de mi vieja. —Romina trataba de no desconcentrarse—. Tiene un montón.

—Mi mamá tiene dos —esa noche también estaba Ximena—, y no sabes la cantidad de cosas que tiene.

—Yo una vez le encontré una cosa rara a mi vieja, creo que era un vibrador —dijo Romina—, eso era lo que decía en la caja.

—¡No jodas!

—¿Qué es un vibrador? —preguntó Ximena.

—Un vibrador, pues, Xime..., no me digas que no sabes lo que es. —Romina tampoco lo sabía, pero le gustaba molestar a Ximena.

—Yo nunca he visto uno —dijo Alexia.

—Yo tampoco había visto uno, hasta esa noche.

—Pero ¿qué es un vibrador, pues?

—Un vibrador, pues, Xime...

—¿Y cómo era? —dijo Alexia que tenía los dedos de los pies separados por unos algodoncitos.

—Parecía un plátano hecho de silicona. —Romina no podía dejar de reírse.

—¿Y para qué sirve un vibrador? —preguntó Ximena.

—¡Para qué va a ser, pues, monga! —dijo Alexia—. Vi-brador. ¿Qué entiendes por eso?

Ximena se quedó pensando.

—Yo no sabía que esas cosas podían conseguirse aquí en Lima —dijo Alexia, y estoy seguro de que no tenían la más mínima idea de lo que estaban hablando. Todo lo hacían para molestar a Ximena.

—Mi vieja se lo trajo de Miami.

—Yo he estado tres veces en Miami y nunca he visto un vibrador —dijo Ximena. Luego agregó con un tono quejumbroso—: ¿Qué cosa es, pues?

—¿Y de qué color era?

—Verde —dijo Romina.

—Tu mamá sí que es ecológica —dijo Alexia.

—A la vieja le encantan los jardines.

—Tampoco está tan vieja —dijo Alexia—, es muy bonita. Podría ser tu hermana mayor.

—No te pases. Bueno, es verdad, pero a mí me encanta decirle vieja cuando no me escucha.

—¿Y cómo funciona? —dijo Ximena.

—¿Qué cosa? —dijo Romina.

—El vibrador, pues —dijo Alexia—. De qué estamos hablando.

—¡Qué va!, no sé. Solo lo vi una vez, nada más. En su tocador.

—Pero ¿estás segura de que era un vibrador?

—Segurísima, eso decía en la caja. Y en inglés: *vibrator*. Además, vi las pilas.

—O sea, ¿que funciona con pilas? —preguntó Ximena.

—Puede haber sido una radio de transistores —dijo Alexia que ahora se soplaba las uñas de los pies recién pintadas.

—Mi vieja está un poco loca. Seguro que lo usa cuando nadie la ve, porque lo tiene escondido.

—Sigo sin entender —dijo Ximena.

Luego comenzaron a maquillarse la cara.

—¿Qué buscarías en un chico? —preguntó Romina de repente.

—¿A qué te refieres? —repuso Alexia.

—Un chico, pues. ¿Cómo te gustaría que sea el chico con el que tengas que hacerlo por primera vez...?

—Te refieres a...

—Estar con un chico, Ximena.

—Ya, pero para eso falta mucho —dijo Ximena—. Hay que casarse primero, ¿no? Además, a mí todavía no me viene la regla.

Alexia y Romina se miraron las caras durante un par de segundos. Luego la ignoraron.

—¿Cómo te gustaría que sea? —insistió Romina.

—Tiene que ser churro —dijo Ximena—. Mi esposo tiene que ser churro.

—Guapo, sí, claro —dijo Alexia—. Pero no necesariamente tiene que ser churro. Quiero decir que no sé si eso sea lo más importante.

—El mío tiene que tener buenos gustos —dijo Romina—. No podría estar con alguien que tenga gustos feos.

—¿A qué te refieres con gustos? —preguntó Ximena.

—No sé, que le guste Nirvana antes que Guns and Roses.

—¡Ay, a mí me encanta Guns and Roses! —dijo Ximena. Romina hizo un gesto como si fuera a vomitar.

—Yo me fijaría en las manos —dijo Alexia.

—¿Las manos?

—Sí —dijo Alexia terminando de maquillar a Ximena—. Las manos tienen que ser bonitas, ¿no crees?

—O un buen poto —dijo Romina—. El poto también es importante.

—El mío tiene que tener un buen trabajo —dijo Ximena—. Si no, imagínate.

—Pero ¿si tiene un buen trabajo y es un aburrido? ¿Qué haces en ese caso?

—Tiene que ser sensible —dijo Romina—. Que te diga cosas bonitas, que no sea un imbécil como los amigos de mi hermano mayor.

—Tu hermano es churro —dijo Ximena.

—Sus amigos son unos babosos —dijo Romina—. Bueno, algunos.

Cuando las tres terminaron de maquillarse se miraron en el espejo: parecían mayores. Estaban descalzas y con las uñas de los pies pintadas de morado.

—Nos vemos bien —dijo Ximena—, ¿no?

—A mí me encanta como nos han quedado los pies —dijo Alexia.

—¿Y una chica? —dijo Romina de repente, ladeando su cara maquillada frente al espejo—. ¿Estarían con una chica?

—¡Qué asco! —dijo Ximena—. ¿Te refieres a ser un marimacho?

—¡Qué palabra más fea! Mejor queda lesbiana.

—¿Qué es eso? —preguntó Ximena.

—De qué estamos hablando, pues —dijo Romina—. Una chica a la que le gustan las chicas.

—Yo las conocía como marimachos —dijo Ximena.

—Pero ¿estarían con una?

—Yo ni loca —dijo Ximena—, antes me meto a monja.

—Si la otra chica fueras tú, Romina —dijo Alexia con tono burlón—, no lo pensaría dos veces. Sabes que yo estoy loca por ti.

—¡Ay, no hablen cojudeces! —se quejó Ximena—, que a mí estas cosas no me gustan nadita.

Para provocarla, Alexia y Romina comenzaron a toquetearse y se dieron un pequeño piquito en los labios.

—¡Aajjj! ¡No jodan, pues! —volvió a quejarse Ximena—. ¡Son unas pesadas!

Alexia y Romina se reían a carcajadas.

—Saben qué es lo que dicen por ahí —Ximena se había sentado en la cama—, que Miss Marisol es eso, que le gustan las mujeres.

—¿Miss Marisol —preguntó Romina—, la profe de literatura?

—¿Quién dice eso? —replicó Alexia.

—Se lo oí decir a Sofía Betancourt.

—Pero esa es una tarada, solo habla cojudeces. La otra vez dijo que en su casa de la playa habló con un fantasma —dijo Romina—. Que era el espíritu de Miguel Grau.

—¿Miguel Grau? ¿El héroe de la batalla naval con Chile?

—Imagínate.

Alexia se rio.

—Según ella, Miguel Grau está dando vueltas por las playas de La Punta, veraneando.

—Pero lo que dice de Miss Marisol puede ser cierto —dijo Ximena—, a veces me mira de forma extraña.

En ese momento se escuchó una explosión a lo lejos.

—¿Escucharon eso? —dijo Ximena.

—Seguro que ahora se va la luz —dijo Alexia.

—En mi casa han comprado un generador eléctrico —dijo Ximena.

—¡Qué suerte! —dijo Romina—. En mi casa todavía seguimos utilizando velas.

—Mi mamá dice que si esto sigue así nos vamos a tener que ir del país.

—Es lo que dice mi mamá también.

—Te imaginas si nos tenemos que ir todos a vivir fuera —dijo Romina—, ¿no les daría pena?

—Ay, no sé —dijo Ximena—, mi papá dice que este país se está cayendo en pedazos. Vivir en Estados Unidos no estaría mal.

Alguien tocó la puerta de la habitación.

—¡Alexia! ¿Qué están haciendo?

—¡Mierda! —Alexia saltó de su cama—. Mi mamá.

Mamá entró en la habitación y cuando vio a Alexia y a sus amigas todas pintarrajeadas puso un gesto de espanto.

—Pero Alexia, por Dios, ¿qué te has hecho en la cara? ¡Si apenas son unas niñas!

—No exageres, mamá, solo es un poco de maquillaje.

—¡Pero si se han pintado como payasos, parecen unas cualquieras! ¡Unas fulanas!

Mamá se acercó donde estaba el maquillaje y la pintura de uñas.

—¿De dónde han sacado esto?

Las tres se quedaron calladas.

—Bueno, ¡a lavarse la cara y a dormir —dijo mamá—, que mañana no quiero que se levanten tarde!

Al día siguiente a las nueve de la mañana, todos desayunamos en la mesa del comedor. Papá estaba en la cabecera.

—¿Qué les ha pasado en los ojos?

Las tres se rieron.

—Estas, que anoche estuvieron maquillándose —dijo mamá—. Les dije que se lavaran la cara.

—Estábamos jugando, solamente —dijo Alexia.

—¿Qué piensan hacer hoy? —preguntó papá.

—Tengo que ir al súper, Facu y Alexia se vienen conmigo.

—¿Y por qué no van Dolina y Rómulo, como siempre? —se quejó Alexia.

—Necesito comprar un buen aperitivo, esta noche vienen a cenar los Rocha. Me llevo la camioneta, me apetece manejar.

—Como quieras —dijo papá.

Nunca entendí por qué mamá quería que la acompañáramos a hacer compras, pero siempre era así los sábados por la mañana. Me paseé entre las góndolas del supermercado, mientras Alexia y sus amigas se fueron a ver las revistas que estaban al otro extremo de la tienda.

Cuando llegó la hora de pagar, nos acercamos a las cajas registradoras.

—¡Bea! —dijo una mujer que iba acompañada de una niña pequeña, casi de mi edad—, qué coincidencia.

—¡Mamá! —dijo Ximena—, ¿qué haces por acá?

—Hola, Meche —mamá se acercó a la mujer y se dieron un beso en la mejilla—, ¿cómo has estado?

—¿Se ha portado bien la señorita?

—Bueno, sí, anoche estuvieron hasta tarde despiertas. Estuvieron maquillándose, las muy bandidas. Pero no te preocupes, que ya les quité los cosméticos.

—Ay, Xime, cuántas veces te he dicho que no estés haciendo tonterías...

—¿Y qué tal va todo por casa? —preguntó mamá mientras Dolina sacaba las cosas que habían comprado del carrito y las ponía en la cinta eléctrica.

—Bien, bien. Bueno, tú sabes cómo estamos ahora.

—Pero las cosas han mejorado un poquito, mira cómo estábamos antes.

—¿Te refieres a la economía?

—Mira que yo era escéptica con el chino —así le decían todos a Fujimori—, pero por lo menos ha salido recto, con mano dura y eso es lo que había que hacer.

—Es lo que dice mi marido —dijo Meche—, que ahora se abren posibilidades que antes eran impensables.

—Si basta con ver lo que era este supermercado antes de que llegara el chino —dijo mamá—, no te olvides de las colas inmensas que había que hacer para conseguir un kilo de arroz.

—Tienes razón. Todos pensábamos que el chino nos iba a salir un comunista del carajo.

—Un comunista evangelista. —Mamá se rio mientras sacaba su cartera del bolso para pagar la cuenta—. Pensamos que nos iba a llenar Palacio de Gobierno con testigos de Jehová.

—Pero ¡gracias a Dios le salió el espíritu de samurái y mandó a la mierda a toditos esos rojos y apristas! —dijo Meche—. ¡Te imaginas si el chino este hubiera seguido en la misma línea que Alan García!

—Ay, ni digas. En ese caso ya no estaríamos aquí, Meche. —Mamá le dio unos billetes a la cajera—. ¡Dios bendiga al chino!

—Ahora solo falta que se acabe con los terrucos —dijo Meche—, eso me tiene preocupada. No podemos ir al cine siquiera.

—Ya, eso también me preocupa, ¡caray!

—Imagínate —dijo Meche— que estos monstruos lleguen a Lima.

—Ya están aquí —dijo mamá recibiendo su cambio—. Están a la vuelta de la esquina.

—No me digas esas cosas, que hago mis maletas y nos vamos a Miami.

—¡Sí, mamá, vamos a Miami! —dijo la hermana menor de Ximena.

—Bueno, para serte sincera, nosotros también habíamos estado barajando esa posibilidad —dijo mamá—. Pero luego de que el chino diera el paquetazo ya nos quedamos más tranquilos. Al menos por ahora.

—Es que no había otra opción. Mira la inflación que había antes. Un montón de billetes que no valían para nada.

—Este país todavía sigue siendo un caos, Meche. —Mamá guardó su cartera.

Mi madre salió fuera del supermercado junto con Dolina y el chico de la tienda que la había ayudado a meter todo dentro de las bolsas. Alexia, Romina y yo la seguimos. Al llegar a la camioneta, el muchacho metió las bolsas en la parte de atrás. Al poco rato volvió a aparecerse Meche con Ximena y su hermana pequeña.

—¿Te llevas a Xime? —preguntó mamá.

—Creo que sí —dijo Meche—, queremos ir a almorzar al club.

—Bueno, como quieras —dijo mamá—, pero ya sabes que cuando quieras puedes traer a Xime a casa. Alexia y Romina se la pasan bomba con ella. Ay, perdona la expresión.

—Sí, hija. Lo mismo te digo —dijo Meche—, a ver si un día de estos te traes a Alexia a casa.

Ximena se acercó a despedirse de Alexia y Romina.

—Voy a averiguar si mi mamá tiene uno de esos que vibran, ¿ya?

—¡Ssshhh! —la calló Romina—. Ni se te ocurra decirle nada.

—Chaucitos, pues —se despidió Meche y se alejó con sus hijas.

Mamá condujo hasta la salida del parking e intentó entrar en la avenida Benavides, pero ningún carro le cedía el paso. Cuando por fin pudo hacerlo, aceleró y cruzó la intersección. Un par de minutos más tarde, había un coche de la policía detrás, con la luz y la sirena encendidas.

—Mamá —dijo Alexia—, nos sigue la policía.

—¡Qué va, Alexia!

Mamá miró por el espejo retrovisor y vio que, efectivamente, había un coche de la policía.

—Creo que lo mejor es que pare, señito —dijo Dolina.

Mamá giró el volante, entró por una calle más pequeña y cuando vio que aún nos seguían, decidió parar en una esquina. La policía se estacionó detrás y un oficial se acercó.

Mamá bajó la ventanilla.

—Buenos días, señora. —El tipo uniformado era gordo, con el pelo grasiento e hirsuto que ocultaba debajo de su quepis—. Licencia de conducir y registro de propiedad del vehículo, por favor.

Mamá se llevó la mano abierta al pecho y soltó una exclamación que nos hizo saltar de nuestros asientos. Se había puesto pálida.

—¿Se siente bien, señora? —dijo el oficial.

—¡Dios mío! —dijo mamá, aún con la mano en el pecho y suspirando exageradamente—. ¡Dios mío!

—¿Se siente bien? —repitió el hombre.

Mamá siguió con su actuación un par de minutos. Luego dijo:

—¿Corremos peligro, oficial? ¿Ha pasado algo malo?

—Qué ocurrencia, nada malo, pero la hemos visto cometer una infracción de tráfico.

—¿Infracción de tráfico? —Mamá levantó la voz—. Esto no puede ser, seguro que se trata de un error.

—Licencia de conducir, señora; se ha pasado usted una luz roja saliendo del supermercado. Brevete y registro de propiedad del vehículo, si fuera tan amable.

—¿Está hablando usted en serio, oficial? —Mamá sacó unos papeles de la guantera—. Debe tratarse de un error.

—Se ha pasado una luz roja en la avenida Benavides cruce con República de Panamá.

—Pero el único semáforo que había estaba en ámbar.

—En rojo, señora, se ha pasado una luz roja.

—Pero cómo cree que voy a ser capaz de hacer eso, oficial. Tengo niños dentro del carro.

—Ha sido una infracción de tránsito flagrante, señora. —El hombre leía los datos en la licencia de conducir—. Y ello conlleva una multa.

—Una multa, ¡por Dios! —se quejó mamá—, como si no tuviéramos suficiente con lo que está pasando en esta ciudad, en este país, para encima tener que pagar multas.

—Lo siento, señora, pero la infracción está cometida. Y por una infracción como esta, hay que pagar una multa.

—Si los semáforos están todos malogrados. Esto es un abuso, oiga usted.

—Además, este brevete está caducado —dijo el oficial dándole la vuelta al documento de mamá—. Venció hace una semana.

Otro oficial de policía se acercó.

—Con un brevete caducado no nos queda más remedio que llevarnos el vehículo al depósito.

—¿Y no hay alguna forma de arreglar esta situación de una manera más amistosa? —preguntó mamá.

—Bueno, señora —dijo el segundo oficial—, siempre se puede hacer algo. Usted sabe que la policía está para servir a los ciudadanos.

Los dos oficiales miraron alrededor de la calle para asegurarse de que no hubiera nadie.

—Bueno —dijo el segundo oficial—, estamos tratando de remodelar los patrulleros, que, como ve, están todos un poco viejos. Y si usted nos puede colaborar, en el cuerpo de la policía le estaríamos muy agradecidos.

—Bueno, tiene usted razón, con esos patrulleros no cogen ustedes ni a un ladrón de bicicletas —mamá se asomó por la ventanilla del carro—, hay que ver cómo están. ¿Y como en cuánto están pensando? ¿Cuánto creen que les será de ayuda?

—Su voluntad, señora. Su voluntad. Le saldría más barato que pagar una multa y recoger el carro del depósito.

—Es que justo me he quedado sin efectivo —dijo mamá mirando dentro de su billetera—, acabo de hacer compras y...

—Si quiere la acompañamos a un banco.

—Solo tengo dólares, un billete de diez.

—Aceptamos dólares —dijo el segundo oficial—, en estos tiempos es hasta mejor.

—Póngalos dentro del registro de propiedad —dijo el primer oficial entregándole los papeles—, sobre su regazo.

Mamá obedeció.

—Muy bien, señora, no sabe cuánto se lo agradece el cuerpo.

—Ojalá puedan hacer algo con los patrulleros.

—No se preocupe, poco a poco. —El primer oficial le entregó toda la documentación de vuelta, tras haber guardado los diez dólares en una libreta—. Puede seguir su camino. Y gracias por la confianza depositada. —Y se alejaron tras una reverencia.

—¡Arreglar el patrullero, vaya descaro!

Mamá volvió a arrancar el motor y seguimos en silencio hasta llegar a casa.

—Creo que esta cojudez se ha malogrado —dijo mamá insistiendo con el botón del control remoto del garaje—. Dolina, por qué no bajas y me abres.

Mamá giró la cabeza y nos clavó la mirada a mí y a mi hermana, y, por un momento, pareció que nos iba a decir algo, pero finalmente no dijo nada.

—Estamos sin luz —dijo Dolina empujando la puerta del garaje con las manos—, ¡otro apagón!

# 5

La noche anterior Alexia no había dormido en casa y por eso mamá estaba tan preocupada y había tenido que llamar a Mr. Albiol para averiguar si yo sabía algo. Pero no sabía nada. Todavía no. Después de abandonar la oficina de Albiol con una papeleta de mala conducta, entré en mi aula.

—Todos los números positivos tienen su contrapartida en los números negativos —decía Mr. Revenga frente a la pizarra, señalando una tabla que tenía un cero en el centro—, solo hay que identificarlo con un signo negativo... Buenos días, señor Lescano.

Levanté la cabeza en forma de saludo.

—O mejor sería decir buenas tardes. —El resto de la clase comenzó a reírse. Luego Revenga continuó—: Como contrapartida al número siete, por ejemplo, le correspondería el menos siete.

Caminé hasta la fila de mi pupitre y me senté. Abrí mi mochila y saqué el libro y el cuaderno de matemáticas.

—¿Qué pasó, Facundo? —me susurró el gordo Iván Sánchez-Camacho, que estaba sentado a mi lado.

—Nada, Albiol que es un pesado de mierda. No importa.

—¿Ya sabes con quién vas a ir a la fiesta de promoción?

—Todavía no —susurré.

La verdad era que no había tenido mucho tiempo de pensar en ello. Todos en clase estaban demasiado entusiasmados con la idea de poder ir a una fiesta en la que había que ponerse traje y corbata y llegar acompañado de una chica, pero a mí me daba un poco de sueño. No entendía realmente por qué tanto afán.

—Quizá no vaya —susurré.

—¡Estás loco! —susurró Sánchez-Camacho poniendo un gesto de espanto en su cara—. No puedes faltar...

—¿Hay algo que me quiera contar, señor Sánchez-Camacho? —preguntó Revenga y volvió a mirar a la pizarra.

Comencé a copiar en mi cuaderno lo que Revenga había escrito, pero me entró sueño. Crucé los brazos sobre la carpeta y me recosté. Me quedé dormido. El timbre del cambio de clase me despertó.

—Al final, ¿qué te dijeron? —Perico Soler se había acercado.

—No mucho —dije mostrando la papeleta de Albiol.

Perico cogió el papel. A su alrededor, varios alumnos se pusieron también a leerlo.

—¿Estuviste fumando dentro del colegio? —preguntó Iván.

—¿Cómo se te ocurrió? —dijo Bruno Flores.

—No estaba fumando —aclaró Perico—, solo lo tenía en el bolsillo.

—Y para mala suerte se le apareció el padre Cipriano —dijo Alfonso Neroni.

—¿Tus viejos saben que fumas? —quiso saber Perico.

—No —dije—. Tampoco fumo tanto. De vez en cuando me compro un pucho. Nada más.

—A veces a mí también me apetece uno —dijo Perico.

—¿O sea que aquí todos fuman? —se sorprendió Iván.

—¿Y qué te dijo Cipriano? —preguntó Neroni.

—Me dio unos cuantos reglazos —dije.

—A mí una vez me dio unos en el culo —dijo Iván.

—¡Qué asco! —exclamó Fernando Madueño—. ¡Tu culo debe ser bien feo!

—Lescano dice que no va a ir a la fiesta de promoción —dijo Iván—, dice que no tiene con quién ir.

—¿De verdad? —preguntó Fernando Madueño.

—No sé —dije—. Todavía no he pensado en ello.

—Invita a la hermana de Neroni —dijo Perico—, seguro que atraca fácil.

—Cállate. Mi hermana no iría con Lescano ni a la esquina.

—Todavía falta la previa —dijo Perico.

—¿Dónde va a ser este año? —preguntó Bruno.

—No sé, parece que lo hace una del Santa Úrsula.

—¿Qué es la previa? —dijo Iván.

—Una fiesta para conocer chicas, pues, gordo.

Alguien entró en el aula. Era Miss Marlene, con una carpeta en la mano y el ceño fruncido. Ahora todos se habían puesto al lado de su respectivo asiento sin decir nada. En la pizarra alguien había dibujado a Pedro Lines con cuerpo de Mariposa. Miss Marlene borró la pizarra hasta dejarla sin rastro alguno de tiza.

—Saquen sus libros de historia y ábranlos en la página ciento veinticinco. —A Miss Marlene se le reconocía por sus gafas cuadradas—. Vamos a continuar con la revisión de los temas tratados este año para el examen final.

La caída del Imperio inca y la conquista española, escribió en la pizarra.

—¿Alguien tiene alguna idea de por qué un grupo reducido de españoles pudo vencer a todo un imperio de cientos de miles, millones de personas? —Miss Marlene dirigió su mirada al plano que tenía sobre su mesa, con la ubicación y el nombre de todos los alumnos—. Voy a regalarle dos puntos en el examen final a quien sepa responderme a esta pregunta.

Varios levantaron la mano.

—A ver Pflucker...

—Porque eran indios.

—¿Y eso qué tiene que ver?

—Porque los indios son débiles y cobardes, Miss —dijo Pflucker. Todos comenzaron a reírse—. Es lo que siempre dice mi papá.

—¿Y usted qué cree? —dijo Miss Marlene—, que porque tiene el pelo rubio y los ojos claros es superior a un indígena.

—Mis abuelos son alemanes, Miss.

—¡Y tu mamá se parece a un pastor alemán! —gritó Fernando Madueño antes de que toda la clase estallara en risas.

—¡Silencio! —dijo Miss Marlene—. A ver, Salcedo, dígame.

—¿Porque tenían caballos?

—¿Solo por los caballos? ¿Usted cree que unos cuantos caballos son suficientes para acabar con todo un imperio?

—Por las pistolas —dijo Marco Rosales—, los incas no tenían pistolas y los españoles sí.

—¡En ese tiempo no había pistolas! —dijo Neroni—, ¿no es así, Miss?

—Los españoles contaban con armas de fuego —dijo Miss Marlene—, pero los cronistas apuntan a que dichas armas no eran tantas realmente. Además, eran bastante precarias y lentas para ser cargadas. Fue un factor, pero no el más determinante.

—Por la fuerza —dijo Iván Sánchez-Camacho—, los españoles eran más fuertes que los incas.

—Pero eran un montón de incas, pues —dijo Marco Rosales—, por más fuertes que hayan sido los españoles, los incas eran más.

—Pero no todos eran incas —Miss Marlene parecía satisfecha con el debate que había sido capaz de generar—, recordemos que una casta de unos cuantos privilegiados gobernaba sobre el pueblo indígena que no eran incas. De hecho, inca había uno solo, el emperador. Esto también lo habíamos visto ya, cuando estudiamos la estructura social del imperio. Por favor, hablemos con propiedad.

—¿Cuántos indígenas eran? —preguntó Bruno Flores.

—La población de todo el Tahuantinsuyo —dijo Miss Marlene, señalando el mapa que estaba en una esquina del aula y que era muchísimo más grande que el mapa del Perú actual y el mapa colonial que también estaba a un lado— se estima en alrededor de doce millones de personas. La extensión del imperio iba de la actual Colombia hasta Chile y parte de Argentina.

—¿Y cuántos fueron los españoles que conquistaron a los incas? —preguntó Perico Soler.

—Trece fueron los de la Isla del Gallo —respondió Miss Marlene—. Cuando decidieron entrar definitivamente en territorio inca, los cronistas hablan de un aproximado de ciento cincuenta españoles.

—¡Doce millones contra ciento cincuenta! —exclamó Lucho Salcedo.

A un lado de la pizarra estaban los tres mapas del Perú: el de los incas, el colonial y el actual. Parecía que el Perú se había encogido con el paso de la historia.

—Alguien se anima a dar una respuesta —nos alentó Miss Marlene—, recuerden lo que hablamos en clases pasadas.

—Porque los incas estaban divididos.

—Muy bien, Gaviria —dijo Miss Marlene, y todos volteamos a ver la cara de satisfacción que había puesto Juancho luego de su respuesta. Él era el primero de la clase—, ¿y por qué estaban divididos?

—¡Porque unos eran de la U y los otros de Alianza Lima! —dijo Fernando Madueño.

Todo el salón estalló en risas.

—Y los españoles eran todos del Real Madrid —apuntó Marco Rosales.

Las risas continuaron.

—En ese caso los incas eran del Barcelona —dijo Neroni—, de ahí salió el Cholo Sotil.

—El Cholo Sotil salió de Alianza Lima —dijo Fernando Madueño.

—¡Silencio! —gritó Miss Marlene. Cogió una tiza y escribió: «Guerra Civil».

—¿A alguien le suenan esas dos palabras? ¿Qué es una guerra civil?

—Cuando un país se pelea contra sí mismo y no contra otro país —dijo Juancho Gaviria.

—Así es, una guerra interna —dijo Miss Marlene—. ¿Y qué era lo que había pasado poco antes de que llegaran los españoles?

—¿Había habido una guerra civil? —preguntó Iván Sánchez-Camacho.

—Recuerden que el imperio estaba dividido en dos. Había una disputa por el trono inca entre los hermanos Atahualpa y Huáscar.

—Hace poco también hemos tenido una guerra interna, ¿no, Miss? —dijo Lucho Salcedo.

—¿A qué se refiere, Salcedo?

—A las bombas y apagones, eso fue una guerra interna.

—También conocido como conflicto armado, pero ahora estamos hablando de otra cosa. Lo que quiero que les quede claro es que uno de los motivos por los que el Imperio inca cayó de manera tan estrepitosa fue por la división que había entre los seguidores de Huáscar y los seguidores de Atahualpa.

—¿Qué diferencia había entre los dos?

—Huáscar dominaba el sur y tenía su trono en el Cuzco, mientras que Atahualpa dominaba el norte, en lo que hoy sería Quito.

—Entonces, ¿Atahualpa era ecuatoriano y Huáscar peruano?

—No seas bruto, Lucho —dijo Fernando Madueño—, en ese tiempo no había países.

—Cuando los españoles llegaron a territorio inca —continuó Miss Marlene—, el ejército de Atahualpa acababa de vencer en la guerra civil y había muchos seguidores de Huáscar que no lo querían en el trono.

—¡Claro, porque era ecuatoriano! —dijo Salcedo.

La clase entera se rio.

—Entonces, que quede claro que los españoles no lucharon solos contra todo el imperio, sino que muchas poblaciones, que no querían a Atahualpa, se aliaron con el ejército de Francisco Pizarro. De hecho, había muchas comunidades que no querían estar bajo el yugo inca ni de Huáscar ni de Atahualpa. De alguna forma la llegada de los españoles ocurrió en el mejor momento para unos y en el peor para otros —dijo Miss Marlene—. Si el imperio hubiera estado unido, probablemente no les habría sido tan fácil conquistarlo.

—Qué mala suerte la de los incas —dijo Iván—, ¿y qué habría pasado si hubieran ganado?

—Seguiríamos siendo incas y no hablaríamos español —dijo Marco Rosales.

—Eso sería especular —dijo Miss Marlene—, y no vamos a entrar en ello. Aquí estamos para estudiar la historia del Perú.

Y el hecho es que el choque de dos culturas se dio. Pero, además, hay otro factor que pudo ser determinante en la forma en que se dio la conquista. Esta vez le daré un punto extra a quien me lo diga. ¿Alguien tiene una idea?

A nadie se le ocurrió decir nada.

—Tiene que ver con las creencias —nos ayudó Miss Marlene.

—¿Qué tipo de creencias? —preguntó Madueño.

—Creencias religiosas. ¿A quién adoraban los incas?

—Al sol —dijo Gaviria.

—¿Y los españoles?

—¡Al rey de España! —dijo Perico Soler.

—¡Al oro! —dijo Madueño.

—¡No seas bestia! —dijo Lucho Salcedo—. A Dios.

—La crisis interna, en la que dos líderes se disputaban el poder de procedencia divina (recordemos que el inca era sagrado y su poder venía directamente del dios Sol), puso en tela de juicio los valores religiosos dentro del imperio —dijo Miss Marlene—. Y eso fue muy bien aprovechado por Francisco Pizarro.

—Mi abuelo dice que Pizarro era un analfabeto —dijo Marco Rosales—, que no sabía leer ni escribir, y que en España solo sabía criar cerdos. ¿Es cierto, Miss?

—Efectivamente, Pizarro no era precisamente una luminaria, pero sí supo actuar con astucia y codicia.

Sonó el timbre que anunciaba la hora de recreo y todos se pusieron de pie y muchos nos volvimos a poner las chompas encima. Cuando la puerta del aula se abrió sentimos la humedad. El patio estaba lleno de estudiantes que se sentaban a conversar y otros que jugaban al fútbol. Me quedé pensando en lo que había dicho Miss Marlene acerca de los españoles y de los incas mientras veía cómo el capellán Samy caminaba vigilando a los alumnos con un crucifijo sobre la sotana. Quizá hubiera sido más conveniente para los indios no creer en nada, ni siquiera en el sol, ni en los incas como deidades. Todo eso les había jugado una mala pasada. Por un momento me pregunté qué pasaría si vinieran seres de otro planeta en busca del oro de la tierra, o del agua de los ríos. ¿De qué lado se pondría el cura Cipriano si algo así llegara a suceder algún día? La religión me daba sueño. Me senté sobre uno de los muros alejados de la multitud, pero me percaté enseguida de que no estaba solo. En una esquina, al lado de uno de los árboles, estaba Pedro Lines.

—¿Qué haces aquí? —le pregunté.

Pedro levantó los hombros, pensativo. Estaba sentado.

—¿Por qué no estás con el resto?

—No sé. Si vas a molestar, déjame en paz, por favor.

—Tranquilo. Tú sabes que a mí no me gusta joderte.

Pedro era bastante más delgado que el resto y parecía menor, como si todavía fuera de cuarto o tercero de media. El resto de la clase lo jodía y lo llamaban constantemente maricón. Era algo que no llevaba bien y a veces se ponía a llorar, lo que incitaba a los otros a seguir molestándolo.

—Y tú ¿por qué estás aquí?

—Me apetecería fumarme un pucho.

—¿Vas a fumar dentro del colegio?

—Solo me gustaría —dije—. Claro que no lo voy a hacer.

—¿Es cierto que te ampayaron fumando dentro del colegio?

—No estaba fumando.

—Entonces, ¿por qué te pusieron esa papeleta?

—Porque Cipriano y Albiol son unos hijos de puta.

—No digas eso —dijo Pedro—, que Dios te va a castigar.

Lo miré con cara de «eres un imbécil», pero no le dije nada.

—Y tú ¿por qué no vas con el resto?

—Nadie quiere estar conmigo.

—Lo que pasa es que no sabes defenderte. Todo el mundo te jode por eso. Eres un punto fácil.

Se quedó callado.

—Odio este colegio —dijo luego.

Entonces oímos a Mr. Albiol hablar por los altavoces de la torre principal. Me estaba llamando.

—¿Y ahora qué has hecho? —dijo Pedro Lines—. ¿No vas a ir a ver a Albiol? —preguntó al ver que no me movía.

Se fue antes de que sonara el segundo timbre. Cuando desapareció de mi vista, me levanté y me adentré en el patio que iba vaciándose.

—¿Y ahora qué pasó? —me preguntó Perico Soler.

Levanté los hombros. Realmente no lo sabía. Comencé a subir las escaleras de la torre y cuando llegué a la puerta de la oficina de Mr. Albiol, vi que estaba abierta.

—Pase, Lescano, pase.

Albiol miraba a través del enorme ventanal. Cerró la puerta y se sentó detrás de su escritorio.

—Su madre me acaba de volver a llamar para indicarme que su hermana ya apareció. Al parecer no había dormido la noche anterior en casa. —Manipulaba una carpeta y no me miraba directamente a los ojos—. ¿Tiene usted alguna idea de por qué ella hizo eso?

Claro que lo sabía, pero no quería ser yo quien le contara que estaba embarazada.

—No se esfuerce tanto, Lescano, que su madre ya me lo ha contado. Lo que le ha pasado a su hermana es muy desafortunado. Veo que tanto usted como ella no tienen el más mínimo respeto ni por Dios ni por su familia.

Me dieron ganas de decirle que se callara. Podía meterse conmigo, pero no con Alexia. Mi hermana ya lo estaba pasando demasiado mal para que viniera un tipo como Albiol a sermonearla. ¡Hijo de puta!, pensé.

—Espero que lo que le está pasando a su hermana le sirva a usted para reflexionar y se enderece —continuó Albiol—, es una pena que sus padres tengan que soportar a dos ovejas descarriadas dentro de la misma familia.

Lo miré directamente a los ojos.

—¿Eso era todo?

—¿Lleva usted prisa?

Negué con la cabeza.

—¿No tiene nada que decirme?

En verdad lo que quería era irme de ahí de una vez.

—Recuerde que mientras esté en este colegio, yo siempre lo estaré vigilando, y más vale que se porte bien. ¿Lo ha entendido?

Me hubiera gustado tener un huevo en las manos para lanzárselo a la cabeza.

—Puede retirarse. Llévese las libretas y entrégueselas a sus compañeros tardones.

Cogí los cuadernos de control y salí. Bajé las escaleras y caminé hacia el salón de clase, pero en vez de entrar, dejé las libretas al pie de la puerta antes de hacerla sonar con los nudillos y salir corriendo en dirección del baño. ¿Dónde habría pasado la noche Alexia? Mamá estaba enfurecida con ella y no sabía si papá ya lo sabría, o todavía no. Seguro que Albiol no sabía realmente lo que pasaba y estaba blufeando para que se lo dijera yo. Mamá no sería capaz de contárselo. ¿O sí? Bebí agua del caño y estuve un rato en el baño sin hacer nada. Si hubiera tenido un rotulador habría escrito: «¡Albiol Hijo de Puta!» en la puerta del retrete, pero no llevaba ninguno conmigo. No podía quedarme mucho tiempo ahí porque en cualquier momento podía aparecerse alguien. Lo mejor que podía hacer era ir a la enfermería e inventarme que estaba enfermo; por lo menos me echaría un rato a descansar. La enfermería estaba en la zona de primaria, que siempre me despertaba cierta nostalgia y me hacía sentir más seguro, porque sabía que Albiol no podía verme. El olor ahí era distinto, a plastilina, crayolas y loncheras. No sé, a veces todo es un poco más fácil cuando eres pequeño. No podía dejar de pensar en Alexia.

Caminando por los pasillos pude reconocer la voz de Miss Lucía que traspasaba la puerta de un aula. Ella fue una de las primeras profesoras que tuvimos al entrar en el colegio y prácticamente nos acompañó en todo nuestro paso por la primaria. La primera vez que la vi creo que me pasó eso que les pasa a todos los niños que dejan su casa por primera vez: sentí que la quería. Esas cosas que suelen pasarles a los niños. Era muy guapa, al menos a mí me lo parecía. Siempre nos hablaba en inglés y creo que nunca la oí hablar en castellano. Lo que más me gustaba eran sus ojos: tenía uno azul y el otro verde, y a mí eso de que tuviera los ojos de dos colores me gustaba mucho. En ocasiones sentía que la quería tanto que me ponía a llorar. No sé, a veces me pasaban esas cosas. Era muy pequeño. Una vez le ocurrió algo muy malo. Fue a primera hora de la mañana. Miss Lucía entró y todos nos pusimos de pie. No sé exactamente por qué, pero cuando Miss Lucía se sentó, una de las patas de la silla se rompió y ella se fue al suelo. Durante un segundo hubo un silencio sepulcral, pero inmediatamente después alguien se rio y, no sé por qué, cuando alguien comienza a reírse todos los demás también lo hacen. Pasa en todas partes, en el cine, en el teatro o en una simple reunión.

No era gracioso porque había ocurrido una desgracia, al menos para mí, pero a un idiota se le ocurrió reírse y los demás lo imitaron. Lo peor es que nadie se acercó a ayudarla, ni siquiera yo, que no me estaba riendo y más bien quería que la gente dejara de burlarse. Finalmente, Miss Lucía se puso de pie, salió del aula entre lágrimas y no regresó hasta el día siguiente.

Lamentablemente la enfermería estaba cerrada. Me pareció extraño. Lo único que quería era estar lejos de clase. Caminé en dirección del campo de fútbol y llegué a una especie de cochera amplia donde guardaban los utensilios de limpieza. No había nadie, salvo el jefe de limpieza sentado en una banca y manipulando unas escobillas de limpiar.

—¿Se le ha perdido algo, joven? —preguntó cuando sintió mi presencia.

Era un hombre canoso, de piel curtida y con las uñas de las manos largas y llenas de mugre.

—La enfermería está cerrada —dije tratando de excusarme.

—Está prohibido que los alumnos estén en esta zona. —En una esquina, había un pequeño televisor encendido a un volumen muy bajo.

—Lo sé —dije para ganar tiempo—, pero quería saber si sabías dónde está la enfermera.

—¿Y por qué tendría que saberlo? No sé dónde pudo haberse metido la enfermera. ¿Está usted enfermo?

—Un poco —dije—, me duele el estómago.

—Lo siento, no puedo ayudarlo. Si algún maestro lo ve por aquí, puedo meterme en problemas.

—Solo necesito saber dónde está la enfermera. Afuera hace un poco de frío y la enfermería está cerrada.

—¿Por qué no se va usted a su salón de clase?

—Ya te dije que me siento un poco mal.

—No puedo ayudarlo, joven.

En la televisión pasaban un anuncio de una telenovela mexicana que se emitía por las noches.

—¿Cuánto tiempo llevas trabajando aquí? —pregunté.

—Muchos años. Más de los que usted lleva en este colegio.

—Lo imagino. Debe ser muy agotador. El colegio es muy grande.

—Pero yo no trabajo solo. —El hombre tiró una de las escobillas dentro de un cubo y cogió otra—. Hay todo un equipo de limpieza que lo hace conmigo.

Ahora empezaba un programa nuevo. Era *Lara en América*.

—No sabía que dentro del colegio había una tele —dije señalando el aparato.

—Me la regaló el padre Cipriano la Navidad pasada —dijo el hombre con parquedad—. Creo que no la utilizaba. Pero se supone que nadie debería saberlo.

Luego de una breve introducción, la presentadora comentaba lo que iba a ser el programa y el tema del día. El hombre estaba algo inquieto por mi presencia, así que me asomé fuera de la cochera para ver si la enfermería había vuelto a abrir. Lo que vi, en cambio, fue a un alumno de primero salir de la zona de la iglesia, donde los curas tenían sus aposentos. Era Miguel de Sanz. Me pareció extraño que a esa hora estuviera fuera del salón de clase. En la pantalla, los panelistas comenzaban a acalorarse.

—¡Ahora vamos a conocer a la amante de este desgraciado! —decía la presentadora a la cámara.

El jefe de limpieza había dirigido ahora toda su atención a la pantalla y pareció olvidarse de mi presencia. Al lado del televisor, había un pequeño cartel con la foto de Alberto Fujimori durante la última campaña presidencial de la reelección. En ella se podía leer: CAMBIO 95, NUEVA MAYORÍA.

Ahora el estómago me dolía de verdad.

# 6

Dolina me contó que su hermana Erminda había avisado a todo el barrio de que iba a salir en el programa de *Lara en América*. Su sueño de salir en la tele se estaba haciendo realidad y, claro, quería que todo el mundo lo supiera.

Llegó cinco minutos antes de lo acordado al estudio cuatro de Barranco acompañada de Jacinto. En la entrada estaban los mismos tanques militares que vio el primer día y en la recepción volvieron a hacer todo el proceso de identificación, pero esta vez no le dieron una tarjeta que decía VISITA sino una que decía PANELISTA. Sentada en el sofá del lobby de entrada, Erminda pudo reconocer a la misma mujer de atuendo andino que había estado la semana anterior. Iba, también, cargando a un niño con una quemadura en la cara y esta vez Erminda se acordó de que la había visto en uno de los noticieros el fin de semana pasado. En verdad, todos habíamos visto la noticia por la televisión: la mujer contaba que había estado preparando la comida en la cocina de su casa, que estaba hecha de esteras, con el bebé en brazos. Erminda, compadecida, se acercó a hacerle preguntas, pero en ese instante alguien la llamó.

—¡Por aquí, por aquí! —Erminda y Jacinto escucharon una voz que no supieron identificar ni como de hombre ni como de mujer—. Pasen por aquí.

Vieron entonces a una persona que les hacía una señal con la mano; vestía con unos jeans de un color que iba entre el fucsia y el morado, muy estrechos, «al cuete», como diría Jacinto. En un primer momento pensaron que se trataba de una chica porque tenía las uñas largas y pintadas, las pestañas arqueadas hacia arriba y una gruesa base de maquillaje. La camiseta también iba ceñida con una inscripción y una foto de Madonna. Cuando volvió a hablarles, con la voz a veces aguda y a veces un poco más grave, se presentó como Yoli, la maquilladora, y les pidió que por favor se sentaran en una de las sillas frente al espejo que cubría una pared de la habitación.

—¿Cómo se llaman ustedes? —Yoli había estrechado su mano derecha para saludarlos.

Erminda le dijo su nombre y el de su acompañante. Jacinto dudó un par de segundos, observando a Yoli que, como le diría luego a Erminda y Dolina, le recordaba a los fletes del barrio que salían por las noches a vender «bucales», como le llamaban los travestis a chuparla por unos cuantos nuevos soles.

—Entonces, también son panelistas de *Lara en América*, ¿no? —dijo Yoli.

Erminda y Jacinto forzaron una sonrisa y se percataron de que Yoli tenía un acento de un barrio pituco, era blanquiñosa: pensaron que si hubiera sido de un pueblo joven, o de un asentamiento humano como del que venían ellos, seguro que no estaría trabajando en la tele.

—¿Y ustedes de dónde vienen? —preguntó Yoli mientras manipulaba un estuche lleno de pintura para la cara.

—De Villa María del Triunfo —dijo Erminda, que ya se había sentado en una de las sillas.

—¡Ay, Dios, qué lejos!

Otra mujer entró en la habitación, tendría unos cuarenta años y el pelo castaño.

—¿Cómo vas, Yoli?

—Aquí, Flor, maquillando a los chicos que entran a grabar *Lara en América*.

—Tenemos a estos, también —dijo la mujer con dos personas más detrás de ella—, ¿te echo una mano?

—Como quieras —Yoli seguía poniendo una base de maquillaje sobre la cara de Erminda.

—¿Esa es la base más clara que hay? —preguntó Flor con cierta autoridad.

—¿No te parece bien?

—No sé, quizá una más clara, para él.

—Tienes razón —dijo Yoli mirando el rostro de Jacinto.

A diferencia de Yoli, Flor parecía más apaciguada y calma.

—¿Los otros dos son del mismo episodio? —preguntó Yoli.

—El mismo.

—¿Llegó la jefa?

—Está por venir.

—¿Es cierto lo que dicen por ahí?

—¿A qué te refieres? —Flor también se había puesto a manipular los cosméticos.

—A lo que se comenta por ahí, pues, ¿no te has enterado? —Yoli hizo una pausa y se llevó las manos a la cintura—. Seguro que lo sabes y me estás tomando el pelo. Los nuevos amoríos de la jefa, pues, qué más va a ser. —Yoli volvió al rostro de Erminda para seguir maquillándolo—. ¿Tú qué sabes?

—No mucho. —Erminda y Jacinto se miraban a través del espejo—. Imagino que lo mismo que tú.

—¿Es cierto que el susodicho es el mismísimo Doc, el asesor de Fujimori, ese tal Montesinos?

—Es lo que he oído —dijo Flor—. La jefa sí que pica alto, ¿no crees?

—Dentro de poco vamos a estar maquillando al chino mismo. ¿Tú crees que venga por aquí algún día?

—¿El chino?... No sé, pero el Doc creo que ya ha estado por aquí merodeando.

—¿Tú lo has visto?

—No, pero me han dicho que alguna vez estuvo de incógnito por los pasillos del área de periodismo.

—No me extraña, el chino y el Doc quieren controlarlo todo.

—¡Cuidado —dijo luego Yoli con tono de alerta—, que ahí viene la Ceci!

Cecilia, la ayudante de producción, se apareció y les repartió unas hojas impresas y explicó, detalladamente, en qué iba a consistir el programa del día.

—Tienen que imaginarse que están frente a la actuación de sus vidas —intervino Yoli sin dejar de maquillar a Jacinto—. No se olviden de que los van a ver miles, millones de personas.

Erminda volvió a sentir esa misma emoción que sintió cuando la llamaron por teléfono y le dijeron que iba a salir en televisión.

—Es muy importante que sus reacciones sean creíbles —les dijo Cecilia—, como dice Yoli, mientras más intensidad le pongan, mejor. —Entonces, la radio que llevaba en la mano comenzó a sonar.

Cinco minutos después, se apareció Lara Bosfia. Iba vestida en jeans, zapatillas, con un bolso de piel y aún sin maquillar. Jacinto le contó a Dolina que cuando la vio por primera vez, no la reconoció. Lara seguía siendo una mujer delgada, rubia y de aspecto aristocrático, pero sin maquillaje parecía una momia de alcurnia.

—¡Mis cholitos lindos! —dijo acercándose.

En un principio se quedaron como de piedra; estaban frente a frente a la mismísima Lara Bosfia: su voz sonaba como en la televisión, como si se hubiera fumado una cajetilla entera de cigarrillos y se hubiese bebido media botella de ron.

—¡Hoy tienen que sacar lo mejor de cada uno! —Hizo una pausa—. ¿Les han dado algo de desayunar, un cafecito, al menos?

No tuvieron tiempo a decir que no cuando entró Andrea Solís.

—La merienda está en camino —dijo.

—¡Nos vemos en el set, cholos lindos!

Lara había dejado un fuerte olor a perfume, y Erminda pensó que si algún día se compraba un perfume caro sería ese mismo.

—Se nota que en la cama las cosas no le están yendo tan mal a la jefa —le dijo Yoli a Flor—, ¿no?

Cecilia se llevó a los panelistas a otra habitación, donde había una inmensa pantalla de televisión, y donde les volvieron a explicar el orden de las secuencias, y a insistir en la intensidad de las reacciones que debían tener. Jacinto y Erminda leyeron con cierta preocupación las indicaciones precisas que constaban en las hojas, pero no dijeron nada.

—¿Tienen alguna duda? —preguntó Cecilia, que seguía con la radio que no dejaba de sonar en una mano.

—¿Cuándo nos van a pagar? —dijo solamente Jacinto.

—Eso al final del programa, primero lo tienen que hacer bien.

A través de la radio, alguien se dirigió a Cecilia: «Listos para empezar».

En la pantalla de televisión, ahora, se veía la cuña del programa de Lara impresa con letra corrida, como si hubiera sido escrita por la propia conductora. De fondo, una música tropical daba paso a un grupo de espectadores en una pequeña tribuna del set, donde todos estaban de pie, bailando, aplaudiendo, como si se tratara de una pequeña fiesta. La cámara hizo un paneo general, acercándose y alejándose de los rostros, la mayoría de gente humilde, trabajadora, amas de casa que seguramente veían el programa de Lara todos los días antes de la telenovela mexicana. «¡¡¡Con ustedes, Lara Bosfia!!!», dijo entonces una voz en off, y apareció Lara, sonriendo, levantando los brazos, meneándose al ritmo de la música, mientras, alrededor, los espectadores seguían aplaudiendo, felices, algunos emocionados porque era la primera vez que veían a la seño, a la señito que defiende a los pobres, a los indefensos, a las mujeres maltratadas, a los que no tienen recursos, a los olvidados de la sociedad.

—¡Buenas tardes, Perú! —grita Lara.

—¡Buenas tardes! —gritan todos.

—¡Hoy tenemos un magnífico programa!

Se le ve radiante, excesivamente feliz, mientras el camarógrafo poncha un primer plano de su rostro y su cuello, que luce un brillantísimo collar de diamantes que deja boquiabierta a Cecilia que está en la habitación junto con Jacinto y Erminda, viéndolo todo a través de la pantalla de televisión.

—¿Ese collar ha salido de vestuario? —preguntó a través de la radio.

—No —contestaron al otro lado—, eso parece ser un diamante de verdad.

Y es cuando Lara, que ha esperado a que el silencio se apodere del set de televisión, manda un mensaje muy especial:

—... para alguien muy especial, alguien que desde el anonimato hace mucho por el Perú y ha logrado que este país haya conseguido ganarle la guerra al terrorismo. Alguien que ha sido, junto con el presidente Fujimori —dice a la cámara—, uno de los artífices de que este país haya podido salir adelante.

Cecilia, frente a Erminda, no se lo puede creer, está absorta, pero Lara sigue:

—... y no voy a decir su nombre porque yo sé que a él no le gusta la fama, pero trabaja día y noche, incansablemente, por este país y su gente, y quiero hacerle saber que aquí, en esta conductora, tiene a una fiel servidora de la patria. También quiero agradecerte el detalle —dice Lara mostrando el collar que lleva en el cuello—, y recordarles a todos ustedes que el Perú es un país mejor, ahora, ¡gracias al presidente Fujimori!, para el que pido un fuertísimo aplauso.

Y todos los espectadores del set empiezan a aplaudir, mientras gritan:

—¡Fujimori, Fujimori!

—¡Chúpate esa mandarina! —dijo Cecilia a través de la radio.

—Ahora, sí, vamos con el tema del día de hoy. ¿Quién de ustedes ha sufrido celos enfermizos? —pregunta Lara al público, pero luego se dirige con complicidad a uno de los camarógrafos—, tu mujer seguro que alguna vez, ¿no, Cachito...? Es que nuestro camarógrafo es un bala perdida. —Lara se ríe. La gente se ríe.

—Erminda, tú eres la primera en salir —dijo Cecilia.

—Nuestros invitados de hoy tienen un problema con los celos —dice Lara caminando hacia el centro del set donde hay unas sillas vacías—: hoy en *Lara en América*: ¡Mi pareja tiene celos enfermizos!

La gente aplaude y Cecilia oye una señal a través de su radio.

—Nuestra primera invitada —dice Lara a la cámara— es una mujer que afirma que su esposo no la deja vivir en paz porque sus celos son enfermizos, tanto es así que en más de una ocasión la ha perseguido al trabajo, incluso la ha amenazado de muerte.

—Ven. —Cecilia condujo a Erminda al set de televisión—. Es ahora.

—¡Demos la bienvenida a Erminda! —Lara grita y señala el pasillo por donde Erminda hace su aparición frente a las cámaras.

El plató era más pequeño de lo que parecía a través de la pantalla de la tele, como luego Erminda le contaría a Dolina, pero en ese instante no tiene mucho tiempo para contemplar el set, porque ahora se acerca a Lara que la recibe con un apretón de manos, mientras la gente no deja de aplaudir.

—Erminda —dice Lara—, cuéntame, tú dices que tu marido te trae loca con los celos. ¿No es así? Que no te deja en paz.

—Sí, señorita Lara —dice Erminda, que ya se ha sentado junto a Lara—. Muy celoso es. Siempre está detrás de mí, tratando de saber dónde estoy, con quién estoy o adónde voy, y ya no sé qué hacer, porque ni siquiera mis amigos quieren salir conmigo, señorita. Mi esposo desconfía de todo el mundo.

—Pero a ver Erminda —dice Lara cruzando las piernas—, ¿cuánto tiempo llevas casada?

—Tres años.

—¡Tres años! O sea que te has casado bastante joven, ¿cuántos años tienes?

—Veintitrés, señorita Lara.

—¿Y desde cuándo empezaron los celos?

—Hará año y medio —dice Erminda, que no deja de mirar a Lara a los ojos.

—Y antes de eso, todo era normal entre ustedes dos.

—Bueno, sí.

—Pero no puede ser que de la noche a la mañana se haya despertado celoso.

—Yo no sé, señorita Lara, no entiendo por qué tantos celos.

—Mi equipo de investigación me dice que hubo un punto de quiebre en su relación —dice Lara con su voz ronca y grave—, que hace un tiempo tuvieron una pelea muy fuerte.

—Bueno, sí, pero eso no ha tenido nada que ver con infidelidades, señorita Lara —dice Erminda—, lo que pasó es que uno de los primos de Jacinto llegó al barrio, de provincias, de Huancayo y...

—¿Y qué pasó con él?

—Que se quedó unos días en casa, mientras encontraba trabajo, y a veces yo preparaba comida rica para que se sienta cómodo, claro, porque yo sé lo que les gusta comer a los huancaínos.

—Pero ¿te esmerabas en cocinar rico solo para el primo? —Lara adquiere un tono algo inquisidor.

—Para los dos —continúa Erminda—, lo que pasa es que a veces Jacinto no venía a comer porque se quedaba trabajando.

—O sea que te quedabas sola con el primo —dice Lara levantando el tono de voz, y el público suelta un «¡¡Ahh!!»—, por eso es que se ponía celoso, Jacinto.

—No, señorita Lara —dice Erminda—, también estaba la tía, o sea la mamá de Jacinto.

—¿La mamá también vive con ustedes?

—Jacinto todavía vive con su mamá, bueno yo también, claro —aclara Erminda que, por un momento, parece titubear.

—¿Y qué tal te llevas con la madre? —pregunta Lara.

—Ese es el problema —dice Erminda—, la madre.

—¿Qué pasa con ella? —dice Lara.

—Que siempre está metiéndole ideas a Jacinto, le dice que yo no soy una persona de fiar —se queja Erminda—, creo que ella es la causante de tanta desconfianza por parte de Jacinto.

—Bueno, bueno —dice Lara, que ahora está revisando las tarjetas que su equipo de producción ha preparado minuciosamente—, entonces tú aseguras que con el primo nunca ha pasado nada de nada.

—Nada, señorita —agrega Erminda.

—¿Ustedes le creen? —pregunta Lara al público, que, al unísono, responde:

—¡Síííííí!

Andrea Solís le hace una señal a la conductora que ahora se dirige a una de las cámaras.

—Ahora vamos a conocer el punto de vista de la otra parte —Lara levanta la voz—, ¡que pase Jacinto!

Jacinto aparece frente a las cámaras, caminando a paso rápido.

—Buenos días, señorita Lara —dice estrechándole la mano antes de saludar a Erminda con un beso en la mejilla.

—Jacinto —Lara es la última en volver a sentarse—, cuéntame, ¿por qué estás siempre tan celoso de tu mujer?

—Es que ella siempre está coqueteando con todo el mundo —dice Jacinto con tono enérgico.

—Eso no es verdad —dice Erminda recordando las instrucciones.

—Erminda dice que incluso has llegado a amenazarla con botarla de casa —dice Lara—, todo por tu desconfianza.

—¿Cuándo te he dicho yo eso? —dice Jacinto con tono altanero.

—¡Cuando llegas bebido del trabajo! —dice Erminda.

—¡Un momentito, un momentito! —Lara levanta la voz—. ¿Cómo que llega bebido del trabajo?

—Es que a veces se toma sus tragos después del trabajo —dice Erminda—, y es cuando más pesado se pone.

—¡O sea que eres un borrachín! —Uno de los chicos de producción levantó un cartel al público que decía QUEJA y el público grita «Uuuhh»—. ¿No será que ese es tu problema?

—No, señorita Lara.

—¿Pero bebes mucho? —Lara increpa con tono inquisidor.

—Solo me tomo unas cervecitas de vez en cuando, pero eso no tiene nada que ver.

—Sí tiene que ver, porque cuando estás bebido es cuando más celoso te pones —dice Erminda—, ¿por qué no te pones igual de celoso los fines de semana?

—Lo que pasa es que tú me estás engañando con el Nilton —dice Jacinto, arrebatado, y la gente ahora exclama: «¡Uuuyyy!», como indica un nuevo cartel que ha levantado uno de los ayudantes de producción—. ¡Eso es lo que pasa!

—¿Quién es Nilton? —Lara se dirige ahora a Erminda con aire de sorpresa.

—Es un chico del barrio, pero solo es un amigo.

—¿Seguro, Erminda? ¿Solo un amigo? —Pero no espera respuesta y continúa—: Nosotros hemos contactado con Nilton y lo hemos traído al programa—. ¡Que pase Nilton!

La cámara se dirige ahora al nuevo invitado y Andrea Solís le hace una seña a Jacinto, que se levanta de su asiento como si le hubieran puesto un par de resortes debajo del culo y se abalanza sobre Nilton. Lara se hace a un lado y ve cómo sus invitados se dan de golpes, se insultan y se revuelcan en el suelo. Los espectadores rechiflan y gritan «¡Buuuuu!», hasta que dos hombres de seguridad se aparecen en el plató para separar a los panelistas que siguen insultándose y mentándose la madre.

—Calma, calma, por favor —dice Lara—: en este programa no nos gusta la violencia.

—¡Te voy a romper la cara! —grita Jacinto a Nilton—, ¡vas a ver, te la voy a romper!

—¡Tranquilidad, señores! —Lara se ha sentado en medio y con un gesto da a entender que ahora toca hablar.

Nilton se ha sentado al lado de Erminda, que está a un lado de Lara, mientras que Jacinto está al otro.

—A ver Nilton, cuéntanos —Lara vuelve a cruzar las piernas—, Jacinto dice que tú tienes algo con Erminda, ¿es cierto?

—Mentiras, señorita Lara —Nilton mueve una de sus rodillas de arriba abajo como si estuviera nervioso, los dedos de las manos entrelazados—, solo somos amigos.

—¿Cómo se conocieron Erminda y tú? —Lara adquiere ahora el tono de voz de una periodista seria.

—Del barrio, somos amigos del barrio.

—¿Hace cuánto se conocen?

—Hace ya algún tiempo —dice Nilton, como haciendo memoria—, será uno o dos años.

—¿Y nunca ha pasado nada entre ustedes dos?

—Nada, señorita Lara —dice Nilton—, todo son inventos de Jacinto.

Jacinto vuelve a insultar a Nilton, siguiendo las instrucciones recibidas.

—Tranquilo, Jacinto, tranquilo —dice Lara como si estuviera enfadándose—, ¡si sigues así te vas del set! —Luego vuelve su atención a Nilton y suelta como una gran revelación y por la que el público exclama un «¡Oh!»—: ¿Y quién es Zulma?

—Zulma es mi chica, señorita, hace un tiempo que estoy saliendo con ella.

—¿Tu chica? —pregunta Erminda con cara de sorpresa—, no me habías dicho nada de una chica.

—¿No le habías dicho a Erminda que tenías una chica? —pregunta Lara. Luego, dirigiéndose a Erminda—: ¿y por qué debería decírtelo?

—Lo sabía —masculla Jacinto desde el otro extremo.

—¡Que pase Zulma! —grita Lara a la cámara.

Entonces Zulma entra en el set, le estrecha la mano a Lara y se sienta al lado de Jacinto, mientras que Erminda, con cara de desconcierto, aprieta sus manos contra los brazos de la silla. Se ha enfadado, al menos ha puesto cara de enfado, y está a punto de saltar y abalanzarse sobre Zulma, pero recuerda que ese no es el momento, así que se queda ahí, en su sitio, mirando fijamente y con desconfianza a Zulma, que tiene el pelo ensortijado, una minifalda roja y tacones altos.

—Zulma, ¿cómo conociste a Nilton? —pregunta Lara.

—En una fiesta, señorita Lara, nos conocimos el día de la fiesta de cumpleaños de una amiga nuestra, Nelly.

—¿Y desde cuándo son enamorados?

—Ahí, nomás, poco tiempo después, Nilton y yo comenzamos a salir juntos —relata Zulma—, como vivimos en el mismo barrio...

—¿Por qué te pones así? —dice Lara dirigiéndose a Erminda, que se muestra impaciente y nerviosa—. ¿Acaso estás celosa de Zulma?

—No, señorita Lara —se contiene Erminda, ofuscada—, no pasa nada.

Lara vuelve a girarse hacia la recién llegada:

—Entonces, Zulma, ¿tú y Nilton son novios o solo son amigos con derecho a roce, como se dice vulgarmente?

—Pensé que éramos enamorados —dice Zulma, que habla con tono serio y solemne—, pero ahora quiero confesarle algo a Nilton, señorita.

—¡Atención, Perú, Zulma tiene algo que confesar! —dice Lara a la cámara, luego vuelve a dirigirse a la panelista—: ¿Qué quieres confesarle a Nilton, Zulma?

Se hace un silencio de un par de segundos y la cámara poncha, brevemente, rostros del público que muestran intriga, ganas de saber qué es lo que está por venir.

—Quiero confesarle que desde hace un mes me estoy viendo con Jacinto a escondidas —dice Zulma.

Erminda salta de su asiento y se abalanza sobre Zulma, que trata de defenderse de sus golpes con los brazos abiertos, mientras que Nilton también hace lo mismo contra Jacinto, que se ha puesto de pie para defenderse y contragolpear. Lara se ha hecho a un lado y observa satisfecha la frescura con la que sus invitados se desenvuelven, hasta que regresan los hombres de seguridad.

—¡Como ven, en este mundo no se puede confiar en nadie! —dice Lara a la cámara—. ¡Pero esto no es todo! ¡Esto está recién por empezar! A la vuelta conoceremos a Nelly, que, al parecer, tiene mucho que contar. ¡Vamos a una pausa comercial y volvemos con este picante programa!

El cartel dice APLAUSOS y todos aplauden, antes de que la luz roja se apague. Yoli entra en el set y comienza a maquillar a Lara, mientras que Andrea Solís felicita a los panelistas.

—Muy bien —les dice—, deben seguir así.

El sueño de Erminda de salir en la tele se estaba haciendo realidad.

# 7

En la enfermería no había televisión, pero ahí podía dormir todo lo que quisiera. Sandra, la enfermera, siempre recibía a los alumnos con un gesto a medio camino entre la compasión y la sospecha.

—Otra vez tú, Lescano.

—No me siento bien —dije.

—Tú nunca te sientes bien.

—Esta vez me duele el estómago.

—Pero siempre te duele el estómago, Facundo. —Se puso de pie y se dirigió a una pequeña mesa donde había una tetera eléctrica—. ¿Quieres una manzanilla?

—Creo que me vendría bien. ¿Me puedo recostar?

—Solo si prometes no quedarte dormido.

La enfermería era una habitación mediana en la que había un par de camillas pegadas a la pared y una ventana que daba al patio, cubierta por unas cortinas.

—¿Qué sabes de los embarazos? —dije sentándome sobre la camilla y apoyando mi espalda en la pared.

—¿Qué quieres decir? —La enfermera se cogía las manos a la altura del vientre. Parecía sorprendida por mi pregunta.

—¿Qué pasa si una chica se queda embarazada cuando todavía no ha cumplido la mayoría de edad?

—¡No me digas que has embarazado a alguien! Si apenas eres un adolescente.

—No, pero quiero saberlo.

—¿Qué quieres saber?

—¿Qué se puede hacer para remediar algo así?

Me miró fijamente a los ojos un par de segundos. Ahora la tetera comenzó a silbar y vi que afuera, en el patio, la neblina se hacía más densa.

—¿Realmente quieres hablar de esto? —Sandra me sirvió un poco de manzanilla caliente en una taza—. No sé si debería hablar contigo de este tema.

—Hay alguien que lo está pasando muy mal y quiero ayudarla.

—¿Quién es?

—No puedo decírtelo, pero es alguien que necesita mi ayuda.

—Facundo —Sandra se sentó al otro lado de su escritorio—, estas cosas deberían enseñártelas en las aulas de clase.

—No te estoy pidiendo que me enseñes nada —el humo de la taza de manzanilla se disipaba hacia mi cara—, solo quiero saber qué puede hacer una chica de diecisiete años que se ha quedado embarazada.

—¿Sus padres lo saben? Quiero decir que si sus padres saben que está embarazada.

—Ese es el problema —dije—. La madre lo sabe y está muy molesta. Ella no soporta lo que le está pasando.

—E imagino que quiere que su hija tenga al hijo —dijo Sandra, como intuyendo la situación—, ¿o quiere que no lo tenga?

—Me temo que ella va a querer que lo tenga —dije dándole un sorbo a mi infusión.

—Eso me temía yo también.

—La madre es muy conservadora. Por lo menos es lo que quiere aparentar. Tú sabes —dije—, va con todo ese rollo de la religión por delante.

—Se nota que conoces bien a la madre —dijo la mujer con algo de suspicacia—. Pero si es así, entonces la cosa se complica más.

—¿Tú qué harías?

La enfermera volvió a mirarme en silencio, como tratando de entenderme.

Entonces oímos pasos. Era uno de primaria. Estaba sollozando, con la respiración entrecortada y los ojos llorosos. No estaba llorando realmente, pero se le veía bastante alterado. La enfermera se acercó a él.

—¿Qué ha pasado?

El chico solo atinó a dar un par de inhalaciones bruscas que parecieron hacerlo temblar. Las palabras no le salían y la mujer entendió que lo mejor era no preguntar y le pasó la mano por detrás de la espalda, haciendo que se sentara en la otra camilla.

—Tranquilo —le dijo caminando hacia la tetera y encendiéndola una vez más—, te voy a preparar una infusión de tila que te va a sentar muy bien, ¿okey?

El niño asintió con la cabeza.

—Todo va a estar bien —dijo la mujer tocándole la frente para ver si tenía fiebre—, no es nada grave. ¿Te duele algo? ¿Cómo te llamas?

El alumno hizo un esfuerzo grande, pero las palabras no parecían poder salir de su boca, hasta que finalmente pudo hablar:

—Arturo.

—¿Arturo qué?

—... Torrecillas —dijo con dificultad.

—Muy bien, Arturo, tranquilo nomás, ¿ya? Ahora nos tomamos la infusión y no va a pasar nada.

Observé al chico de arriba abajo: llevaba la camisa afuera y le faltaba uno de los botones. La chompa que tenía encima también estaba algo desgarbada y uno de los cordones de sus zapatos estaba desatado.

—¿Hay algo que quieras contarme? —preguntó la enfermera sacando un sobrecito de tila de una caja—, ¿algo que te haya pasado?

Arturo se quedó en silencio. Parecía como si quisiese contar algo, pero no podía. Intenté que su mirada se encontrase con la mía, pero solo lo conseguí durante un segundo. Sandra se acercó a la tetera, que había vuelto a silbar, preparó la infusión y se la dio.

—Tómate esto y si luego me quieres contar algo, me lo dices, ¿okey?

El chico dijo que sí con la cabeza.

—Ten cuidado, que está caliente.

Sandra se dio la vuelta hacia la mesa, se sentó y apuntó algo en su cuaderno de registro de alumnos.

—¿Me puedo echar? —preguntó Arturo cuando terminó de beber.

—Claro. —Sandra colocó un cojín a la altura de su cabeza—. Descansa.

No pasó mucho tiempo hasta que se quedó dormido.

—Y tú, Lescano, ¿ya te sientes mejor?

La miré.

—Me ibas a decir algo —dije.

—No sé si sea el momento.

—Anda, Sandra.

—En otra ocasión.

—No pasa nada —dije señalando con el mentón a Arturo—. Duerme como una roca.

Sandra dirigió su mirada a Arturo e hizo un gesto de resignación.

—Por qué no salimos a tomar un poco el aire —dijo—. No quiero despertarlo.

Me levanté de la camilla y salimos. Cuando estuvo de pie a mi lado, vi que Sandra llevaba el pelo recogido con una coleta. Nos sentamos a un lado de la puerta, en uno de los muros que rodeaban el patio.

—Antes de entrar aquí yo trabajaba en otro colegio —dijo Sandra metiéndose las manos en los bolsillos de su chompa de color blanco.

Desde donde estábamos se podía oír el sonido del tráfico de la calle. Sandra había reemplazado a la antigua enfermera apenas tres o cuatro años atrás, así que a nosotros, los que estábamos en quinto de media, nos había acompañado durante casi toda la secundaria.

—Era un colegio de chicas y una vez pasó que una chica tuvo el mismo problema que tú me acabas de contar.

Los patios de todo el colegio estaban cercados por paredes con rejillas de unos tres o cuatro metros de alto. La neblina parecía atravesar y borrar parte de ellas.

—Yo me enteré porque un día la chica vino a la enfermería, sintiéndose mal, mareada y con náuseas —dijo Sandra—, ella no sabía muy bien lo que le pasaba.

No sé cuántos años tendría Sandra, unos treinta, quizá unos cuarenta. A cierta edad es muy difícil poder darte cuenta, realmente, si una persona es mayor o menor que otra.

—Esa misma mañana sus padres pasaron a buscar a su hija al colegio.

—¿Estaba embarazada?

—Nunca más la volví a ver —dijo.

—¿Qué fue lo que pasó?

Según lo que Sandra pudo enterarse después, cuando los padres de la chica supieron que su hija estaba embarazada, no tuvieron mejor idea que sacarla del colegio y llevársela a vivir fuera del país. No querían que se quedara en Lima, en medio de las habladurías.

—¿Y sabes si lo tuvo o no?

Un año después de haberse ido, me contó Sandra, no se sabe bien si a Estados Unidos o Inglaterra, regresaron, madre e hija, con una niña pequeña.

—Le hicieron creer a todo el mundo que la bebé era hermana de la chica y no su hija.

—Entonces sí lo llegó a tener.

—Al parecer siguen diciéndole a todo su círculo cercano que madre e hija son hermanas.

Durante un segundo me acordé del caso de nuestra vecina Alicia, de cómo había querido perder a su hijo lanzándose por la ventana de su casa desde la segunda planta.

—Claro que hay una alternativa para la chica que tanto te preocupa —dijo Sandra—, pero tiene que ser algo que ella realmente quiera hacer. Es una opción que no va a ser fácil.

—Me estás hablando de abortar.

Sandra se llevó el dedo índice a la boca para que bajara la voz. Luego volvió a asegurarse de que Arturo siguiese dormido y continuó hablando en susurros.

—Es una decisión que esa persona tiene que meditar mucho.

—Pero ¿dónde puede hacerlo? ¿Puede uno ir a una clínica y pedirle a un doctor que la ayude?

—Me temo que no es tan fácil.

—Pero alguna forma debe de haber —dije.

—¿Estás seguro de que ella no lo quiere tener?

Me quedé en silencio.

—Porque es una decisión que la va a marcar para toda la vida, y la única que tiene que estar convencida de eso es ella.

—Pero tener un hijo es algo que también te va a marcar para toda la vida, ¿no? Tener un hijo con diecisiete años puede ser incluso peor —dije—. ¿Tú me ayudarías? Si ella no quiere tenerlo, ¿tú me ayudarías?

Sandra ladeó su cabeza y me miró con compasión. Iba a seguir hablando, pero sonó el timbre del cambio de hora. Volvimos a entrar en la enfermería. Arturo abrió los ojos, pero luego volvió a quedarse dormido.

—Es mejor que vuelvas a tu clase, Lescano —dijo Sandra.

Entonces comprendí que no debía seguir insistiendo. Ahora parecía que tenía un motivo más para sentirme preocupado. Ya no era solamente lo que le estaba pasando a Alexia, sino lo que le estaba pasando a cierta parte de la sociedad, que no podía contra sus propios prejuicios.

—¿Qué crees que le ha pasado? —pregunté señalando al niño que dormía.

—Debe haber sido un ataque de ansiedad —dijo Sandra—, cuando son peques suele pasar. Seguro que con la tila y la siesta se recupera. A esta edad, a veces, solo echan de menos a sus padres.

Dejé la taza de manzanilla vacía sobre la mesa y me dispuse a salir. No tenía ganas de volver a clase, pero tampoco quería quedarme ahí.

—Lo siento, Facundo.

—¿Por qué? —pregunté dándome la vuelta en la puerta—. ¿Por qué la gente le tiene tanto miedo a la verdad?

Sandra levantó los hombros. Afuera, en el patio, el cielo estaba gris y parecía que una ligera llovizna había comenzado a caer sobre mi cabeza, pero era tan leve que no estaba seguro si realmente estaba cayendo. Me metí en uno de los baños. En la hora de cambio de clase había muchos profesores saliendo y entrando de las aulas y no quería ser visto. La verdad era que me hubiese gustado salir del colegio y ver a Alexia, pero ni siquiera sabía dónde podría estar. Quizá ahora necesitaba hablar con alguien. Solo de pensarlo me ponía peor. En un principio me pareció que el baño estaba vacío, pero en uno de los retretes había alguien. La puerta se abrió. Era Luque Ferrini, uno de quinto A.

—¿Qué pasa? —me dijo con una mano en la nariz—. ¿Se te ha perdido algo?

Los del A siempre tenían este aire de superioridad con el que no podía.

—A mí nada. ¿A ti? —Me di la vuelta y abrí uno de los caños para beber agua—. Tienes la bragueta abierta.

—¿Te gusta verme la pinga? —dijo poniéndose de pie a mi lado y llevándose agua a la cabeza como si fuera gel.

Me quedé en silencio.

—¿No tienes nada que decir?

Eructé en su cara.

Alguien más entró, otro alumno, pero de quinto C, que venía con las manos en los bolsillos y un gesto intrigante. Todos lo conocían porque le gustaba meterse en problemas con los profesores. Su nombre era Joselo. Comenzó a decirnos algo acerca de unos cuetecillos que tenía en los bolsillos y que le gustaría hacerlos reventar en uno de los baños.

—¿Estás loco? —dijo el otro—, ¿ahora mismo?

—Anda... —insistió Joselo—, para eso he salido de clase. ¿Tú qué dices?

Levanté los hombros.

—He escuchado que al hijo de puta del padre Cipriano le gusta tocar a los de primaria —dijo Joselo mientras ponía la sarta de cuetecillos sobre uno de los retretes—, ¡qué tal concha de su madre! Si fuera cierto, yo le reviento todo su puto colegio.

Joselo había hecho una mecha más larga para que nos diera tiempo a salir corriendo.

—Tan cojudo no soy. —Ya tenía un encendedor en la mano—. ¿Están listos?

Lo que había colocado Joselo no era exactamente una sarta de cuetecillos, sino unas calaveras, que eran mucho más ruidosas. Las reconocí porque siempre las utilizábamos en Navidad y la noche de año nuevo, antes de que dieran las doce.

—Prepárense. —Joselo prendió la larga mecha.

Atravesamos corriendo el patio. Los petardos explotaron.

Cuando volví a quedarme solo, caminé en dirección del coliseo techado que hacía poco acababa de ser remodelado con dinero que los padres de familia habían tenido que aportar a la cuota mensual. La decisión de remodelarlo había generado cierta discrepancia entre algunos. Al final, la concesión y el diseño a realizar se lo llevó el viejo de Arteaga, que es arquitecto o ingeniero civil, nunca lo tuve claro del todo, y había estado haciendo obras para el Ministerio de Transportes y Comunicaciones de Fujimori. Ahora el coliseo parecía una especie de nave espacial que acababa de aterrizar en medio del patio. Seguí andando y me percaté de que la oficina juvenil de Pastoral estaba abierta. Era de los pocos lugares que no frecuentaba. Prefería no compartir mi confusión con un grupo de gente que estaba igual de confundida. Quiero decir que a veces sospechaba que ahí dentro todo era un poco raro. Eso sí, había que reconocer que los chicos que lo llevaban querían dar la impresión de que estaban en las antípodas de las autoridades escolares y hacían todo lo posible por verse frescos y abiertos. Durante el año pasado, en el que toda la sección tuvo que hacer la confirmación, los estuvimos frecuentando durante cuatro meses, aunque en el último minuto desistí de confirmarme. Ahí nos hablaron de Jesús como si fuera una estrella de rock and roll y de la importancia de su mensaje entre los más jóvenes.

De todas formas, entré en la oficina. Quizá esos chicos podían responder algunas de mis preguntas con respecto a Alexia. Además, no quería ser pillado por Albiol y que me castigase por estar deambulando por el patio. Dentro había un fuerte olor a incienso y en la mesa de escritorio vi varios cuadernillos de catequesis. En la pared había una cruz y en una esquina descansaban un par de guitarras acústicas que se usaban en las misas de entre semana. También había una estantería con varias Biblias de lomo oscuro. Cogí una y me senté en una de las sillas. La abrí en una página al azar y leí un párrafo. Jesús hablaba de cómo sería preferible amarrarse una roca al cuerpo y lanzarse al mar antes de corromper a los niños. A veces las historias que contaba Jesucristo eran muy complicadas de entender y uno siempre se preguntaba qué demonios habría querido decir, pero había algo en él que me caía bien. Cuando los curas las contaban, todo sonaba impostado y falso, pero si te imaginabas las escenas cuando las leías a solas eran totalmente diferentes. Una de las que más me gustaba era cuando echaba a los mercaderes del templo que habían utilizado los alrededores para convertirlo en una especie de mercadillo. Les decía que habían convertido todo en una cueva de ladrones y tiraba abajo todos los puestos y comercios ante la cara de cojudos de los rabinos, que veían cómo perdían dinero. A los curas como Cipriano no les interesaba mostrarnos ese Jesús; me refiero a ese lado que no se parece mucho al tipo que siempre te está ofreciendo la otra mejilla.

—¿Qué haces tú aquí?

La que hablaba era Marta, la consejera juvenil. El olor a incienso venía de la habitación contigua, de donde Marta había salido.

—Lo siento —dije viendo cómo se acomodaba el pelo y uno de los botones de su blusa—, es que necesitaba hablar con alguien.

—Pero ¿no deberías estar en clase? —Marta tenía la pintura de los labios corrida—. No creo que puedas estar aquí.

Alguien más se apareció por detrás de Marta. Era César, otro de los consejeros que había conocido el año pasado.

—¿Pasa algo? —Cuando me vio pareció sobresaltarse—. ¿Qué haces acá, Lescano?

—Eso mismo le he preguntado yo —dijo Marta.

—¿He interrumpido algo?

—No, nada —se adelantó César—, ¿estás bien?

—Puedo regresar otro día.

—No, quédate —dijo César mirando a Marta.

—¿Quieres un vaso de agua? —Marta tenía las tetas grandes y el cabello esponjoso—. También hay galletas.

Negué con la cabeza. Había un rumor acerca de Marta y algunos compañeros, sobre todo los de quinto A, con los que supuestamente había tenido roces y toqueteos. Algunos decían, incluso, que la chupaba bien. Hasta ahora ninguno de nosotros era capaz de confirmarlo. La verdad era que cualquiera hubiera estado dispuesto a hacerlo, porque Marta no estaba nada mal.

—Entonces, ¿qué era de lo que querías hablar?

César, como todos los catequistas, había estudiado también en el colegio. Quizá ambos fuesen amigos íntimos desde antes de que César terminara quinto de secundaria. Tal vez todos los rumores de que Marta era una depredadora sexual fueran ciertos. Quise reírme.

—Bueno, no sé, quizá no sea el momento —dije.

—Anda —intervino Marta—, ¿qué nos querías contar?

—Hay alguien a quien me gustaría ayudar.

—Ajá —dijo César—, ¿quién es?

—No puedo decirlo, pero es una chica.

—¿Una chica? —Marta se llevó una galleta a la boca. Siempre quería aparentar estar más relajada que el resto de los consejeros—. ¿Qué pasa con ella?

—Está embarazada. Y solo tiene diecisiete años.

Marta y César se miraron como si un boy scout hubiera encontrado una moneda de oro en medio del bosque.

—Cierra la puerta —le dijo Marta a César, que se apresuró a cerrarla.

No sé por qué, pero me arrepentí de habérselo contado. Tuve la sensación de que lo que me dijeran no me iba a ayudar en nada.

—¿Quién es? —Marta se había sentado en una silla muy cerca de mí—. ¿Tu enamorada?

—No tengo enamorada, pero digamos que es una amiga que vive por mi casa.

—¿Y cómo sabes que está embarazada? —César era un chico bastante guapo, parecía un actor de televisión.

—¿Te lo ha contado ella misma? —Marta tenía media galleta en la mano.

—Sí —dije—, pero quizá debería volver en otro momento.

—No —Marta me puso una mano sobre el brazo con mucho cariño—, estamos aquí para ayudarte. O ayudar a tu amiga.

—¿Quién más sabe que está embarazada? —preguntó César.

—No lo sé, quizá su madre.

—¿La madre es de este colegio? —preguntó Marta—. ¿Es la madre mamá de alguno de tus compañeros?

—No —técnicamente no estaba mintiendo—, no es mamá de ninguno de mis compañeros.

—¿Y cómo quieres ayudarla?

—Creo que ella no lo va a querer tener, y quiero ver qué puedo hacer para ayudarla.

—¿Y cómo sabes que ella no quiere tenerlo? —preguntó Marta—. ¿Cómo puedes asegurarlo?

—Pura intuición, es lo que sospecho.

—Pues quizá sospeches mal, eso que estás diciendo es muy feo.

—Lo que te quiere decir César —dijo Marta— es que no hay nada más valioso que la vida.

—Quizá haya algo que tenemos que contarte. —César se acercó a las estanterías donde estaban las Biblias. Cogió una—. Has oído hablar de la buena nueva, ¿no?

En ese instante me vino un ataque de sueño y bostecé de manera abrupta.

—Lo siento —dije antes de quedarme dormido.

## 8

Mamá cumplía años y habíamos ido a despertarla muy temprano acompañados de Dolina, que tuvo la idea de servirle el desayuno en la cama para hacerle una sorpresa. Alexia y yo éramos todavía muy pequeños, pero recuerdo ese día de 1987
claramente, porque mi padre había recibido una llamada de
teléfono que lo obligó a salir de casa para asistir a una reunión
muy importante. Era el día nacional del Perú, fiestas patrias,
y en la televisión todos los canales estaban transmitiendo el
mensaje a la nación del presidente Alan García desde el Congreso.

Cuando papá llegó horas más tarde, estaba rabioso y muy
preocupado.

—¿Has visto la televisión?

—¿Qué ha pasado? —Mamá solía no enterarse de nada.

—El caballo loco quiere nacionalizarlo todo. —Papá dejó
su saco a un lado.

—¿Qué me estás diciendo?

—Lo que oyes. —Papá traía el periódico en la mano.

—¿Y eso es bueno o malo? —preguntó mamá tratando de
encontrar la noticia en *El Comercio*.

—¡Acaso no te das cuenta! Significa que el Estado quiere
hacerse con los bancos y los ahorros de todos los peruanos —dijo

papá—. Ese periódico es de hoy. Ahí no vas a encontrar nada. Todo acaba de ocurrir.

Mamá se puso pálida.

—¿Está bien, señora? —Dolina se había acercado a ver por qué tanto escándalo—. ¿Le traigo un vaso de agua?

—¿Cómo que el Estado quiere quedarse con todo? —Mamá se había acercado a papá—. ¿Estás hablando en serio?

—¿Tú crees que bromearía con algo así?

—¡Madre mía! —Mamá se cogió la cabeza—. Esto no puede ser posible.

—¡El cagón de Alan quiere intervenir la banca! —clamó papá—. En este país el Estado es Alan García. Resulta que, ahora, todos los bancos, aseguradoras y financieras pasarán a las manos de los corruptos del APRA.

—Así, nomás —mamá había abierto los ojos, sorprendida—, sin nada a cambio. ¿No es eso un robo?

—Van a emitir unos bonos que no servirían para nada.

—Pero ¿no se puede sacar el dinero del banco antes de que lo nacionalicen? —Mamá se había sentado—. Tiene que haber alguna forma.

—Para eso salí esta mañana —papá trataba de sintonizar las noticias tanto en la radio como en la tele—, pero no creo que sea tan fácil.

—¡Qué manera de voltearse así, la de este caballo loco! —se quejó mamá casi al borde del llanto—. Ya decían que estaba más chiflado que una cabra. ¡Está haciendo lo mismo que el comunista de Velasco!

—¿Qué quiere decir nacionalizar la banca, papá? —preguntó Alexia.

—Que viene un presidente corrupto y se queda con el dinero de los ahorristas —respondió mamá—, eso quiere decir.

Alexia desapareció sin decir nada.

—¿Y ahora qué vamos a hacer? —Mamá se había bebido el vaso de agua que Dolina le había dado—. No hay alguna forma de evitar esto.

—Quizá tengamos que irnos del país.

Al poco rato Alexia volvió con una pequeña alcancía que tenía escondida en su habitación.

—Si eso pasa se pueden quedar con todo lo que tengo aquí —dijo entregándoles la alcancía cubierta de polvo.

Papá se acercó a mi hermana con una media sonrisa, le iba a decir algo, pero un comentario de la radio llamó su atención.

—¿Y adónde nos iríamos? —preguntó mamá—, ¿a Estados Unidos?

—Es una posibilidad —respondió mi padre.

—Dolina, mañana mismo me acompañas a una agencia de viajes.

—Mañana es feriado, señora.

—Bueno, entonces pasado mañana.

—No nos adelantemos —dijo papá—, nos esperan unos días arduos. Esto es un golpe a la propiedad privada. Tenemos que luchar para evitarlo.

—Pero ¿cómo lo vamos a hacer?

—Es lo que tengo que pensar.

Ese día mi padre se pasó gran parte de la tarde y la noche haciendo llamadas telefónicas. El cumpleaños de mamá se había echado a perder por culpa del presidente del Perú y desde entonces comencé a odiarlo. En la cocina, Dolina nos decía a mí y a Alexia que no nos preocupáramos, mientras nos servía un vaso de leche.

—Si nos vamos a Miami, ¿tú te vienes con nosotros? —quiso saber Alexia.

—No sé, Alexia —respondió Dolina—. Eso no depende de mí.

—Lo más probable es que nos quedemos —intervino Rómulo, que tomaba una taza de té y escuchaba una pequeña radio a transistores—. ¿No crees, Dolina?

—No sé, Rómulo —respondió Dolina.

—Bueno —dijo Rómulo—, a nosotros no sé si nos afecte mucho.

—¿Qué quieres decir? —se interesó Dolina.

—Que lo que quiere hacer el presidente obviamente les afecta a los banqueros —se explicó Rómulo—, pero a nosotros, que no tenemos nada en el banco, ¿en qué nos afecta?

—Pero sería muy difícil si, de la noche a la mañana, pierdes todos tus ahorros, ¿no crees?

—Yo nunca he tenido mucho dinero en el banco —dijo Rómulo.

—Además, si se van, ¿qué va a ser de nosotros? ¿Nos quedamos sin trabajo?

—Yo le digo a mi mamá que te traiga con nosotros —terció Alexia.

Fue cuando escuchamos un grito que venía de la calle.

—Creo que Alicia ha vuelto a tomar —dijo Rómulo levantando la oreja hacia la calle.

—Ni digas —dijo Dolina.

—He escuchado un portazo —dijo Rómulo.

—Ojalá no se le ocurra venir a... —El sonido del timbre interrumpió a Dolina, que cerró los ojos y apretó los dientes.

—Seguro que es ella —dijo Rómulo.

—¿Qué querrá ahora? —Dolina nunca terminaba de acostumbrarse a los exabruptos de Alicia—. ¿Le abres?

Rómulo desapareció de la cocina y caminó hacia la puerta de servicio. Escuchamos que Alicia le decía algo, abría la puerta y enseguida se apareció en la cocina.

—Señora Alicia —dijo Dolina.

—Señorita, por favor —la corrigió Alicia.

Detrás de la mujer, Rómulo puso cara de no haber podido evitar que entrara en casa.

—Quiero que me hagas un favor. —La voz de Alicia sonaba cada vez más grave y todos pudimos oler su tufo a alcohol.

—¿Un favor? —Dolina puso cara de pánico.

—Sí —dijo Alicia sacando algo de su bolso—, necesito que me calientes algo.

—¿Que le caliente algo?

—Sí, cholita, por favor, es que si lo caliento en casa mis viejos me cuelgan de los ovarios.

—No sé si los señores me dejen...

—No tienen por qué enterarse, pues. —Alicia tenía entre sus manos algo envuelto en papel platino—. No les digan nada. No va a tardar mucho tiempo. Es al toque nomás.

Dolina miró a Rómulo que puso cara de Poncio Pilatos.

—No sé, señorita Alicia...

—¡Anda, no jodas! —Alicia se acercó ella misma al horno—. Son solo diez minutos.

Por aquellos días, Alicia Moll todavía se veía joven y guapa, pero su problema con el alcohol era ya su estigma.

—¿Qué es lo último que han dicho en la radio? —Alicia había encendido el horno ante la mirada estupefacta de Dolina—. ¿Alguna novedad?

—Hasta ahora lo mismo de la mañana —dijo Rómulo—. Parece que Alan García nacionaliza los bancos.

—Yo creo que a ese huevón le falta un tornillo —Alicia cogió una manzana sin pedir permiso—, dicen que toma litio porque anda mal de la cabeza. Yo creo que también se mete sus tiros de coca, el muy ladrón.

—Señorita Alicia —dijo Dolina mirándonos—..., los niños.

Nosotros la escuchábamos divertidos y nos hacía mucha gracia. A veces parecía una actriz.

—¿Y sus papis qué dicen, señorita? —preguntó Rómulo.

—Deben estar que se cagan de miedo —dijo Alicia—, temen perderlo todo, así como todos en este barrio.

—¿Y usted no está preocupada?

—A mí ya me han desheredado, los viejos huevas tristes —Alicia se había comido la manzana en cinco bocados y medio—, no creo que quieran dejarme algo.

—Es una pena —dijo Dolina.

—Bueno, tampoco les queda ya mucho. —Ahora caminaba hacia la puerta con un cigarrillo en la mano—. Voy a fumarme un pucho y vuelvo por mi mercancía.

—Huele raro, ¿no? —preguntó Dolina poco después.

—Sí —dijo Rómulo—, ¿qué será eso que ha traído?

Cuando Dolina abrió la puerta del horno, el aroma se extendió por toda la cocina.

Esa fue la primera vez que olimos marihuana.

Los días siguientes fueron de mucha tensión. Mi padre pasaba mucho más tiempo de lo habitual fuera de casa, reuniéndose con sus socios, que estaban muy asustados por las decisiones que el presidente quería tomar. Los apagones en toda la ciudad se repetían cada vez más a menudo. Las bombas también. El agua comenzó a escasear, y Dolina y Rómulo tenían que juntarla para que en la noche no faltara. Muchas veces teníamos que ducharnos con jarrones.

Pocos días después, papá recibió una llamada. Uno de sus amigos le decía que esa misma semana habría una concentración en una plaza del centro. Mamá le preguntó si estaba seguro de que eso de salir a las calles funcionaría: ir a protestar no era algo que a ella le apeteciera mucho, pero papá aseguró que a él le parecía una idea cojonuda, mujer. Tenemos que dejar claro que no le vamos a permitir al presidente hacer lo que quiera con las clases medias, dijo papá, tajante. Va a estar encabezado por Vargas Llosa, añadió, eso nos va a ayudar a que tenga más fuerza mediática. Durante esos días mi padre me habló como si fuera una persona mayor. A mí y a Alexia nos trató de hacer entender la importancia de la propiedad privada para que una sociedad se desarrolle de manera próspera. Un día, papá se puso jeans y zapatillas y me pidió que lo acompañara, y le pidió a Rómulo que nos dejara cerca de la plaza San Martín, hacia donde iríamos andando.

Los manifestantes eran muchos. Hasta ese día nunca había visto tanta gente junta. Parecía la salida de un campo de fútbol en un clásico entre la U y Alianza. Las mujeres iban con cacerolas y los hombres con pitos en las bocas. Papá me seguía hablando. Me contó la historia de cómo la sociedad inglesa durante los años setenta y los ochenta vivía aletargada por el colectivismo y el estatismo, que convirtieron al país en una sociedad paralizada y sin capacidad de reacción ante los sindicatos y las políticas que no permitían la competencia y la iniciativa privada. Según mi padre, la primera ministra de entonces montó una revolución cuando fue elegida en 1979, y comenzó a desregular el mercado. Le devolvió al Reino Unido la esencia de lo que había sido el país durante toda su historia, me dijo papá caminando conmigo cogido de la mano hacia el centro de la plaza San Martín, y la propiedad privada y la libertad es lo que estamos viniendo a defender hoy, continuó mientras nos adentrábamos entre la multitud, que comenzó a gritar: ¡Libertad, libertad!, en medio de confeti y cintas de colores. Entonces, papá me subió a sus hombros y desde ahí arriba pude ver mejor todo el panorama. Fue un poco extraño, porque normalmente las manifestaciones y las marchas de protesta que ponían siempre en la televisión mostraban a gente obrera, de las clases trabajadoras, sindicatos o, en todo caso, funcionarios públicos. Sin embargo, aquella noche en la plaza San Martín todos parecían los amigos y amigas que mis padres frecuentaban los fines de semana. Mientras nos acomodábamos, apretujándonos entre la multitud, llegué brevemente a contagiarme de aquel espíritu de frenesí que solo puede dar una masa de gente reunida. Años después, mucha de esa gente que salió a defender la libertad frente a los gestos totalitarios de Alan García, se alineó con Fujimori y le dio la espalda al hombre que ahora daba un discurso acalorado. Ese es Vargas Llosa, hijo, me dijo papá, eufórico, pero al poco rato me quedé dormido en sus hombros. Ahí descubrí que el capitalismo también me da sueño.

Esa misma semana nos enteramos de que el hijo de Alicia había llegado a Lima de visita. Rodrigo Moll era un chico apenas dos o tres años mayor que Alexia. Sus abuelos lo habían mandado a vivir fuera cuando se dieron cuenta de que el futuro de su madre era tan incierto como el del Perú. Rodrigo se fue a Los Ángeles con apenas cinco años, a vivir con sus primos y su tía, una mujer que se había instalado con su esposo en California luego de que la reforma agraria del expresidente Velasco les quitara las tierras a sus suegros. Los abuelos de Rodrigo no dudaron ni un segundo cuando tomaron la decisión, así como tampoco dudaron ni un segundo cuando decidieron apellidar al nieto como la madre. El padre era alguien que no merecía estar vinculado de ninguna manera con los Moll, una familia que durante generaciones se había preocupado por mantener, según decían las viejas y aburridas vecinas del barrio, el honor y la buena reputación. Por lo que comentaba mamá en casa, cuando el tema salía en la sobremesa del comedor, la decisión de los Moll no causó rechazo en Alicia, que, de alguna manera, se sintió aliviada de no tener que hacerse cargo de un hijo que nunca quiso tener. Cuando mamá se enteró de la visita, no dudó en llamar a los padres de Alicia para invitar a Rodrigo a casa. Mandó a preparar canchita criolla, mazamorra morada y arroz con leche, además de comprar una torta de chocolate que puso en medio de la mesa del comedor, donde también había varias botellas de Inca Kola.

—Tenemos que recordarle que su país es el Perú, que este es su lugar y aquí están sus raíces. —Mamá colocaba algunas servilletas sobre la mesa—. Allá podrá tener muchas más oportunidades, pero, por más que se haya ido, ¡y ojalá nosotros no tengamos que hacerlo!, este siempre será su Perú, nuestro Perú.

Ya había probado la canchita cuando Rodrigo Moll tocó el timbre de la casa. Mamá misma fue a abrirle la puerta y todos nos quedamos sorprendidos. A sus nueve, o diez años Rodrigo había pegado un estirón y se veía más grande, no exactamente por su tamaño, sino por cómo iba vestido. Llevaba puestos unos jeans desgastados, demasiado para que mamá nos hubiera permitido llevarlos encima alguna vez, con una camiseta blanca con la foto de unas tortugas disfrazadas de ninja, y el pelo corto por delante y largo por atrás. Pero lo que más me llamó la atención fue un pendiente que le colgaba de la oreja izquierda y que hizo que mi madre exclamara: ¡Dios mío!, y se llevó la mano a la boca.

—¡Rodrigo, qué grande que estás!

Rodrigo se había quedado bajo el marco de la puerta, con su chaqueta de béisbol encima y una expresión que no decía gran cosa.

—¡Pasa, por favor! —dijo mamá—, ¿te acuerdas de Facundo? Pero qué te vas a acordar si cuando te vi la última vez eras un enano.

Rodrigo me estrechó la mano con un giro de muñeca.

—Espero que de mí sí te acuerdes —mamá cerró la puerta—, ¿qué tal estuvo el viaje?

—Bien —dijo Rodrigo sin mucho entusiasmo—, no había mucha gente en el avión.

—Ya, hijo. Como están las cosas, nadie quiere venir al país —mamá pareció quejarse—; más bien, todos se quieren ir.

Entramos en casa, y mamá nos indicó que fuéramos a la mesa.

—¿Quieres una Inca Kolita?

Rodrigo levantó los hombros. Dolina le sirvió un vaso mientras le sonreía.

—¿Te acuerdas de Alexia? —Mi hermana estaba sentada sobre sus rodillas en una de las sillas del comedor—. Ella es la mayor.

—No estoy muy seguro —dijo Rodrigo mascando un chicle.

—Hola —dijo Alexia antes de tomar un sorbo de Inca Kola.

—Pero, bueno —siguió mi madre—, cuéntame, ¿qué tal todo en Estados Unidos? ¿Dónde estás viviendo?

—En Los Ángeles.

—¿Y te gusta?

Rodrigo volvió a levantar los hombros.

—Creo que sí.

—¿Cómo es Los Ángeles? —preguntó Alexia.

—Muy grande, hay muchas playas.

—Aquí también tenemos playa —se ofendió Alexia.

—Pero seguro que allá las playas son muy bonitas —dijo mamá—. ¿No quieres sacarte ese chicle de la boca?

Rodrigo se llevó las manos a la boca.

—Espera. ¡Dolina, una servilleta!

Alexia arrugó la nariz. Dolina cogió el chicle que Rodrigo se había sacado de la boca, envuelto en una servilleta.

—Y en el colegio —siguió mamá—, ¿cómo te va?

—Bien.

—¿En qué grado estás?

—Paso a *sixth grade*. —Cuando hablaba en inglés, Rodrigo sonaba muy gringo.

—Veo que tu inglés está buenísimo. —Mamá lo miraba con las manos juntas—. ¿Solo hablas inglés en el colegio?

Rodrigo dijo que sí con la cabeza.

—¿Te gusta la Inca Kola?

—Mi mamá siempre tiene una botella en la nevera de casa —dijo Rodrigo cogiendo el vaso—. Pero yo prefiero Doctor Pepper.

—¿Qué es eso? —preguntó Alexia.

—Es como la Inca Kola, pero roja.

—Aquí tenemos Kola Inglesa; ¿te gusta la Kola Inglesa?

—No la he probado.

—También es roja. ¿Quiénes son esas tortugas que tienes en el polo? Se ven muy graciosas.

—*Ninja Turtles*. —Rodrigo se miraba el pecho—. Creo que en español sería Tortugas Ninja. Son los personajes de un cómic.

—¿Y no extrañas el Perú, Rodrigo? —quiso saber mamá—. Aquí tenemos cosas muy ricas. ¿Te gusta la mazamorra?

—*So, so*, prefiero el turrón de Doña Pepa.

—¡Dolina —se giró mamá—, dile a Rómulo que se vaya a la avenida Tacna y se traiga un kilo de turrón!

—Deberías venir más seguido, Rodrigo —dijo Alexia.

—¿Y cómo están tus tíos?

—Bien —contestó Rodrigo—, se quedaron en los *States*.

—¿Qué son los States? —preguntó Alexia frunciendo el ceño.

—Así se le llama a los Estados Unidos —respondió mi madre—, en inglés se dice United States.

—Ah —Alexia tenía la boca manchada de color morado por la mazamorra—, es verdad. Me había olvidado.

—Ellos también están con el inglés a full en el colegio, así que si quieres les puedes hablar en inglés.

—Okey —dijo Rodrigo.

—Pero a mí me hablas en español, ah, que, si no, se te olvida —mamá se dirigió a la segunda planta—; ahora vuelvo.

—¿Y cómo es el colegio en Estados Unidos? —preguntó Alexia cuando se fue mi madre.

—Está bien. —Rodrigo levantó los hombros.

—Yo ya voy en tercero —dijo Alexia.

—¿Y tú? —me preguntó Rodrigo.

—Él todavía está en segundo —respondió Alexia por mí.

—*Cool*.

Hasta ahora yo solamente lo había estado observando. Llevaba cosas que no se encontraban en Lima por ese entonces, como las que traía papá en la maleta cuando regresaba de viaje, aunque mi padre jamás hubiera sido capaz de traerme una camiseta con las Tortugas Ninja, o zapatillas de aire comprimido. Todo en él se veía moderno, nuevo y nos recordaba que fuera de las fronteras del país había otro mundo, no sé si mejor o peor, pero otro.

—Espero que el rollo funcione. —Mamá llevaba una máquina de fotos en la mano—. Vamos a hacernos una fotito.

—Yo tengo una —Rodrigo sacó una pequeña cámara amarilla de uno de los bolsillos de sus pantalones—; me la dio mi tía para que me hiciera fotos en el viaje. Es una desechable.

—Ay, qué maravilla, hijo, cómo me gustaría tener alguna de esas —dijo mamá—; seguro que funcionan mejor que esta, que siempre termina por complicarme la vida. A veces las fotos ni siquiera salen bien, sino veladas.

—¿Qué más hay en Estados Unidos? —preguntó Alexia observando la Kodak desechable de Rodrigo—. Parece que ahí tienen de todo, ¿no?

—¿Aquí hay *malls*? —preguntó Rodrigo.

—¿Qué es eso?

—*Shopping centers* —dijo él con sorpresa—. ¿En Lima no hay?

—¡Ah! —dijo Alexia—, ¡los centros comerciales!

—Allá lo *cool* es ir a los *malls*.

—Ay, hijo, aquí a lo mucho tenemos los Polvos Azules, que es un mercadillo de lo más sucio y lleno de rateros —dijo mamá con un tono quejumbroso—; lo mejor que tenemos es Camino Real, si tengo tiempo, los llevo un día para que lo conozcas.

—En California te puedes pasar toda la tarde de un sábado en el *mall*, es muy *cool*.

—Creo que ya está —dijo mamá manipulando su cámara—, a ver si nos tomamos una fotito para el recuerdo, chicos. Pónganse todos al mismo lado de la mesa —nos indicó—. Dolina, enciende la luz, que ya está oscureciendo.

Dolina se acercó al interruptor, pero no la pudo encender. Era otro apagón.

—¡Por Dios! —dijo mamá—, a ver si con el flash salen bien. ¿Tenemos velas, Dolina?

—¿En Estados Unidos se va la luz? —preguntó Alexia.

—No —dijo Rodrigo—, eso no pasa nunca.

—Acá están las velas, señito. —Dolina abrió el paquete de velas y las fue encendiendo una por una.

—¡A ver, sonrían! —dijo mamá.

Justo un instante antes de ver que la luz del flash saliera disparada de la cámara se apareció papá. Lo último que vi fue el resplandor de la luz que me dejó ciego por un par de segundos.

—Creo que lo hemos conseguido, mujer —contó aliviado mi padre, soltándose el nudo de la corbata—; parece que al final lo de la nacionalización que quería hacer caballo loco no va.

—¡Papi! —Alexia saltó de la silla para correr hacia él y darle un abrazo—. ¿Cuándo nos llevas a conocer Estados Unidos?

# 9

Las peleas siempre se daban a la salida del colegio, porque si alguno de los curas o sisters te pillaba dándote golpes, la paliza te la daban ellos, y en ese caso no había posibilidad de defensa. Si tenías suerte y era algún profesor el que se daba cuenta de la bronca, te llevabas a casa una papeleta de mala conducta. Por eso, lo mejor era hacerlo fuera del colegio. A mí eso de pelearme también me daba sueño, pero a veces no había otra salida. Esa tarde, luego de clases, Iván Sánchez-Camacho me dijo que Perico Soler se iba a mechar.

—¿Otra vez? —dije—. ¿Con quién?

—Con el ganso de Yano Pontas —dijo el gordo—, va a ser en el Olivar.

El Olivar era un bosque con árboles frondosos que estaba cerca del colegio, ideal para darse golpes y no ser visto por los vecinos, que muchas veces avisaban a la escuela. Eso molestaba mucho a las autoridades y los curas, no tanto por los golpes, sino por la mala imagen que podían llevarse los vecinos de San Isidro.

—No sé, gordo —dije—, no sé si tenga muchas ganas de ver broncas hoy día.

—Anda, vamos —dijo Iván—, ¿qué otra cosa tienes que hacer?

Realmente no tenía muchas ganas de volver a casa, sino de conseguir un cigarrillo y fumármelo, y en el Olivar seguro que alguien tenía.

—¿Quién crees que pegue? —me preguntó Iván cuando salíamos del colegio.

—No sé —dije.

—Yo creo que Yano le puede dar —dijo Iván—, es más grande.

—Es probable.

—Pero tú sabes que nadie tira bronca como Perico, eso es un punto a su favor.

Cuando llegamos había un grupo de unos quince o veinte alumnos que habían dejado sus mochilas junto a un árbol y empezaban a hacer un círculo que les serviría como ring de pelea. Yano Pontas acababa de entrar en el colegio ese mismo año, o sea que era nuevo, y, según lo que él mismo contaba, su viejo era socio de una de las tantas empresas que Fujimori había decidido privatizar. Por eso no le fue difícil entrar. Perico Soler era uno de los que más lo provocaba, aunque no era precisamente una provocación, sino una especie de prueba constante que hacía con todo alumno nuevo. Solo estaba marcando su terreno, ya que no le gustaba la idea de que Pontas alardeara tanto de los contactos de su padre. En verdad lo único que había hecho Yano Pontas era tratar de caer bien al resto, pero a Perico su actitud le molestaba y había que arreglarlo con los puños.

—A ver, a ver —el que hablaba era Pflucker, que se había puesto en medio del círculo y hacía de árbitro—, nada de golpes bajos.

—¡Calla, huevón! —gritó Alfonso Neroni—. Si se van a mechar, que se den duro nomás. No les pongas reglas.

—¿Tú a quién le vas? —Lucho Salcedo se había puesto a mi costado.

—Yano es más grande —volvió a decir el gordo Iván.

—¿Hacemos una apuesta? —propuso Salcedo.

—No sé —dijo Sánchez-Camacho.

—No seas rosquete, pues, gordo —insistió Salcedo—, nos jugamos una hamburguesa del quiosco.

—No sé.

—Anda, yo le voy a Perico. ¿Una hamburguesa?

Sánchez-Camacho se quedó pensando. Me miró, tratando de que le diera una pista, pero entonces escuchamos el sonido seco de un golpe de puño contra la cara de Perico y todos comenzaron a soltar alaridos y gritos. La bronca había comenzado.

—Okey —Iván le dio la mano a Salcedo—, una hamburguesa.

Comparado con Yano Pontas, Perico Soler era mucho más pequeño y varios kilos más ligero, pero nadie como él para moverse con astucia y agilidad. La pelea estuvo reñida, los golpes iban y venían y cada uno sonaba más certero que el otro. Perico no solo daba golpes y los recibía, sino que le hablaba a Yano, diciéndole cosas como ¡Ven, pues, huevón, ven! mientras se cuadraba frente a él, hasta que en un momento dado alguien gritó: ¡Los serenos!, y todos giramos la cabeza. Dos oficiales se aparecieron trotando, haciendo sonar un pito y obligándonos a terminar con la bronca. Pflucker intentó intermediar para que los hombres nos dejaran continuar.

—Sabemos dónde estudian, jóvenes —dijo uno de los serenos, el más grande—, si no quieren que las autoridades de su colegio se enteren de que están aquí peleándose, lo mejor es que se vayan.

—Mejor nos vamos —dijo el gordo Iván.

—¡Mierda! —masculló Pflucker mostrándoles el dedo medio de la mano.

—Mejor, vete —le dijo Marco Rosales a Perico Soler, que estaba a un lado, esperando a que los serenos se fueran para terminar la pelea—, ya se han dado suficiente.

—Sí —dijo Neroni—, se han repartido un par de buenos golpes.

Todos cogieron sus mochilas y empezaron a dispersarse.

—¿Quieres fumarte un pucho? —El que me hablaba era Fernando Madueño.

—¿Tienes? —dije.

—Media cajetilla.

—Yo también me apunto —dijo Bruno Flores.

—Y yo —dijo Lucho Salcedo.

—Vaya bronca —dijo Madueño—, se han dado duro.

—Me debes una hamburguesa, Lucho. —Iván Sánchez-Camacho ya se alejaba de vuelta al colegio—. Mañana en el recreo.

—No te debo nada gordo —negó Salcedo—, se han dado.

Salimos del Olivar y entramos por una calle estrecha, perpendicular a la avenida de los Conquistadores.

—Por qué no vamos aquí, al otro lado del óvalo Gutiérrez —propuso Lucho Salcedo—, hay algo que quiero chequear.

—No querrás regresar al colegio, ¿no? —dijo Bruno Flores.

—No, huevas, quiero ir a ver algo.

—Por mí, donde sea. —Fernando Madueño se había sacado tres cigarrillos de la cajetilla de marca Hamilton.

—Yo prefiero los Camel —dijo Bruno Flores—. ¿Tú?

—Estos son los únicos que pude conseguir en el ambulante que está a la vuelta del colegio. —Fernando Madueño trató de justificarse—. Yo también prefiero los Camel, pero esos son más difíciles de conseguir.

—¿Y para qué chucha quieres ir al óvalo? —dudó Bruno Flores.

—¡No quiero ir al óvalo! —A Salcedo se le veía confiado—. Ustedes vengan nomás.

Bajamos fumando por la calle de Santa Cruz.

—¿Ustedes ya saben con quién van a ir a la fiesta de fin de año? —preguntó Salcedo.

—Ni idea —contestó Madueño.

—Yo tampoco —dije.

—¿Tú?

—Creo que sí.

—No jodas. —Bruno Flores se había puesto unas gafas de sol en la cabeza—. ¿Con quién?

—Con ella —dijo levantando el mentón.

Habíamos llegado a la puerta del colegio San Silvestre en plena hora de salida. Vimos cómo varias chicas uniformadas con faldas a cuadros subían a los coches de sus padres.

—¡No me jodas —gritó Bruno Flores—, una del San Silvestre!

—Shhh —dijo Salcedo—, no hagas tanta alharaca.

—¿Cuál es? —preguntó Madueño.

—Esa. —Salcedo señaló muy tímidamente.

—¿Cuál? —inquirió Bruno Flores.

—Mejor vamos a encaletarnos en la esquina —propuso Salcedo arrastrándonos hacia un lado—. No quiero que me vea.

Nos agazapamos detrás de uno de los árboles y nos sentamos sobre el sardinel que estaba pintado de amarillo.

—¿Otro pucho? —Fernando Madueño había vuelto a sacar su paquete de cigarrillos—. Esto lo amerita.

—No quiero que me vea —dijo Lucho Salcedo, que se había puesto unas gafas oscuras—, todavía no.

—Pero aún no nos has dicho quién es —gimoteó Bruno Flores.

—Esa que está ahí —indicó Salcedo inhalando el humo de su cigarrillo—, la que está hablando con sus amigas.

Y todos dirigimos nuestra atención a la puerta del colegio.

—Cómo me gustan sus falditas —dijo Bruno Flores—. ¿A ustedes no? Yo creo que las usan un poco más altas que las de otros colegios.

—Pero yo veo a varias —Fernando Madueño insistía—, ¿cuál de todas es?

—Yo creo que ellas mismas se suben las faldas para que parezcan más cortas —filosofó Bruno Flores.

—La de la mochila morada.

Durante unos segundos nos quedamos en silencio, analizando a la chica que estaba con una mochila colgada en un hombro mientras conversaba con sus amigas.

—Está rica —dijo Bruno Flores.

—En este colegio casi todas están ricas —sentenció Fernando Madueño.

—Bueno, eso sí, pero de vez en cuando también se aparece uno que otro moticuco.

—Pero esas son excepciones.

—¿Ya sabes cómo se llama? —le pregunté a Salcedo.

—Irene.

—¿Y ya la conoces?

—No exactamente.

—¿A qué te refieres con eso de: no exactamente? —preguntó Madueño.

—¿Cómo así sabes de ella? —dije.

—Cuando éramos más chibolos, coincidimos un verano en la misma playa.

—¡Ah, chucha! —dijo Fernando Madueño—; un amor de verano.

—Nada, éramos chibolazos, no creo que se acuerde.

—Pero tú sí te acuerdas de ella —dije.

—Quizá ella también se acuerde de ti —animó Bruno Flores.

—No sé.

—No pierdes nada si le vas a preguntar —dijo Fernando Madueño.

—No creo que sea el momento. Hoy solo he venido a verla.

—¡No seas rosquete! —insistió Bruno Flores—, ¡anda, dile algo!

Esa tarde nos enteramos de que Lucho Salcedo hacía eso dos o tres veces por semana. Desde que se había enterado de que ya teníamos fecha para la fiesta de fin de año, cada vez que podía, se acercaba a la puerta del colegio para verla y no olvidarse de su cara.

—No sé qué decirle.

—Dile si quiere ir contigo a la fiesta de fin de año —sugirió Bruno Flores.

—Así, ¿de frente nomás? No sé.

—Puedes recordarle el verano que pasaron juntos —intervine.

—¿Otro pucho? —Fernando Madueño sacó más cigarrillos.

—Parece que viene hacia acá —dijo Bruno Flores—. ¡Suave!

Irene se había despedido de sus amigas y caminaba en dirección a nosotros. Iba con otra chica.

—No tienes más remedio que hablarle, viene directamente hacia aquí.

—Déjenme solo —dijo Lucho Salcedo—. Si nos ve a los cuatro, se puede asustar.

—Pero está con una amiga —advirtió Bruno Flores—, necesitas a una punta más.

—Quédate conmigo, Lescano —me dijo Lucho—, hazme la taba.

—Mejor te acompaño yo —dijo Bruno—; la amiga está buena.

—Tú eres muy arrecho, huevón, Lescano no tiene la cara de pajero que tienes tú.

Fernando Madueño soltó una carcajada.

—Vamos —me dijo Salcedo tirando de mi brazo—, me he armado de valor.

Nos pusimos de pie. Lucho Salcedo les hizo un gesto a los otros dos para que desaparecieran.

—Actúa con naturalidad —me susurró.

—Tú dale nomás.

Las chicas se acercaron. Salcedo tomó aire. Le di una última calada a mi cigarrillo antes de tirarlo al suelo y apagarlo.

—Tú eres Irene, ¿no? —dijo Lucho cuando las dos estuvieron a nuestra altura. Se había subido las gafas de sol a la cabeza.

Las dos amigas se miraron durante un segundo. Al principio no supieron si sonreír o no y por un momento pensé que se habían asustado.

—¿Quién eres tú? —contestó Irene.

—Soy Lucho. —Salcedo tenía una mano en el bolsillo y la otra en la parte trasera de su cabeza—. Seguro que no te acuerdas de mí, pero yo también veraneaba en Punta Hermosa.

—Ah, sí —dijo Irene, ahora algo más confiada—, creo que me suena tu cara.

—Él es Facundo —Lucho puso una mano detrás de mi espalda—, estudiamos aquí al lado.

—Ella es Rita —Irene nos presentó a su amiga.

—¿O sea que tienes casa en Punta Hermosa? —preguntó Irene.

—Bueno, teníamos, pero mi papá la vendió y nos compramos otra más al sur. Decía que la zona se estaba maleando mucho.

—Sí, pues, es verdad. Mi mamá también dice lo mismo.

—¿Y viven por acá cerca? —Ahora los cuatro caminábamos en paralelo, las chicas al medio.

—Sí, al lado de Miguel Dasso.

—No vivimos muy lejos. —Salcedo se había vuelto a poner sus lentes de sol—. Yo vivo por el Olivar.

—¿Y cómo así me reconociste? —preguntó Irene con algo de suspicacia.

Lucho Salcedo se quedó en blanco durante un par de segundos.

—Te reconocí de pura chiripa —admitió finalmente—, pasábamos por aquí y al verte fue como un flashback.

—¡Qué buena memoria tienes! —dijo Irene, y después de eso nos quedamos en silencio durante un buen rato.

—¿En qué grado están? —preguntó Rita.

—En quinto —dije.

—Nosotras en cuarto.

—Este año tenemos la fiesta de prom —recordó Salcedo.

—¡Qué bien! —dijo Irene.

—Este año va a ser la mejor de todas, nuestra promoción va a hacer un tonazo.

Habíamos llegado ya a la altura de Miguel Dasso cuando Irene señaló uno de los edificios.

—Aquí vivo.

Entonces Rita me miró un par de segundos. No sabría explicarlo con claridad, pero mientras miraba sus ojos oscuros y profundos, por un instante sentí que podía ver algo más allá. En otras circunstancias me habría venido un ataque de sueño y me hubiese quedado dormido, en cambio, ahora, sentí que no podía estar más despierto.

—Yo también vivo aquí al lado —habló Rita finalmente—, pero me tengo que ir.

Salcedo y yo nos miramos.

—Fue un placer conocerlos, chicos —dijo ella antes de desaparecer—. Hablamos más tarde, Irene.

Nos quedamos solo los tres.

—Yo paso mucho por acá —dijo Salcedo—, a ver si un día vamos a dar una vuelta.

—Claro. Yo siempre salgo a la misma hora del cole.

Alguien se acercó.

—¡Chicos! —era Bruno Flores—, ¿qué están haciendo?

—Me voy, que tengo que almorzar —dijo Irene—. Gracias por acompañarnos. —Y entró en uno de los edificios.

—¿Qué te dijo? —Bruno Flores estaba nervioso.

—¡Casi la cagas! —dijo Lucho Salcedo.

—Pensé que ya te habías ido —dije.

—Los estaba siguiendo. ¿La invitaste a la fiesta?

—Estuve a punto, pero llegaste tú.

—¡Eres un mentiroso! Seguro que no se lo ibas a decir.

—No me importa que no me creas —dijo Lucho Salcedo y luego agregó—: Lo que es yo, me voy a casa. Me muero de hambre.

—Yo también —dijo Bruno Flores mientras seguíamos caminando—. Nos vemos mañana. —Nos dimos la mano a manera de despedida—. Su amiga también está guapa. ¿Cómo se llama?

—¡Rita! —gritó Salcedo alejándose hacia su casa—. ¡La próxima vez que la vea, invito a Irene seguro! Ya vas a ver.

—¡Y yo a Rita! —gritó Bruno Flores.

Me quedé solo. Tenía hambre y también decidí ir a casa. Me acordé de que mi bicicleta estaba dentro del colegio y volví a entrar. Era una vieja BMX. A esa hora en los patios casi no había nadie. En el campo de fútbol estaban los de la selección oficial entrenando bajo las órdenes del director técnico, un hombre grueso, grande, de piernas arqueadas, que todo el tiempo estaba gritando y haciendo sonar su silbato. Alfonso Neroni era uno de los jugadores. Una de las llantas de mi bicicleta estaba baja y llevaba así varios días, pero no sabía si estaba reventada o simplemente desinflada. La tarde, como siempre, estaba gris y húmeda. Comencé a andar con la bicicleta a mi lado y en una de las calles reconocí a alguien sentado en una esquina, con la cabeza escondida entre las piernas flexionadas. Era Pedro Lines.

—¿Qué haces aquí?

Pedro se mostró sorprendido. Parecía que había estado llorando.

—Nada —dijo—, solo matando el tiempo.

—¿Por qué lloras?

La calle estaba desierta. Ya no había alumnos alrededor, ni los autos de los padres.

—¿No me lo vas a decir?

Pedro Lines se quedó callado, pero me dio la impresión de que quería decirme algo.

—¿Alguien te ha pegado? —pregunté.

—No es eso. —Lines seguía mirando al suelo.

—¿Entonces?

—Estoy harto de este colegio.

No me sorprendía que Lines estuviera tan resentido con el colegio. Los compañeros eran muy crueles. Todos necesitaban de alguien más débil a quien molestar, y Pedro era un punto fácil. Ni siquiera era gracioso. Y eso en el colegio era una mierda.

—Lo que pasa es que tienes que aprender a defenderte —dije—, no puedes ser tan ganso.

—¡No soy ganso!

—Perdona, no quise decirte eso. Pero lo que quiero decir es que no puedes dejar que todo el mundo te pise el poncho.

—Pero no se trata de eso —Pedro Lines se sorbió los mocos—, es verdad que todos son unos pesados, pero no tiene nada que ver con eso. Ya me acostumbré.

—¿Entonces?

—No sé si pueda contártelo.

Yo había dejado mi bicicleta en el suelo. Tenía hambre, pero no sé por qué, sentí la necesidad de quedarme un rato más.

—Si no vas a decir nada, entonces me voy.

—Prometes que no se lo cuentas a nadie.

—No me gusta prometer cosas, pero sí —dije—. Si eso es lo que quieres.

Pedro Lines tomó aire. Pasó la chompa por su nariz y se limpió los mocos. En ese momento me hubiera gustado tener otro cigarro.

—¿Tú cuánto tiempo tienes en este colegio? —me preguntó.

—No sé, como todos, desde primer grado de primaria.

—Yo entré en cuarto.

—Eso no lo sabía —dije—, bueno, no me acordaba.

—¿Alguna vez el padre Cipriano te ha hecho algo?

—Más de un reglazo, no sabes cómo pega el hijo de puta.

—¿Solo reglazos?

—Bueno, los curas en este colegio son un poco mano larga, pero no sé. A algunas sisters también les gusta tirar de las orejas.

Pedro Lines volvió a quedarse en silencio.

—Tú sabes que yo soy monaguillo, ¿no? —dijo al cabo de unos segundos.

—Sí, claro, cómo no lo voy a saber, si estás en casi todas las misas. Por eso, también, es que el resto te jode. ¿No te aburres haciendo misas?

—Al principio era divertido, pero ya no tanto.

—¿Y por eso estabas llorando?

—El padre Cipriano es un mañoso —soltó Lines, como si hubiera exorcizado sus palabras—. Ya estoy harto de que me toque.

No supe qué decir. Me había quedado helado.

—¿Estás hablando en serio?

Pedro Lines se había puesto a llorar otra vez.

—Estoy harto —sollozó—. No quiero seguir viviendo así. Creo que me voy a matar.

Me senté a su lado.

—No digas eso.

—La verdad es que ya no sé qué hacer —Pedro se sorbió los mocos—, no tengo ganas de seguir viviendo.

—¿No se lo has dicho a tus viejos?

—No me creerían. Además, el padre Cipriano me ha dicho que me expulsaría del colegio si digo algo. Y si eso pasa, lo más probable es que jamás pueda volver a estar en una misa. Jamás llegaría a ser sacerdote.

—¡Qué hijo de puta!

—Tengo miedo —dijo Pedro.

Traté de pasar mi brazo por detrás de su espalda y darle un abrazo, pero solo puse una mano sobre su hombro. En ese momento pude entender muchas cosas de Lines.

—¿Y desde cuándo lo hace?

—Casi desde que entré en el colegio, pero antes era más pequeño y no me daba cuenta. Ahora me da asco.

—Tienes que decírselo a tus viejos. —Traté de ser más contundente.

—¡No! —se puso de pie—, no se lo puedo decir a nadie.

—¡Pero tienes que hacer algo! —insistí.

Cogió su mochila del suelo, se secó las lágrimas y adquirió una actitud más enérgica.

—Mejor hacemos como si no te hubiera dicho nada —dijo—. Lo mejor es que dejemos esto así nomás. Ya se me va a pasar. No te he dicho nada.

La mochila que Lines llevaba en los hombros tenía los tirantes algo más largos de lo normal y el peso de los libros hacía que le llegara casi hasta las caderas. Se alejó a paso acelerado. Me quedé ahí sentado e intenté imaginarme lo que podía haberle hecho el padre Cipriano, pero me era imposible formar una imagen. Sentí náuseas. Cogí mi bicicleta y comencé a andar en dirección de la gasolinera. Le puse aire a la llanta desinflada y me aseguré de que las dos tuvieran la misma cantidad. A un lado, un par de gasolineros, vestidos con mamelucos llenos de grasa, repostaban gasolina a dos carros, importados y con el timón cambiado. Desde el golpe de Estado habían comenzado a entrar en el país de forma indiscriminada. Comencé a pedalear. Era reconfortante sentir el aire contra mi cara. Subí por la avenida Benavides y cuando llegué a la cuadra de casa, vi a Rodrigo Moll que caminaba a un lado de la acera con un walkman en las orejas. Hacía unas semanas que había llegado de visita a Lima y esta vez se había quedado un poco más de tiempo. Cuando me vio me levantó la mano a manera de saludo. Me acerqué.

—Sigues por aquí —dije.

—Me voy dentro de poco —Rodrigo llevaba el pelo largo y una camiseta que decía: PUBLIC ENEMY—, tengo que completar algunas asignaturas en la universidad.

Siempre que lo veía, cada dos o tres años, me preguntaba cómo llevaría alguien como él eso de que su madre tuviera problemas con el alcohol. Me refiero a que venir cada cierto tiempo a Lima significaba para él recordar el hecho de que su madre era alcohólica, e imaginaba que eso no era algo fácil con lo que lidiar.

—¿Has visto a tu hermana? —preguntó de repente Rodrigo.

Entonces me acordé de Alexia. Cada vez que pensaba en ella no podía evitar sentirme mal.

—La verdad es que no —dije, y por un instante me quedó la duda de por qué me preguntaba por ella.

—Quiero darle algo antes de volver a los *States*.

—Si la veo, se lo digo.

—Bueno, no importa, seguro que la veo antes de irme.

Rodrigo volvió a ponerse los cascos y siguió su camino. Cuando entré en casa, vi todos los carros en la cochera. La puerta de la cocina estaba abierta, y Dolina tenía cara de preocupación. Rómulo leía el periódico sentado en la mesa. Había terminado de almorzar.

—Qué horas de llegar, niño —dijo Dolina.

Dejé la mochila en una silla, al lado de Rómulo, que llevaba un palillo entre los dientes. Crucé y vi que en el salón estaban los tres: mamá, papá y Alexia.

—¿Recién llegas? —preguntó mi madre con el ceño fruncido—, ¿dónde estabas?

Mi padre tenía una mano en la cintura y con la otra se cogía el mentón. Iba en traje y corbata. Se le veía pensativo.

—Tuve que quedarme a hacer unos apuntes —dije—. Para un examen.

Papá me miró fijamente a los ojos durante un par de segundos, pero no dijo nada.

—¿Ya almorzaste? —preguntó mi madre.

—Ahora.

Alexia tenía una expresión en el rostro que jamás le había visto. Quiero decir que nunca la había visto con esa cara de preocupación. Sentí muchas ganas de acercarme a ella, pero no hice nada.

—Estamos hablando de algo muy importante —dijo papá—, ¿por qué no te vas a almorzar a la cocina?

Me di la media vuelta y volví a la cocina. Realmente me hubiera gustado hacer algo por Alexia. Dolina se apareció con un plato de comida.

—Debes estar que te mueres de hambre.

Me senté a la mesa, pero dejé la puerta abierta para poder escuchar de qué hablaban.

—¿Sabes lo que ha pasado con tu hermana? —preguntó Dolina.

En la televisión ponían el programa de Lara Bosfia. No sé cuántas veces al día repetían el programa, y a mí ya me tenía harto.

—Estamos un poco desconcertados con toda esta situación, Alexia —escuché decir a papá—, nunca pensamos que podías ser capaz de hacer algo así.

—¡Es horrible —dijo mamá con un tono de voz melodramático—, y nosotros que te habíamos inculcado los mejores valores! ¡Toda esta educación para nada! ¡Todo tirado a la basura!

—Hoy en el programa tenemos un tema muy picante —decía Lara con su voz áspera—. «¡Mi marido ha embarazado a mi vecina!»

—¿Y qué es lo que tienes en mente? —dijo papá—. ¿Has pensado qué vas a hacer?

—No sé qué cosa quieres decir con esa pregunta, Mariano —lo interrumpió mamá—, habrá que hablar con los padres de ese muchacho y contarles lo que ha pasado.

—¿Julián ya lo sabe? —preguntó papá—, ¿está al tanto de todo esto?

Hubo un silencio.

—Pues entonces habrá que decírselo de una vez por todas —dijo mamá—, no puede ser que ese chico no esté enterado de lo que ha pasado.

—Nuestra primera invitada asegura que su vecino la ha embarazado y no quiere reconocer a su hijo —seguía diciendo Lara en la televisión—. ¡Que pase la vecina embarazada!

—¿Cómo se apellida Julián? —preguntó papá.

—Gancedo —dijo Alexia.

—Por lo que tengo entendido, su padre está en el sector inmobiliario, o sea que, en ese sentido, no habría ningún problema. ¿Dónde vive?

—Espero que sepan estar a la altura —apuntó mamá.

—Hay que encontrar la mejor forma de solucionar esto —dijo papá—, apenas tienes diecisiete años.

—No sé cómo vas a hacer para seguir una carrera en la universidad en circunstancias así —se quejó mamá y luego pareció lamentarse aún más—. ¡Por Dios, Alexia! ¡Cómo has podido hacernos esto!

—Ahora vamos a conocer a la esposa engañada —decía Lara en la pantalla—, ¡que pase la pobre mujer!

—¿Me das el teléfono de la casa de los padres de Julián? —pidió papá a Alexia.

—Prefiero decírselo yo misma a Julián, primero, antes de hacer cualquier cosa.

—¿Cuándo se lo piensas decir?

—No sé, en cuanto lo vea.

—Es mejor que se lo digas cuanto antes. Bueno, primero tenemos que confirmarlo con el doctor. ¿Lo llamaste?

—Sí —contestó mamá—, tenemos cita en una hora.

—¿Puedo decir algo? —dijo Alexia.

Papá y mamá guardaron silencio.

—¡Él, por supuesto, lo niega —Lara Bosfia les hablaba a sus invitados con firmeza—, pero el desgraciado no sabe que lo hemos grabado in fraganti!

—¿Qué pasa si no quiero tenerlo? —preguntó Alexia.

—Pero qué cosas dices, por Dios, si tú misma nos has dicho que puede que tengas casi un mes de gestación —dijo mamá.

—Bueno, habría que confirmar con el doctor Colomines cuánto tiempo de embarazo tienes —propuso papá—, no lo sabemos.

—En todo caso habría que preguntárselo al cura de la parroquia —sugirió mamá—, pero creo que esa no es una posibilidad, Alexia. Lo que llevas dentro es una vida y esa vida tiene derecho a vivir.

—Papá...

—Tenemos que hablar con el doctor Colomines, primero —insistió mi padre—, sin su confirmación no podemos tomar ninguna decisión.

—La decisión ya está tomada —intervino mamá—, Alexia está embarazada y va a tenerlo. Y tú, Mariano, tienes que hacer lo posible para que ese muchacho acepte comprometerse hasta el final. Si es posible, también tendrán que casarse.

—Mamá...

—Todavía no pueden casarse, son menores de edad. No creo que esté permitido. —Papá dudaba.

—En ese caso habrá que ver la forma de hacer algo —dijo mi madre—. Todo esto es una afrenta para la familia.

—Hay que ir paso por paso —propuso papá.

—¡Que pase el desgraciado! —En ese momento una de las invitadas, la esposa engañada, se lanzó contra el hombre y lo llenó de golpes—. ¡Nada de violencia, por favor! —dijo Lara, pero parecía encantada.

—¡Qué irán a pensar y decir las chicas del club! —dijo mamá—, ¡cómo les explico la situación en la que estamos metidos!

—Ya encontrarás la forma, mujer; por lo pronto, lo primero, es ir al consultorio del doctor. —Mi padre daba vueltas alrededor del salón. Sus pasos sonaban en el parqué.

—Mañana a primera hora —suspiró mamá— me paso por la parroquia, a ver qué dice el padre Severino.

Escuché que Alexia sollozaba y sentí que mi corazón se partía.

—Pero si no has comido nada —dijo Dolina cuando vio que no había tocado la comida—, yo pensé que estabas hambriento.

SEGUNDA PARTE

# 1

Ese lunes en el que ocurrió todo, tomé el desayuno, cogí la bicicleta y llegué al colegio justo antes de que cerraran las puertas. La primera clase que tuvimos ese día fue historia. Miss Marlene había comenzado a hablar del virreinato y de cómo estaba dividida la sociedad peruana de aquellos años. Los ricos siempre eran los españoles y los criollos. Los mestizos podían ser ricos o pobres, según el grado de educación y su posición política. Mientras que los indios siempre eran pobres y analfabetos. También estaban los negros, pero ellos eran esclavos y quienes peor lo llevaban. Miss Marlene decía que, en cierta forma, el sometimiento de las lenguas locales por el idioma español había terminado por jerarquizar la sociedad. En un principio los indios, y en especial los incas, que permitieron el paso de los españoles, creyeron que los invasores —que traían consigo armas de fuego, caballos y armaduras de metal— eran enviados divinos. La sociedad virreinal, según Miss Marlene, nació corrupta porque partió de una mentira y un engaño. El engaño comenzó cuando el último emperador inca, Atahualpa, luego de haber ganado la guerra civil a su hermano Huáscar, fue acusado de esconder tesoros y de traición a la corona española. Quienes lo acusaron fueron los inquisidores, quienes además lo condenaron por idolatría, fratricidio, poligamia e incesto. Delitos que Atahualpa, quizá, no sabía ni que existían. Para salir libre, les ofreció a los conquistadores una habitación llena de oro y cumplió con su promesa, pero los inquisidores lo mataron igualmente. Según Miss Marlene, la importancia que los españoles le dieron al oro no era la misma que tenía para los incas. Esa locura que desataba en los españoles el oro terminó por influir en la manera como se formaría posteriormente la sociedad virreinal. El aspecto religioso también influyó, nos contó Miss Marlene esa mañana, porque los curas que llegaron con la conquista asumieron que su verdad divina impresa en la Biblia era la única, superior a cualquier creencia prehispánica.

—Pero no es acaso el sol más importante que un libro impreso —dije levantando la mano—, no es acaso el sol más que un libro, sin el que, por ejemplo, no crecerían los árboles para fabricar las hojas de papel de las Biblias.

El aula entera se quedó en silencio. Miss Marlene me miró. Ese día me había despertado con más preguntas que respuestas. Había comenzado a dudar de todo.

—Esto no es una clase de religión, Lescano —dijo Miss Marlene—, pero la maestra de religión te diría que Dios creó el sol.

Sonó el timbre que indicaba el final de la clase.

—En historia no estudiamos las creencias —dijo Miss Marlene, antes de que toda la clase abandonara sus asientos—, sino el impacto que esas creencias tienen dentro de las distintas civilizaciones.

Ahora todos empezaron a levantarse y la clase se había alborotado.

—Parece que el próximo sábado es la fiesta donde irán las chicas del Santa Úrsula —me dijo Iván Sánchez-Camacho—, a ver si podemos invitar a algunas a la fiesta de prom.

—Tengo que ir al baño —dije.

De pronto tuve la impresión de que todo en ese colegio era impostado y falso, una mentira, y que alguien tenía que hacer algo al respecto. Al salir del salón de clase vi a Pedro Lines sentado en su pupitre, en silencio. Dentro de poco, como todos los lunes, sería llamado para preparar la misa a la que acudiría el colegio en pleno a golpearse el pecho y pedir perdón por sus pecados. No sé por qué me sentía así, pero no podía estar ahí sin hacer nada. Todo lo que mis compañeros de clase decían me parecía una tontería.

Fuera solo se veía a los profesores que cambiaban de clases. Caminé rápidamente hacia el baño y me metí en una de las casetas para hacer tiempo y esperar a que terminara el cambio de hora. Mientras estaba ahí dentro, encerrado en el retrete, me di cuenta de que en uno de los bolsillos llevaba un pequeño frasco de corrector líquido con el que había estado jugando en clase. Lo saqué y escribí en la puerta: DIOS ESTÁ EMBARAZADA. No sé por qué, pero me sentí mucho mejor. Esperé. Volví a salir al patio y me dirigí a la zona de limpieza. No había nadie. Volví a ver el pequeño afiche con la propaganda de Alberto Fujimori. A un lado había una escalera plegable que me colgué en un hombro y también una especie de ganzúa que metí en el bolsillo de mi pantalón. Tenía que actuar con rapidez. Caminé pegado a las paredes del colegio, intentando no ser visto por Albiol desde su torre. Cuando llegué a la zona de primaria entré por los salones de tercero con la escalera sobre uno de mis hombros. Me sentía como Jesucristo cargando su cruz. La capilla estaba vacía y la puerta cerrada. Intenté abrirla y, como sospechaba, no estaba asegurada. Caminé rápidamente con la escalera por el centro de la capilla. Cuando llegué al altar, lo vi. Estaba como siempre, con sus dos brazos abiertos y ensangrentados. Pensé: te voy a liberar. Coloqué la escalera a un lado de la imagen y comencé a subir. Con el corrector líquido escribí sobre su torso desnudo: DIOS ES MUJER. Si hubiera podido vestirlo con ropa de chica lo hubiese hecho, pero en vez de eso saqué la ganzúa y comencé a palanquear detrás de sus manos, justo a la altura donde tenía incrustados los clavos. La madera detrás de la imagen comenzaba a desprenderse y a astillarse. Palanqueé con más fuerza. Hice lo mismo con la otra mano y entonces escuché pasos. La puerta de la capilla se abrió cuando estaba bajando la escalera y la imagen se había venido ligeramente hacia delante. Solo me faltaban los pies.

—*Oh my God!* —dijo alguien.

Fue como si el tiempo se congelara. Levanté la vista y vi lo que había conseguido. Sentí una mezcla de adrenalina, miedo, excitación y cierto sentimiento de justicia; sin embargo, al escuchar la voz en inglés que venía de la puerta de la capilla, supe que ahora, para mí, las cosas iban a cambiar. Oí el sonido de la ganzúa chocar contra el suelo luego de que mi mano flácida la dejara caer. Durante un segundo se me ocurrió salir corriendo, pero las emociones habían sido demasiado intensas; los párpados me pesaban, el cuerpo ya no respondía a mis órdenes cerebrales y lo último que recuerdo, antes de caer al suelo, fue el rostro de Jesucristo: parecía muy triste, más de lo habitual, y de su mirada compasiva me pareció que caía un par de lágrimas. Quise decir algo, pero ya me había quedado dormido.

Cuando me volví a despertar estaba en la enfermería, recostado sobre la camilla. Lo primero que vi fue el techo de color blanco que resplandecía con el reflejo de la luz de un fluorescente. Fue una imagen familiar porque no era la primera vez que me quedaba dormido y me despertaba allí.

—Eso de quedarte dormido en cualquier sitio algún día te va a terminar jugando una mala pasada —escuché la voz de Sandra—, un día vas a terminar dándote un golpe de verdad. Tienes que decirles a tus padres que te lleven a que te vea un doctor. ¿Quieres un vaso de agua?

—¿Cómo llegué hasta aquí?

—Te trajeron los chicos de la limpieza. —Sandra se acercó con el vaso de agua—. Pensaron que te habías desmayado. No les dije lo contrario, porque aún no sé qué va a ser mejor para tu defensa. Si haberte desmayado o haberte quedado dormido.

Me senté.

—Vaya lío en el que te has metido —continuó Sandra.

—Gracias —dije cogiendo el vaso—, tengo la boca un poco seca.

—Bebe, bebe, que vas a necesitar hablar mucho y dar muchas explicaciones.

Di un largo trago de agua.

—Cómo se te ocurrió hacer eso —Sandra soltó una carcajada—, créeme que he visto muchas cosas en este colegio, pero lo que has hecho tú, no lo había visto jamás.

Sandra manipulaba unos termómetros que guardaba dentro de una vitrina.

—Albiol va a querer colgarte patas arriba.

—¿Ya lo sabe?

—Bueno, debe estar en ello —Sandra ahora se sentó detrás de su escritorio—, lo que has hecho no se puede ocultar así nomás.

El teléfono sonó.

—Debe ser él. —Sandra cogió el auricular—. Sí, Mr. Albiol... Sí, ya está consciente..., muy bien. Yo se lo digo. No se preocupe.

Colgó el teléfono.

—Quiere que vayas a su oficina. Te está esperando —dijo—. Vete preparando porque sonaba muy enfadado.

Dejé el vaso vacío a un lado de la camilla. Tenía la sensación de que, a partir de ahora, el tiempo comenzaría a pasar de manera más lenta.

—Sigues preocupado por esa chica, ¿no?

Me paré.

—Realmente me gustaría ayudarte, pero ya te comenté que en este entorno es muy difícil.

—Gracias por el agua —dije.

Salí de la enfermería y comencé a andar con las manos en los bolsillos. Sabía muy bien que estaba en problemas, pero lo que realmente me mortificaba era el hecho de tener que ver a Albiol y aguantar todo lo que tendría que decirme.

Subí en dirección a su oficina y toqué la puerta con los nudillos. Estaba abierta y escuché que me decía que pasara. Albiol estaba sentado detrás de su escritorio con el teléfono pegado a la oreja. Me miró sin dejar de escuchar lo que su interlocutor le decía a través del auricular y con su otra mano me señaló el pequeño salón que tenía justo enfrente para que me sentara en uno de los sillones. Antes de hacerlo vi el inmenso patio del colegio a través del enorme ventanal y pude ver la bandera del Perú que había sido izada a primera hora del día. Recordé que esa misma mañana, mientras los curas, las sisters, los profesores y los alumnos cantaban el himno nacional, yo hacía grandes esfuerzos por no quedarme dormido. Hay algo que puede darme tanto sueño como la religión: las banderas y los himnos. Eso me mata. Podían ser incluso peores que las misas. Creo que esas cosas pueden estar bien cuando uno está en guerra o hay algo por lo que luchar. Quizá las guerras también me daban sueño, pero afortunadamente no lo sabía. Aún no. Quiero decir que nunca he estado en una guerra, pero lo más probable hubiese sido que me quedara dormido en medio de un bombardeo, o en el avance de las tropas a territorio enemigo. Cuando se acercaban las fiestas patrias era peor, porque nos hacían practicar durante horas para que el día de la celebración todos desfiláramos acompasados y sin error alguno, y es que todos los colegios del Perú, los públicos y los privados, estaban obligados a desfilar en julio para rememorar la independencia del país y las mil y una batallas que el Perú libró luego con Chile, Ecuador, Colombia o Bolivia. Una vez se lo pregunté a Sandra cuando escapaba de las tediosas prácticas de desfile. Sandra me decía que ella tampoco sabía muy bien por qué eran obligatorios los desfiles escolares. Quizá se debía a la enorme cantidad de gobiernos militares que había habido en el Perú. Nuestra historia contemporánea estaba plagada de golpes de Estado y de militares brutos. Uno tras otro. Luego vino Sendero Luminoso, claro, y Alberto Fujimori, que ahora parecía haber puesto una bota sobre el país y nos volvía a repetir que el Perú les pertenecía a los militares.

Albiol colgó el teléfono y se puso de pie. Se acercó lentamente con la mirada clavada en el suelo y pasándose el dedo sobre su bigote entrecano. Se mantuvo callado, como si estuviera calculando las palabras precisas para comenzar su tortura.

—Lescano —dijo—, no sé por qué ya estoy empezando a cansarme de verlo a usted por aquí tan a menudo.

Pensé que iría a decir algo más original. Casi se lo digo.

—¿Sabe usted lo que ha hecho?

Me quedé en silencio.

—¡El sacrilegio es una falta muy grave! —Albiol levantó el índice—. ¡Cómo se le pudo ocurrir hacer algo así!

Luego volvió a callarse y se puso a caminar en círculos.

—¿Por qué? —me clavó la mirada con rabia y curiosidad—, ¿me puede decir por qué hizo usted eso?

No sabía qué decirle. Habría podido explicarle lo de Alexia, su embarazo y las ganas que tenía de ayudarla mientras que todo el mundo, en especial mi madre, parecía más preocupada en el qué dirán que en cómo la estaba pasando mi hermana. O tal vez debí contarle que si bien los de Pastoral nos hablaban de que lo único permitido era el sexo dentro del matrimonio con una función reproductiva, ellos tenían sexo a escondidas en horas de clase. O decirle lo que me había contado Pedro Lines acerca de Cipriano. Pero realmente me daba igual tratar de explicar nada. Lo único que quería era que me dejaran en paz. Hubiera dado lo que fuera por estar lejos de ahí.

—Sabe qué le puede ocurrir por esto —dijo Albiol—, ¿no? Usted se acaba de meter en muy serios problemas. ¡Lo que ha hecho es una falta muy, pero muy grave!

Mientras Albiol vociferaba me di cuenta de que no era el mismo hombre que durante todos esos años nos había estado hostigando con la moral. Quiero decir que todo el miedo que él y su autoridad habían representado durante mis años en la secundaria parecían, ahora, mucho menos relevantes. Sus amenazas sonaban inofensivas y no hay nada más inservible que una amenaza inofensiva.

—Dígame —continuó Albiol—, ¿por qué lo hizo?

Alguien entró en la oficina: era el padre Cipriano acompañado de sister Clarisa.

—¿Es él, sister? —preguntó Cipriano.

Sister Clarisa asintió en silencio. Cipriano se acercó y la cruz que le colgaba de la sotana parecía hacerse más grande conforme se aproximaba. Cuando estuvo a mi lado, Cipriano me asestó una fuerte bofetada. Sentí que la cara me ardía. Quise llorar. Apreté los dientes, pero un par de lágrimas se me escaparon. Me habría gustado desaparecer, no sé, que hubiera una inmensa explosión que acabara con todo eso.

—Esto lo hago en nombre de Dios —dijo Cipriano—, ¿me ha entendido?

—¿Qué debemos hacer? —dijo Albiol.

—Usted parecía un buen chico —dijo sister Clarisa en inglés—, no lo puedo creer.

—¿Qué quiere decir con eso de Dios es mujer? —preguntó Cipriano—, ¿por qué escribió usted eso en la imagen sagrada de la capilla?

—¿Es algo que tiene que ver con usted? —quiso saber Albiol.

—¿Alguien le dijo que hiciera eso? —Cada vez que me preguntaba algo Cipriano acercaba su rostro al mío—. ¿Ha recibido usted la orden de alguien?

—Más vale que nos diga la verdad —dijo Albiol—. A estas alturas no le conviene mentir.

Parecía que quienes realmente estaban preocupados eran ellos. El que estaba en problemas era yo, pero su desconcierto era tal que de no haber sido por la bofetada y los gritos en mi cara, todo parecía divertido. Realmente no sabía qué decirles. Nada que les dijera tendría sentido para ellos.

—¡Responda! —Cipriano parecía el más enfurecido—. ¡Le estamos preguntando algo!

—¿Qué quiso decir con eso de Dios es mujer? —preguntó Clarisa.

—¿No ha oído al padre Cipriano? —dijo Albiol—, responda, Lescano.

—No sé —dije—, no lo sé.

—¿Seguro que no lo sabe —dijo Albiol con suspicacia—, o nos quiere tomar el pelo?

—Lo que pasa es que este muchacho está poseído por el demonio —dijo Cipriano llevándose la mano a la frente—, lo que necesita es un exorcista.

Ahora Cipriano cogía la cruz que le colgaba del pecho con fuerza, rozando su dedo pulgar de arriba abajo.

—A mí me parece que no —dijo Albiol—, quiero decir, no pretendo contradecirlo, padre, pero creo que está ocultando la verdadera intención de sus actos.

—¿Por qué escribió usted eso, señor Lescano? —insistió Cipriano—, ¿qué nos ha querido decir?

—Usted sabe que Dios no tiene sexo —Clarisa siempre hablaba en inglés—. Cuántas veces se lo hemos repetido.

—¿A usted le gustan los chicos? —Parecía que Cipriano quería incomodarme con su pregunta—. ¿Es usted homosexual?

Durante un segundo se me ocurrió decir que sí solo para ver las expresiones que hubiesen puesto.

—No sé —dije—. Creo que no.

—No lo sabe —dijo Cipriano—, interesante. Muy interesante.

—¡En este colegio no está permitida la homosexualidad —dijo Albiol—, esas cosas son aberraciones de la naturaleza!

—¡Dios mío! —intervino Clarisa—, este chico no tiene salvación.

—Por qué no hacemos una cosa —dijo Cipriano—, démosle unos días para que lo piense en su casa. Quizá, si reflexiona profundamente, consiga saber si todo lo ha hecho porque no sabe si le gustan los chicos o las chicas. Unos días de castigo pueden hacer que cambie de opinión.

—Una falta como esta se sanciona con una expulsión, padre, eso es lo que dice el reglamento del colegio. O por lo menos una suspensión de tres días.

—¡Que se vaya una semana a su casa —dijo Cipriano—, y suspéndalo en conducta!

—Vandalismo y falta grave contra una institución religiosa —dijo Albiol cogiendo un talonario con papeletas—. A sus padres les va a gustar mucho la idea de tenerlo en casa una semana y justo a final del año.

—Hable con su tutora y que le deje muchos trabajos —dijo Cipriano—, si quiere volver a este colegio y graduarse tiene que traerlos más que hechos.

Sister Clarisa me miraba con cierta compasión, con los dedos entrelazados frente a su vientre. Dio un par de pasos hacia mí.

—¿Por qué lo hiciste, Facundo? ¿Qué pasó por tu cabeza para que hicieras algo así?

Albiol se había sentado en su escritorio a rellenar la papeleta de expulsión. Miré a sister Clarisa, pero no pude decirle nada. Quizá buscaba en mí una especie de arrepentimiento o culpa, pero si algo había empezado a sentir era sueño.

—Medite bien en su casa —dijo Cipriano—, dese cuenta de que lo que ha hecho es una falta contra Dios muy grave.

—¿Sabe si hay alguien en su casa? —preguntó Albiol con el auricular en la oreja—, no contesta nadie.

Levanté los hombros.

—¿Sabe si sus padres pueden recogerlo? —Albiol se interrumpió a sí mismo cuando alguien al otro lado de la línea cogió su llamada.

—Quizá deberíamos llevarlo al psicólogo del colegio —sister Clarisa se dirigió a Cipriano—, este muchacho necesita ayuda.

—Lo que necesita es un buen escarmiento —dijo Cipriano.

—¿Tiene usted problemas en su casa? —me preguntó Clarisa—, ¿hay algo que nos quiera contar?

Albiol colgó el teléfono.

—Sus padres no están en casa —dijo—, pero ya le dejé dicho a la empleada que se comunique con sus padres y vengan a buscarlo. Me ha dicho que se encargará de contactarlos.

—Hable con ellos —dijo Cipriano—, y cuénteles lo que ha pasado.

Albiol arrancó la papeleta de suspensión y estiró su brazo, ofreciéndomela.

—Aquí tiene, su papeleta de suspensión. Si por mí hubiera sido lo habría expulsado definitivamente del colegio. Los que más lástima me dan son sus padres, unos señores tan honorables.

—Sepa que sabemos bien quién es su padre —dijo Cipriano— y quizá por eso no lo expulsamos definitivamente. En otras circunstancias usted no volvería a esta escuela nunca más.

—Escuche muy bien lo que le está diciendo el padre Cipriano. Tiene suerte de que sus padres sean unos grandes benefactores de nuestra congregación.

—Su padre y en especial la fe de su madre nos han manifestado siempre abiertamente su generosidad —dijo Cipriano—, pero eso no quita que lo que usted ha hecho no tenga que ser castigado.

—Vaya y recoja todas sus cosas —continuó Albiol— y asegúrese de llevarse todos sus libros. ¡Usted se va a su casa a estudiar, no de vacaciones!

—Trate de leer la Biblia —dijo Clarisa—, todas las respuestas están ahí.

Iba a salir de la oficina, pero Cipriano me puso el índice en la frente y me detuvo.

—Y no se olvide de que cuando vuelva, dentro de una semana, tiene que haber reflexionado y haberse arrepentido, si no, nada de esto tendría sentido. Además, nos va a contar todos los motivos que lo llevaron a hacer lo que hizo. ¿Lo ha entendido?

Asentí con la cabeza.

—Ahora puede retirarse.

Cuando por fin salí de la oficina, me sentí más aliviado. Leí lo que Albiol había escrito en la papeleta, palabras como «vandalismo», «herejía» y «sacrilegio» rellenaban el papel. Me hubiese gustado ir a la capilla para ver cómo había quedado todo, pero, claro, no era una buena idea. Caminé en dirección a la clase y toqué la puerta. Al rato se apareció Miss Susan, que estaba dando clase de inglés.

—¿Dónde estabas, Facundo? —me preguntó.

Le entregué la papeleta que me había dado Albiol y caminé en dirección a mi pupitre. No sabía si ella podía entender lo que Albiol había escrito, porque ella no había nacido en Perú, sino en Estados Unidos, más precisamente en Boston. Cuando los otros querían molestarla, le decían Shirley Temple, por su pelo rubio y ondulado. Aunque Miss Susan estaba mucho más buena que Shirley Temple. Entre todos los compañeros de clase eso era unánime. Si había una profesora que se llevaba el honor de ser la más guapa, algo así como Miss profesora de secundaria, esa era Susan.

—¿Entonces te vas a casa? —preguntó Susan con un tono de lástima—. Pero ¿qué es lo que has hecho?

Yo estaba metiendo mis libros y cuadernos en la mochila.

—¿Qué pasó? —se interesó Sánchez-Camacho—. ¿Es cierto que te has cargado la capilla?

—Más o menos.

—Estás loco, Facundo —susurró Iván—. ¿Y ahora qué vas a hacer?

—No tengo idea —dije.

Miss Susan se había sentado en su escritorio para terminar de entender por qué que me echaban del colegio y de paso firmar el documento de expulsión. Sin su firma no podía salir.

—¿Te han expulsado?

—Una semana de suspensión.

—¡Mierda! —soltó Iván—, tus viejos te van a colgar.

Levanté los hombros. Seguro que mi madre haría toda una escena; aún no me lo quería imaginar. Entonces vi que Pedro Lines me miraba. Estaba a unas cuantas carpetas de la mía. Todos en el aula se habían alborotado un poco mientras Miss Susan seguía leyendo.

—Espero que no hayas hablado de lo que te conté —me dijo Lines con cara de espanto.

Lo miré a los ojos para tratar de encontrar en él algo que justificara lo que había hecho en la capilla. En parte, también lo hacía por él.

—No te preocupes —dije—, que nadie lo sabe.

Se quedó en silencio.

—Pero ya te he dicho que deberías hacer algo.

—Mr. Lescano —dijo Miss Susan desde su escritorio—, acérquese.

Cogí mi mochila, ahora completamente llena, que pesaba mucho, y crucé el salón de clase.

—Aquí dice que usted ha intentado tirar abajo la imagen de la capilla —el inglés de Miss Susan sonaba como si estuviera mascando un chicle—, ¿es cierto eso?

Me quedé callado, dándole a entender que sí.

—¡Dios mío! ¿Cómo se le ocurrió hacer algo así? Espero que sus padres lo sepan comprender —dijo firmando la papeleta—. Le haré llegar a través de sus compañeros los avances que hayamos hecho esta semana en clase. Trate de leer algo, un libro en inglés.

—Lo intentaré —dije recibiendo el papel.

Antes de salir, dirigí la mirada a mis compañeros de clase; algunos parecían burlarse y otros me hacían la señal de teléfono con las manos para que los llamara. El único que no me quería ver era Pedro Lines.

Cuando cruzaba el patio, Albiol abrió la ventana y me gritó:

—Vaya a la oficina de recepción a esperar a sus padres. Cuando vengan, yo mismo iré a hablar con ellos para contarles lo sucedido. Y no se le ocurra hacer otra tontería.

La oficina de recepción estaba al lado de la puerta principal y el portero me señaló dónde tenía que sentarme. Había una madre y una empleada del hogar que iban a recoger a alguien que se sentiría mal de salud. Me senté y esperé un rato hasta que una de las mujeres, que estaba al otro lado de la mesa, me llamó y me pidió mi papeleta de expulsión.

—¿Tiene que esperar a sus padres o se va usted por su cuenta? Aquí no pone nada.

Esa era mi única oportunidad.

—Me voy por mi cuenta —dije—, mis padres no pueden venir.

—¿Está usted seguro?

—Sí.

—Bueno —la mujer puso un sello sobre la papeleta—, en ese caso salga usted por esa puerta. Esta papeleta tiene que traerla firmada por sus padres. Sin su firma usted no puede retomar clases la próxima semana.

—De acuerdo.

Volví a ponerme de pie y me acordé de mi bicicleta, pero si la iba a buscar había muchas probabilidades de que me cruzase con Albiol, así que decidí irme sin ella. En la calle me sentí libre, como un pájaro al que le hubieran abierto la puerta de la jaula. Caminé rápidamente y traté de alejarme lo más pronto posible del colegio. Tenía que llegar a casa antes de que lo hicieran mis padres. Papá estaría fuera y lo más probable era que no regresase en todo el día. Mamá era la que me preocupaba. Podría estar en el club con sus amigas, en misa, o en uno de esos talleres a los que se apuntaba para matar el tiempo. En el camino entré en una tienda de alimentación que estaba en una esquina y me pedí una Inca Kola y un cigarrillo suelto.

—¿No deberías estar en el colegio? —me preguntó el vendedor al verme con el uniforme y la mochila al hombro.

—Voy a casa porque me siento un poco mal —dije—. Creo que anoche no dormí bien.

—Fumar no te va a hacer bien, en ese caso.

—No es para mí, es para mi padre, que está esperándome en el carro.

El hombre me miró con suspicacia, pero aun así me dio el cigarrillo. Terminé con la pequeña botella de refresco y salí de la tienda. Encendí el cigarrillo y me di cuenta de que el cielo de Lima parecía una gran bocanada de humo. Cuando llegué a casa y abrí la puerta, ni el carro de mamá ni el de papá estaban en la cochera. En la cocina, Dolina se sorprendió al verme.

—Facundo —dijo exaltada—, ¿qué es lo que ha pasado?

En la televisión ponían el programa de Lara Bosfia: los invitados en vez de darse golpes estaban tirándose comida.

—Me llamó el jefe de normas educativas de tu colegio, me dijo que había que ir a buscarte. ¿Qué ha pasado?

—¿Se lo contaste a mamá?

—Aún no he podido hablar con ella —dijo Dolina—, salió esta mañana y todavía no ha regresado. ¿Qué ha ocurrido?

—Nada grave, pero, Dolina, voy a necesitar tu ayuda.

—No me hables así, niño, que me asustas. —Dolina había dejado de manipular la cocina—. ¿Por qué estás aquí y no en el colegio?

—Es una larga historia. Solo te voy a pedir que no digas nada. Solo necesito tiempo.

—¿Tiempo para qué, Facundo?

—Solo prométeme que no vas a decirle a mamá que me has visto.

—No sé, niño. ¿Qué está pasando?

Subí corriendo a mi habitación. No podía perder tiempo. El cuarto estaba ordenado y limpio. Me cambié de ropa y me puse unos jeans, una camiseta y una chaqueta encima. Saqué los libros de mi mochila y busqué, dentro de mi armario, las zapatillas más nuevas que había, algo de ropa y las metí dentro. También escondí el uniforme de colegio y los libros para que no fuera lo primero que mis padres se encontraran cuando vinieran a buscarme. Giré mi cabeza, tratando de encontrar qué cosas de valor tenía. Cogí un par de raquetas de tenis y fui a la habitación de mis padres. Lo primero que vi fue una foto en la que salen papá y mamá en el día de su boda. Se ven mucho más jóvenes. Mamá bastante guapa, con una sonrisa de actriz de cine. No sé en qué momento mamá comenzó a perder su encanto. Quizá todo se deba a la religión. Papá también salía guapo, pero él había sabido mantener mejor el paso de los años. No tenía mucho tiempo, así que hurgué en sus cajones en busca de dinero. Encontré un par de billetes y me los metí al bolsillo. También cogí un par de joyas de mamá. Antes de bajar, entré en la habitación de Alexia. No estaba, claro. En las paredes había algunas fotografías de cuando éramos más pequeños. Siempre salíamos sonriendo. Ella más que yo. Si alguien tenía una bonita sonrisa era ella. Me daba mucha pena no poder abrazarla. Pero más pena me daba no poder hacer nada para ayudarla. No sé por qué siempre me pasaba eso con ella. Era como si su pena y su tristeza atravesaran la pared que dividía nuestras habitaciones y se metiera dentro de mí. Cuando éramos más pequeños, me pasaba algo parecido si mis padres nos castigaban. Más que sentirlo por mí, lo sentía por ella. Lo único que no llegaba a comprender era lo que sentía por Julián. A veces, solo por eso me hubiera gustado ser una chica. Una adolescente enamorada experimenta sensaciones muy fuertes, y eso lo percibía en Alexia. Pero era algo que no terminaba de comprender. La tristeza y la impotencia por el hecho de estar embarazada eran para mí, mucho más comprensibles. Era algo que se volcaba hacia mí de una manera contundente. Cuando la estaba pasando mal por un chico era diferente. No terminaba de captarlo. No sé. Mientras miraba sus cosas, comencé a deprimirme. Y si algo me daba sueño era ponerme triste, así que salí de su habitación antes de quedarme dormido.

En la tele, Lara Bosfia seguía vociferando a la vez que sus invitados se daban de golpes. Dolina parecía distraída viendo las imágenes y traté de salir sin que me viera.

—¿Vas a salir? —preguntó entonces.

No supe qué decirle.

—¿Vas a jugar al tenis?

Ella misma me había dado la coartada perfecta.

—Sí.

—Pero ¿no vas a esperar a tus papis?

—No tengo tiempo —dije cogiendo una manzana de la refrigeradora.

—Igual hay algo que no me quieres contar, Facundo —dijo Dolina—. Aún no me has dicho por qué me han llamado del colegio.

—No ha pasado nada —dije—. Si te preguntan, solo diles que me he ido a jugar tenis.

Sonó el teléfono.

—Debe ser tu madre —dijo, y cuando fue a atender aproveché para salir.

Crucé el garaje y me dirigí a la calle. Nunca ese trayecto me había parecido tan largo. Cuando cerré la puerta, supe que no tenía que mirar atrás.

# 2

El día de las primeras elecciones generales de las que tengo recuerdo, papá me llevó con él a votar. Era abril de 1990 y durante los últimos meses, en casa, solo se hablaba de política. Mi padre estaba suscrito a *El Comercio*, pero también compraba diariamente *La República* y *Expreso*. En el carro no dejaba de escuchar la radio y en casa se había vuelto una costumbre ver los programas de televisión en los que se hablaba de las elecciones. Mi padre había hecho una apuesta clara por evitar que el partido que estaba en el gobierno volviera a ganarlas. Desde que lo había acompañado a la plaza San Martín, se había generado un clima electoral que lo entusiasmaba demasiado. Después del intento del presidente de nacionalizar la banca, mi padre y sus amigos empresarios tomaron la decisión de que Alan García y su partido APRA ya habían tenido suficiente. Todo parecía haberse politizado. Los apagones y las bombas de Sendero Luminoso eran cada vez más frecuentes y habíamos tenido que acostumbrarnos a jugar en la oscuridad o a la luz de las velas, lo que podía ser divertido. Descubrimos que con la cera derretida podíamos hacer figuritas o rostros sonrientes. La cera caliente no quemaba mucho, y solíamos apagar el fuego de las velas con las yemas de los dedos para volver a encenderlas enseguida. Mamá siempre nos repetía que era peligroso, pero en las noches oscuras lo mejor que podíamos hacer era jugar con el fuego. También hacíamos figuras con las manos y las sombras que se proyectaban en la pared. A veces la luz eléctrica no volvía hasta el día siguiente y era casi mejor, porque los noticieros solo ponían noticias desalentadoras: explosiones, coches bomba y cuerpos ensangrentados por todas partes. Papá también había recibido amenazas y durante el último año de campaña tuvo que contratar a un guardaespaldas. Mi madre decía que había que estar preparados para cualquier cosa. Se había encargado de que tuviéramos los pasaportes al día con los respectivos visados a Estados Unidos

La economía también era un desastre. Los precios subían todos los días, y cuando queríamos comprar algo en el chino de la esquina de casa, teníamos primero que preguntar cuánto valía. Si papá o mamá nos daban algo de dinero para golosinas, teníamos que gastarlo rápido porque al día siguiente ese mismo billete podía valer menos, o nada. En esos años la moneda se llamaba inti. Cuando Alan García llegó al poder, cambió el nombre de los soles por intis, que es sol en quechua. Al principio podía parecer una buena idea, pero luego los precios comenzaron a subir. En el camino al colegio de votación, papá trató de explicármelo: me habló de los subsidios del Estado y de la impresión excesiva de billetes. Llegaron a imprimirse billetes de hasta cinco millones de intis. Por eso él siempre estaba comprando dólares. Era la única forma de mantener seguros los ahorros, decía. Los vendedores de dólares comenzaron a multiplicarse en las esquinas de Miraflores y San Isidro. Se quejaba de la corrupción y de que el país necesitaba un cambio. Para él, el cambio tenía que venir desde el otro lado del espectro político, y ese otro lado estaba representado por Vargas Llosa. Su partido, el Frente Liberal, Fredemo, haría las reformas necesarias para sacar al país del agujero negro en el que se encontraba. Papá hablaba de una revolución capitalista. Aún no cumplía diez años y, si su entusiasmo al principio me contagiaba, terminaba siempre por quedarme dormido con tanta teoría de oferta y demanda. Aún no había leído nada de Vargas Llosa, pero se convirtió en el personaje público más popular. Salía casi todos los días en la tele, siempre criticando duramente al presidente, y diciendo que quería convertir el Perú en un país próspero y moderno. La campaña presidencial fue muy dura. Sus enemigos trataron de mostrarlo como una amenaza para las clases populares. Mi padre decía que los apristas eran como una secta, una especie de plaga capaz de hacer cualquier cosa por destruir a sus rivales políticos. Y lo estaban consiguiendo: mostraban a Vargas Llosa como una amenaza, como un monstruo. En la propaganda aprista se hablaba de que el partido liberal pondría en marcha un shock que dejaría a la sociedad entera al borde de la miseria y la destrucción. Papá me contó que las ideas liberales del Fredemo traerían una subida de precios, que en aquellos días estaban subsidiados, lo que hacía, junto con la impresión indiscriminada de billetes, que la inflación fuera descomunal.

—Lo que va a ocurrir es que todo adquirirá su precio real, el precio del mercado —decía mi padre mientras lo acompañaba a votar—. De esa manera, lo que te compres en el chino de la esquina no seguirá subiendo cada día.

Cuando llegamos al colegio electoral tuvimos que estacionar el carro en un parque, a unos cinco minutos andando. Un niño se acercó y le pidió a mi padre si podía cuidar el carro. Se lo cuido, jefe, dijo. Podía ser dos o tres años mayor que yo. Tenía las manos sucias, la ropa andrajosa y sobre el hombro llevaba una pequeña franela roja. ¿Se lo lavo, jefe? Pero papá le dijo que solamente lo cuidara, que le echara un ojo. El chico quedó mirándome, y me sentí avergonzado. Todo eso de ver niños de mi edad en la calle me daba sueño. Comenzamos a andar en dirección de la escuela y vimos que la ciudad entera había salido a votar. En el Perú siempre fue obligatorio, así que no quedaba más remedio que hacerlo. Mamá ya había ido por su cuenta, con Rómulo y una de sus amigas del taller de manualidades.

Mi padre sacó su documento de identificación, algo que en esos días se llamaba Libreta Electoral que tenía tres cuerpos y se abría como un tríptico. Confirmó su mesa de votación y en el camino un amigo vino a saludarlo. También había ido a votar y se presentaba como congresista al Parlamento por el Fredemo. Se llamaba Manuel. Estaba vestido como papá en los fines de semana, de manera informal.

—¿Todo igual en las encuestas? —preguntó papá.

—Hay algo muy raro —respondió Manuel—, parece que está cambiando la tendencia.

Durante las últimas semanas, mi padre recibía encuestas que un amigo le hacía llegar a través del fax. En todas ellas Vargas Llosa salía como primero.

—Sí —dijo papá—, yo también lo comencé a notar. Pero hace varios días que no veo ninguna.

—La campaña del APRA ha sido demoledora —dijo Manuel—. La izquierda nos ve como el demonio.

—Es una pena —dijo papá.

—Pero es la única alternativa que tenemos, mira lo que han sido estos cinco años.

—¿Ya votaste?

—Ahora voy —contestó Manuel—. No te olvides de marcar los números al Congreso. ¿Sabes cuál es el mío?

Papá se quedó en silencio.

—El trece —añadió Manuel—, número cabalístico.

—El número de Judas —soltó papá con una sonrisa.

—Menos mal que mis adversarios políticos son ateos —dijo Manuel—, si no, ya lo hubieran utilizado en mi contra.

Luego de votar fuimos a comer unos choritos a la Chalaca. Bien cuidado, jefe, le dijo el chico cuando regresamos al auto. Papá sacó las llaves y abrió el carro. El chico no dejaba de mirarme y por un instante fue tanta la intensidad de su mirada que me vino un ataque de sueño y me quedé dormido. Comencé a soñar con una revolución infantil: todos los niños en las calles incendiando la ciudad, a los adultos y los carros. Lo quemábamos todo. El que lideraba la revuelta era el chico a quien yo obedecía. Cuando volví a abrir los ojos, oí a mi padre decir que no había que acostumbrar a la gente a recibir dinero por no hacer nada. En el sueño, lo que se usaba para quemar la ciudad era justamente los billetes. Buscó al lado del asiento unos cuantos intis y se los dio por la ventanilla. Parecía mucho dinero, pero en esos días de inflación era papel sin valor. El niño me seguía mirando a los ojos, que se me volvían a cerrar. La próxima vez se lo lavo, jefe, dijo recibiendo la plata. Ya veremos, dijo papá, y se puso en marcha. A mi padre le había quedado el dedo índice manchado por la tinta de las huellas dactilares que había tenido que poner junto a su firma y el número de su Libreta Electoral tras votar. También lo habían hecho meter el dedo medio en un pequeño recipiente de tinta de color morado que se quedaría varios días marcada. De esa manera se evitaba que la gente votara más de una vez: era una forma de precaución contra el fraude, me había explicado papá, y en ese momento me dieron ganas de ser adulto y poder votar. Ahora ya no estoy tan seguro. Dentro del auto, las emisoras de radio no dejaban de contar y comentar lo que ocurría: todos daban por sentado que Vargas Llosa ganaría.

Al rato llegamos a La Preferida, un local cerca de casa, en una esquina, donde, según papá, se servían los mejores choritos a la Chalaca de todo Lima. Marko, el dueño del restaurante, era un hombre grande, rubio, de casi dos metros, que parecía un luchador de cachascán. Había llegado de Yugoslavia al Perú a trabajar en una empresa petrolera en Cerro de Pasco a mediados de los años sesenta, pero cuando cayó enfermo, el doctor lo mandó a Lima. Como no tenía mejor cosa que hacer, decidió abrir un restaurante. Mi padre siempre comentaba que él se había convertido en uno de los primeros prestamistas de Marko. Cuando entramos, el Bigote, el encargado, saludó a papá desde detrás de la barra. Era un hombre de pelo oscuro y largos bigotes que siempre estaba haciendo bromas.

—Viniendo de votar, don Mariano —dijo cuando nos vio entrar—. Hoy parece que comienzan a cambiar las cosas. Eso, o nos terminamos de fregar.

Había algunas personas más, muchas recién tomaban desayuno.

—Espero que tú también ya lo hayas hecho —dijo papá.

—Es lo primero que hice esta mañana, hoy madrugué. —Bigote le enseñó a papá su dedo manchado de tinta—. Me he pasado media hora intentando sacarme esta jodida mancha, ¿qué les pongo?

Papá pidió unos choritos a la Chalaca, unas butifarras con ensalada criolla, conchitas a la parmesana y un par de chichas moradas, que el Bigote trajo un rato después. Empezábamos a comer cuando entró un señor con un pañuelo en el cuello y un andar lento y elegante.

—Sabía que estarías aquí —dijo acercándose a papá—. ¿Has escuchado algo esta mañana?

—¿A qué te refieres, Dionisio? —Papá tomó un trago de chicha morada—. ¿Ha pasado algo?

—No sé si hoy las cosas pinten tan bien como aparentan —dijo el hombre acomodándose a nuestro lado—. ¿No has recibido las últimas encuestas?

—Me dejaron de llegar hace varios días.

—Le pongo algo, don Dionisio —dijo Bigote—, ¿cómo van las cosas por el canal?

—Ponme un pisco sour.

—Pero ¿qué es lo que pasa exactamente? —preguntó papá—. ¡No me digas que va a ganar el APRA!

—Algo muy raro está pasando —dijo Dionisio—, se ha metido un total desconocido, y ahora supera incluso al APRA en intención de voto.

—¿Un total desconocido? —Papá frunció el ceño—. ¿Quién es?

—Un japonés, un tal Fujimori.

—¿Fujimori? —repitió papá—. ¿De dónde ha salido?

—Nadie lo sabe. —Dionisio parecía realmente preocupado—. Después de esto me voy al canal, voy a estar ahí todo el día.

—Pero ¿cómo es posible? —La expresión de mi padre había cambiado.

—No se sabe muy bien, solo que es un ingeniero de la Universidad Agraria —el tono de alarma era evidente—, no tiene nada que ver con la clase política. Nunca ha estado relacionado con ningún partido.

—¿No será una creación del APRA? Esos cacasenos son capaces de hacer cualquier cosa con tal de jodernos.

—Es lo que yo también sospecho —dijo Dionisio—, pero no sé si Alan García pueda ser capaz de hacer algo así.

—Ese tipo es capaz de cualquier cosa.

—La última vez que lo vi, estaba enfurecido conmigo y los socios del canal, decía que le estábamos haciendo el camino demasiado fácil al escritor.

—Y eso que tiene el rechazo de mucha gente —papá se pasó la servilleta por la boca—, imagínate si tuviera apoyo popular. Pero ¿de dónde viene este japonés? —Papá no dejaba de comer—. ¿Quién lo está financiando?

—Al parecer los que están detrás son los evangelistas.

—¿Los evangelistas? —Papá casi se atraganta—. ¡No me jodas, Dionisio!

—Parece una broma, ¿no?

—Era lo único que le faltaba a este país, que los evangelistas lleguen al poder.

—Su campaña ha sido muy austera —dijo Dionisio—, no te digo que no lo conocía nadie...

—Pero cómo puede haber subido tanto en tan poco tiempo.

—La gente en las calles está asustada con el Fredemo —replicó Dionisio—, creen que si llega al poder nos vamos a joder todos.

—Como en su novela —dijo papá con media sonrisa.

—Los sectores bajos están aterrorizados —Dionisio dio otro sorbo a su pisco sour—, la campaña del APRA ha surtido algo de efecto.

—Pero la nuestra también ha sido una buena campaña, se ha llegado a todos los rincones del país, ¿no?

—Pero hay mucha gente con la que el escritor no conecta —Dionisio cogió una servilleta—, lo ven como un extranjero, como un intelectual blanquiñoso que hace política.

—Pero ¿no dices que el otro es japonés?

—Pero puede que eso juegue a su favor. —Dionisio trató de elaborar una teoría—. Un japonés, o un chinito, es más próximo a un cholo que tú, que yo y que el escritor. Se parece más a ellos. Lo ven más humilde, más cercano que un intelectual que ha vivido en París. Mucha gente ni siquiera ha cogido un libro suyo.

—Pero si lo que dices es cierto —papá resopló—, y se cumple la tendencia, mañana tenemos un tsunami.

—Nunca mejor dicho —Dionisio sonrió—, aunque lo prudente será esperar los resultados.

—¿Cómo dices que están los números?

—El chino va unos diez puntos por detrás. En el segundo puesto.

—O sea que ya pasó al APRA.

—Lo peor de todo es la tendencia —Dionisio gesticulaba con sus manos—, el subidón en los últimos días es aterrador. Eso es lo preocupante.

—Y si hay segunda vuelta, sí que estamos jodidos.

—Esta elección ha nacido para ganarse en primera vuelta —dijo Dionisio—, tú lo sabes.

—Y si lo de ese Fujimori es cierto, se complicarían aún más las cosas. Hay mucha gente que no quiere saber nada del APRA, pero con un tercer elemento totalmente desconocido la cosa se complicaría mucho.

—Tú lo has dicho. Al APRA, ese Fujimori le vendría como anillo al dedo, ellos prefieren cualquier cosa antes que al escritor.

—Esperemos que todo lo que dices sea solo un susto. —Papá se llevó un trozo de butifarra a la boca.

—Ya veremos... ¿Dónde vas a estar tú?

—Me imagino que en casa.

—Te mantengo informado.

—Por favor —dijo papá—. Si es posible, paso a buscarte más tarde.

—Como quieras —Dionisio había acabado su bebida—, hoy el canal va a ser un hervidero, voy a estar allí todo el día. Y no te olvides de que tenemos algo pendiente.

Papá asintió. Dionisio le guiñó un ojo. En casa, papá se echó a dormir una siesta y yo salí al jardín a jugar. Me gustaba recoger chanchitos de tierra. Al regresar me encontré a mis padres y Alexia frente a la tele. Me senté a su lado. Dolina había puesto un queque. Normalmente descansaba los domingos, pero ese día de las elecciones, luego de votar, se vino a casa a ver los resultados con nosotros. Los presentadores anunciaron que en breves segundos darían un flash con el resultado de los comicios.

—¡Qué nervios! —dijo mamá.

Papá se acomodó en el sillón.

—Fredemo, treinta y cuatro por ciento —decía uno de los conductores en la pantalla—, Cambio 90, veintinueve por ciento, APRA, veintidós por ciento...

Papá se quedó en silencio. Mi madre estaba con la boca abierta. Alexia se había puesto a hojear un libro.

—De confirmarse estos resultados —seguía el conductor—, tendríamos una segunda vuelta entre Vargas Llosa y Fujimori.

—¿Quién es ese Fujimori? —preguntó mi madre.

—¿Quiere que ya les sirva el queque? —Dolina había entrado al salón—. ¿O esperamos un ratito más?

—Creo que vamos a tener que dejar la celebración para otro día —dijo papá—. Hoy no hay nada que celebrar.

—¿Esto qué quiere decir? —quiso saber mamá.

—Que todo salió mal. —El rostro de mi padre era de decepción—. Se nos aguó la fiesta.

—Pero hay una segunda vuelta, aún...

—Con treinta y cuatro por ciento no se hace nada. —Mi padre rechinó los dientes—. Los votos del APRA van a ir a parar a ese tal Fujimori. Suma los votos de Fujimori, el APRA y la izquierda, y ahí tienes la mayoría. No hay nada que hacer.

—¿Quién es Fujimori? —insistió mamá.

Esa noche papá salió de casa y no regresó hasta la madrugada.

Unos días después, cuando Alexia y yo volvimos del colegio, encontramos a mamá llorando en el salón, mirando a través de los cristales de la gran mampara que daba al jardín.

—¿Te ha pasado algo? —preguntó mi hermana, pero mamá no dijo nada. Solo sollozaba.

—¡Hoy he preparado cosas ricas! —Dolina nos llamó a la cocina para almorzar.

Papá no había ido a dormir a casa tres noches seguidas. Es solo una pequeña discusión, dijo Dolina. Pero para mamá no lo parecía, en su cara había algo más. Hasta ese día mi padre jamás se había ausentado tanto tiempo de casa, salvo cuando se iba de viaje. Al poco rato papá bajó las escaleras.

—¡Y ahora vas a volver a salir! —gritó mamá.

Dolina quiso impedírnoslo, pero Alexia y yo nos asomamos al salón.

—¿Me vas a decir adónde vas ahora? —Mientras hablaba no dejaba de sollozar—. ¡Di algo, Mariano!

Mi padre no dijo nada. Quiso salir de casa, pero mamá se lo impidió, se puso entre él y la puerta, y comenzó a decir que si no le decía adónde iba, no lo dejaría salir. Me acerqué a papá y le pregunté si todo estaba bien. Él me puso la mano al hombro y volvió a dirigirse a la puerta.

—¿Y encima te lo vas a llevar? —dijo mi madre.

Jamás los había visto discutir de esa manera. Quiero decir que era la primera vez que veía esas expresiones en sus rostros. Papá consiguió llevarme consigo y llegar hasta su carro. Vamos a dar un paseo, dijo. Mamá nos había seguido y cuando vio que era imposible detenerlo, rompió a llorar otra vez y desapareció dentro de casa. Quise preguntar a dónde era que íbamos, pero preferí mantenerme en silencio. ¿Quieres saber dónde trabajo? Lo miré. Papá no dejaba de mirar al frente. Sí, dije. Pero esa tarde creo que hubiera dicho que sí a cualquier cosa. Al cabo de pocos minutos estábamos en San Isidro, entrando en un edificio. Un portero saludó a papá, que le dijo que yo era su hijo. Parecen dos gotas de agua, dijo con una sonrisa. Mientras subíamos por el ascensor quise preguntarle por qué mamá estaba tan enfadada con él, qué era lo que había pasado, pero no me atreví. En vez de eso, él me preguntó qué tal me había ido esa semana en el colegio, y por un momento pensé en contarle de cuando Miss Lucía, con sus ojos de dos colores, había entrado en el salón y, al sentarse, se había caído al suelo. O que Perico Soler y Lucho Salcedo me comentaron que sus padres les habían dicho que en vacaciones los llevarían a conocer Miami y Disney. Iba a decírselo, pero la puerta del ascensor se abrió y tuvimos que salir.

La oficina de mi padre estaba en una sexta planta con vista a la calle. Era viernes y no había gente a esa hora, salvo una mujer con una blusa blanca, falda ajustada de lanilla y tacones. Saludó a papá y luego de preguntarle qué novedades había habido ese día, la mujer comenzó a enumerarle las llamadas que había recibido. Papá se apresuró en darle un par de instrucciones mientras ella no dejaba de apuntar en una libreta. La oficina era grande, no sé, nunca había estado en una oficina, pero a mí me pareció grande. Mientras papá seguía hablando con la secretaria, me acerqué a la ventana. Desde ahí se podía ver la Vía Expresa y gran parte de San Isidro. Me distraje con el tráfico y la gente que andaba en las calles hasta que papá me preguntó si quería una Coca-Cola, y lo acompañé hasta una pequeña refrigeradora de donde sacó una lata.

La verdad es que no sé a qué se dedicaba mi padre exactamente: viajaba constantemente y cuando me lo preguntaban en el colegio, siempre decía que por trabajo. Siéntate, me dijo, y le hice caso. Tenía un par de sofás bastante grandes. Volvió a salir de la habitación y no regresó en un buen rato. Ya estaba por anochecer. Los días en Lima siempre terminaban sobre las seis de la tarde, y solo entonces, cuando bajaba lo suficiente y traspasaba la gran cantidad de nubes del cielo, se podía ver el sol. Terminé la Coca-Cola y cerca de una hora después, cuando la secretaria se había ido, papá me preguntó si tenía hambre. Hizo un pedido por teléfono, y poco después se presentó un hombre con un par de cajas de color blanco y verde, a manera de cuadritos, como si fuera un tablero de ajedrez que se había convertido en caja y en la que se podía leer: EL CORTIJO. Olía muy bien. Nos sentamos y comenzamos a comer un pollo con papas fritas. Quise volver a preguntarle qué era lo que había pasado con mamá, pero otra vez no pude. No sé, no quería echar a perder el momento.

—Estoy cansado —dijo un rato después, y se acercó a uno de los sofás y lo convirtió en cama—. Hoy dormimos en la oficina.

Me explicó entonces que, a veces, regresaba de viaje tan cansado que después de trabajar se quedaba en la oficina y dormía en uno de esos sofás cama, en vez de irse a casa. Me lo contó como quien confiesa algo importante. Creo que ese día fue el único en el que me sentí cerca de mi padre. Quiero decir: nunca más volví a tener un encuentro tan cercano como el de ese día. Me di cuenta de que mi padre, a pesar de tener una familia, a veces se sentía solo. Después de todo, mamá podía ser muy cargante.

—No te preocupes —dijo antes de dormirse—, entre mamá y yo todo va a estar bien. Y una cosa más, no se lo cuentes a tu madre.

Al día siguiente nos despertó Dionisio, que fue a buscarlo cerca de las diez de la mañana. Los resultados de la primera vuelta electoral acababan de confirmarse oficialmente y tenían que hablar. Antes de irse con él, papá me dejó en casa.

—¿De dónde vienes? —preguntó mamá, apenas entré.

—Estuve con papá.

—¿Dónde?

Me quedé en silencio.

—¿Dónde han pasado la noche? —insistió mamá.

—En su oficina —dije.

Mamá, sorprendida, repitió:

—¿En su oficina...?

Pocos días más tarde mis padres se reconciliaron y volvieron a la cotidianidad de siempre. No sé si papá le dio explicaciones de por qué no había ido a dormir a casa varios días, lo cierto es que mamá se olvidó rápidamente de su pelea. Después de todo, creo que ella era consciente de que no era una mujer fácil. No lo sé, tampoco quería juzgarla, ni a ella ni a papá. Lo cierto es que todo pareció volver a la normalidad en casa, pero, por el contrario, hubo mucha tensión en el país. Papá trataba de hacerle entender a mi madre lo que estaba sucediendo, pero lo único que ella quería saber era si nos quedaríamos o terminaríamos yendo al extranjero. Mi padre y sus amigos sabían que una victoria en segunda vuelta era muy improbable y lo más seguro sería que Fujimori ganara las elecciones.

—Lo que hay que conseguir es que, gane quien gane, se adopten las medidas que teníamos previstas —escuché decirle a papá a Dionisio en La Preferida días después.

—Eso es. Por eso el escritor ya no quiere ir a la segunda vuelta.

—¿Cómo que no quiere ir a la segunda vuelta?

—Sabe que no va a ganar —dijo Dionisio—, es lógico. Como tú dices, lo que todos queremos es que, si llega Fujimori, use el plan de gobierno del Fredemo.

—Pero Fujimori no va a hacer eso. ¿O sí?

—Ya dijo que no —aseguró Dionisio—, es decir, va a haber segunda vuelta. Si el chino este quiere jugar bien sus cartas, tiene que ganarle en la cancha. Si no, la izquierda y el APRA se le vienen encima.

—Lo que hay que saber es qué piensa hacer ese Fujimori —oí a mi padre—. ¿Tienes alguna idea?

—Lo único que sé —dijo Dionisio— es que tiene un abogado que es un zorro.

—¿Un abogado?

—Se llama Montesinos. Vladimiro Montesinos. Le dicen el Doc.

—¿Y cómo sabes que es un zorro?

—Es conocido en el mundo judicial por defender a narcotraficantes, y lo ha dejado limpio. Fujimori estaba hasta arriba de denuncias de fraude, transacciones irregulares y evasión tributaria. Estamos intentando sacarlo a la luz, pero creo que ni así será posible revertir la situación.

—Pero, por lo que sabemos, Fujimori no tiene un plan de gobierno —dijo papá.

—A él no le hace falta, la gente en este país no vota planes de gobierno. Vota a las personas, y en el mejor de los casos a los partidos, pero ni siquiera eso. Mira lo que pasó con el escritor. Si se hubiera presentado como independiente, en vez de aliarse con los conservadores del PPC y Acción Popular, quizá le habría ido mejor. Fujimori solo tiene que decir que no va a aplicar el plan del escritor. Ese es su plan de gobierno.

—Por eso Fujimori es un peligro.

—Depende de para quién. Si gana, hay que asegurarse de que no va a hacer las locuras de Alan García y el APRA.

—Pero el APRA lo está apoyando, ¿no?

—El APRA y la izquierda se pueden llevar un buen chasco. A Fujimori le hace falta un plan de gobierno y nosotros tenemos uno.

El domingo de la segunda vuelta, papá no me llevó con él. Alexia y yo nos quedamos jugando en el parque de la esquina de casa mientras todos los vecinos iban y venían de votar. La única a la que no parecía importarle mucho lo que estaba pasando ese día era a Alicia Moll, que iba dando tumbos por el barrio, y gritando:

—Sí, sí. ¡Voy a ir a votar por la chucha de tu abuela! ¡Si me multan por no ir a votar, se las va a pagar su puta madre!

Estábamos cazando chanchitos de tierra para meterlos en una caja de fósforos cuando oímos las sirenas de una ambulancia. En esos días, el sonido de las sirenas se había vuelto tan común como el de las bombas.

—¿Alguno de ustedes tiene un cigarro? —nos dijo Alicia.

Me estaba preguntando si el sonido provenía de las sirenas de una ambulancia, de los patrulleros o de los coches de bomberos.

—¡Les estoy hablando, carajo! —se quejó Alicia—, ¿alguien tiene cigarros?

Nos miramos.

—¿Tienen cigarros o no? —insistió hurgando en su bolso hasta que encontró uno—. Por lo menos denme fuego —pidió.

La caja de fósforos estaba llena de chanchitos de tierra, esa mañana habíamos podido recolectar más de treinta.

—¡No me miren con esas caras de cojudos! —dijo, y se agachó a coger la caja de fósforos—. Solo quiero fuego.

Entonces escuchamos una explosión.

—¡Mierda! —dijo Alicia—, esa parece que fue fuerte. —Después vio que en la caja solo había chanchitos de tierra.

La tiró al suelo y todos los animalitos quedaron libres. Alicia se alejó y escuchamos a Dolina que nos llamaba:

—¡A casa!, ¡es hora de volver!

—¿Alguien en este barrio tiene fuego? —siguió gimiendo Alicia mientras se alejaba en zigzag.

En la cocina estaba Rómulo, como siempre hojeando algún periódico.

—Ya es hora de tomar lonche —nos dijo Dolina y después—: No sé Rómulo —parecía continuar con una conversación.

—Pero acaso no puedes decidir por ti misma. —Rómulo parecía mortificado—. ¿Por qué le haces caso a la señora?

—Ese chino Fujimori no sé ni quién es —Dolina manipulaba las ollas—, nadie lo conoce.

—Así como lo ves, ya está en segunda vuelta —dijo Rómulo—. Quién diría. Y lo más probable que es que gane hoy.

—¿O sea que tú has votado a ese chino?

—La verdad es que me ha costado decidir.

—Pero ¿qué te dijo el señor Mariano?

—En la primera vuelta me dijo que ni se me ocurriera votar por el APRA...

—¿Y le hiciste caso?

—No siempre hay que hacerles caso a los señores, hay que tomar nuestras propias decisiones.

Rómulo subió el volumen de la radio. Antes de que dieran los resultados por la televisión papá tuvo que salir.

—Es muy importante —dijo.

—¿Adónde vas, Mariano? —preguntó mi madre.

Papá salió sin contestar y esta vez ella no hizo nada para impedirlo.

Mamá no dejó de ver la televisión mientras yo intentaba enseñarle los chanchitos de tierra. Cuando anunciaron que Fujimori había ganado, se llevó la mano a la boca.

—¡Mierda! —dijo—. Ahora sí nos jodimos. Tendremos que irnos de este país.

—¿Adónde? —preguntó Alexia, entusiasmada.

Pero mamá no le contestó.

En las calles seguíamos oyendo a los bomberos, las ambulancias y los coches de policía. Con el tiempo sería capaz de reconocer cada una de esas sirenas y aprendería a diferenciarlas.

# 3

No tenía ningún plan; lo único que quería era estar fuera de casa. Había tomado uno de esos taxis de color papaya tan populares últimamente y a los que todo el mundo llamaba Ticos. En el camino le pregunté al conductor si conocía un hotel que no estuviera muy lejos. En la avenida Pardo había muchos.

—Uno que tenga un buen desayuno —dije.

—La verdad es que yo nunca he dormido en ninguno —dijo el hombre—. Solo conozco hoteles en la avenida Aviación. Usted sabe, joven, para noches de emergencia. —Se dio la vuelta para guiñarme un ojo.

—Entiendo —dije tratando de ganarme su complicidad, pero la verdad era que no sabía a qué se refería.

—Usted sabe, joven, a veces los planes con las flacas salen a última hora —continuó—. Pero en esta zona no sale a cuenta alquilarse una habitación por horas.

—Claro.

—¿Usted es de Lima?

Traté de comportarme lo más seriamente posible, para que no advirtiera que era menor.

—Sí. Pero vivo fuera. Vengo a jugar un torneo de tenis —dije poniendo una mano sobre las raquetas que tenía a un lado, pero el hombre me miró con suspicacia.

—Tenis —dijo finalmente—, caramba. Es un deporte muy exigente ese, ¿no?

—Bueno, uno hace lo que puede. Además, la federación me lo paga todo.

—Qué suerte. A mí solo me gusta el fútbol. ¿Le gusta el fútbol?

—Me encanta —mentí—. ¡A quién no!

—Es que los futbolistas de este país deberían aprender de los tenistas o de las jugadoras de vóley —dijo sin dejar de mirar al frente—. Últimamente no ganamos nada. La selección está jugando muy mal.

Me quedé en silencio y observé la calle por la ventanilla. Lima ahora parecía una ciudad más desordenada y caótica. Desde que Fujimori había llegado al poder, era posible ver más carros y muchos más colectivos pequeños que se habían apropiado de las avenidas, compitiendo por los pasajeros. Era el precio de la liberalización: cualquier transeúnte era un potencial cliente. Mi padre decía que ahora era más fácil poder comprar autos en la ciudad y que por eso había más taxis, más colectivos y más caos.

—¿Aquí le parece bien, joven? —dijo el taxista—. Creo que este es uno bueno.

Estábamos en la puerta de un hotel en plena avenida Pardo. Metí la mano al bolsillo y cogí uno de los billetes que había encontrado en la habitación de mis padres.

—Sí. —Y le entregué el dinero al conductor—. Aquí está bien.

—Suerte en los partidos —dijo el hombre antes de despedirse—. Ojalá que gane.

El hotel tenía unas pequeñas escaleras en la entrada. Un hombre en la puerta me dio los buenos días y me dejó pasar.

Tenía unos bigotes como Cantinflas y me guiñó un ojo. En el lobby detrás del mostrador el recepcionista hablaba por teléfono. Sobre el mostrador había varios periódicos y revistas. En los titulares se hablaba de la continuidad en las políticas de Alberto Fujimori, que había sido reelegido hacía casi dos años, en 1995, y en las que había vencido al diplomático Pérez de Cuéllar. Nadie parecía poder evitar que se quedara algunos años más. A mí la verdad era que Fujimori me daba sueño.

—Buenos días, señor, ¿en qué lo podemos atender? —El hombre había apoyado sus manos sobre el mostrador.

—Quisiera una habitación —traté de sonar lo más adulto posible—, alguna donde se pueda dormir bien.

—¿Ha venido usted solo? —Me miró con desconfianza.

—Mi mujer está en camino.

—¿Su mujer? —Pareció sorprendido—. ¿Está usted casado?

—Bueno, casado, aún no, pero sí comprometido —dije—. Ella debe estar llegando del aeropuerto esta tarde.

—¿Me deja su pasaporte?

—Claro. —Comencé a buscar dentro de mi mochila, pero sabía que no tenía ningún documento—. No lo encuentro. Creo que se quedó en el taxi.

—¿Está seguro?

Tenía que ser convincente, así que dejé las cosas en el suelo y salí hacia la calle con una expresión de preocupación.

—¿Ha perdido algo? —dijo el hombre de la puerta con los bigotes de Cantinflas.

—Mi pasaporte —dije con un tono que pareció angustiante—. Me dejé el pasaporte en el taxi.

Me quedé un rato en la calle tratando de ganar un poco de tiempo y credibilidad, para luego volver a la recepción.

El hombre seguía observándome, pero creo que se lo tragó todo.

—Por suerte no perdí la billetera —dije—, eso es lo más importante.

—Pero necesitamos algún documento de identificación. Sin eso no podemos hacerle la entrada.

—Tengo un carnet del club.

—A ver, muéstremelo.

Abrí mi billetera y saqué un carnet del club Terrazas. No salía mi fecha de nacimiento, pero la foto probablemtne era de cuando aún estaba en primaria.

—Es una foto bastante antigua, pero mis datos están ahí.

El hombre cogió el carnet y esbozó una sonrisa.

—No sé si con esto podamos hacerle la entrada —dijo.

—Espero que se pueda —dije dejando un par de billetes sobre el mostrador—. A la federación de tenis no le gustaría saber que han dejado a un jugador en la calle.

—¿Es usted tenista?

—Vengo a jugar un torneo.

—Ah, caramba —el hombre cogió el dinero y lo guardó en su bolsillo—, el tenis es un deporte muy bonito.

—Gracias.

—¿Prefiere una habitación con vista a la calle? —Había comenzado a anotar mis datos.

—Sí. Una habitación con vista a la calle estaría bien.

—Y me dice que su mujer está por venir, ¿o sea que preferiría usted una habitación doble?

—Una doble estaría bien, sí.

Continuó anotando mis datos y el proceso me pareció interminable. Lo que quería era que me diese las llaves de mi habitación para subir de una vez por todas.

—¿Cuántas noches piensa quedarse?

—Una semana. —Recordé el tiempo que me habían suspendido del colegio.

—¿Piensa pagar todo de golpe, o prefiere pagar noche por noche?

—Ahora le pago una noche —dije sacando más dinero—. Mañana le doy más.

—Muy bien.

—Aquí tiene. —Me dio unas llaves—. Su habitación es la trescientos siete. ¿Necesita ayuda con su equipaje?

—No —dije cogiendo la llave—, puedo solo. No traigo mucho.

—No se olvide su carnet —dijo rodeando el mostrador y acercándose con él en la mano—, joven Facundo.

—Gracias.

—Si necesita cualquier otra cosa —me guiñó un ojo—, ya sabe que solo tiene que pedirlo. Estamos aquí para servirlo. Mi nombre es Leo.

Subí a la habitación y dejé mis cosas sobre la cama. El olor me recordó los viajes con mis padres cuando era niño. Los hoteles tenían algo que echaba de menos. No sé, era algo que no podía describir. Pero creo que el estar solo me hacía extrañar todo, incluido yo. Me asomé hacia la ventana y desde ahí pude ver la avenida Pardo: el corazón de Miraflores, la ciudad donde había crecido. Si abrías un poco la ventana, el ruido de la ciudad podía ser ensordecedor y se colaba en la habitación. También se colaba la humedad. El mediodía gris. Volví a cerrarla. Además de la cama había una pequeña nevera, varias toallas y un televisor. Cogí el mando. Había cable con canales de varias partes del mundo. Por un momento fue como salir del país a través de la pantalla. Estuve saltando de un canal a otro, pero ni la CNN ni la MTV llamaron mi atención. Volví a apagarla. El baño tenía bañera, así que decidí darme un baño de espuma. Pensé que cuando fuera grande me gustaría vivir en hoteles. La espuma había subido y el agua tibia fue calentando poco a poco mi cuerpo. Recosté mi espalda y tiré mi cabeza hacia atrás. Cerré los ojos y me imaginé a mis compañeros en clase de religión, y sentí lástima por ellos. Quizá Albiol ya se habría dado cuenta de que me había ido del colegio sin que mis padres me hubiesen recogido. Me habría gustado estar ahí cuando Cipriano se percatase de todo. No tardé mucho en quedarme dormido.

Cuando abrí los ojos, alguien estaba tocando la puerta. Había estado soñando. Por más que fuese solo un ratito, casi siempre terminaba soñando algo. Salí del agua y me puse un par de toallas encima. Al abrir me encontré con el portero de los bigotes de Cantinflas.

—Buenas tardes, joven, siento interrumpirlo.

No le dije nada. Me quedé con la puerta semiabierta, mirándolo.

—Mi nombre es Elmer —me estrechó la mano—. Y solo quería decirle que, si por algún motivo necesita usted cualquier cosa, no dude en acudir a mí.

No sabía qué cosa quería decirme exactamente.

—Cualquier cosa que necesite —giró la cabeza para ver si nadie lo estaba viendo—, yo puedo conseguírselo.

—¿Cualquier cosa?

—Sí, Facundo. —Abrió sus ojos grandes—. Cualquier cosa.

Supuse que había averiguado mi nombre en la recepción.

—Dame cinco minutos.

Cerré la puerta, abrí mi mochila y me puse una camiseta y unos jeans.

—Pasa —dije volviendo a abrirle.

El hombre comprobó que nadie lo estuviera observando desde el pasillo y entró. Era un hombre casi de mi tamaño, algo más pequeño incluso. Llevaba la misma vestimenta con la que lo había visto en la puerta del hotel. No era exactamente un uniforme, pero parecía que usaba la misma ropa todos los días.

—He terminado mi turno por hoy y solo quería saber si por casualidad usted buscaba algo más.

¿Algo más?, pensé. Lo miré directamente a los ojos, alentándolo a que fuera más explícito.

—Usted sabe, joven —me guiñó un ojo—, diversión.

Lo dejé hablar.

—Hay muchos visitantes que vienen a Lima por ciertas cosas que aquí en la ciudad son de lo mejor.

—A qué te refieres. ¿A un buen cebiche?

El hombre soltó una carcajada.

—¡Esa sí que está buena! —continuó riéndose—. ¡Un buen cebiche!

Me quedé en silencio.

—Me refiero a cualquier otra cosa que para usted no le sea fácil conseguir —dijo retomando la seriedad y cogiéndose la nariz—. Cualquier cosa, me entiende.

—Entiendo.

—Si quiere vuelvo más tarde y usted ya me dirá.

—Te refieres a...

—Puedo traerle algunas cositas para que las pruebe.

—Muy bien —dije—. Estaré aquí.

El hombre volvió a guiñarme un ojo. En verdad lo que quería era estar solo otra vez.

—Tengo que hacer cosas —dije.

—Regreso más tarde.

—Muy bien —dije acompañándolo a la puerta.

Cerré, terminé de cambiarme y vi cuánto dinero tenía. No había podido sacar mucho efectivo de casa, así que tenía que conseguir más. Lo mejor era hacerlo de una vez. Cogí las raquetas de tenis y las zapatillas nuevas, vacié mi mochila y metí las zapatillas dentro. Luego escondí el dinero debajo del colchón. Me asomé por la ventana y vi que el tal Elmer se alejaba del hotel. Bajé y dejé las llaves en la recepción.

—¿A jugar un partido? —me preguntó el recepcionista.

—Sí, tengo que entrenar un poco.

—Muy bien —dijo el hombre.

Salí y caminé en dirección a la avenida del Ejército. Eran las cinco y no faltaba mucho para que comenzara a oscurecer. Llevaba una sudadera con capucha y unas gafas oscuras que había cogido de la habitación de mamá. No quería que alguien me reconociera. La avenida Pardo a esa hora estaba bastante transitada. Llegué al tercer óvalo y en la avenida Santa Cruz giré a la derecha. Conforme me fui acercando al óvalo Gutiérrez, escuché unas voces que parecían salir de los árboles.

—¿Habla choche, vendes algo?

Comencé a caminar más lento. Al rato un tipo se acercó.

—¿Qué tienes? —dijo.

—Un par de raquetas de tenis y un par de zapatillas.

—¿A ver?

Les enseñé las raquetas. Eran iguales. Papá me las había traído de uno de sus viajes a Estados Unidos. Igual que las zapatillas. El hombre comenzó a examinar las raquetas.

—Están nuevas —dije.

—¿Y las zapatillas?

Abrí la mochila.

—¿Cuánto pides?

Un segundo sujeto se acercó.

—¿Qué tiene? —preguntó.

—¿De dónde las has sacado? —quiso saber el primer tipo.

—Son mías —dije.

El que me había llamado tendría unos veinte años. El segundo hombre era más viejo.

—Parece que son bambas —dijo el más joven manipulando las zapatillas.

—Imposible. Son originales.

—¿Cuánto pides? —preguntó el más viejo.

—Cada una de estas raquetas vale ciento cincuenta dólares —dije—. Las zapatillas cien.

No estaba mintiendo. Eso era lo que valían.

—Estás loco —dijo el joven—. Muy caro.

—Te doy cincuenta cocos por todo —dijo el viejo.

—Ni loco, seguro que más adelante encuentro mejores compradores.

—Setenta y cinco —dijo el más joven.

—Ciento cincuenta por todo —dije—. Es un buen precio.

El viejo había estado viendo con detenimiento las raquetas. Eran unas Wilson de grafito y las había usado tan poco que aún olían a nuevas. Todavía recordaba cuando papá me las había traído envueltas en unas fundas con el logo de la marca. Mamá siempre estaba insistiendo en que practicáramos deportes. En verdad, una raqueta era para Alexia y la otra para mí, pero un día ella se aburrió y me dijo que me la regalaba. Creo que si me dieran a escoger entre el tenis y el fútbol, escogería el tenis. En el colegio todos preferían el fútbol, pero siempre me pareció que darle a una pequeña pelota amarilla con una raqueta tenía mucho más encanto que correr con otros diez detrás de un balón sobre el césped. Lo malo era que no me gustaba competir. Creo que ya lo dije. Y siempre que tenía que jugar contra alguien, me daba mucha pena ganarle. Y me daba sueño. Recuerdo que durante una época estuvimos entrenando mucho. Sobre todo, en verano, en las canchas que el club tenía cerca de la playa y en el faro de Miraflores. A veces eran muy duros. Me refiero a los entrenamientos. Nos hacían empezar muy temprano y siempre había que correr y sudar mucho antes de coger la raqueta, que era lo realmente divertido. Conocí a un par que ahora estaban viajando por todo el mundo en torneos juveniles. Quienes más se lo tomaban en serio eran los padres. Los viejos presionaban a sus hijos para que alcanzaran un nivel que los llevaría, supuestamente, a las ligas profesionales. A uno, incluso, lo sacaron del colegio y le pusieron un profesor privado para que le dedicara más tiempo a los entrenamientos. Pasaba muchos meses al año en Florida, en una prestigiosa escuela de tenis que se jactaba de tener a los mejores tenistas infantiles. Hubo un tiempo en el que mis padres estuvieron tentados de hacer eso conmigo. Mi madre decía que ir vestido de tenista me sentaba bien. Mamá tenía esas cosas. Como cuando quería verme vestido de torero. Decía que me haría ver fenomenal. Solo de oírla bostezaba. Ni siquiera comía tanta carne y ella ya quería pararme frente a un toro. Menos mal que esa idea se le fue rápido de la cabeza. Lo del tenis tardó un poco más, pero, por suerte, se dieron cuenta de que cuando daba buenos golpes con la raqueta y estaba a punto de ganar algo importante, me quedaba dormido.

—Te doy ochenta cocos —dijo el más joven—, ese es mi tope.

Durante un par de segundos fui víctima de la nostalgia y casi me arrepiento de venderlas.

—Ciento cincuenta —dije—. Eso es lo que pido. Son dos raquetas nuevas y un par de Reebok también nuevas.

—Cien —replicó el más viejo—, es todo lo que tengo. Lo tomas o lo dejas.

Estaba a punto de oscurecer y tenía que actuar con rapidez.

—Okey, pero dólares, nada de soles. Y billetes de veinte.

—¿Qué vas a hacer con la guita? —se interesó el viejo sacando el dinero de su bolsillo—, ¿meterte tu coquita?

Recibí el dinero y le di la mercancía.

—¿Y la mochila no la vendes? —preguntó el más joven, pero no le contesté.

Hice el camino de regreso lo más rápido que pude y como estaba cerca del malecón caminé en dirección al mar. Desde el acantilado de la Costa Verde se podía ver el océano Pacífico. El sol parecía haber sido cortado por la línea del horizonte. Si hay algo bonito en Lima son las puestas de sol. Me había comprado una cajetilla de cigarrillos y comencé a fumar viendo cómo el sol se sumergía en el agua. En la playa, un grupo de surfistas intentaban coger las últimas olas. Cuando el cielo se oscureció totalmente, las luces de la ciudad y el faro de Miraflores iluminaron la costa. Siempre que veía el Pacífico de noche me acordaba del equipo de Alianza Lima, que se cayó al mar con todos los jugadores dentro. Aunque no era mi equipo, siempre me pareció una historia triste. Ocurrió el mismo año que Alan García quiso nacionalizar la banca. El avión cayó al mar luego de que el tren de aterrizaje fallara, en la zona de Ventanilla. Los jugadores estuvieron vivos durante mucho tiempo, intentando sobrevivir. Fue lo que contó el piloto, el único que se salvó. Uno de los jugadores vivía cerca de nuestro barrio en Miraflores. Era el único que no era afro-peruano y fue el que más tiempo resistió con vida. Nunca encontraron su cuerpo. Se llamaba Tomassini y, según mamá, su madre seguía esperándolo y no había un solo día en que no le sirviera la mesa a su hijo ausente.

Tenía la esperanza de que algún día volvería y se sentaría a la mesa con ella. El Pacífico es frío como una ducha helada. No debió haber sido fácil. Algunos decían que el muchacho se había salvado y había podido llegar nadando hasta la playa. No sé, pero siempre que veía la infinidad del océano recordaba esa historia.

Estaba a punto de encenderme un nuevo cigarrillo cuando alguien se sentó a mi lado.

—¿Qué pasa, choche? —escuché una voz—. ¿Por qué tan solo?

—Sí —oí a mi otro costado—, ¿qué haces aquí?

Me quedé en silencio. Uno de ellos pasó su mano por encima del hombro, como si quisiera abrazarme. Quise reaccionar y ponerme de pie, pero el otro se adelantó y me mostró una chaveta.

—Quieto, no te muevas.

—Te hemos hecho una pregunta —dijo el que me había puesto el brazo encima—, por qué tan solo.

—Solo venía a ver la puesta de sol.

—¿Así que te gusta ver las puestas de sol? —dijo uno.

—¿Cuánto llevas encima? —dijo el otro.

—Mi pata te ha hecho una pregunta —dijo el que llevaba la navaja—. ¿Cuánto tienes?

—No sé a qué te refieres.

—¡No te hagas el vivo con nosotros, concha tu madre —dijo uno—, danos lo que llevas encima!

El que me había abrazado me obligó a ponerme de pie y metió sus manos dentro de los bolsillos de mis pantalones. Sacó los dólares que me habían dado por las raquetas y las zapatillas.

—¿Es todo lo que llevas encima?

Asentí.

—Muy bien —dijo que el que llevaba la navaja—. Ahora vas a cerrar los ojos y vas a contar hasta cien.

Cerré los ojos y comencé a contar. Cuando llegué al número diez me quedé dormido. Al abrirlos otra vez, ya no había nadie. El viento parecía haberse hecho más intenso. Caminé en dirección al hotel y en la entrada el tipo que estaba en la recepción me preguntó si todo iba bien.

—Muy bien.

—¿Buen partido el de hoy?

—Muy bueno —dije dirigiéndome al ascensor.

Entré a mi habitación y me di cuenta de que me habían quitado casi todo el dinero. Solo me habían dejado veinte dólares que se habían camuflado sin querer dentro de los pantalones. Al rato alguien tocó la puerta. Era Elmer.

—Lo prometido es deuda —dijo—. Aquí le traigo lo que le dije hace un rato.

Lo dejé pasar y sacó algo de su bolsillo.

—¿Quiere probarla aquí mismo?

—No sé.

—Esto lo va a poner de mejor ánimo —dijo Elmer—. Lo veo un poco deprimido.

Tenía una pequeña papelina en forma de rectángulo. Cogió una tarjeta e introdujo una de las esquinas dentro de la papelina.

—¿Quiere probarla?

Jamás había visto algo así en mi vida, salvo una vez, cuando éramos más pequeños, en la oficina del papá de Iván Sánchez-Camacho, que sacó algo parecido a escondidas mientras bebía whisky con un amigo suyo.

—No estoy seguro. No sé si sea buena idea.

—Quiere que lo haga yo primero —dijo llevándose la tarjeta a la nariz—. Le digo que le va a sentar muy bien. Todos los turistas que vienen a Lima en busca de diversión saben que esto es de lo mejor que se puede conseguir en la ciudad. En el mundo, diría yo.

Se había llevado un pequeño morro del polvo blanco a la nariz y ahora soltaba un sonido de satisfacción. Entonces me acordé de todas las advertencias que nos solían soltar en el colegio acerca de las drogas. Por algún motivo me sentí en la obligación de hacer algo que contradijera todo lo que me habían dicho las sisters y los curas. El hombre seguía de pie frente a mí. Me pareció que venir a buscarme no era más que un pretexto para poder inhalar el polvo blanco dentro de la habitación de un hotel como en la que estábamos. Parecía muy a gusto allí en el cuarto.

—No la quiere probar —insistió—, está muy rica.

Su mirada parecía ahora más intensa.

—Eres muy joven —por primera vez comenzó a tutearme—, ¿qué hace un muchacho tan joven como tú aquí?

Quise contarle todo lo que me había pasado ese día: que me había ido de casa porque me habían echado del colegio, que me acababan de robar y que mi hermana estaba embarazada. Pero en vez de eso me quedé callado.

—Eres mayor de edad, ¿no?

—Acabo de cumplir dieciocho —mentí.

—Es lo que me dijeron en la puerta. —Se llevó otro poco de polvo blanco a la nariz—. Que eres tenista.

—Algo así.

—Quizá en ese caso prefieres no probar nada. No quiero que me hagan responsable por malograr a los deportistas de este país.

—No, solo que no he comido aún.

—Esto te va a quitar el hambre.

—¿Haces esto siempre? —pregunté.

—¿Hacer qué?

—Buscar a los huéspedes para ofrecerles estas cosas.

—Con el sueldo que gano como portero no me alcanza para cubrir todos mis gastos. Pero tampoco te creas. Tienes que tener buen ojo para saber quién se puede convertir en cliente.

Comenzó a caminar por la habitación con la tarjeta y la papelina abierta.

—Hay muchos que vienen a este hotel para cosas menos divertidas.

—Entiendo.

—A veces vienen empresarios a encerrarse fines de semana completos —me contó—, y lo único que quieren son cerros y cerros de vaina blanca.

—¿Solo vienen a buscarte?

—Bueno, en parte —dijo—. ¿Por qué preguntas tanto? No serás un raya, un policía secreta.

—Para nada. Es solo curiosidad.

—Te recomiendo que no preguntes tanto. Los sapos no suelen caer bien.

—Es simple curiosidad.

—Pero ¿vas a querer o no? —me dijo volviendo a inhalar—, tengo que hacer otras visitas.

—Sí, pero he tenido un problema con el cajero automático. No puedo sacar dinero. Creo que es algo temporal. Seguro que lo voy a poder solucionar.

El hombre se quedó mirándome: la mandíbula había comenzado a movérsele y sus dientes parecían rechinar.

—Digamos que esta primera vez va a correr por mi cuenta —dijo antes de hacer un sonido con la boca, como si hubiera eructado hacia dentro—, me has caído bien. Por lo menos no te ha dado por contarme tu vida.

Me asomé por la ventana. Luego volví a dirigir la vista a la habitación.

—¿Vas a seguir haciendo visitas?

—Unas cuantas —dijo dejando la papelina sobre la mesa de noche—, San Isidro, Monterrico, La Molina. Solo trabajo en buenas zonas. En los últimos años, no sé por qué los clientes se han multiplicado. Creo que dentro de poco voy a dejar el trabajo en la puerta del hotel.

Ahora parecía una estatua. Se movía con más dificultad.

—Pruébala —me dijo antes de que le abriera la puerta—, no te vas a arrepentir.

Me estrechó la mano y cerré la puerta. Saqué el poco dinero que había escondido debajo del colchón. Afortunadamente se me había ocurrido esconder parte de la plata que había sacado de casa. También cogí la papelina que Elmer había dejado sobre la mesa de noche y la guardé dentro de mi billetera.

La avenida Pardo estaba iluminada por postes de luz, pero había algunos que no funcionaban. Ahora, por lo menos, ya no se iba la electricidad como antes, pero en vez de eso se veían camiones con militares de vez en cuando. Caminé en dirección del óvalo de Miraflores. Tenía hambre. En la avenida Diagonal divisé un cambista. Tenía un fajo enorme de billetes en las manos. Muchos soles.

—¿Quieres cambiar? —me dijo.

—¿A cómo está hoy?

—¿Quieres comprar o vender?

—Vender. Quiero soles.

—Dos con treinta, ¿cuánto tienes?

Le enseñé lo que tenía. Era mucho menos de lo que pensaba, ya que después del robo lo había perdido casi todo. El hombre sacó una calculadora, multiplicó en voz alta y me mostró la cifra en la pequeña pantalla de la calculadora.

—¿Te parece bien?

—Bien.

Me dio los soles. Con eso tendría suficiente para unos días, pero tenía que cambiar de hotel. Lo primero que hice fue quedarme con algo en los bolsillos y esconder el resto debajo de mis calcetines. El estómago me estaba haciendo sonidos extraños, así que crucé el parque Kennedy y caminé hacia la avenida Larco. Entré al Bembos y me pedí un menú que traía una hamburguesa, papas fritas y bebida. No había mucha gente. Cuando llegó mi pedido cogí la bandeja y me senté a una mesa pegado a la pared. Frente a mí había un muchacho espigado, flaco, con el pelo castaño y un pendiente en la oreja. Al poco rato se acercó.

—¿Me puedo sentar?

Le dije que sí. Desde la mesa se podía ver el óvalo de Miraflores y parte del parque Kennedy.

—Me han dejado plantado —dijo con algo de resignación y molestia.

—¿Habías quedado con alguien?

—Sí, pero creo que ya no va a venir.

—Qué mal. ¿Era algo importante?

Arqueó los labios hacia abajo.

—Realmente no —dijo.

—¿Quieres un poco de papas?

—No, gracias, ya comí. ¿Y tú qué?

—Me moría de hambre.

—Sí, ya veo, pero qué haces por aquí. ¿Vives cerca?

—Más o menos. ¿Y tú?

—No exactamente, pero paro mucho por aquí.

—Están ricas. —Le di un mordisco a mi hamburguesa.

—Sí, pero yo me refiero a la zona.

—Sí, la zona está bien.

Hubo un silencio. Terminé de comer.

—¿Qué vas a hacer ahora? —me preguntó mientras succionaba el sorbete de mi bebida.

—No sé. No tengo ningún plan.

—¿Conoces Bizarro?

—No.

—Creo que voy a dar una vuelta por ahí. Está aquí, frente al parque. ¿Quieres venir?

Levanté los hombros.

—Hay buena música.

—Genial —dije.

—¿Cómo te llamas? —me preguntó.

—Facundo.

—Yo soy Darío.

Salimos del local y caminamos por el parque Kennedy, donde había algunos vendedores ambulantes ofreciendo artesanías.

—¿Te apetece fumarte un troncho antes de entrar? Tengo una hierba que está riquísima.

Levanté los hombros otra vez.

—Está buenísima. Yo te invito un huirito y tú me invitas una chela adentro.

—Muy bien —dije.

—Me la ha dado un patita que cultiva en Cieneguilla —me dijo mostrándome los cogollos—. ¿Ves estos moños? Huélelos.

—Huelen bien —dije acercando mi nariz a la hierba.

Nos sentamos en medio del parque. Darío cogió un papel de liar, hizo un cigarrillo y lo prendió.

—¿Sabes cuál es la ley del duende?

—No, ¿cuál?

—El que lo arma lo prende. —Aspiró una gran bocanada de humo.

Al rato me pasó el cigarrillo y lo imité, pero me puse a toser.

—Suave, ¿habías fumado antes?

—Sí —mentí—, un par de veces.

Un par de minutos después, estábamos más risueños.

—Vamos por las cervecitas.

Volvimos a cruzar el parque, esta vez en dirección a una heladería italiana que estaba en una esquina, que se llamaba Donofrio. A unos metros había una entrada con unas escaleras. Subimos. Estaba sonando rock and roll.

—¿Siempre vienes aquí?

—Solo cuando quiero distraerme.

No había mucha gente. El lugar era grande, con varios ambientes y algunas mesas. Nos acercamos a una de las barras y pedimos un par de cervezas. Había un grupo de amigos que estaban por terminar una ronda. Uno de ellos giró la cabeza y nos quedamos mirando.

—¿Julián? —dije.

—Facundo —dijo el muchacho acercándose—, ¿qué haces por aquí?

Julián me estrechó la mano.

—Solo dando una vuelta. ¿Y tú?

—Algo parecido —dijo Julián—, con unos amigos.

—¿Estás con Alexia?

—No.

—¿Sabes si está bien?

—Espero que sí —dijo Julián.

—¿No piensas verla?

—No lo sé —se pasaba la mano por la cabeza—, hoy por lo menos no.

—Pero ¿has hablado con ella últimamente?

—Solo una vez, ¿tú sabes lo que ha pasado?

Claro que sabía lo que había pasado.

—Alexia la está pasando mal —dije.

—Lo sé, lo sé. No es nada fácil.

—Mis viejos quieren que tú y ella oficialicen todo. Sobre todo mi mamá.

—¡Qué pasa, Julián! —dijo una chica que estaba en su grupo, acercándose a nosotros—, creo que vamos a Barranco.

Vestía unos jeans, una camisa holgada de color arcilla y unos mocasines. Llevaba unos pendientes grandes y circulares.

—Solo estoy hablando con un amigo que no veía hace mucho —le dijo él mientras la chica se recostaba sobre su hombro.

¿Un amigo? ¿Realmente estaba hablando en serio?

—Creo que tengo que irme —dijo Julián.

—¿Qué es lo que piensas hacer? —Lo miré a los ojos.

Me llevó a un rincón para que nadie más nos escuchara.

—No lo sé, Facundo, creo que tu hermana y yo lo estamos dejando.

—¿Lo están dejando? —dije con algo de sorpresa—. Pero es ahora cuando ella más te necesita.

—No es nada fácil.

—Sé que no es fácil, pero no puedes dejar a mi hermana justamente ahora.

—Ya habíamos comenzado a distanciarnos.

La verdad era que no sabía muy bien qué decirle. Alexia había vuelto a mi cabeza y sentí un bajón. Me estaba dando sueño.

—¿Qué te ha dicho ella? —pregunté, resignado.

—¿A qué te refieres?

—¿Qué piensa ella de que hayas decidido dejar de verla?

—Aún tengo que hablar con ella —Julián giró la cabeza para ver a sus amigos—, ya te he dicho que no es nada fácil.

Me quedé en silencio. No sé qué cosa más podía decirle. Alexia era mi hermana, pero no era mi vida.

—Lo siento —Julián me puso una mano al hombro—, pero tengo que irme.

—No la hagas sufrir —no sé por qué agaché la cabeza—, es una buena chica.

Julián volvió con sus amigos y poco después se fueron.

—¿Quién era? —me preguntó Darío.

—Es una larga historia.

—Parece que es muy heavy, porque te ha cambiado la cara.

—Ya se me pasará.

—¿Sabes qué es lo mejor para olvidarse de los malos ratos? —dijo Darío—. Unos tiritos.

Puse cara de interrogación.

—Vaina, pues, unos tiritos, no me digas que no sabes de lo que te hablo.

—Claro que sí —dije, y me acordé de lo que Elmer me había dado en la habitación del hotel.

—Cómo me gustaría tener un falsito. Eso seguro que te vendría bien.

—Yo tengo.

—¿Tienes? —Darío pareció sorprendido.

—Sí. —Saqué mi billetera.

—Aquí no, pues, vamos al baño.

Caminamos en dirección a los servicios. No había nadie. Nos metimos dentro de una de las casetas y le di la papelina que había sacado de mi billetera.

—No parecía que fueras un pichanguero —dijo Darío abriendo la papelina—. No tienes pinta. ¿Tienes una tarjeta?

Saqué mi tarjeta del club y se la di.

—Sí que sales chibolo en esta foto. —Darío vio el carnet—. ¿Cuándo te la hicieron?

—No sé, hace mucho.

Darío hizo lo mismo que Elmer: introducir una de las puntas de la tarjeta dentro del polvo blanco y llevarse un morrillo a la nariz. Lo repitió un par de veces en cada fosa nasal. Luego me pasó la papelina. No quise que se diera cuenta de que esa era mi primera vez, así que actué con naturalidad y lo imité.

—¡Está rica, carajo! ¿De dónde la sacaste?

—Por un amigo —dije y comencé a repetir el proceso.

Al principio fue una sensación fuerte dentro de mi nariz, como si hubiese entrado una gran cantidad de aire acondicionado repentinamente. Después sentí como si hubieran conectado una parte de mí a un enchufe imaginario. Salimos de la caseta. Darío se dirigió al espejo y comenzó a verse los agujeros de la nariz.

—Hay que cerciorarnos de que no nos quede ningún residuo fuera —dijo limpiándose la nariz y llevándose agua a la cara.

Fuimos hacia la barra a buscar nuestras cervezas. Sentí que una especie de nudo se había formado en mi garganta: parecía como si estuviera adormecida, como si alguien me hubiera puesto anestesia. En vez de sentirme disperso como me había estado sintiendo al probar la marihuana, me sentía con los pies en la tierra.

—Salud —dijo Darío chocando su botella contra la mía.

La cerveza sabía mejor.

—Entonces, ¿no me vas a contar qué ha pasado con ese patita que estuvo aquí hace un rato?

—Es el novio de mi hermana. —No sé por qué ahora tenía muchas más ganas de hablar.

—Parecías muy preocupado.

—Bueno, no sé, son muchas cosas.

—Cuéntame.

—Me he escapado de mi casa —dije dándole un trago a mi cerveza.

—¡Ah, carajo!, ¡no jodas! ¿Qué pasó? ¿Por qué te fuiste?

—Me acaban de suspender del colegio.

—¡Concha de su madre! ¿Qué hiciste?

—Me metí a la capilla del colegio e intenté bajar la imagen que está en el altar.

Darío soltó una carcajada estruendosa.

—¡Puta madre!, nunca había oído algo así.

—Yo solo quería dejarlo libre, no sé. Quizá fue una tontería.

—¡Estás loco, huevón!

—No sé muy bien por qué lo hice —dije tratando de encontrar una explicación—, los curas y las sisters de mi colegio son todos unos hipócritas.

—Tienes razón.

—Solo quería poner de manifiesto la justicia divina, creo que en mi colegio los menos divinos son los curas.

—¿Dónde estás viviendo?

—En un hotel en Pardo, pero creo que me voy a tener que ir pronto. Es muy caro.

—Vente a donde estoy yo, seguro que es más barato.

—¿Dónde estás tú?

—Por el centro de Lima. Antes vivía en Miraflores también, pero en el centro me sale más a cuenta.

—No sería una mala idea.

—¿En qué hotel estás?

Le di el nombre.

—Sí, lo conozco —dijo—. Sal de ahí y vamos para el centro de Lima.

—Sí, es una buena idea.

Al rato se acabaron las cervezas.

—Vamos aquí al pasaje de los Pinos —Darío me dio una palmada en el hombro—, tengo un amigo en la barra que puede que nos invite unas chelas.

La noche miraflorina parecía ahora haber llegado a un punto de efervescencia. Cruzamos la avenida Schell y entramos por un pasaje pequeño en el que había algunos locales. Antes de entrar en uno, revisaron que no lleváramos nada extraño en los bolsillos. La música era diferente. La atmósfera también. Había más gente que en el otro local. Se sentía un ambiente como de mayor libertad: chicos bailando con otros chicos y chicas con otras chicas. Había un olor especial, sensual. La música era variada. Podían poner desde electrónica hasta canciones de los años ochenta. Cuando llegamos sonaba una canción de Alaska. Lo primero que hicimos fue ir al baño, pero esta vez no estábamos solos: justo afuera había un par de chicos besándose. Entramos en una caseta y jalamos más polvo blanco. Volvimos a salir.

—Darío —dijo alguien cuando estábamos frente al espejo—, ¿no estás fuera hoy?

El que hablaba era un chico que podía tener su misma edad: llevaba una camiseta ceñida al cuerpo y pantalones de jeans estrechos.

—Sí —dijo Darío—, pero ahora estoy haciendo una pausa.

—Veo que traes a un amigo nuevo. —El chico me señaló.

—Él es Facundo.

El muchacho volvió a dirigirme la mirada, se acercó y me dio un beso en la mejilla.

—Yo soy Sputnik.

Por un momento pensé que me estaba tomando el pelo. ¿Quién se llama Sputnik?

—Le dicen así porque siempre está dando vueltas por todas partes —dijo Darío—, como si fuera un satélite.

Sputnik sonrió.

—Aquí para poner chapas y apodos todos son unas luminarias. Si eso diera plata, todos serían millonarios.

Me había dirigido a uno de los meaderos y comencé a orinar.

—Esta noche parece que hay algo de movimiento. —Sputnik se había parado junto a mí en el urinario de al lado, pero se dirigía a Darío cuando hablaba—. Deberías estar fuera.

Mientras meaba, Sputnik me miraba entre las piernas.

—Quizá en un rato salga a dar una vuelta —dijo Darío—, ahora me voy a tomar un par de chelas. ¿Sabes si está Oruga en la barra?

—Sí. Ahí está.

—¿Está generoso?

—Bueno —dijo Sputnik—, tú sabes que con él nunca se sabe.

Nos dirigimos a la barra y fue cuando los polvillos blancos comenzaron a surtir más efecto: ahora mi corazón parecía mucho más acelerado. Cuando el camarero vio a Darío, le estrechó la mano por encima de la barra y se la besó.

—¿Estás solo? —dijo Darío—, ¿o el dueño anda por aquí?

—Ha salido, pero no debe tardar en volver —dijo el camarero—, ¿quieres tomar algo?

—Si nos pones un par de cervezas...

—Y este ¿es nuevo? —dijo señalándome con los ojos—, ¿de dónde lo has sacado? —No esperó respuesta y fue a buscar las cervezas.

—¿Sabes por qué le dicen Oruga? —me preguntó Darío.

Levanté los hombros.

—Porque todavía no sabe que es mariposa.

Quise reírme, pero mis músculos se quedaron quietos. Al rato volvió a aparecer Oruga con las cervezas.

—¿Sabes con quién anda Sputnik? —dijo Darío—. Lo acabo de ver en el baño.

—Con ese. —Oruga señaló una mesa en la que había un tipo algo mayor, medio calvo, con una americana y pantalones beige. Pocos segundos después, Sputnik le pasó la mano por encima de la cabeza con suavidad y el hombre sonrió. A mi lado había dos chicos que bailaban pegados. Al rato Sputnik se acercó con unos billetes en las manos.

—Ponme una jarra —le dijo al camarero. Luego se dirigió a Darío—. Dice que un amigo suyo está por venir. Lo digo para que no se te adelanten.

Darío se llevó un trago de cerveza a la boca. El local se había llenado un poco más. Sería algo más de medianoche.

—No sé, voy a terminar esta cerveza. Luego ya veré.

—Mira —dijo Sputnik—, acaba de llegar.

Otro hombre de edad similar se había acercado a la mesa del hombre que acompañaba a Sputnik. El camarero le dio una jarra grande de cerveza, y él le pagó con un par de billetes.

—Quédate con el cambio —le dijo y volvió a dirigirse a Darío—. Vente.

Darío caminó detrás de Sputnik y se acercaron a la mesa. Les dijo algo a los hombres y al rato se sentaron a su lado.

—¿Estás solo? —Un chico se había puesto de pie a mi lado.

El nudo de mi garganta se había aflojado con la cerveza. Me quedé en silencio. Sentí que necesitaba fumar un cigarrillo, pero no quería hacerlo ahí dentro así que salí a la calle. La noche parecía tierna. Me apoyé en una de las paredes al lado de la entrada y comencé a fumar. A medio cigarro se apareció Darío.

—Estabas aquí —dijo—. Voy a tener que irme. Me ha surgido algo de trabajo.

Lo miré.

—Pero mañana te paso a buscar. Tienes que dejar ese hotel. Es muy caro.

Asentí.

—¿Te vas a quedar más tiempo por aquí?

—No lo sé —dije y encendí otro cigarrillo.

—¿Cuál es el número de tu habitación?

Le dije el número.

—Ahora me tengo que ir. Si vas a estar por aquí, puede que regrese más tarde.

Darío volvió a meterse y al poco rato vi cómo él y Sputnik salían acompañados de los dos tipos mayores. Uno tenía un auto moderno de cristales oscuros. Subieron y desaparecieron. Comencé a andar y volví al parque Kennedy. En la esquina de Larco con Schell algunos carros paraban y unos muchachos se acercaban. Reconocí a uno que había visto dentro del local. A veces los chicos se subían a los vehículos y otras veces no. Había comenzado a correr un poco más de viento y el aire parecía acariciarme la cara. Llegué al hotel y el tipo de la recepción me saludó. No era el mismo que estaba por el día.

—¿Usted es el tenista? —preguntó con una sonrisa—. Espero que haya tenido un buen día.

Lo miré, pero no pude decirle nada.

Cogí las llaves y subí a mi habitación. Encendí las luces. Quise sacar la papelina, pero cuando la busqué me di cuenta de que Darío se había quedado con ella. Me eché sobre la cama y aunque en otras circunstancias me hubiese quedado dormido muy fácilmente, ahora se me hacía muy difícil. Estuve viendo en la televisión un canal de viajes que emitía un recorrido por ciudades y pueblos del Caribe, donde la gente parecía estar celebrando todo el tiempo. Cambié de un canal a otro, hasta que me aburrí. Me acerqué a la ventana y volví a ver la ciudad. Mientras observaba la calle a través del cristal tuve la sensación de que todo se veía más gris de lo que realmente era.

Tenía ganas de meterme más cocaína.

# 4

Dos días antes de que Fujimori diera el golpe me quedé dormido en clase de educación física. Esa semana nos había tocado gimnasio y luego de haber estado saltando y haciendo estiramientos, el profesor Lemus nos dijo que podíamos coger los guantes de box que estaban en un baúl. Era un hombre viejo, arrugado y con muchas canas que había trabajado como profesor durante mucho tiempo. Ese era su último año y siempre que nos hablaba ponía un énfasis especial en el hecho de su inminente retiro. Decía que antes de hacernos mayores debíamos aprender las técnicas de boxeo para defendernos en el futuro. Lemus parecía uno de esos entrenadores que se veían en las peleas que ponían en televisión: siempre iba con pantalón deportivo, toalla al cuello y una gorra en la cabeza. Cuando hacíamos las cosas mal, gritaba y se enfadaba, muy enérgico, pero luego terminaba sentado en una esquina, tomando aire y recuperando oxígeno. El último viernes antes del golpe de Estado nos puso en línea frente al saco de boxeo y nos dio instrucciones para golpear el armatoste. La cosa esa pesaba mucho y casi ni la movíamos. Lemus me dijo que la abrazara y tirara mi peso hacia delante, que así se entrenaba el boxeo de verdad. Le hice caso, pero al tercer puñetazo, me quedé dormido de pie, abrazando el saco mientras el resto de mis compañeros iban pasando frente a mí para golpearlo. Me desperté cuando Lemus se puso los guantes para explicarnos cómo se debía dar un golpe. Su puñetazo removió el saco y caí para atrás. Escuché las risas de todos mientras soñaba.

—A ver, Lescano, no hemos venido aquí a dormir. ¡Póngase de pie!

Me dio un par de guantes y me dijo que lo intentara. Traté de golpear el saco lo más fuerte que pude, pero apenas se movió.

—¡Qué pasa, Lescano, no ha tomado usted desayuno!

Cuando la clase acabó, fuimos para los vestidores. Lemus decía que debíamos ducharnos y que nadie podía regresar sudoroso a clase.

—¿Vas a venir a mi casa mañana? No te olvides de que es mi cumpleaños.

Sebas Almeida me hablaba desde la ducha. Estaba con una toalla sobre su cuerpo mojado. A su lado estaba Lucho Salcedo y al otro Perico Soler.

—Yo si voy —dijo Perico.

—Y yo —dijo Salcedo.

Al día siguiente, sábado, Rómulo me dejó en casa de Sebas Almeida, un departamento muy cerca del óvalo Gutiérrez, en el límite de Miraflores y San Isidro. Mamá se había encargado de comprar un presente que había envuelto en papel de regalo. Toqué el timbre y una señora me abrió la puerta: era la madre de Sebas. Estaba sonriendo. Detrás apareció Sebas con serpentinas alrededor del cuello.

—¡Feliz cumpleaños! —le dije y le entregué su regalo.

La mamá de Sebas me había dado un beso en la mejilla y me hizo pasar. Era una mujer bastante guapa que iba vestida con unos pantalones acampanados y botas negras de cuero. En el salón había algunos compañeros de clase. También unos cuantos señores sentados en un rincón del salón. Sebas me dijo que lo siguiera. En su habitación estaban Lucho Salcedo y Perico Soler. Sobre la cama, Sebas había puesto todos los regalos. Su habitación tenía fotos en blanco y negro de ciudades y pueblos peruanos de la sierra.

—¿Es cierto que a tu papá lo persiguieron los militares? —quiso saber Lucho Salcedo.

—¿Cómo es México? —preguntó Perico Soler.

—Mi padre es solo un resistente —contestó Sebas.

—¿Qué es eso? —Lucho Salcedo no sabía.

—Que resiste, pues —dijo Perico.

Ahora Lucho se había puesto a husmear en la habitación de Sebas. Abrió una puerta de los armarios y en la parte interior había una foto de un hombre con barba.

—¿Y este quién es?

—El Che Guevara. —Sebas se adelantó y cerró la puerta—. ¿No lo conocen?

—Se parece a Jesucristo —dijo Salcedo.

—Jesucristo no fuma, pues —bromeó Perico.

—El Che llevó la revolución a Cuba —aclaró Sebas—. ¿Conocen Cuba?

—Yo solo conozco Miami —contestó Perico Soler.

—Yo tampoco lo conozco —dijo Sebas—. Solo por fotos.

—Cuba debe ser muy bonita —dije.

—Yo he probado el arroz a la cubana. —Salcedo estaba abriendo uno de los regalos que estaba sobre la cama.

Sentimos que alguien se acercaba.

—¿No quieren probar la torta? —La madre de Sebas entró en la habitación—. Está muy rica.

—¡Vamos! —dijo Perico.

En el salón ahora había más gente. La madre de Sebas encendió las velas de la torta y le cantamos feliz cumpleaños. Luego de probarla, la madre de Sebas subió el volumen del equipo de música. Comenzó a sonar música peruana con un ritmo contagioso. La madre empezó a dar aplausos y a bailar en el centro del salón. Se acercó al sofá y estiró la mano en dirección a un hombre: el padre de Sebas era un señor de patillas largas y peinado de raya al costado. Usaba gafas de pasta y vestía un jersey de botones. Se puso de pie y comenzó a bailar con su mujer.

En ese momento me entraron ganas de ir al baño. Caminé en dirección del pasillo y vi varias puertas cerradas. Supuse que una de esas era el baño y la abrí, pero en vez de eso entré en la biblioteca. Había muchos libros y una mesa con varios papeles y libros con marcadores. Me puse a observar los títulos. Nunca había visto una biblioteca tan grande, no dentro de una casa. Sobre el escritorio había una máquina de escribir con una hoja enrollada. Me acerqué. No sé por qué me entró mucha curiosidad por saber qué era lo que había mecanografiado. Con letras grandes y capitales pude leer el título: «Sendero Luminoso y el daño que le está haciendo a la izquierda peruana», por Sebastián Almeida. Quise seguir leyendo, pero sentí que alguien entraba. Era Sebas.

—¿Qué haces aquí?

—Quería ir al baño, pero está ocupado. Estaba echándole un vistazo a los libros.

—Mi padre está leyendo todo el tiempo.

—¿Es escritor? —dije señalando la máquina de escribir.

—A veces escribe artículos.

—Qué bien, escribir tiene que ser divertido.

—Mi papá dice que es algo vital.

—A mi papá solo le interesan los negocios.

—¿Quieres ver algo?

—Claro.

Sebas me llevó a un rincón de la casa. Abrió un baúl y sacó una cajita en la que había un pequeño objeto metálico.

—Es un casquillo de bala que se utilizó en la Revolución cubana.

—No sabía que las balas podían durar tanto tiempo —dije cogiéndola.

—Un amigo se la regaló.

—¿Tu papá tiene muchos amigos cubanos?

—La verdad es que tiene amigos de muchas partes. Son todos intelectuales.

—Mi papá solo tiene amigos empresarios. Son muy aburridos.

—¿Quieres ver otra cosa?

—Sí.

Esta vez nos acercamos a una de las estanterías de libros.

—Es la primera edición en español de *El capital* de Karl Marx.

—Todavía no lo he leído. La verdad es que no había oído hablar de él.

—Yo tampoco lo he leído. Pero sé de qué va.

Comencé a hojearlo.

—Al final de todo va a haber una revolución y el socialismo se impondrá a las grandes corporaciones y a los millonarios.

—Qué interesante.

—Mi papá dice que es inevitable, que tarde o temprano va a ocurrir. A mi padre casi lo matan.

Lo miré.

—En Chile. Durante el golpe de Estado de Pinochet.

—¿Has estado en Chile?

—Mi papá sí, antes de que yo naciera. ¿Conoces a Allende?

—Solo de oídas.

—Fue presidente de Chile. Antes de que Pinochet diera el golpe.

—Sabes bastante.

—Papá siempre me está contando la historia de los países latinoamericanos. Hemos tenido muy malos gobiernos y todo por culpa de los estadounidenses.

Sebas cogió el casquillo de bala y volvió a guardarlo dentro del baúl.

—¿Tu papá qué hace?

—No lo sé muy bien, creo que le gusta hacer negocios.

—Normal, estudiamos en un colegio burgués.

—Nunca había oído esa palabra.

—Los burgueses son los ricos —dijo Sebas—. Nuestro colegio es de esos.

—No sé si mi papá sea rico.

—Si trabaja haciendo negocios, seguro que sí.

Levanté los hombros.

—Papá me matriculó en ese colegio porque tenemos que guardar las apariencias. Las ideas de mi papá son muy peligrosas.

—Tu papá parece buena gente —dije—. Baila bien.

—En Chile lo quisieron matar.

—¿Solo por sus ideas?

—Las ideas son lo más peligroso que hay. Sobre todo, para la burguesía.

—Es una palabra divertida —dije—, ¿no crees?

—¿Cuál, «burguesía»?

—¿Y qué ideas son esas, tan peligrosas?

—¿Nunca has oído la palabra «comunismo»?

—A mi mamá no le gustan los comunistas —dije—, pero yo nunca le hago mucho caso a mi mamá.

—Normal, tienen muy mala fama. Sobre todo, entre la burguesía.

Le devolví el libro, y Sebas volvió a guardarlo en la estantería.

—Mejor vamos a salir de acá, se supone que no deberíamos estar en este lugar. Si mi padre se entera, se va a enfadar.

Sebas abrió la puerta sigilosamente y se cercioró de que no hubiera nadie en el pasillo.

—No le cuentes a nadie lo que te he dicho.

—Claro que no —dije saliendo del estudio y entrando en el baño—, soy una tumba.

Cuando volví al salón, el padre de Sebas me sonrió. Tenía un vaso de vino en la mano y un cigarrillo en la otra. Estaba sentado junto con su esposa en uno de los sofás.

—¿La estás pasando bien, Facundo?

—Sí, muchas gracias por invitarnos.

—Gracias a ti por venir.

—¿Quieres chicha morada? —preguntó la mamá de Sebas.

—Estoy bien.

—El resto se ha ido a jugar al parque —dijo el papá de Sebas—, ¿no quieres ir?

Levanté los hombros.

Cuando llegué al parque, Sebas estaba tratando de convencer al resto para no jugar al fútbol.

—Mejor jugamos a hacer la revolución, es más divertido. ¿Tú qué prefieres, Facu?

Perico Soler lo miraba extrañado.

—¿Fútbol o revolución?

—Revolución, el fútbol me da sueño.

—Pero ¿cómo se juega a eso? —preguntó Lucho Salcedo.

—Muy fácil —nos explicó Sebas—, tenemos que hacer dos bandos. Unos son los revolucionarios y los otros los millonarios.

—Yo prefiero ser millonario —dijo Lucho.

En total éramos unos ocho.

—Yo voy a ser el jefe de los revolucionarios —propuso Sebas—. Facu, tú serás mi segundo.

Nos pasamos toda la tarde en el parque elaborando estrategias de cómo traernos abajo el sistema capitalista. Sebas decía que la mejor forma de hacerlo era convocando a que el pueblo se uniera contra la oligarquía.

—Un momento —Lucho Salcedo se paró—, ¿quiénes serían el pueblo?

Nos quedamos pensando.

—Digamos que todo lo verde que hay en este parque —dijo Sebas—. El pueblo siempre es la mayoría.

—Y si compramos al pueblo. —Bruno Flores ya se había aliado con los ricos.

—No se puede comprar a todo el pueblo, nos saldría muy caro.

—Al pueblo no se le compra —aclaró Sebas—, en todo caso lo que quieren hacer con ellos es explotarlos. Pero nosotros estamos aquí para evitarlo.

Al final de la jornada terminamos todos jugando un poco al fútbol. La verdad que jugar a eso de la revolución no había sido tan divertido. Antes de anochecer volvimos para la casa. Ya había caído la noche cuando comenzaron a recogernos. Fui uno de los últimos.

—¿La has pasado bien? —preguntó el papá de Sebas fumando.

Asentí.

—Puedes venir cuando quieras —añadió la madre—. Esta es tu casa. No lo olvides.

—Gracias.

Al poco rato se apareció Rómulo.

—Gracias por venir y por el regalo —susurró Sebas en mi oído—. Y acuérdate de que el pueblo unido jamás será vencido.

Cuando llegué a casa, entré en mi habitación y me quedé dormido. Al día siguiente, mamá me despertó muy pronto por la mañana para ir a misa.

Odiaba ir a misa.

—No quiero ir —dije.

—No quiero volver a oír la misma historia de siempre —dijo mamá—; alístate, que tenemos que ir a misa de nueve.

—Pero me voy a quedar dormido.

—Ya estaré ahí yo para despertarte.

—Soy ateo.

—¿Qué has dicho? —Mamá pareció sorprendida.

—No creo en Dios.

Por un instante pensé que ese domingo me libraría, pero mamá se acercó.

—Facundo, ¿de dónde has sacado esa palabra?

—De ninguna parte. Solo que no quiero ir a la iglesia.

—Deja de hablar tonterías —dijo mamá—, y cámbiate. Tu hermana ya está lista.

—Las misas son muy aburridas —insistí.

—Si no estás listo en diez minutos, olvídate de salir de tu habitación hoy.

Poco rato después, Rómulo nos llevó a la iglesia Santa María Reina. Ese domingo, como otros, papá no fue. La iglesia estaba llena de padres e hijos que utilizaban la misa como punto de partida para lo que sería un domingo familiar. Nos acomodamos en una banca. Mamá se puso entre Alexia y yo. A mi lado había una señora de pelo teñido de rubio y piel arrugada. Llevaba el ceño fruncido y tenía un rosario en las manos. Solo el olor de la iglesia me daba sueño. Cuando la señora giró la cabeza y nos vio, mamá la saludó.

—¿Cómo estás, Espe?

Se habían dado un beso en la mejilla. Vi que la señora tenía unas patas de gallo muy pronunciadas. Me miró un par de segundos. Quise sonreírle, pero los ojos se me cerraban. La mujer me ignoró y continuó con su rosario. Llevaba también algunas joyas y alhajas alrededor del cuello. Entonces la música comenzó a sonar y el padre hizo su aparición en el altar. La gente se puso de pie. Fue un suplicio. Cada vez que había que ponerse de pie, Alexia me despertaba. Cuando llegó la hora de comulgar, mamá me dijo que me pusiera en la fila. Hacía poco que había hecho la primera comunión, y mamá estaba más entusiasmada que yo. Decía que ahora era un hijo reconocido de Dios. Alexia se vino conmigo y de regreso a nuestros asientos, me dijo al oído que la hostia sabía a oblea sin manjar blanco. Mamá nos obligó a arrodillarnos y aproveché para echarme una siesta de un minuto. Luego volví a sentarme y me quedé en blanco, mirando la banca de madera que tenía enfrente. Había un par de cancioneros y comencé a hojearlos para ver si encontraba alguna canción nueva, pero eran las de siempre.

A la salida había muchos conocidos que aprovecharon el momento para saludarse y algunos compañeros de clase que había visto la tarde anterior en la casa de Sebas. Esperanza también salió. Llevaba un bolso en la mano. Iba vestida de forma muy elegante. Pasó frente a nosotros y se despidió de mamá con un beso en la mejilla justo cuando un hombre con un par de muletas se acercó a pedirle dinero. Estaba sucio y parecía que había dormido en la calle.

—No me toques —dijo como dando una orden.

El hombre bajó la cabeza, se quedó en silencio con la mano extendida y luego se alejó.

—¡Ajjj! —dijo ella con desprecio y asco—, a esta gente deberían hacerla desaparecer de este barrio.

Mamá no dijo nada, pero cuando Esperanza desvió su atención, me dio unas monedas y me susurró al oído que se las diera al hombre. Me acerqué y se las di. No sé por qué, pero ahí comprendí mejor al papá de Sebas y eso que decía de hacer una revolución y acabar con los ricos.

Ese domingo por la noche sonó el teléfono. Mi padre lo cogió y no lo oí decir nada, solo escuchaba. Luego encendió la tele del salón. Qué divertido, dijo Alexia, no sabía que te gustaban *Los Simpsons*. Papá no le hizo caso y pocos minutos después la señal se cortó. En la pantalla se leía: «Mensaje a la Nación del presidente de la República», y apareció Alberto Fujimori con traje, corbata, unas gafas pequeñas y unos papeles en las manos. A su lado había una pequeña bandera del Perú. Fujimori estaba bien peinado, como si se hubiera puesto gomina en el pelo. Cuando comenzó a hablar, mi padre subió el volumen. En la calle ya era de noche.

—¿Qué es lo que ha pasado? —preguntó mamá.

Papá le dijo que se callara y lo dejara escuchar.

Desde que Fujimori había ganado las elecciones, las cosas para mis padres habían cambiado. Al principio mi madre decía que no era posible que un chino gobernase el país. Papá le decía que no era chino, sino japonés. Pero luego fueron cambiando de opinión. Fujimori fue aplicando medidas que mi padre consideraba necesarias. El dinero, por ejemplo, había cambiado de nombre. Pasó a llamarse nuevos soles en vez de intis. Lo que antes era un montón de billetes, ahora cabía en una sola moneda. Un millón de intis pasó a ser una moneda de un sol. Para Alexia y para mí fue bastante curioso, porque de repente, un día, nos levantamos con la novedad de que todo tenía otro precio. Si uno se pone a pensar, cambiar la moneda es como cambiar de canal de televisión. Habíamos entrado a los años noventa con un presidente nuevo y con billetes nuevos. Todavía recuerdo cuando vi la primera moneda plateada de un nuevo sol. Brillaba como los anuncios de neón que comenzaron a aparecer por la ciudad. Hasta ese día nunca había utilizado una moneda para nada. Todo habían sido billetes que muchas veces ya no tenían valor. Para ir a comprar algo a los chinos del barrio había que ir con muchos billetes en las manos, pero, de repente, ya no eran necesarios. Podíamos hacer lo mismo con una sola moneda. Papá decía que antes los precios estaban subsidiados y por eso subían todos los días y los intis no tenían tanto valor. Era como papel de colores con el que podíamos hacer aviones. Lo que estaba haciendo Fujimori era aplicar los mismos programas económicos que papá reclamaba cuando me llevó a la plaza San Martín, al mitin de Vargas Llosa. Por eso nos habíamos quedado en Lima. Al comienzo, pensaron que Fujimori seguiría los pasos de Alan García, lo que hubiera significado, según papá, un salto al vacío. Pero ahora se habían dado cuenta de que Fujimori no iba a hacer lo mismo y eso quedó demostrado con el paquetazo y fujishock —así le llamaban en la tele— en el que se incluyó el cambio de moneda y la liberalización, como decía papá, de los precios. Ello era posible a costa de una subida de los precios y una reducción de los ahorros bastante drástica. Mi padre dijo que para muchos sería doloroso, pero que no había otra salida.

Fujimori, muy serio en la pantalla, miraba siempre a la cámara y no dejaba de hablar. Comenzó mencionando el bloqueo de los partidos de la oposición que no lo dejaban acometer sus medidas como presidente, la ineptitud que se había insertado entre la clase política y la ineficacia de los representantes. Luego habló de la corrupción y del narcotráfico. Cada cierto tiempo, cogía su vaso de agua y le daba un sorbo. Papá miraba atentamente. En el silencio del salón lo único que oíamos era la voz de Fujimori, aguda, de vocales cortas y acento marcado. No hablaba como limeño, ni como peruano, tenía un acento distinto, como si hubiera aprendido castellano en una escuela de idiomas. Siguió hablando del terrorismo y de cómo ciertos partidos políticos no se posicionaban frontalmente contra Sendero Luminoso y el MRTA. Continuó diciendo que el país necesitaba una transformación profunda, que no valían ni parches ni reformas: el país necesitaba un cambio radical. En ese instante, Alexia preguntó si iban a volver a poner *Los Simpsons*, pero papá la calló. Fujimori siguió varios minutos y de vez en cuando su tono de voz subía. A veces parecía que quería gritar, pero luego se calmaba y bebía agua. Se notaba que no era un mensaje en directo sino grabado. Eso era lo que decía papá. Luego Fujimori insistió en que se necesitaban medidas drásticas para cambiar las estructuras del sistema. Habló de una necesidad histórica de reconstrucción nacional y de lo que tardaría el país si él, como presidente, se sometía al control del Congreso. También habló de la ineficacia del poder judicial y, entonces, resultó que todo era una introducción: él no podía hacer lo que se debía hacer, porque en el país nada funcionaba y todo se hacía mal, y soltó las medidas que iba a tomar. Mi padre subió el volumen de la tele.

Dolina y Rómulo también habían encendido la tele de la cocina. Entonces Fujimori soltó su primera medida.

—¡Disolver —dijo gesticulando con las manos como si fuera un samurái y con tono enérgico—, disolver temporalmente el Congreso de la república...!

—Mierda —dijo papá—, era cierto. Está dando un golpe de Estado.

Esa noche, Fujimori disolvió todo: el Congreso, el poder judicial y, si hubiera podido, habría disuelto hasta el azúcar en nuestros desayunos. Papá se llevó la mano a la cara.

—¿Está hablando de cerrar el Congreso? —interrumpió mamá.

Fujimori seguía enumerando las medidas tomadas. Las había dividido en letras: la medida a, la medida b, la medida c, y así hasta llegar a la letra g.

—No lo oyes, mujer, lo está cerrando todo, el Congreso, el poder judicial, el Tribunal Constitucional, todo.

—Este chino sí que salió bravo. Pero ya me lo decía Meche. Este país no tenía otra alternativa.

—¿Qué es un golpe de Estado? —preguntó Alexia, que se había sentado al lado de mi padre.

Las sirenas en las calles comenzaron a sonar.

—¿Crees que ha hecho bien? —quiso saber mi madre.

Pero papá seguía callado, escuchando atentamente. Fujimori hablaba ahora de la necesidad de crear las reglas necesarias para llevar a cabo una economía de mercado, que había que proteger la inversión extranjera y crear el marco legal para que nadie se atreviera a ponerla en tela de juicio. Eso, para él, era fundamental.

—Ahí tienes la respuesta —dijo papá haciendo un gesto con la barbilla y señalando la televisión.

—Si no hacía esto, los terroristas iban a terminar llegando al poder —dijo mi madre.

Cuando Fujimori terminó, sonó el teléfono. Papá levantó el auricular.

—¿Qué es un golpe de Estado? —volvió a preguntar Alexia.

—Un golpe de Estado es cuando se toman medidas extremas —dijo mamá—, y hay que utilizar un poco de fuerza para que las cosas funcionen.

Mi padre hablaba de golpe de Estado, pero en la televisión no habíamos visto ningún golpe, ni ningún acto de fuerza. Solo un señor con traje y corbata que había hablado de una serie de medidas drásticas. Nada más. Luego papá diría que ese había sido el golpe de Estado más maquillado de la historia del Perú. Para Alexia y para mí era el primero.

Los noticieros y programas de esa noche traían invitados, políticos, muchos de los cuales mostraban cierto acuerdo con lo que había dicho Fujimori y, a pesar de las sirenas y de que la luz se fue media hora, en apariencia nada se había movido. Mamá se veía más convencida de que Fujimori había hecho lo correcto. Papá, por el contrario, a pesar de que sabía que sus negocios no corrían peligro alguno ahora, mostraba cierta preocupación. Sin embargo, luego de hablar por teléfono, pareció más tranquilo.

Al día siguiente fuimos al colegio en medio de los tanques militares que comenzaron a verse en las calles. Como todos los primeros días de la semana, había formación, nos hacían poner en filas para cantar el himno nacional, leer algún pasaje de la Biblia, y ver cómo se izaba la bandera del Perú. Esa mañana fue una de las más grises que recuerdo. Las formaciones eran tan aburridas como las misas. Las filas estaban hechas de tal manera que todos quedábamos frente al edificio y al pabellón de quinto de secundaria. En la planta alta, se ubicaban el director del colegio, Albiol, sister Clarisa y el padre Cipriano. A un lado estaba la bandera, que se izaba al principio del acto con una melodía de fondo. No era el himno nacional, sino una marcha a la bandera que repetía constantemente eso de «arriba el Perú». Luego Albiol nos repetía nuestros deberes como estudiantes y el padre Cipriano leía fragmentos de la Biblia. Pero esa mañana dijo algo antes. Dijo que el país estaba entrando en un momento histórico, que por fin se estaban tomando las medidas necesarias para el progreso y el desarrollo, y que nosotros, como hijos ilustres de la sociedad peruana, teníamos que contribuir en el proceso que el Perú estaba viviendo. Nos habló del valor de los militares que ahora estaban en las calles y nos protegían, según él, del terror. Ustedes son el futuro, nos dijo, la clase que tomará las riendas del país en unos años. Después leyó un pasaje del Antiguo Testamento. En ciertos pasajes de la Biblia, sobre todo aquellos del Antiguo Testamento, tenía la impresión de que Dios podía ser bastante violento. A veces su furia era cruel y nada compasiva, y parecía contradecir eso del amor al prójimo. Luego, sister Clarisa nos hizo rezar un padrenuestro y un avemaría en inglés. Cantamos el himno nacional mientras yo no dejaba de bostezar. Después de cantar el himno del colegio, fuimos a clase. Fernando Madueño y Bruno Flores iban a mi lado.

—¿Vieron ayer la tele? —preguntó Bruno Flores al entrar en el aula.

—Cortaron *Los Simpsons* —comentó Iván Sánchez-Camacho.

—Mi viejo dice que a partir de ahora todo va a mejorar —dijo Fernando Madueño.

—Yo no entendí muy bien lo que pasó —admitió Sánchez-Camacho.

La maestra de geografía nos ordenó silencio. Sacamos los libros de la mochila y los pusimos en los pupitres. Eran muchos libros, porque los fines de semana nos obligaban a llevar todo a casa. La profesora comenzó a pasar lista y, uno por uno, fuimos levantando la mano y diciendo «Presente».

—¡Sebastián Almeida! —repitió la profesora.

Cuando dirigí la mirada al asiento de Sebas, vi que estaba vacío. En su pupitre no había ni un libro.

—¿Alguien sabe algo de Sebastián Almeida?

—El sábado fue su cumpleaños —dijo Perico Soler.

La profesora miró su reloj y siguió pasando lista.

Sebas Almeida no apareció al día siguiente, ni al otro. Fue como si lo hubieran borrado del colegio y se comenzó a correr el rumor de que algo le había pasado. Aunque no lo podía precisar, yo sabía que todo lo que me había contado el día de su cumpleaños tenía que ver. Eso y el golpe de Estado de Fujimori. Recordé lo que me había dicho acerca de las ideas. Quizá ese no era el mejor momento para hablar de ideas en el Perú. Las ideas estaban desacreditadas. Me dio mucha lástima, porque Sebas era un buen chico. Sus padres también. Lo cierto es que nunca más volvió, y su pupitre se mantuvo vacío el resto del año. Cuando se lo conté a papá, sintió curiosidad, y ese fin de semana convencí a Rómulo para ir a su casa a buscarlo. Nos encontramos con una mujer que estaba sola en la casa. No era la madre de Sebas, y cuando Rómulo le preguntó por los Almeida, le dijo que ya no vivían ahí. Efectivamente, en la casa solo quedaban los muebles. Me acerqué al estudio donde Sebas me habló de su padre y vi que ya no estaba la máquina de escribir. El baúl sí estaba, pero dentro no había nada. Algunos libros también habían desaparecido. La mujer le contó a Rómulo que habían tenido un viaje de emergencia y que la casa era alquilada.

—Parece que el padre tuvo que hacer un traslado laboral —dijo—. Él me contó que la compañía para la que trabajaba lo había enviado a otra ciudad.

Rómulo asintió y no preguntó más. Nunca le conté a papá ni a mamá lo que me había dicho Sebas, pero, no sé por qué, creo que papá lo intuía.

—Parecían buena gente —dijo Rómulo subiendo al auto.

Entonces vimos cómo un camión militar rodeaba el óvalo Gutiérrez antes de coger la avenida principal. Sobre la tolva del vehículo había un grupo de militares muy jóvenes, con fusiles al hombro, que ahora custodiaban la ciudad.

# 5

El teléfono al lado de mi cama sonó. El tipo de la recepción me dijo que alguien me buscaba. Había estado durmiendo toda la mañana y cuando me desperté, la nariz me escocía un poco. Pregunté quién me buscaba. Pensé que podía tratarse de mis padres, pero cuando me lo puso al teléfono, escuché la voz de un chico.

—Facundo, soy Darío.

Le dije al recepcionista que lo dejara subir, que era un compañero del tenis. Al poco rato tocaban la puerta. Darío entró. Estaba con la misma ropa que la noche anterior. Cerró la puerta y me preguntó si estaba listo para irme.

—¿Adónde?

—Al centro, no puedes seguir aquí. Esto te debe estar costando un ojo de la cara.

—Me acabo de despertar.

—Ya veo —Darío se lanzó sobre la cama y encendió la tele—. Tienes cable. Esto es un lujo.

—Pudiste haber venido un poco más tarde.

—Alístate y vamos —dijo—. Si no lo haces ahora, te vas a arrepentir.

Entré en el baño, me di una ducha rápida y me cambié. Cogí todas mis cosas y las metí en la mochila.

—Veo que tampoco tienes mucha ropa.

También guardé las joyas que había sacado de la habitación de mi madre y los pocos billetes que tenía escondidos.

—¿Tienes hambre? —me preguntó Darío apagando la tele—. Te puedo invitar una hamburguesa en el Bembos. Anoche me fue bien en los negocios.

Bajamos y en el camino le conté la historia del torneo de tenis que me había inventado para que los de la recepción no sospecharan. El tipo estaba hablando por teléfono, pero cuando me vio colgó.

—¿Se va, joven?

—Sí, la federación nos ha reubicado.

—Sí —dijo Darío—, vamos a estar más cerca del club Lawn Tenis, para entrenar más a menudo.

—Pensé que era en las Terrazas donde se jugaba el torneo —dijo el hombre.

—Sí, lo que pasa es que las semifinales se jugarán en el Lawn Tenis.

—¿Piensa pagar en efectivo? Se ha pasado la hora de salida y tengo que cobrarle una noche más.

—Sí, en efectivo.

Le pagué y le dejé una propina de dos soles.

—Gracias. ¿Y sus raquetas de tenis?

Me quedé en blanco.

—En el club —dijo Darío—, las dejé allí.

Lo primero que hicimos fue ir al Bembos, donde Darío y yo nos habíamos conocido, y pedimos un par de hamburguesas. Comimos viendo la avenida Larco a través de los cristales del local. Luego volvimos a salir.

—Entonces, ¿te gusta jugar al tenis? —se interesó Darío caminando a mi lado.

—Lo practicaba antes, pero vendí mis raquetas.

—Debe ser difícil aprenderlo.

—Bueno, me lo enseñaron desde muy pequeño.

En la avenida Arequipa subimos a una combi: unas furgonetas con asientos donde podían caber entre diez y veinte personas sentadas. En el camino, el vehículo se iba deteniendo en cada esquina para recoger pasajeros, mientras que de los altavoces salía música chicha.

Bajamos en el centro de Lima y comenzamos a caminar. Los edificios eran grises y parecían más viejos. En las esquinas había vendedores ambulantes y en los semáforos se veía a niños y adolescentes limpiando los cristales de los carros a cambio de monedas. También había señoras con polleras, ojotas, trenzas y niños en las espaldas sostenidos con coloridos aguayos andinos que pedían dinero a los conductores. No era la primera vez que estaba en el centro, pero sí la primera que lo hacía solo, sin mis padres, y, no sé por qué, ahora se veía distinto. Quiero decir que era la primera vez que sentía el sonido de la ciudad en los pies. Lima olía a carburantes, aceite y maíz. En la avenida Tacna cogimos una calle más pequeña que hacía perpendicular y entramos en una quinta. Darío abrió las rejas y caminamos hacia el interior. Su casa era un pequeño departamento en el que había un salón, una mesa de comedor y una televisión. Me dijo que lo siguiera y entramos en su habitación.

—¿Vives solo?

—Con un chico más —dijo Darío dejando las llaves sobre la mesa de noche—. Deja tus cosas a un lado.

Dejé mi mochila en una esquina.

—Esta noche puedes dormir aquí, pero mañana vas a tener que irte al hotel. No está muy lejos.

—Perfecto —dije.

Darío abrió el cajón de su mesa de noche, sacó un poco de marihuana y comenzó a liar un cigarrillo. Cuando lo encendió, el cuarto se llenó de humo y un olor dulzón. Estiró su mano hacia un equipo de música y le dio al play. Comenzó a sonar rock argentino, Charly García. Aspiró un par de bocanadas de humo y me pasó el cigarrillo. Luego se quitó la camiseta y comenzó a hacer flexiones en el suelo.

—¿No te gusta hacer ejercicios? —dijo desde el suelo.

—Cuando jugaba al tenis, hacía algo de calistenia antes de coger la raqueta, pero la verdad es que últimamente no hago muchos ejercicios.

—En este negocio a los clientes les gusta que tenga el cuerpo durito —se puso de pie otra vez y volvió a coger el troncho de marihuana—, les gustan flacos, jóvenes y marcados.

—¿Tienes muchos clientes?

—Unos cuantos, la mayoría hombres mayores. Casi todos están casados y llevan una doble vida.

—Pero ¿qué haces exactamente con ellos?

Darío acababa de dar una larga pitada al cigarrillo y ahora me miraba fijamente, con algo de incredulidad.

—¿Hasta ahora no te has dado cuenta de lo que hago?

—No sé, creo que sí, pero solo te lo preguntaba para hacer conversación.

—Me los cacho —dijo—. Me tiro a los hombres por el culo. Eso es lo que hago.

La hierba que habíamos fumado me había puesto mucho más disperso e imaginativo. Comencé a visualizar a Darío con el hombre con el que había estado la noche anterior, pero igual me fue un poco difícil imaginar concretamente la escena.

—¿Y te gusta?

—Lo hago por el dinero —dijo volviendo a hacer flexiones en el suelo—, es un trabajo como cualquiera. Un trabajo es un trabajo. ¿Conoces a alguien que le guste su trabajo?

—Yo nunca he trabajado.

—Se nota.

Ahora del equipo de música salía música de Los Prisioneros.

—En Lima hay maricones como mierda —dijo Darío—, pero todos lo ocultan, porque aquí en Lima es muy difícil ser cabro. Nadie se atreve a confesarlo. Por eso es que, para nosotros, los fletes, puede resultar un buen negocio. Prefieren pagarle a un chibolo como yo para que los atore y luego regresan a sus vidas normales con su mujer y sus hijos.

—¿Y te atoras a muchos?

—En una buena noche puedo hacerlo con dos o tres. A veces uno solo te da para toda la noche. Hay algunos que dejan buen billete, otros pueden ser un poco tacaños.

Cuando Darío terminó de hacer sus flexiones, salió de la habitación y al poco rato regresó con un par de latas de cervezas. Me lanzó una.

—¡Están heladitas! —dijo abriendo su lata frente a mí.

—Gracias.

—¿Y tú qué? —me preguntó—, ¿tienes alguna flaquita? O también te gustan las pingas.

Levanté los hombros.

—¿Y ya te has cepillado a alguna?

Me quedé en silencio. No quería decirle que aún no.

—O sea que estás cero kilómetros —dijo Darío con una media sonrisa.

—Imagino que sí. —Le di un trago a la lata de cerveza—. Pero no creo que por mucho tiempo.

—Eso sí que se llama ser optimista. —Se tumbó en la cama—. Pero yo te puedo ayudar.

—¿A qué te refieres?

—Conozco un sitio donde puedes ir a estrenarte.

Me quedé en silencio.

—Un troca —dijo Darío—, ¿nunca has estado en ninguno?

En ese momento escuchamos el sonido de la puerta principal, alguien la había abierto con una llave.

—Ese debe ser Adrián.

Pocos segundos después, un chico se acercó y entró en la habitación: iba vestido con una ceñida camiseta de manga larga y unas gafas de sol sobre la cabeza. También cargaba unas bolsas de compras.

—¿Qué tal te fue? —preguntó Darío cuando su compañero entró en el cuarto.

—Bien —dijo Adrián—, fue una noche larga.

—¿No volvías desde anoche?

—No sabes la de gente con la que he estado.

—Cuéntame —dijo Darío.

Adrián me miró.

—Él es Facundo —lo alentó Darío—, un amigo.

—Vamos a la cocina que quiero comer algo —propuso Adrián.

Lo seguimos.

En la cocina Adrián puso las bolsas sobre la mesa.

—Estuve con unos personajes. —Adrián había abierto el caño de la cocina y se lavaba las manos—. ¿Te acuerdas del Chichobelo?

—¿Tu pata?

—Sí. —Adrián ahora se secaba las manos—. Me habló de unas puntas que, según él, eran gente de peso.

—¿De peso?

—Gente vinculada, según él, a las altas esferas. —Adrián se había acercado a la mesa y sacaba de las bolsas lo que había comprado y lo metía dentro de la refrigeradora—. Yo al principio no le creí, tú sabes que a Chichobelo le gusta exagerar.

—Pero a ver —dijo Darío—, ¿a qué te refieres con gente de las altas esferas?

—Gente vinculada con el poder, loco —dijo Adrián—, he estado con los que tienen el control de este país.

Darío se quedó en silencio. Adrián se había hecho un sándwich de queso con jamón.

—Pero ¿quiénes son?

—Para serte honesto yo nunca los había visto —Adrián le dio un mordisco a su sándwich—, pero uno mencionó ser auspiciador del programa de Lara Bosfia.

—¿Lara Bosfia? —preguntó Darío—, chucha. No me digas que la viste.

—No, claro, ella no estaba —explicó Adrián—, aunque me han dicho que es probable que me llame la vieja arrecha. No sé. Pero con los que estuve eran dos. Un par vinculados a la política de este país. Uno de ellos parecía ser un magnate.

—O sea que te has conectado bien —dijo Darío.

—Bueno, a ver —Adrián estaba apoyado sobre uno de los muebles de la cocina—, espero que esto sea solo el inicio. Al parecer hay más cacaneros ahí arriba de lo que uno cree.

—¿Te recompensaron bien?

—Mejor de lo que imaginaba. —Adrián se había servido un poco de Inca Kola en un vaso—. Si la cosa sigue así, puede que dentro de poco deje esta pocilga.

—Avisa para hacer fiesta.

—¿Y tú? —Adrián preguntó casi con la boca llena—, ¿te fue bien anoche?

—Un poco lo mismo de siempre —dijo Darío—. Estuve en el Downtown.

—¿Sabes dónde cené anoche?

Darío esperó la respuesta.

—En la Rosa Náutica.

—No jodas. —Darío parecía no dejar de sorprenderse—. ¿En la Rosa Náutica? ¿Cómo es?

—Ni te imaginas —contestó Adrián—, una cosa alucinante. No sabía que la comida podía valer tanto dinero.

Me dieron ganas de bostezar y no pude evitarlo.

—¿Tienes sueño? —inquirió Adrián.

—Perdón —dije.

—¿Y a este de dónde lo has sacado? —preguntó Adrián.

—Se ha escapado de casa —dijo Darío—, lo conocí ayer por la tarde.

—¿No se irá a quedar aquí?

—Estaba en un hotel en la avenida Pardo, pero le dije que se viniera. Le estaba costando un ojo de la cara.

—¿Y por qué te has escapado de casa? —quiso saber Adrián.

—Me expulsaron del colegio.

—¿Sigues en el colegio? —Adrián pareció quejarse y volvió a dirigirse a Darío—. Y encima traes menores de edad.

Darío soltó una carcajada.

—Pero si nosotros acabamos de cumplir dieciocho años —dijo—, hace un mes éramos menores de edad.

—Es distinto —dijo Adrián—. Pero no me has respondido. ¿Por qué te has ido de casa? Quiero decir, ¿por qué te han expulsado?

—Se cargó la capilla del colegio —dijo Darío.

—¿Cómo así?

—Se trajo abajo la imagen que está detrás del altar con una ganzúa —Darío uso un tono burlón—; quiso acabar con el cristianismo en una sola tarde.

Adrián esbozó una sonrisa.

—¡Qué palomilla! Y tus viejos te deben estar buscando como locos.

—Espero que todavía no se hayan dado cuenta —dije.

—Estaba pensando en llevarlo donde la Colorada.

—¿Y eso?

—Me ha dicho que quiere estrenarse —aclaró Darío con una sonrisa—, ya que se ha traído abajo el cristianismo, dice que ahora quiere hacerse varón.

Ambos soltaron una carcajada.

—No hay nada mejor que una visita a la Colorada si sientes que has hecho algo malo —aseguró Darío—. A mí creo que me vendría bien ir a visitarla.

—No sé —dijo Adrián—, creo que yo paso. Estoy muy cansado. Necesito dormir algo.

—Pero nosotros pensábamos ir más tarde —explicó Darío—. Todavía es temprano.

—Bueno —dijo Adrián caminando hacia su cuarto—, avísame luego.

Cuando Adrián se metió a su cuarto y cerró la puerta, Darío me preguntó si quería que lo acompañara a la calle.

—Tengo que hacer una visita —añadió.

—Claro, te acompaño.

Entró en su habitación, se puso una camiseta y cogió sus llaves. Lo seguí. Iba a coger mi mochila, pero Darío se adelantó.

—Puedes dejar tus cosas aquí —dijo—. No vamos a demorar mucho.

Salimos de casa hacia la avenida Tacna, y desde ahí, si uno miraba hacia el horizonte, podía ver, a lo lejos, un cerro que daba inicio a la cordillera de los Andes. Caminamos en dirección a la plaza San Martín. Al centro se podía ver un monumento del libertador argentino sentado sobre un caballo, cruzando los Andes para independizar al Perú de la corona española. El día estaba gris y húmedo, como siempre. Cerca de allí, Darío se metió por una calle estrecha y caminamos hacia una quinta donde había unas rejas abiertas. Entramos. Darío dio un par de silbidos, y alguien se asomó por la ventana. Cuando reconoció a Darío hizo el mismo sonido con la boca y nos dejó pasar. La casa estaba en una segunda planta. Para llegar hasta ahí había que subir unas escaleras de madera que rechinaban con cada paso.

—No te veía por aquí en mucho tiempo —dijo el hombre que nos había hecho pasar—, pensé que ya te habías olvidado de mí.

—Nada que ver —dijo Darío—, lo que pasa es que he estado muy ocupado.

—¡Carajo! —exclamó el hombre que se hacía llamar Kimpu—, ahora resulta que ya no tienes tiempo para hacer visitas siquiera.

—Ha sido una semana de mucho trajín, Kimpu —se justificó Darío.

Entramos en una habitación en la que había algunas fotografías de chicas desnudas y en bikini pegadas en la pared.

—Justo estaba peinando una merca que me acaba de llegar —explicó el hombre que había encendido un cigarrillo—, ¿qué has venido a buscar?

—Un paco de hierba —dijo Darío—, nos acabamos de fumar el último troncho.

El hombre me miró: el humo del tabaco lo hacía parpadear. A su lado había una enorme mesa de madera con un montón de cocaína encima que en un principio parecía una montañita de talco.

—Me queda la misma de la otra vez —dijo Kimpu, que ahora pasaba un par de naipes por el polvo blanco sobre la mesa—. Me acaba de llegar de Cieneguilla.

—¿Es la misma que me diste la última vez?

—Creo que esta hierba está más rica —dijo Kimpu—. Está mejor cultivada. A mí me desarma de puta madre. Y eso que para desarmarme a mí se necesitan grandes cantidades de THC.

Darío soltó una carcajada.

—Imagino —dijo Darío viendo el morro de polvo blanco—. Tú cuando estás duro debes ponerte como estatua.

Esta vez el que soltó una carcajada fue Kimpu.

—Es que no sabes cómo está esta vaina —dijo con el cigarrillo en la boca y sin dejar de manipular la cocaína que estaba sobre la mesa—. Me he metido un par de tiros y me ha adormecido hasta el culo.

El hombre seguía con el cigarrillo en la boca y esta vez utilizaba las dos manos y dos naipes para peinar el polvo blanco.

—¿Quieres un tirito?

Sentimos que la puerta se abría. Giré la cabeza y vi a una chica aparecerse. Estaba vestida solo con una enorme camiseta del club de fútbol Alianza Lima que le llegaba casi hasta las rodillas, unos calcetines blancos y una cajetilla de cigarros en la mano.

—¡Carajo! —dijo Kimpu cuando la vio entrar—, cuántas veces te he dicho que no te pongas mi ropa.

La mujer no dijo nada. No sé cuántos años podía tener. Veinte, quizá menos. Tenía el pelo ensortijado, negro, la piel color canela y llevaba un pequeño pendiente en la nariz.

—¿Ya la quieres empezar? —dijo el hombre—. ¿Hora de tomar desayuno?

La mujer se acercó por detrás de Kimpu, que había puesto un poco del polvo blanco sobre la esquina de un naipe. Me percaté de que era una reina de corazones. La chica dirigió el dedo índice a su nariz y se obstruyó una de sus fosas nasales. Con la otra aspiró.

—Esta comadre ni siquiera toma leche antes de empezar el día —dijo Kimpu mientras volvía a poner más polvo blanco en otra punta del naipe—, parece una aspiradora.

La chica se dio la vuelta, se sobó la nariz y se sentó en una esquina, donde había un sillón negro. Flexionó sus rodillas y las metió dentro de la camiseta. Por un par de segundos, quedó mirándome fijamente a los ojos. Darío y yo estábamos sentados al borde de la cama cuando la mujer sacó un cigarrillo, se lo puso entre los labios y luego de sacar un encendedor que estaba dentro de la cajetilla, lo encendió. Aspiró una gran bocanada de humo y antes de dar una segunda bocanada, Kimpu dijo:

—Estos chicos han venido a buscar un paquito de veinte.

La mujer seguía en silencio, sin inmutarse, aspirando el humo, con las piernas flexionadas en la camiseta. Me preguntaba si realmente le interesaba el fútbol.

—Lo que más me jode de que se ponga mi ropa es que después me la deja toda estirada y deforme —dijo el hombre—. Y esa es mi única camiseta de Alianza.

Darío se había puesto de pie al lado del hombre y ahora también había acercado su nariz a la punta del naipe, donde había hecho desaparecer el pequeño morro de polvo blanco.

—¿A que está rica? —dijo Kimpu.

La chica frente a mí seguía fumando y me dio la impresión de que se acababa de levantar. Eran casi las tres de la tarde. Sobre la mujer, en la pared detrás de ella, había un inmenso póster con el culo de una tenista vestida de blanco. Alrededor de la foto había varios recortes de periódicos chicha, que durante esos años de Fujimori habían proliferado. *El Chino*, *Chuchi*, *El tío*, *El Mañanero* eran los nombres de los periódicos que uno podía leer en letras grandes y coloridas.

—Chata —dijo Kimpu girando la cabeza—, ¿no has oído lo que te he dicho?

La mujer dejó de verme y levantó la mirada hacia el hombre que ahora se había dado la vuelta, había cogido un cigarro y lo había encendido.

—Los muchachos quieren un paquito de veinte.

La mujer ni siquiera se inmutó.

—¡Puta madre! —dijo el hombre—, los primeros tiros de la mañana siempre la dejan así.

Kimpu se acercó al armario que estaba a un lado de la mujer, lo abrió y, luego de meter medio cuerpo dentro, sacó una caja de zapatos.

—Está fresquita y muy rica —dijo cogiendo un trozo de papel platino donde puso gigantescos cogollos verdes de marihuana encima—, huélela.

Darío recibió la hierba y acercó su nariz.

—Huele bien —dijo Darío.

La mujer había encendido otro cigarrillo.

—Ya te dije que la acaban de traer de Cieneguilla —explicó Kimpu mientras volvía a guardar la caja de zapatos en el armario—. Es un buen skunk.

El tipo se giró y miró a la mujer, que seguía con su cigarrillo en la mano, y entonces me percaté de que era una de las chicas de una de las portadas de los pasquines que estaban pegados en la pared. Se la ve con un bikini, con mirada provocativa y de perfil, el culo grande y la mitad de una de sus tetas, al lado de un pequeño título que dice: RICA POTONCITA SE HUMEDECE CUANDO VE A JUGADORES DEL ALIANZA. El titular de ese día dice: LA VIOLABA Y LE PAGABA CINCO SOLES, y debajo se ve otra foto de un cuerpo ensangrentado de una mujer tumbada en el suelo, aún con los ojos abiertos. En la parte baja de la portada se podía leer: MINISTRO DE FUJI CREARÁ CIEN MIL PUESTOS DE TRABAJO.

Giré la cabeza para ver si Darío se había dado cuenta de lo mismo que yo, pero él parecía más entretenido en guardar el poco de hierba que Kimpu le había dado envuelta en papel platino. La chica volvió a verme y creo que comprendió que yo sí me había percatado de que ella era una de las chicas de una de las portadas, porque me sonrió. El tipo pasó su mano por detrás de la cabeza de la mujer y pareció acariciarla. Entonces ella cogió un frasquito con esmalte de una estantería al lado de la cama, se quitó los calcetines y comenzó a pintarse las uñas de los pies.

—No sé cómo voy a ir al estadio el próximo domingo —dijo Kimpu volviendo a la mesa donde estaba la cocaína—, esa es mi única camiseta de Alianza. ¿Ustedes van a ver el clásico?

—Seguro que sí —dijo Darío, que había guardado la hierba dentro de uno de los bolsillos de sus pantalones—. ¿Dónde juegan?

—En el Matute, pues —dijo el tipo que ahora cogía unas revistas que tenía a un lado—, va a estar bueno el partido ese.

Yo, como siempre, me voy al Comando Sur. ¿De qué equipo son ustedes?

—La verdad es que a mí el fútbol me gusta muy poco —dijo Darío, que se había puesto de pie—, pero me gusta el Cristal.

—Y tú, compadre, —Kimpu estaba arrancando las hojas de las revistas para luego romperlas en cuatro—, ¿no serás gallina?

Papá y yo éramos de la U, pero no era algo que me tomara muy en serio. Igual, por un momento, me pareció que ser un gallina, como les llamaban a los hinchas de la U, podía ser divertido. Pero, no sé por qué, le dije que me gustaba Alianza. Realmente me daba igual.

—Habla poco tu causa —le dijo Kimpu a Darío mientras hacía unos pequeños envoltorios con la cocaína dentro—, pero para hablar poco sabe escoger equipos. Un aliancista es un aliancista.

—O sea que te vas al estadio a ver el clásico el domingo —dijo Darío a la vez que la chica se soplaba las uñas y movía los dedos de los pies de arriba abajo.

—De todas mangas —dijo Kimpu, que iba acumulando los paquetitos en una esquina de la mesa—. Aunque no sé con qué camiseta. Aquí, mi comadre, ha dejado mi polo hecho una carpa de circo.

—No exageres —dijo la chica, que había terminado de pintarse las uñas y se había puesto de pie. Era la primera vez que hablaba—. Después de lavarlo va a quedar igual.

—Eso espero —dijo Kimpu—, al estadio de Alianza nunca voy sin mi camiseta.

La mujer caminó hacia la mesa con las uñas recién pintadas de azul, y el tipo volvió a acercarle un naipe con un poco de coca en una esquina.

—Esos falsitos se ven contundentes —dijo Darío señalando los paquetitos que el hombre había puesto en la mesa—. Están grandazos.

—Llévate un par —dijo Kimpu cogiendo dos y dándoselos en la mano—, te hago un dos por uno ya que me has comprado la hierba.

—Hecho. En ese caso dame dos más —dijo Darío mientras recibía la mercancía con una mano y con la otra sacaba algo de dinero de uno de sus bolsillos—, me va a venir bien para trabajar.

Darío le pagó. La mujer se había vuelto a sentar y encendió otro cigarrillo. El teléfono que había en la habitación comenzó a sonar. Aló, sí, ¿quién es? Darío me hizo una seña, como indicándome que era hora de irnos. Sí, pero ya te he dicho que no me hables de estas cosas por teléfono, mejor vente..., sí..., no quiero hablar por teléfono, mejor ven a mi casa, te espero.

—Hay algunos que son unos tarados —dijo Kimpu luego de colgar el teléfono—, imagínate si hay alguien que nos está chuponeando el teléfono. No se puede hablar de vaina por teléfono así nomás.

—Nos vemos la próxima semana —dijo Darío estrechándole la mano al sujeto, que seguía con el teléfono inalámbrico en una mano—, ya te cuento cómo me fue.

—¡Claro, y el domingo no se olviden de que ganamos sí o sí!

Salimos de la casa y volvimos a bajar las escaleras de madera por donde habíamos subido. Mientras lo hacíamos, Darío me decía:

—¡Ese compadre está loco, has visto la cantidad de vaina que tenía!

Cuando cruzamos el umbral y salimos, escuché un pequeño silbido que venía de arriba. Levanté la mirada y vi que la muchacha se asomaba por una ventana, me guiñó un ojo y se mordió el labio inferior.

—Te diste cuenta de que... —por un momento pensé en contarle que la chica era una de las que salía en la portada de uno de los pasquines que todos los días veíamos en los quioscos.

—¿Darme cuenta de qué?

—La chica... —dije.

—La chica —dijo Darío—, ¿qué tiene la chica? ¿Te ha gustado?

—No importa —respondí—. Olvídalo.

Seguimos andando y llegamos a la avenida Tacna otra vez. El caos citadino se había incrementado, pero no tardamos mucho tiempo en volver a la casa de Darío.

—Quieren hacer una fiesta este fin de semana —soltó Adrián cuando abrimos la puerta y entramos en casa.

—¿A qué te refieres? —preguntó Darío.

—Los tipos de los que te hablé hace un rato —Adrián parecía haberse despertado hacía poco y se ponía una camiseta encima—, quieren que vayamos tres a tener un encuentro.

—¿Dónde?

—Aún no me lo dicen —explicó Adrián—, pero seríamos tú, yo y alguien más.

—¿Alguien más?

—Quieren que vayamos tres. —Adrián bebía de una botella de agua que había sacado de la refrigeradora—. Parece que uno de ellos quiere celebrar su cumpleaños y van a hacer algo así como una fiesta.

—¿Y a quién tenías en mente?

—Pensaba en decírselo a Sputnik —dijo Adrián—. ¿Crees que quiera ir?

—Sputnik iría hasta al infierno.

—Entonces ya está —contestó Adrián—, vamos los tres. Sputnik, tú y yo.

—¿Cuánto están ofreciendo?

—Más de lo que te imaginas —dijo Adrián que había encendido la tele.

En la pantalla estaban transmitiendo uno de los programas de Lara Bosfia.

—Ya te he dicho que esta gente no solo tiene mucho billete —aclaró Adrián—, sino que además tienen mucho poder.

—Pero ¿cuánto es lo que están ofreciendo? —insistió Darío.

—Aún no hemos hablado de números —respondió Adrián—, pero créeme que nos va a convenir.

—Yo trataría de fijar un precio antes de que te comprometas a ir —dijo Darío—; lo mejor va a ser que, si vamos, lo hagamos con las cosas claras.

—De eso no te preocupes, Darío, déjame los asuntos de dinero a mí. —Adrián comenzó a sonar cada vez más convincente—. Lo que necesito saber ahora es si puedo contar contigo.

Ahora, en el set del programa de Lara, los panelistas no solo discutían, también se estaban lamiendo los sobacos los unos a los otros. Era una escena asquerosa, donde uno de los invitados estaba sentado en una especie de camilla, sin camiseta y con el torso al aire, mientras que Lara le insistía a la mujer que estaba a su lado a que le lamiera las axilas. Sentí náuseas.

—Sí, estoy dentro —dijo Darío, que se había sentado en el sofá y había comenzado a liarse un troncho de marihuana—. Pero desde ya te digo que esta vez voy a querer una buena tajada.

—No te preocupes —dijo Adrián—, creo que esto puede ser el comienzo de algo grande.

—Eso espero —dijo Darío pasando la lengua por el papel de liar antes de terminar de armar el huiro.

Cuando las cámaras de televisión poncharon al público, que parecía gritar extasiado y lleno de júbilo ante los exabruptos de los panelistas, reconocí una de las caras. Era Erminda, la hermana de Dolina, que, al igual que el resto de los asistentes, aplaudía y gritaba en medio de carcajadas. Todos celebraban lo que ocurría: una mujer lamiéndole los sobacos a un hombre semidesnudo mientras que otro sujeto, disfrazado de bebé, pedaleaba sobre un triciclo a la vez que Lara Bosfia animaba a los participantes frente a las cámaras y frente a millones de espectadores en todo el país. Me preguntaba cuál era el punto. Qué había de atractivo en todo eso. ¿Por qué lo ponían en cadena nacional en horario estelar?

—Entonces voy a llamar para confirmar que sí estaremos —dijo Adrián, que se había sentado al lado de Darío en el sofá frente al televisor—. Solo falta que Sputnik confirme.

—Ya te dije que él va a decir que sí —dijo Darío aspirando una bocanada de humo del porro que se acaba de liar.

—Huele bien —dijo Adrián que había estirado la mano para recibir el troncho.

—Entonces tú crees que esta vieja también quiere que le den un par de viajes. —Darío hablaba mientras retenía el humo dentro de sus pulmones y señalaba la pantalla.

—¿Te refieres a Lara?

—No está mal la vieja —dijo Darío—, yo le daría vuelta.

—Eso es lo que he oído —dijo Adrián imitando a Darío con el cigarrillo de marihuana entre sus dedos—. Ya te he dicho que esta gente de la que te hablo está vinculada a los grupos de poder y está bien conectada.

—Si tú me consigues que alguna vieja de la tele me adopte te hago un monumento —dijo Darío.

—A ti sí que te gusta soñar —dijo Adrián—. Pero tienes razón, la vieja esta puede que se deje culear muy fácilmente. A mí la verdad me da un poco de asco.

—Es que tú siempre vas a preferir a los cacaneros —dijo Darío soltando una carcajada.

En ese momento me vino un ataque de sueño y me quedé frito en el sofá. Cuando abrí los ojos, Darío y Adrián seguían sentados frente a la pantalla de televisión, con los ojos enrojecidos y riéndose. Afuera ya había oscurecido. Habían encendido una luz amarillenta que apenas iluminaba el salón, y ahora un moscardón daba vueltas alrededor de la bombilla del techo. Sentí un vacío y una angustia muy difícil de soportar. Me pasaba siempre que me despertaba luego de haberme quedado dormido de manera repentina. Era un pequeño frío helado que me recorría el corazón y me producía una sensación bastante desagradable. Despertarme en sitios que no conozco de nada o con gente nueva siempre me trae este tipo de sensaciones. Es algo a lo que había tenido que acostumbrarme desde que era pequeño. Por suerte, ninguno de los dos pareció percatarse. Lo peor de todo es que me acordé de Alexia. Quizá Julián ya le había contado que me había visto en Bizarro la noche que me dijo que la iba a dejar. Todas estas cosas me vinieron a la mente de manera repentina cuando abrí los ojos y me di cuenta de que estaba en el sofá con dos recién conocidos, viendo cómo una conductora de televisión azuzaba a sus concurrentes para que se lamieran los sobacos. No sé por qué, pero me acordé de lo que ambos hacían para ganarse la vida. Me sentía tan solo y triste que me hubiera dado igual abrazarlos. Ellos eran lo más cercano que tenía en ese momento, y por un instante la idea se me cruzó por la cabeza mientras sentía que los ojos se me volvían a cerrar.

—¿Vas a salir esta noche? —escuché preguntar a Adrián.

—No lo sé —dijo Darío—, ahora mismo tengo hambre. ¿Hay algo de comer?

# 6

La gran explosión ocurrió un día antes de las vacaciones de medio año de 1992. Era invierno y hacía frío. La ciudad había entrado en una especie de guerra sangrienta que parecía cada vez más cerca. Me había quedado en casa de Lucho Salcedo, jugando con la consola de Nintendo en su cuarto, cuando repentinamente se fue la luz.

—¡Mierda —dijo Lucho—, otro apagón!

Al poco rato tocaron la puerta de su habitación.

—Luchito —dijo la chica que trabajaba en su casa—, te traigo velas.

Entró en el dormitorio y encendió un candelabro en el que había varias velas blancas y largas. Iba vestida con un uniforme de color azul y mandil blanco.

—¿Tienen hambre? La comida ya casi está.

Entonces escuchamos la explosión. Las ventanas del cuarto de Lucho se abrieron y las alarmas de algunos carros que estaban en la calle comenzaron a sonar.

—¡Ay, Dios mío! —dijo la chica, que había dejado el candelabro sobre el escritorio de Lucho—. Esta vez parece que ha sido cerca.

Lucho y yo nos miramos. Era la primera vez que una de las bombas sonaba tan cerca. Durante mucho tiempo habíamos tenido que escuchar el sonido de las explosiones a lo lejos, pero esta vez no pudimos evitar sentir miedo.

—¡Ni se te ocurra quedarte dormido, Facu! —me dijo Lucho, a quien también se le oía algo nervioso—. ¿Mis papás están, Chela?

—No —dijo la chica—, han salido.

Chela volvió a salir del cuarto y nos dijo que iba a estar en la cocina. Ahora las paredes estaban cubiertas por nuestras enormes sombras reflejadas en las superficies de concreto. Nos habíamos acostumbrado a ver las siluetas oscuras proyectadas sobre las paredes. Lucho se había puesto de pie y ahora buscaba en uno de los cajones que tenía debajo de su cama. Sacó una linterna y dirigió la luz hacia la pared, donde se formó una gran circunferencia. Luego se llevó la linterna debajo del mentón.

—Qué mal, ¿no? —dijo Lucho, que ahora se veía tenebroso con la linterna bajo su rostro—, nos jodieron el partido. Si no se iba la luz, te ganaba.

El sonido de las sirenas se había intensificado.

—Mañana es nuestro último día de clases —dijo Lucho Salcedo—, ¿ya sabes lo que vas a hacer?

Levanté lo hombros.

—Nosotros nos vamos a Miami —Lucho sacó una revista en inglés que tenía en unos de los cajones de su mesa de noche—, allá es verano. ¿Has estado en Miami?

—No —dije—, todavía.

—Hace un calor infernal —Lucho hojeaba la revista con la linterna en la mano—, vamos a estar en la playa y en la piscina todo el tiempo.

—¡Qué lechero!

—¿No te gustaría venirte a Miami?

Levanté los hombros, y el teléfono sonó. Casi al mismo tiempo, la luz volvió. El televisor, ahora, se había vuelto a encender.

—¡Facundo! —gritó Chela desde abajo—, es para ti. Tu mami.

Nos dirigimos a la cocina donde estaba uno de los teléfonos que había en la casa. Cogí el auricular.

—¡Facundo, mi vida! —mi madre sonaba preocupada—, ¿estás bien?

—Sí, mami. Estoy bien.

—¡Ay, Dios bendito, gracias al altísimo!

—No pasa nada, mamá, estoy aquí en casa, con Lucho.

—Pero habrás oído la explosión.

—Sí —dije—. Sonó muy fuerte.

—Mi vida, lo que pasa es que dicen que esta vez el atentado ha sido en pleno Miraflores —mamá parecía sollozar—, han volado un edificio entero.

—Pero yo estoy bien.

—Estos sanguinarios quieren coger la ciudad y hacerse con el poder. Y no les importa nada matar gente inocente.

—¿Me puedo quedar a dormir en la casa de Lucho?

—Pero mañana tienes que ir al colegio...

—Es el último día.

—Ni hablar —dijo mamá—, tienes que ir al colegio mañana. No puedes quedarte a dormir ahí. Ni siquiera debiste haber ido a su casa hoy. Debiste haberte quedado aquí, con nosotros. ¡Ay, Dios mío! ¡Estos terrucos de miércoles! Pero tú no te preocupes...

—No estoy preocupado, mami.

—Ahora mismo Rómulo te va a recoger, lo que pasa es que no sé dónde se ha metido. Ahora mismo no está en casa, pero apenas lo ubique lo mando para allá.

—Okey, mami.

—¿Están los papás de Lucho en casa?

—No, ahora mismo no están.

—¡Ay, Dios mío! Espero que no les haya pasado nada.

—Seguro que están bien —dije.

—¡Dios lo quiera! —dijo mamá—. Una no deja de vivir y estar angustiada todo el tiempo. Ya le he dicho a tu papá para irnos de este país de una vez por todas. Así podríamos estar más tranquilos.

—¿Adónde nos vamos a ir?

—No sé, hijo, nos vamos a vivir fuera y dejamos toda esta inmundicia de país —sollozó mamá—, así no se puede vivir, angustiada porque algo les vaya a pasar.

—Estoy bien —repetí—, no tienes de qué preocuparte.

—Tú y tu hermana todavía son chicos, y mira la infancia que les toca vivir, con apagones y explosiones por todas partes. ¡Vivir así es angustiante!

—Tranquila, mami, no pasa nada.

—Bueno, Facu, en cuanto ubique a Rómulo, le digo que te vaya a buscar —dijo mamá—. Ese Rómulo es un matalascallando, él sabía que tenía que ir a buscarte. Seguro que se le ha olvidado. Por un lado, mejor, porque estás más seguro en casa de Luchito. En fin. Si veo que Rómulo no da señales de vida yo misma te voy a buscar, ¿ya?

—Okey, mami.

—¡Ay, Facundito —dijo mamá—, te quiero mucho!

—Yo también.

Cuando colgué ya Chela nos había servido la comida en la mesa.

—¿Qué quería tu mamá? —dijo Lucho.

—Ya sabes, preguntar cómo estaba.

—Seguro que mis padres llaman ahorita. —Lucho estaba llevándose un poco de comida a la boca.

El teléfono volvió a sonar.

—Ya ves —dijo.

Chela se apresuró a acercarse al aparato y levantó el auricular. Era uno de esos teléfonos que tenían un larguísimo cable en forma de tirabuzón y que parecía poder estirarse hasta la acera de enfrente.

—No tengo ganas de ir mañana al colegio —dijo Lucho. A un lado, Chela decía a su interlocutor telefónico que todo estaba bien y sin novedad—, ¿y tú?

—Me da igual —dije levantando los hombros—, igual ya es el último día.

—Tengo ganas de estar en Miami, no sabes lo rico que es el calor ahí.

—Tus papás están en camino —Chela colgó el teléfono—, lo mejor es que terminen pronto de comer.

Varios minutos después, cuando Chela había encendido la televisión y estábamos viendo la noticia de los atentados de esa noche, sonó el timbre de la puerta.

—Debe ser para ti —dijo Chela—, te vienen a buscar.

En la televisión se veía un enorme edificio que había sido volado por un coche bomba en pleno centro de Miraflores. Hablaban de varios muertos y cientos de heridos.

—Facundo —Rómulo estaba entrando en la cocina—, ¿ya estás?, nos tenemos que ir. Estamos con el tiempo justo.

—Tengo que traer mis cosas, que están en la habitación de Lucho.

—Apúrate, que no hay tiempo que perder.

—No quiere tomarse algo, Rómulo —dijo Chela—, ¿una Inca Kolita?

—La próxima vez terminamos el partido —afirmó Lucho mientras yo metía mis cosas en la mochila y me la ponía al hombro—, si no fuera por el apagón te metía una goleada.

—Claro —dije—, quizá la próxima semana, que estamos de vacaciones.

—La próxima semana estoy en Miami.

—Es verdad —salí de su cuarto—, eres un lechero. Yo no sé aún qué voy a hacer en vacaciones.

—Te puedes quedar en casa jugando con la Nintendo todo el día, si quieres te dejo unos juegos.

—No tengo Nintendo.

—Ah, es verdad, en Miami me voy a comprar varios juegos. He hecho una lista. Si quieres mañana te la enseño en clase.

—Hecho.

—Mañana va a ser un día muy aburrido en el colegio, ya verás.

—¿Ya estás? —dijo Rómulo, que se había sentado en la mesa y tomaba el vaso de Inca Kola que Chela le había servido—. ¿Nos vamos? Estamos contra la hora.

—Nos vemos mañana en clase —Lucho me dio la mano y nos acompañó a la puerta—, no te olvides de que hay desfile.

Rómulo y yo salimos y subimos al carro. Era tarde.

—Estamos con el tiempo a las justas —dijo Rómulo—, en nada empieza el toque de queda.

Encendió el vehículo y la radio comenzó a sonar. ¡Radioprogramas del Perú!: son las diez con cincuenta y cinco minutos en todo el país, dijo el locutor antes de dar paso a la noticia del momento.

—¿A qué hora empieza el toque de queda? —pregunté.

—A las once, lo peor de todo es que no sé dónde he dejado la bandera blanca.

La bandera blanca era algo que todos los carros tenían que llevar en un lugar visible si uno quería circular por la calle durante el toque de queda. Durante la noche, las calles tenían que estar vacías, porque las avenidas principales se llenaban de vehículos militares y carros de la policía.

—Fíjate si está en la guantera —me dijo Rómulo señalando delante de mí.

Abrí la guantera, pero no vi ninguna bandera blanca.

—Espero que lleguemos a tiempo. —Se había detenido frente a un semáforo en rojo—. También he olvidado el salvoconducto que me dio tu padre para circular por la noche.

Papá había conseguido, además, otro salvoconducto para mi madre.

—¡Mierda!

—¿Qué pasó?

—Estamos sin gasolina.

Nos habíamos quedado en una esquina con el motor del carro apagado. Rómulo intentaba encenderlo una y otra vez, pero no podía. En la radio estaban hablando del atentado de esa noche. Decían que había sido en la calle de Tarata, en pleno centro de Miraflores, no muy lejos de donde estábamos.

—Mejor apagamos la radio, para no consumir más —dijo Rómulo, que seguía tratando de encender el motor—. Esto era lo único que nos faltaba.

En la cuadra en la que estábamos se había ido la luz: todo estaba a oscuras y ya no había nadie circulando por las calles.

—Tenemos que llegar a una gasolinera.

Pero no pasó mucho tiempo hasta que un vehículo militar pasara por el otro lado de la calle, en sentido contrario.

—¿Tienes algo de color blanco? —me preguntó Rómulo.

Abrí mi mochila y comencé a buscar, pero lo único que encontré fueron hojas de papel.

—¿Te valen?

—Lo que sea —dijo Rómulo cuando se dio cuenta de que los militares nos habían visto a un lado de la avenida.

Rómulo abrió las ventanillas del carro y empezó a agitar el trozo de papel. El vehículo militar ya se había dado la vuelta y se había estacionado detrás de nosotros.

—Tranquilo —me dijo Rómulo—, todo va a estar bien.

Un par de hombres vestidos de verde, con botas y fusiles en los hombros, se acercaron. Uno de ellos tenía una linterna que dirigió dentro del carro. La luz nos enceguecío. Rómulo bajó la ventanilla.

—Documentos, señor —dijo el que tenía la linterna en las manos.

El otro oficial sujetaba un fusil que le colgaba de los hombros, lo tenía pegado al cuerpo y con la mano cerca del gatillo.

—Soy el chófer del señor Lescano —dijo Rómulo sacando su DNI y entregándoselo al militar con la linterna en las manos—, tengo un salvoconducto, pero lo he dejado en casa del señor Lescano.

El militar comenzó a revisar el documento de Rómulo con atención; el otro, a su vez, giraba la cabeza de un lado a otro como asegurándose de que nadie más apareciera. En la calle solo se oía el sonido de las sirenas.

—Usted no es ningún Lescano —dijo el militar leyendo el nombre de Rómulo en el documento que tenía entre las manos.

—No dije eso, oficial, dije que trabajo para el señor Lescano.

—¿Y se puede saber qué hace a esta hora con un niño en el auto?, ¿no sabe que a esta hora no se puede circular?

—Él es el hijo del señor Lescano, vengo de recogerlo de casa de un amigo. Nos hemos quedado sin gasolina.

El militar con la linterna en la mano dirigió la luz hacia mi cara.

—¿Es cierto eso? —me dijo.

Asentí con la cabeza.

El uniformado giró la cabeza y otro vehículo militar apareció en medio de la calle. Era más pequeño, no tenía tolva y venía con dos oficiales. Se estacionaron delante de nosotros y uno de ellos bajó; no llevaba fusil, pero si un par de pistolas en la cintura.

—¿Qué pasa aquí, oficial?

—¡Sargento! —los dos militares se cuadraron frente a su superior—, tenemos aquí un pequeño percance.

El sargento se acercó al vehículo.

—Aquí el hombre dice que se han quedado sin gasolina —prosiguió el militar con la linterna en la mano.

El sargento llevaba las manos en la cintura y durante un par de segundos se inclinó, dirigió la mirada dentro del carro y nos miró directamente a los ojos.

—¡No sabe que está prohibido circular por la ciudad a esta hora de la noche! —El sargento me señaló—. ¿Quién es el niño?

Rómulo volvió a explicarle que él trabajaba para mi padre y que yo era su hijo.

—¿Lescano, dice? —el sargento frunció el ceño—, ¿y qué hace usted?

—Soy su chófer.

Rómulo ya se había bajado del vehículo, intentando convencer a los militares de que todo había sido un pequeño desliz y que nos estábamos dirigiendo a casa. El sargento dio la vuelta al vehículo, se puso al lado de mi ventanilla y me hizo una señal con la mano para que la bajara. Me preguntó qué era lo que había pasado y yo le dije lo mismo que había estado explicando Rómulo.

—¿Quién es tu padre? —me dijo.

—Mariano Lescano —respondí.

El sargento se quedó en silencio durante un par de segundos y volvió a erguirse. Desde esa altura podía ver sus manos en la cintura y las dos pistolas enfundadas a sus costados. Nunca había visto un arma tan de cerca y fue tanta la impresión que me quedé dormido.

—Bájate del vehículo —dijo el sargento tocando mi hombro para despertarme.

Le hice caso. Los otros dos militares, que llevaban fusiles, habían comenzado a husmear en el carro de papá. Rómulo seguía dando explicaciones, pero ahora uno de los uniformados lo estaba apuntando con una de sus ametralladoras.

—A ver si podemos comunicarnos con la casa de este niño.

—¡Sí, mi sargento! —El militar que iba sentado en el asiento del piloto comenzó a manipular un aparato que estaba dentro del vehículo y que se asemejaba a un gran teléfono.

—¿Cuál es el número de teléfono de tu casa?

Se lo di y pensé que toda esa parafernalia militar no se parecía en nada a la que veíamos por la televisión en las películas.

—Parece que esta noche este aparato no va bien, sargento —dijo el militar sentado en el asiento del piloto—, parece que no quiere funcionar.

—¡Carajo, Ayala —el sargento le quitó de las manos el aparato—, cuántas veces tengo que enseñarle yo cómo funcionan las cosas!

Varios minutos después, el oficial que nos había intervenido en un principio se acercó al vehículo.

—Sargento —el uniformado se había cuadrado frente a su superior, que había colgado el aparato con el que acababa de hablar con mi padre—, ¿qué hacemos con el sujeto?

—Nos vamos todos a la comisaría.

A Rómulo lo subieron a la tolva de la camioneta donde, luego me contaría, había un par de jóvenes a los que habían detenido por ser sospechosos de terrorismo.

Cuando llegamos a la comisaría, vi que había muchos jóvenes que llegaban arrestados por estar en la calle después del toque de queda. El sargento me dijo que estuviera tranquilo, que todo lo estaban haciendo por mi bien. La verdad era que ninguno de los militares me inspiraba confianza, pero como los oí hablar por teléfono con mi padre, me quedé algo más tranquilo. Por lo menos no me quedé dormido. Al poco rato mi padre se apareció en la comisaría.

—¿Señor Lescano? —preguntó el sargento.

Mi padre asintió con la cabeza.

—Realmente siento haberlo molestado de esta manera, pero sabiendo que su hijo estaba de por medio, no podía quedarme de brazos cruzados. Normalmente nunca nos encontramos con niños a estas horas.

—Está bien —dijo papá—. ¿Dónde está Rómulo?

Al poco rato los militares trajeron a Rómulo, que se veía despeinado. Seguía con cara de preocupación, pero cuando vio a papá pareció tranquilizarse.

—Es mi chófer, nada de esto era necesario.

—Sí, señor Lescano —dijo el sargento—, pero usted sabe cómo están las cosas ahora mismo. El país está en estado de emergencia.

—Pero hubiera bastado con que me lo pusieran al teléfono. ¿Estás bien, Rómulo?

—Sí, señor —dijo él.

—¿Dónde está el carro?

—Sigue donde nos intervinieron, nos habíamos quedado sin gasolina.

—Si algo le pasa a ese carro —amenazó papá—, el comandante Hermosilla se va a enterar.

Cuando escuchó el apellido Hermosilla, al sargento se le desencajó la cara y pareció empequeñecerse.

—No se preocupe, señor Lescano, se lo mandamos traer. —El sargento comenzó a gritar a sus subordinados—. ¡Ayala, Chumbes! ¡Me traen ese carro ahora mismo, como sea!

—Vamos a hacer una cosa más práctica —dijo papá cogiendo un trozo de papel y apuntando algo—, me lo van a llevar a esta dirección.

—Pero, señor Lescano... —El sargento quiso discrepar.

—Si el carro no está en esta dirección mañana por la mañana —papá le entregó el trozo de papel—, el comandante Hermosilla se va a enterar de la manera como han tratado a mi chófer.

El sargento carraspeó. Hizo un gesto de resignación y recibió el papel que mi padre le había dado con nuestra dirección.

—Y ahora necesitamos ir a casa —siguió diciendo papá—, y me imagino que siendo la hora que es, todo se complica.

—No se preocupe que lo seguimos.

Al poco rato estábamos en el carro de papá dirigiéndonos a casa, escoltados por los militares.

—¿Qué pasó con el salvoconducto que te di? —papá le preguntó a Rómulo en el camino—. ¿No lo tienes?

—Lo dejé en casa, lo había bajado del carro porque lo llevé a lavar.

Cuando entramos en casa, mamá se apresuró a acercarse a mí. Alexia estaba ya con pijama y con unas babuchas en los pies.

—Mi vida —dijo mamá abrazándome—, gracias a Dios que estás bien.

—Aquí como lo ves —dijo papá—, tu hijo casi pasa la noche en un cuartel militar.

Al otro día, era como si la ciudad se viese borrosa y fuera de foco por la neblina. Era el último día de clases antes de las vacaciones de fiestas patrias, lo que significaba que tendríamos que marchar. Todos llevábamos una escarapela colgada en la solapa e íbamos impolutamente uniformados. Dolina se había esmerado en lustrarme los zapatos y dejarlos brillantes. También había planchado mis pantalones y le había echado lejía a mi camisa para que se viera relucientemente blanca. No sé qué me daba más sueño, si las marchas del 28 de julio o las misas semanales. En todo caso para mí era una tortura doble, porque ese último día había los dos: desfile y misa.

Durante la primera hora Miss Ale nos dio una charla acerca de la situación en la que se encontraba el país. Entre las víctimas de la explosión de la noche anterior había un alumno de quinto del colegio, Toni Molina. Estaba volviendo a casa cuando el coche que llevaba los explosivos detonó a su lado. Ahora estaba internado en la clínica Anglo Americana y su pronóstico era reservado, término que tuvo que explicarnos con palabras más fáciles. También el padre que ofició la misa pidió por la salud de Toni Molina y por la paz en el país. A pesar de que era el último día, ninguno parecía con el entusiasmo suficiente para celebrarlo. Habíamos comenzado a darnos cuenta de que, lo que hasta hacía poco era una guerra lejana, podía afectarnos directamente también a nosotros.

En el primer recreo, Lucho Salcedo me mostró la lista de juegos de Nintendo que se traería de Miami. Tenía muchas ganas de irse a Florida y meterse en la piscina que sus primos tenían en Fort Lauderdale. Luego del sonido del timbre que dio por finalizado nuestro descanso, vino la hora de la marcha y todos tuvimos que ponernos en filas, bajo las órdenes de un brigadier. Los brigadieres eran alumnos de quinto de secundaria y nos eran asignados a los menores semanas antes. Con ellos practicábamos los desfiles y durante las tres semanas previas al final de las clases debíamos ser capaces de marcar el ritmo e imitar a los soldados de las fuerzas armadas.

El cielo seguía nublado y ya para entonces el sueño se había apoderado de mí, pero hice el esfuerzo necesario para no dormirme.

—No quiero ni un solo error en sus pasos —dijo el brigadier caminando entre las tres filas que habíamos hecho—. ¿Me han entendido?

Todos, al unísono, dijimos que sí.

A un lado del patio, el padre Cipriano, así como las autoridades del colegio, profesores y algunos padres de familia se habían ubicado en una especie de tarima. Habían pasado apenas cuatro meses del golpe de Estado de Fujimori y el entusiasmo que mostraba el colegio, en especial el padre Cipriano, por los detalles castrenses parecía haber aumentado. Yo no dejaba de bostezar.

—Ya sabes, Lescano —el brigadier me había golpeado con su bastón blanco en la pantorrilla—, nada de quedarse dormido.

Los golpes, con el frío y la humedad que había en el ambiente parecían doler más. Al poco rato todo comenzó.

—¡Sobre el sitio —gritó el brigadier—, marche!

La bandera del Perú se había izado y una música militar había comenzado a sonar. ¡Izquierda, derecha, izquierda! Por los altavoces, uno de los profesores iba indicando el orden en el que iban pasando los grados y secciones del colegio. ¡Izquierda, derecha, izquierda! Primero los de primero de primaria y así hasta llegar a los de quinto de media. ¡Izquierda, derecha, izquierda! Al quedarnos quietos, se me cerraban los ojos, pero el brigadier siempre estuvo atento para despertarme ya fuera con un grito o con un golpe con su bastón.

Así se nos pasó toda la mañana, con el único consuelo de que ese era el último día de clases. Después tendríamos quince días para no tener que levantarnos temprano y, menos aún, tener que salir por la mañana, cuando aún era de noche y la niebla no dejaba ver nada.

Al final de la jornada, nos entregaron las libretas con las calificaciones de ese semestre, donde Miss Ale me decía, por escrito, que debía concentrarme más en clase, ser menos disperso y no quedarme dormido. Todos habíamos comenzado a comparar nuestras notas y ver quién tenía más o menos rojos, cuando Miss Lidia entró en clase. Se acercó a Miss Ale y le dijo algo al oído: Miss Ale comenzó a llorar y tuvo que salir con las manos en la cara. Miss Lidia nos dijo que nos sentáramos, que tenía algo que decirnos: Toni Molina, el alumno de quinto que vivía cerca a Tarata, había fallecido en la clínica debido a la explosión de la noche anterior. Nos lo dijo en español. Durante un rato nos miramos las caras y no supimos qué hacer ni qué decir. Miss Lidia nos pidió que no nos alarmáramos. A ella también se le notaba algo quebrada. Nadie está preparado para recibir una noticia así. A partir de ahora, nos dijo Miss Lidia, teníamos que andar con mucho más cuidado por las calles. Nada de acercarnos a vehículos sospechosamente estacionados, o tocar cualquier bulto en las veredas. Las cosas que nos habían estado repitiendo en casa siempre parecían cobrar ahora mayor relevancia. Sonó el timbre que anunciaba el final de la última clase.

Las vacaciones de invierno habían comenzado.

# 7

Luego de un par de días me fui de casa de Darío y Adrián. Darío tenía razón: los hostales en el centro de Lima eran mucho más baratos. La habitación en la que estaba ahora era mucho más modesta, pequeña y no tan bonita. De hecho, era horrible y nada acogedora, pero si quería permanecer fuera de casa el tiempo necesario, tenía que estar en un sitio que no fuera caro. Esta vez en la recepción ni siquiera me preguntaron mi edad, solo querían que les pagara cada noche por adelantado. Darío me dijo que le contara al recepcionista que era amigo suyo. En la habitación había también una televisión de catorce pulgadas y un aparato de VHS, y cuando encendí la pantalla por primera vez, aparecieron las imágenes de una película pornográfica. Los gemidos se mezclaban con el ruido de los carros que venía de la calle. Supe entonces que ese hostal se alquilaba más por horas que por noches. Quizá por eso era tan barato. Vi a muchas parejas entrar y salir todo el día. Fue cuando comencé a extrañar a Alexia. No era que me hiciera falta, ni mucho menos, pero me acordé de las cosas que hacíamos cuando éramos niños. Los veranos en las playas del sur de Lima y todo eso. Decidí que sería una buena idea llamarla.

Salí del hostal y caminé hacia la avenida Tacna. Eran poco más de las dos de la tarde. Los edificios se veían sucios, descoloridos y desiguales. El humo que salía de los carros y microbuses se confundía con la neblina gris y densa que lo hacía ver todo más triste, amargo. En las esquinas, los ambulantes, canillitas y lustrabotas se dirigían a los transeúntes para intentar persuadirlos de que les hicieran caso y les compraran algo. Me acerqué al teléfono público y metí una moneda.

—¿Aló? —Era Dolina.

—Buenas tardes —dije fingiendo la voz y envolviendo el teléfono con un pañuelo—, ¿está Alexia?

—¿De parte de quién?

En ese momento alguien más levantó otro de los teléfonos que había en casa. Era mamá.

—¿Quién es?

Colgué. A mi lado, en la misma esquina, había dos sujetos que esperaban al microbús. Estaban fumando. Uno de ellos llevaba un bigote ralo, con camisa y pantalones oscuros. El otro era más bajo, llevaba anteojos y un maletín en las manos.

—No sé qué hacer, causa, eso es lo que me ha dicho —dijo el de los bigotes.

—Pero ¿estás seguro, compadre? —preguntó el de los anteojos—. Mira que las mujeres son muy sabidas.

—Sí —el de los bigotes sonaba preocupado—, eso es lo que me ha dicho. Hasta se puso a llorar por teléfono cuando me lo estaba contando.

—Pero tienes que estar seguro, compadre —el de los anteojos le puso una mano al hombro—, no vaya a ser que te estén meciendo.

—Aló. —Esta vez la que levantó el teléfono fue Alexia.

—¿Alexia? —dije aún con el pañuelo envolviendo el teléfono—, ¿eres tú?

—Sí, habla Alexia.

—Soy Facundo. —Me quité el pañuelo y hablé con mi voz natural.

—¡Facu! —Alexia mostraba algo de sorpresa y ternura—, ¿cómo estás?

—Bien, no le digas nada a los viejos, porfa. Solo quería saber cómo estabas.

—Dame un segundo. —Y durante unos segundos se quedó en silencio—. Quiero asegurarme de que no haya nadie.

—Dile que te muestre los resultados de los análisis —dijo el de los anteojos—. Lo que tienes que hacer es asegurarte de que no te esté hueveando.

—Tienes razón —dijo el otro hombre—, puede que no me esté diciendo la verdad.

—Pero si fuese tuyo —el de los anteojos levantó las cejas—, ¿qué piensas hacer?

—Ahora sí, Facu —Alexia volvió a ponerse al teléfono—, ¿dónde estás?

—Estoy bien, ahora mismo te estoy llamando de un teléfono público.

—No sabes cómo están los viejos, mamá está muy preocupada.

—Diles que estoy bien —no dejaba de ver a los hombres que estaban junto a mí—, que no se preocupen.

—Pero van a querer saber dónde estás.

—Solo diles que estoy bien.

—¿Piensas regresar?

—No lo sé. Me han suspendido del colegio hasta el próximo lunes.

—Sí, lo sé.

—No podía quedarme en casa.

—Entiendo, lo que hiciste fue una locura. Pero una locura genial.

—No me siento orgulloso. —Pude ver cómo los hombres gesticulaban—. Solo estaba un poco harto de tanta mierda.

—Me hubiera gustado ver la cara del padre Cipriano cuando leyó eso de Dios es mujer sobre el torso de Jesucristo.

—Parecía que estaba frente al mismísimo diablo.

—Papá y mamá se reunieron con él el otro día, fueron al colegio.

—¿Sabes qué les han dicho?

—Por ahora solo quieren saber dónde estás. Mamá pensó que alguien podía haberte secuestrado, pero papá sabía que te habías escapado.

—Y tú ¿cómo estás?

Alexia se quedó en silencio.

—Si todo fuera verdad —dijo el tipo de los anteojos—, ¿qué piensas decirle a tu mujer?

—No le puedo decir nada —dijo el del bigote—, no se puede enterar nunca de que tengo un hijo fuera del matrimonio.

—Bueno —suspiró Alexia—, trato de llevarlo lo mejor que puedo.

—¿Siguen empecinados en que lo tengas?

—Sí.

—¿Y tú lo quieres tener?

Hubo otro silencio.

—No te preocupes, compadre, que yo soy una tumba —dijo el de los anteojos—, de mi boca no va a salir nada. Mira, ahí viene el micro.

—No lo sé —contestó Alexia finalmente.

—El otro día vi a Julián —dije.

—¿Dónde?

—Me lo encontré en Bizarro.

—¿Qué hacías tú en Bizarro? Bueno, no importa, ¿y qué te dijo?

—Me dijo que iba a hablar contigo. ¿No lo has visto?

—Es una larga historia, no te la puedo contar ahora.

—Siento mucho lo que te está pasando, Alexia, no te mereces esto.

—Creo que mamá está viniendo —dijo Alexia, y por un instante sentí que se alteró—. Tengo que colgar. Ya me encargo yo de inventarme algo y decirle que estás bien. ¡Cuídate, por favor!

Los tipos que hablaban a mi lado ya se habían ido. Comencé a caminar: las manos en los bolsillos y la mirada en el suelo. No sé cuánto tiempo estuve así, deambulando por el centro de Lima. No sabía cómo poder ayudar a Alexia. No sabía qué hacer, ni adónde ir. Me sentía perdido.

¡Oro, plata!, ¡compramos oro y plata!, oí decir a un tipo en una esquina. Sabía que en los bolsillos tenía las joyas de mi madre y que ya no tenía dinero.

—Habla, causa —dijo el tipo—, ¿tienes oro, plata?

Me acerqué y no tuve que decirle nada porque el tipo me dijo que lo siguiera. Entramos en un edificio y subimos un par de plantas. En la puerta se podía ver un enorme cartel negro y amarillo que decía COMPRAMOS ORO. Entré y el sujeto llamó a alguien más: un tipo gordo con la cara rugosa, el ceño fruncido y que parecía un bulldog. Estaba detrás de un mostrador en el que había una pequeña balanza. Le hizo un gesto con la cabeza al hombre que me había llevado hasta ahí y luego dijo:

—¿Qué tienes?

Saqué las joyas de mi madre: un brazalete y un par de pendientes. Mi madre tenía tantos, que lo más probable era que jamás se diera cuenta de que le faltaban. El sujeto se puso una lupa en el ojo y comenzó a analizar con minuciosidad lo que le había dado. Luego lo puso en la balanza y dijo:

—Te doy treinta dólares.

—¿Por todo?

El hombre asintió.

—Creo que puedo conseguir algo más en otro sitio —dije intentando coger las joyas y poniéndome de pie.

—¿Adónde vas? —El tipo que había subido conmigo me puso la mano en el hombro y evitó que me levantara de mi asiento.

Volví a sentarme.

—¿De quién son estas joyas? —preguntó el hombre que estaba al otro lado.

—Mías.

—O sea que te gusta usar pendientes.

—Tienes dos opciones —dijo el tipo que había subido conmigo—, o aceptas lo que te damos, o llamamos a la policía para denunciar el robo de estas joyas.

—Son de mi madre.

Los dos tipos se miraron y se quedaron en silencio durante un par de segundos.

—Entonces no querrás que tu madre se entere de que tú tienes sus joyas —dijo el tipo de cara rugosa.

—En tu casa te deben estar buscando —intervino el tipo que había subido conmigo—. Se nota que no vives por aquí. Lo mejor será que aceptes lo que te estamos ofreciendo.

Los miré a los ojos y asentí con la cabeza.

—Muy bien, muchacho. Prefieres dólares o soles.

—Soles.

El sujeto cogió las joyas de mi madre y las guardó. Luego sacó unos cuantos billetes de un cajón y me los dio.

—Cuéntalo para que veas que está todo.

Lo conté y quise ponerme de pie.

—Espera —dijo el tipo que había subido conmigo—, ahora vas a salir a la calle y no vas a decir nada a nadie.

—Ya lo oíste —agregó el tipo que me había dado el dinero—. Ni una palabra a nadie. ¿Nos has entendido?

Asentí con la cabeza.

—Ahora puedes irte.

Metí el dinero en mis bolsillos y comencé a caminar. Detrás de mí, escuché que los sujetos se reían. Tenía ganas de echarme en la cama a dormir una siesta, pero cuando llegué a la puerta del hostal vi que Darío me estaba esperando.

—Vamos a ver a la Colorada —me dijo.

—¿A quién? —dije.

—A la Colorada —repitió Darío—, ¿te acuerdas de que te hablé de ella? Estoy harto de tantos cacaneros, ¿te vienes?

Me daba igual. Caminamos en dirección a la avenida Wilson donde el tráfico, a la altura de la avenida Arequipa, pareció congestionarse. Darío me contó que la noche anterior le había ido muy bien y que ahora solo quería estar con una mujer. Llegamos a un edificio color crema ubicado en una esquina de la avenida Arequipa, muy cerca de la avenida Wilson. Tocó el timbre y al poco rato escuchamos la voz de una mujer que nos preguntó quiénes éramos.

—Venimos a ver a la Colorada —dijo Darío.

Subimos a la cuarta planta y seguí a Darío hasta una de las puertas, que se abrió cuando él hizo sonar los nudillos contra la madera. Fue como entrar en otra dimensión. Lo primero que sentí fue un olor distinto, intenso. Era un piso de unos cien metros cuadrados. Había un grupo de chicas sentadas en unas sillas altas, todas con las piernas cruzadas, minifaldas y tacones. La que nos había abierto la puerta era una mujer de pelo castaño, maquillada hasta las orejas, que nos sonrió y nos hizo un gesto para que pasáramos. A un lado había otra mujer de pelo rojo, brillante, igual de maquillada que todas las demás, que nos dijo: ¡Bienvenidos! Era la Colorada. Llevaba un abanico y cada cierto tiempo se echaba aire a la cara.

—Hacía tiempo que no venías por aquí —ella se fue acercando—, pensé que ya te habías olvidado de nosotras.

Las chicas comenzaron a reírse, y nos miraban con miradas provocativas, lujuriosas, sacándonos las lenguas y guiñándonos los ojos.

—He estado muy ocupado —Darío evitaba distraerse—. Han sido días de mucho trabajo.

—No te preocupes, corazón, que aquí sabemos que algunos, como tú, no pueden visitarnos todos los días. Mejor es que vengan de a poquitos.

Darío giraba su cabeza de un lado a otro, tratando de seguir a la Colorada y ver a todas las chicas que tenía enfrente.

—Por lo que veo has traído a un amigo —dijo la Colorada, acariciándome la mejilla—, ¿no será tu primera vez?

Mientras subíamos por el ascensor del edificio, Darío me había dicho que por ningún motivo dijera que era mi primera vez. Aseguraba que si decía eso las chicas no nos tratarían igual y me despacharían más rápido. No entendí muy bien lo que me quiso decir, pero le hice caso. Negué con la cabeza al tiempo que pensaba que dentro de poco iba a quedarme dormido. De repente, me había venido mucho sueño.

—Bueno, no importa si es tu primera vez o no —la Colorada caminaba con sus enormes tacones por el piso de madera—, aquí te vamos a tratar como a un rey. Solo tienes que escoger a la que más te guste.

Darío comenzó a observar a las chicas sentadas, tratando de decidir con cuál irse. Yo lo miraba.

—¡No me mires a mí, huevón! —me susurró Darío—, míralas a ellas, solo tienes que escoger a una.

Las chicas intensificaron sus miradas, sus gestos, sus coqueteos y sus piropos. Al poco rato Darío se acercó a una que llevaba un vestido amarillo, pelo liso y piernas carnosas. La chica se puso de pie, miró a la Colorada, que le hizo un gesto afirmativo, y caminó con Darío hacia la parte interior de la casa.

—¿Cómo te llamas, corazón? —preguntó la Colorada.

—Facundo —dije.

—No tengas miedo, Facundo —insistió—, solo tienes que escoger a una. La vas a pasar muy bien, ya verás.

Pero yo pensé que me iba a quedar dormido. No me sentía bien después de haber hablado por teléfono con Alexia. Las chicas que tenía enfrente quizá tenían su edad. Tal vez en otras circunstancias hubiera sido divertido, pero ahora sabía que me iba a quedar frito de sueño. Ahí mismo. Por suerte, una chica se puso de pie y se acercó a mí.

—Vente conmigo —dijo.

Me cogió de la mano y me llevó a una de las habitaciones donde cerró la puerta.

—Es tu primera vez, ¿no? Se nota.

No dije nada. En realidad, solo me senté en la cama mientras la chica comenzó a manipular un pequeño lavatorio con agua y jabón.

—Primero tienes que pagarme.

Era una chica de piel trigueña y ojos brillantes. Tenía un lunar en uno de sus pómulos y su expresión era igual que la de sus compañeras, pero cuando entramos en la habitación pude advertir algo en su mirada, más que en su mirada, en su semblante, que me hizo ponerme en su lugar.

—Sí —dije sacando un billete de mis bolsillos—, pero solo me gustaría dormir.

La chica puso cara de asombro.

—¿Estás seguro? ¿Solo quieres dormir?

—Estoy muy cansado.

—Pero aquí solo podemos estar veinte minutos, media hora como mucho —ella se había quedado en ropa interior—. Aquí no se viene a dormir.

Le di un billete.

—Está bien, puedes quedarte con la plata, pero solo quiero dormir.

—Eres muy raro. —Y aceptó el dinero.

—Lo siento, pero no me encuentro bien.

—No estarás enfermo, lo último que quiero es enfermarme. Tengo una niña pequeña en casa y si me enfermo yo, se enferma ella.

—No te preocupes. —Los ojos se me cerraban—. No estoy enfermo.

—Arrímate, que me voy a echar contigo.

—Entonces tienes una hija, —No sé por qué demonios seguía pensando en Alexia.

Pero eso fue lo último que recuerdo, eso y que ella me había dicho que sí, que tenía una hija, y me lo había dicho mientras que con una de sus manos acariciaba mi cabeza.

Cuando volví a abrir los ojos, me di cuenta de que había estado soñando con una piscina en la que había muchos peces nadando de un lado a otro. El problema era que, en algún momento, el agua de la piscina comenzó a volverse turbia y dejaba de ver los peces que nadaban conmigo bajo el agua. Y quise salir a la superficie.

—Ya has dormido suficiente. —La chica se había puesto de pie—. Tienes que irte.

Estaba echado de costado, con la cara contra la almohada y casi en posición fetal. En un principio me costó recordar dónde estaba y esa sensación horrible volvió a aparecer. Era como el soplido de un viento helado que recorría mi corazón y me hacía sentir muy mal, perdido y desconcertado, como cuando un astronauta se pierde en medio del espacio sin ninguna conexión con la nave espacial. Lo primero que vi fue el cuerpo de la mujer que seguía en ropa interior, con unos enormes tacones mientras caminaba de un lado a otro de la habitación. Tenía las piernas largas y no supe muy bien qué decirle.

—Anda —insistió—, levántate, que has dormido casi media hora. Tengo que seguir trabajando.

Me incorporé y me senté en la cama. Esa era la primera vez que me despertaba con una mujer desconocida en una habitación.

—Si la Colorada te pregunta algo —dijo vistiéndose—, dile que te gustó mucho, ¿ya? Hazme ese favor.

Me puse de pie mientras vi cómo ella se maquillaba frente a un espejo.

—¿Querías tenerla? —le pregunté.

—¿De qué hablas? —La mujer me miró por el reflejo del espejo sin dejar de maquillarse.

—A tu hija, eres muy joven y me imagino que todo te tomó por sorpresa, ¿no? O es que el padre y tú querían tenerla.

Soltó una carcajada, interrumpió su maquillaje y se volteó hacia mí.

—Para dormir tanto, preguntas mucho. ¿Tú crees que si el padre de mi hija y yo hubiéramos planeado tener una hija estaría yo aquí? Pero déjame decirte una cosa, estamos en el Perú y en este país la gran mayoría de las mujeres tenemos a los hijos solas, sin ayuda, sin nadie, ¿sabes por qué? ¡Porque los hombres son unos cobardes, y cuando tienen que asumir sus responsabilidades, no lo hacen, huyen como gallinas! Quizá de donde tú vienes las cosas sean distintas, pero nosotras, la gran mayoría, estamos solas.

—Lo siento.

—¡No sientas nada! ¡Y ahora vete, que tengo que seguir trabajando! Si otro día quieres seguir hablando, ya sabes dónde estoy y cuánto cobro.

En el salón, había ahora unos hombres con maletines, ternos y corbatas. Eran tres y parecían recién salidos del trabajo. Una de las mujeres les preguntó si habían tenido un buen día en la oficina. La Colorada estaba junto a otro mientras le cogía la corbata. Cuando me vio, me sonrió y me preguntó qué tal. Bien, dije, pero ella no me hizo mucho caso, más bien siguió coqueteando con uno de los hombres.

—Tu amigo se ha ido —dijo cuando me vio inmóvil en medio del salón—, me dijo que te demorabas mucho. ¡Parece que eres una fiera, corazón!

Salí y bajé las escaleras. Ya era de noche y no quería ir al hostal. La verdad era que volver a ese cuarto me iba a deprimir más. Necesitaba una cerveza. Pero ¿dónde? Vi que un grupo de amigos caminaban por las calles con cervezas en las manos. Imaginé que ellos sabrían dónde estaba la fiesta, así que decidí seguirlos. Eran tres. Dos llevaban botas que parecían militares; los tres llevaban casacas oscuras y brazaletes con púas. Caminaban en zigzag y, cada cierto tiempo, levantaban la botella de la que estaban bebiendo, a veces gritaban, o cantaban canciones. Los seguí por toda la avenida Wilson y cuando llegamos a la esquina con el jirón Quilca, doblaron a la derecha. Se dirigieron a lo que parecía un local, una tienda de música con cedés, discos y pósters de bandas de rock and roll y punk. Ahora había más gente joven, chicos con los jeans rotos, el pelo largo, pendientes, camisetas con bandas de rock and roll en el torso, y todos parecían querer entrar en la tienda de discos. También había un par de locales que vendían libros. Las paredes de toda la cuadra estaban llenas de pintas, grafitis y retratos de personajes como Arguedas o César Vallejo. Me acerqué cautelosamente y comencé a husmear entre los libros. No sé por qué, pero todo ese ambiente comenzó a gustarme.

—¿Vas a entrar? —A mi lado se había parado una chica vestida con pantalones negros y una camisa a cuadros amarrada a la cintura.

Dejé de ver los libros. Tenía los ojos almendrados, oscuros, que parecían más grandes de lo que realmente eran porque estaban profundamente delineados con pintura negra. Llevaba un flequillo, la piel color arena, que contrastaba con la oscuridad de su pelo.

—No sé —dije levantando los hombros—, ¿crees que esté bien?

—Lo más probable.

En la puerta del local de discos había un tipo y, a su alrededor, un grupo de chicos con los pelos engominados y parados hablaban con él.

—Nunca te había visto por acá, ¿es la primera vez que vienes?

Iba a decirle que sí, pero alguien la llamó.

—Si estás solo, vente —y me hizo un gesto para que la siguiera—, estoy con unos amigos. ¿Cómo te llamas?

—Facundo.

—Yo, Elena.

Sentados sobre una de las aceras había dos chicos y una chica. Tenían una botella de plástico de dos litros que se iban pasando de mano en mano.

—Nada de huevadas —dijo la amiga que llevaba el pelo rapado por un costado—, este gobierno de mierda tarde o temprano se va a tener que ir.

—Si todos saliéramos a la calle a protestar —dijo uno de los que estaba sentado y llevaba una camiseta de Narcosis—, las cosas podrían ser diferentes.

—Quién va a querer salir —el otro amigo llevaba una uña, la del meñique, más larga que el resto—, en este país todo el mundo quiere al chino de mierda ese. La mayoría ha votado por él.

—Pero eso es una mentira —dijo el de la camiseta de Narcosis—, todos los medios de comunicación están comprados.

—Sí —dijo la chica—, están corrompidos por la dictadura.

—Yo lo que creo es que, si los jóvenes no nos organizamos, algún día esto va a ir a peor —habló el de la camiseta de Narcosis—, tarde o temprano la gente tiene que despertar.

—Pero si la gente está más interesada en leer los periódicos chicha —intervino la chica de pelo rapado.

—O ver los programas de Lara Bosfia —dijo el chico de la uña larga.

—La gente tiene que abrir los ojos y saber que vivimos en una dictadura —insistió el de la camiseta de Narcosis—. A mí la política como tal me interesa un huevo, pero lo que está pasando en este país es que hay unos hijos puta en el poder.

—Habría que botarlos a patadas —la del pelo rapado parecía tenerlo claro—, además de ladrones son unos asesinos.

—¡Sí, concha de su madre! —dijo el de la uña larga—, odiamos a los milicos en mi barrio. Cada vez que vienen a hacer redadas me dan ganas de escupirlos.

—¡Sí, carajo, son unos abusivos de mierda!

—Ya me estoy poniendo de mal humor, mierda —dijo el de la camiseta de Narcosis, y preguntó—: ¿alguien tiene un troncho?

—¿Te haces un mixto? —le dijo el de la uña larga a su amiga—. A mí me queda un poquito.

—Lo peor de todo es que la gente vota por los fujimoristas, carajo —siguió la del pelo rapado.

—Esas últimas elecciones han sido un fraude —aseguró el de la camiseta de Narcosis—. Todo estaba amañado.

—Pero yo no sé qué hubiera sido peor —insistió el de la uña larga—, que ganase Fujimori o Pérez de Cuéllar.

—No hables huevadas —le recriminó el de la camiseta de Narcosis—, con Pérez de Cuéllar los militares no se meterían en tu barrio a levantar sospechosos como hace el chino.

—Todo esto es un circo —sentenció el de la uña larga—, por eso soy anarquista.

—Por lo menos nos queda el rock and roll y el punk. —Elena acababa de recibir la botella de plástico.

—¡Salud por eso! —dijo el de la camiseta de Narcosis.

Los amigos de Elena me vieron por primera vez.

—¿Y este de dónde salió? —preguntó la chica del pelo rapado—. Nunca te había visto.

A diferencia de ellos, mi camiseta era blanca y mis jeans desteñidos, lo que contrastaba con su vestimenta oscura.

—¿Esas tabas son verídicas? —El de la uña larga señaló mis zapatillas de lona—. Aquí en Lima son difíciles de conseguir.

—Déjenlo en paz. Él solo quiere ver el concierto igual que nosotros.

—¿Vamos a poder entrar? —dijo el de la camiseta de Narcosis—. Quiero decir que si podremos entrar sin pagar.

—Habrá que intentarlo. —Elena me había pasado la botella.

La probé y cuando pasó por mi garganta me puse a toser.

—¡Ya pues, causa —exclamó el de la uña larga—, no desperdicies el trago!

—Parece que nunca hubieras tomado ron. —La chica de pelo rapado había encendido el cigarrillo de marihuana con pasta básica de cocaína y que todos llamaban «mixto».

—¡Trae para acá! —El de la camiseta de Narcosis me arranchó la botella de las manos—. ¡Tú no sabes chupar!

—Entonces qué —dijo la chica de pelo rapado que había encendido el mixto—, ¿entramos?

—Pero primero hay que darle vuelta al trago —el de la camiseta de Narcosis dio un sorbo largo a la botella de plástico—, el trago no se desperdicia.

—Déjame hablar con el de la puerta —propuso Elena—, a ver si a las chicas nos dejan entrar gratis. Así, luego hacemos una chancha para entrar todos.

Elena se alejó. La chica del pelo rapado comenzó a fumar del cigarrillo que había liado; un olor a marihuana y pasta básica se extendió por la calle.

El mixto no duró mucho, porque entre los tres se lo fumaron todo muy rápidamente. Elena volvió.

—Ya, entremos de una vez.

Se apresuraron a terminar la botella de alcohol y nos acercamos al local de discos, donde en una silla había un tipo cobrando entradas.

—Las chicas pasamos gratis, amigo. —Ella sacó unas monedas de su bolsillo.

—¿Tú tienes plata? —me preguntó el de la uña larga—, estamos haciendo una chancha. Tres soles por cabeza y entramos todos.

Le di una moneda de cinco soles. Dentro del local de discos había otra puerta que estaba camuflada entre pintas, afiches y portadas de discos. Ahí había otro sujeto que comenzó a revisarnos antes de entrar. Nos pasó las manos por todo el cuerpo como si fuera un policía y estuviera buscando algo oculto en nuestra ropa. Luego nos fue dejando entrar de a pocos. Lo primero que vi fue a un grupo de muchachos que se daban de empujones mientras sonaba una canción hardcore. El local no era muy grande, pero tenía espacio suficiente para un escenario en el que había un grupo de muchachos con una guitarra, un bajo y una batería. El ruido era ensordecedor, pero lleno de mucha energía. La mayoría eran hombres, casi no había chicas a excepción de Elena y su amiga. Las paredes del local estaban todas llenas de pintas y grafitis: ¡ABAJO LA DICTADURA!, JUVENTUD SIN FUTURO, DESOBEDIENCIA CIVIL, NADIE SABE A DÓNDE IR.

—¡Demoler! —gritó alguien.

El silencio entre una canción y la que estaba por venir era llenado por breves rasgueos del bajo y la guitarra. Parecía que los integrantes de la banda quisieran afinar sus instrumentos, pero daba la impresión de que no tenían mucha idea de cómo hacerlo.

—¡Demoler! —gritó el mismo chico desde abajo del escenario.

—Esta es una canción de los Saicos —dijo el vocalista—. ¡Tatatatyayayay!

Entonces fue como si ocurriera una explosión, porque todos comenzaron a saltar, gritar y, sobre todo, a darse empujones: ¡Echemos abajo la estación del tren!, ¡Demoler, demoler! Elena me había jalado para que me uniera al centro de la masa que ahora iba de un lado a otro, cantando, gritando, dejándose llevar por el frenesí de la canción, que era tan buena que yo también me contagié con el espíritu y comencé a dar empujones y saltos, pero me di cuenta de que si no evitaba las embestidas de los chicos, que parecían poseídos por el sonido distorsionado de la guitarra y los gritos del vocalista, podía acabar en el suelo, dormido por un golpe, así que evité un contacto directo mientras veía cómo Elena y sus amigos iban y venían de un lado a otro, con sus botas militares y, seguramente, por eso les gustaba tanto usar chancabuques, porque con ellos podías pisar mejor y hacerte menos daño en los pies, en tanto que yo, con mis zapatillas de lona, podía sufrir terribles pisotones; pero no me importó, porque la canción era tan buena —¡tiremos abajo la estación del tren, demoler, demoler!—, que seguí saltando y cantando, y cuando terminó y ya estábamos quietos, con sed, sentí un fuerte olor a sobacos y me llevé la nariz a las axilas, pero no era yo el que olía sino todo el local: los jóvenes estaban sudando, empapados, llenos de gotas que chorreaban por sus caras, sus cuellos y, claro, sus sobacos, y me percaté de que haber llegado a un lugar así era lo mejor que me había podido pasar, porque había en todos ellos cierto inconformismo, cierta amargura, algo que luchaba contra lo que no les permitía ser como ellos querían ser, como me pasaba a mí con las autoridades del colegio, con Cipriano, Albiol, mis propios padres y ese afán de conservar las apariencias, que los llevaba a hacer cosas contra la voluntad de Alexia, y me estaba preguntando si no sería una buena idea llevar conmigo a todos esos chicos, entrar en mi casa, secuestrar a Alexia y liberarla de su embarazo. Eso era lo que me preguntaba cuando otro sonido estruendoso de la guitarra eléctrica comenzó a sonar.

—¡Bienvenido al Averno! —dijo Elena, y me pidió un par de soles para comprar una cerveza.

## 8

Cuando mis padres se dieron cuenta de que eso de quedarme dormido me pasaba demasiado, me llevaron a un par de doctores que no hicieron nada al respecto porque no lo vieron como un problema grave. Decían que lo único que podíamos hacer era tener cuidado y evitar ciertas emociones fuertes. Hubo alguno que incluso se atrevió a decir que yo era un producto de nuestro tiempo y llegó a relacionar mis ataques de sueño con las bombas y apagones que se daban en la ciudad todos los días.

—A este niño —dijo el doctor—, al igual que al Perú, se le va la luz cuando se queda dormido.

Los doctores coincidieron en que los deportes podían hacerme bien y por eso mamá comenzó a matricularme primero en natación y luego en fútbol y tenis. Hice muchos esfuerzos por no quedarme dormido, pero seguía sin conseguirlo. De todos los deportes, el que más me gustaba era la natación. Me encantaba estar debajo del agua, pero cuando el entrenador advirtió que podía quedarme dormido, le dijo a mamá que era muy peligroso. Salí de las piscinas y lo intenté con el fútbol, pero los gritos y la presión de equipo podían hacer que me quedara seco. Me gustaba patear la pelota, tratarla con cariño y darles pases a mis compañeros con la parte interna del pie, pero cada vez que el entrenador o el resto de los jugadores me gritaba con malas palabras por algún error de mi parte, me quedaba frito.

El fin de semana que capturaron al líder de Sendero Luminoso, Abimael Guzmán, me había pasado toda la mañana jugando al tenis, dándole a la pelota contra la pared del frontón, pensando que, en algún momento, de darle tan duro podía hacer un agujero en la pared. Ese año fue el único en el que me pasé más tiempo jugando al tenis que haciendo cualquier otra cosa. No solo porque me gustaba hacerlo, sino porque durante esos días los niños no podíamos pasar mucho tiempo en las calles sin que nuestros padres se preocuparan; temían que alguna bomba nos hiciera pedazos. La muerte de Toni Molina en el atentado de Tarata había dejado a nuestros padres totalmente aterrorizados. Ese fin de semana me encontré con Iván Sánchez-Camacho, que también era socio del club. Su papá era el presidente. Siempre quería jugar conmigo, pero era muy aburrido porque no tenía mucho talento. Cuando juegas al tenis con alguien que no es capaz de devolverte las pelotas puede ser una de las cosas más tediosas que hay.

—Qué te parece si vamos a tomar algo —dije cuando vi que Iván ya se había cansado—, tengo sed.

—Hay que acabar el set. —Iván siempre había sido gordito y cachetón.

—Pero ya me aburrí de jugar contigo, Iván, no le das una.

—Una más —dijo e intentó sacar, pero estrelló la bola contra la red—. Segundo saque, me queda el segundo saque.

Esta vez Iván pudo hacer pasar la bola por encima de la red y se la devolví suave, con una parábola para que pudiera devolvérmela, pero una vez más, estrelló la pelota contra la red.

—Yo paso —dije—, eres muy malo, gordo.

—Bueno, quizá sí sea una buena idea ir a tomar algo, yo también tengo sed. Creo que necesito otra raqueta —dijo sentado en la banca al lado de la cancha.

—¿Otra más? —Cambiaba de raquetas a cada rato.

—Quiero una Donnay —dijo con una de sus raquetas entre sus manos—, como la de Agassi.

Las nubes grises parecían percudidas por la neblina. Era una tarde fría, húmeda, compungida de no poder llover.

—Vamos —dijo finalmente Iván—, tengo que buscar a mi papá. ¿Me acompañas?

Iván parecía un jugador profesional: maletín grande, dos raquetas, un par de tarros de pelotas que aún olían a nuevas, un rollo de cuerdas y grip de varios colores para reemplazar las empuñaduras de las raquetas. Nos dirigimos a la cabaña donde un par de mujeres atendían detrás de la barra. Eran muy sonrientes y siempre se mostraban serviciales.

—Hola, Ivancito —dijo una de ellas—, ¿qué te pongo?

—Dos Inca Kolas.

—¿Te las apunto?

—Sí, porfa.

Nos sentamos al aire libre. Al poco rato, una de las mujeres llegó con las Inca Kolas.

—¿Tienes hambre? —me preguntó Iván.

Levanté los hombros.

—Yo sí —dijo cogiendo la carta que estaba sobre la mesa—. Si tienes hambre, te invito. ¿Qué quieres?

—Lo mismo que pidas tú.

Cuando ya habíamos comenzado a comer las milanesas con papas fritas, un grupo de mujeres con minifaldas blancas, raquetas de tenis y bolsos en los hombros se acercaron a la mesa de al lado.

—Hola, Iván —saludó una que llevaba un par de perlas como pendientes—, ¿cómo estás? Hace tiempo que no te veía.

—Bien —respondió Iván con un trozo de milanesa en la boca.

—¿Sabes si tu papá está por aquí?

—Debe estar en su oficina. En un ratito lo voy a ir a ver.

—Sabes, necesito hablar con él. Tengo una amiga que quiere hacerse socia y quiero hablar con tu papá a ver si la puede ayudar.

Otra de las mujeres se acercó.

—Mira, Sole, este es Iván —dijo la mujer con los pendientes de perlas—, el hijo del presidente del club.

—Hola, Iván, qué grande que estás. La última vez que te vi eras todavía un enano.

—Quiero hablar con su papá a ver si puede ayudar a Soraya, ¿te acuerdas de ella?

—Claro, cómo no me voy a acordar. ¿Qué es de su vida?

—Bueno, su cuñada quiere hacerse socia y me ha pedido que pregunte qué es lo que tiene que hacer. Por eso le estaba preguntando a Iván si su papi estaba aquí.

—La verdad es que te pareces bastante a tu papi, estás muy buenmozo. ¿Cuántos años tienes, ya?

—Voy a cumplir doce —dijo Iván.

—Y más se parece a la madre —dijo la mujer de los pendientes de perlas—, si la vieras.

Una de las chicas que estaba detrás de la barra se acercó.

—¿Les sirvo algo, señoras?

—Sí, negrita linda —dijo la mujer—, dame una botellita de agua que nos vamos a jugar un partidito de tenis y me he olvidado mi Gatorade.

—Ahora mismo. —La camarera desapareció detrás de la barra.

—Entonces, Ivancito, no te olvides de decirle a tu papi que quiero hablar con él, ¿ya? —insistió la mujer—. Me imagino que será ya el lunes o martes.

—No se preocupe, señora, yo le aviso.

—No me digas señora, que me hace sentir vieja. Mejor llámame por mi nombre: Rocío.

—Okey, Rocío, yo le digo a mi papá que quieres hablar con él.

—Rocío Balaguer, dile que Rocío Balaguer quiere hablar con él.

La chica de la cabaña se apareció con una botella de agua en las manos y una sonrisa.

—Gracias, negrita —dijo Rocío—. Apúntamelo en mi cuenta.

Las mujeres desaparecieron rumbo a las canchas de tenis.

—¿Me acompañas a ver a mi papá? —preguntó Iván—. Tengo que hablar con él.

—Sí, claro —dije—, no tengo nada que hacer.

Comenzamos a caminar y de repente una garúa comenzó a caer. Hacía rato que ya había oscurecido.

—¿Tú sabes por qué en Lima nunca llueve de verdad? —soltó Iván.

Nos lo habían explicado en clase de geografía: la cordillera de los Andes era tan alta que no permitía el paso de las nubes y por eso el cielo siempre estaba nublado. Eso y la corriente de mar helado que venía de la Antártica hacían de Lima una ciudad gris, melancólica, deprimida. Vivíamos encapsulados entre el Pacífico, la cordillera y las nubes color cemento que nos acompañaban casi todos los días del año. Quizá por eso todos estábamos siempre tristes.

—Nunca vemos el sol, pero tampoco abrimos un paraguas. ¡Qué mal!, ¿no?

La oficina del padre de Iván era muy grande: tenía una mesa y un enorme ventanal desde donde se podía ver el club en su total dimensión. Ese día, la neblina era tan densa que parecía que en cualquier momento los peces podían meterse por las ventanas. A pesar de que era fin de semana, el padre de Iván se lo había pasado trabajando. Al menos eso fue lo que nos dijo luego.

—Iván —susurró el padre llevándose su teléfono celular a las orejas—, dame un segundo.

Los teléfonos celulares eran los primeros que salían al mercado y eran tan grandes que parecían ladrillos. Ese era el primero que veía en mi vida.

—Escucha, te llamo después —dijo el señor que nos había hecho un gesto con la mano para que nos acomodáramos—, acaba de venir un socio y tengo que atenderlo. Hablamos más tarde, ¿ya?

Creo que el padre de Iván mandó un beso por teléfono, pero no estoy tan seguro. Iván rodeó la mesa del escritorio, se acercó a su padre y le dio un beso en la frente.

—No sabía que seguías por aquí —le dijo el padre—, pensé que ya no estabas.

—Quedamos en que vendría a verte. —Iván había dejado sus cosas a un lado—. ¿Ya te habías olvidado?

El padre de Iván iba con traje y corbata. Tenía la piel bronceada y en uno de sus dedos llevaba un anillo dorado.

—¿Te acuerdas de Facundo? —me presentó Iván.

—Facundo, ¿qué? —El hombre me estrechó la mano.

—Lescano —dije.

—¿Eres hijo de Mariano Lescano?

—Sí.

—Ah, caramba, qué coincidencia. Hace poco estuve con tu padre hablando de unos posibles negocios.

La sonrisa del tipo contrastaba con su piel tostada.

—Entonces —se dirigió a Iván—, ¿qué es lo que quieres hacer?

—Eso es lo que venía a preguntarte.

Los padres de Iván se acababan de divorciar no hacía mucho; desde entonces pasaba un fin de semana con su padre y otro con su madre.

—Bueno, ya casi se nos acaba el sábado —dijo el señor.

Entonces, la puerta de la oficina se abrió y apareció un hombre de una edad parecida a la del padre de Iván.

—¿Puedo pasar?

—Claro, Armando —dijo el viejo—, pasa.

Armando cerró la puerta y se acercó a la mesa. Iba vestido con camisa, un jersey de cuello de pico y zapatos tipo top-sider. En la solapa de su saco azul llevaba un pendiente dorado.

—Tenemos que hablar —dijo Armando.

—¿Por qué no me esperan afuera? —El papá de Iván se dirigió a nosotros.

—Hace frío, papá, ¿no podemos quedarnos a jugar al ajedrez?

La oficina era tan grande que tenía otra mesa más pequeña con un tablero de ajedrez.

—¿Este es tu cachorro? —preguntó Armando cuando vio a Iván.

—¿No lo conocías? Se llama Iván.

Iván le estrechó la mano al hombre que ahora sonreía mientras pasaba la mano por encima de la cabeza de mi amigo.

—Es clavado a ti.

—Bueno... Pero ¿cómo es que nunca lo habías visto? —El padre seguía sonriendo antes de señalarme—. Él es el hijo de Mariano Lescano.

—Ah, carajo —dijo el hombre viéndome a los ojos y estrechándome la mano—. ¿Cómo está tu padre, muchacho?

—Bien —dije.

Iván me dijo que lo siguiera hasta la mesa de ajedrez.

—Por favor, no hagan ruido —dijo el señor Sánchez-Camacho.

—¿Sabes jugar? —me preguntó Iván.

La verdad era que, aunque nunca había sido lo suficientemente bueno, no se me daba mal eso de jugar al ajedrez.

—Espero que no seas tan malo como cuando juegas al tenis —le dije.

El tal Armando se había sentado frente al escritorio y el padre de Iván había sacado una botella de whisky y servido dos vasos.

—He venido a hablarte de dos cosas. —Desde donde estábamos podía escuchar la conversación.

—¿Prefieres las negras o las blancas?

—Me da igual.

—Yo prefiero las blancas. —Iván se frotó las manos.

—Lo primero es hablar de negocios —dijo Armando haciendo sonar su vaso de whisky contra el vaso del padre de Iván—; ¿sabes algo de lo nuestro?

—Bueno, bueno —dijo el señor Sánchez-Camacho—, la cosa está avanzando un poco, pero tú sabes cómo son las cosas en este país, bastante lentas.

—Pero tenemos que apurarnos, seguir presionando, porque a este paso nos vamos a quedar descolocados.

—Lo que pasa es que los chilenos y los gringos están todavía temerosos de meter plata —el padre de Iván se había recostado sobre el respaldar de su asiento—; el golpe del chino, en ese sentido, no ha ayudado mucho.

—Empiezo yo —dijo Iván, que había terminado de ordenar las piezas sobre el tablero—, ¿quieres apostar algo?

Lo miré.

—Pero hay que decirles que no jodan tanto y que no se pongan tan exquisitos —Armando se llevó un trago de whisky a la boca—, resulta ahora que todos estos chilenitos que apoyaron a Pinochet vienen a rasgarse las vestiduras con las caricias del chino.

—¡Caricias! —El señor Sánchez-Camacho soltó una carcajada—. ¡Esa sí que estuvo buena! ¡Una caricia de Estado!

—Pero es que es la verdad, compadre —continuó Armando—, ahora las cosas se han puesto más estrictas con la Sunat y los impuestos, al menos ya no podemos meter cabeza como antes, hay que aprovechar que por fin se han abierto las puertas del mercado internacional para sacar lo nuestro. Hay que invertir.

—Si yo estoy de acuerdo contigo, pero no se trata solo del chino. Lo del golpe es lo de menos en este caso.

—Mira, es sábado por la noche y estamos aquí, en tu oficina, tratando de que este negocio prospere, podríamos estar de fiesta en un night club, pero estamos aquí trabajando. Si hay que presionar a los políticos que están arriba, pues se les presiona y ya está.

—Qué raro que tus padres no te hayan recogido —me dijo Iván, que se había llevado una mano al mentón—, ya es tarde.

—Seguro que se han olvidado —dije—, siempre me pasa.

—¿Se olvidan de ti? —me preguntó Iván.

—No es eso, lo que pasa es que a veces mis viejos tienen muchas cosas que hacer.

El teléfono sonó. El padre de Iván levantó el auricular y contestó, dijo un par de frases y luego se dirigió a Armando.

—No te lo vas a creer —dijo colgando el teléfono.

Al otro lado de la oficina había un televisor que el padre de Iván encendió con el control remoto.

—¡Acaban de capturar a Abimael Guzmán! —exclamó el señor Sánchez-Camacho.

—¡No me jodas! —Entonces dirigieron su atención a la enorme pantalla de televisión.

En la pantalla, el presentador leyó un flash de último minuto: el líder del grupo terrorista más buscado del país, Abimael Guzmán Reynoso, había sido capturado por la policía.

Al escuchar la noticia, tanto el padre de Iván, como Armando saltaron de sus asientos, y comenzaron a gritar eufóricos, chocaron sus vasos de whisky y brindaron por lo que acababan de oír.

—Esto era lo que necesitábamos —dijo el señor Sánchez-Camacho—. Por culpa de este malnacido nadie quería traer plata a este país.

—¡Por fin, carajo, ya era hora que cayera este monstruo! —Armando ahora había sacado un pequeño envoltorio de su saco—. Esto hay que celebrarlo como se debe.

—¿Tú crees que con la captura de Abimael Guzmán se acabarán los apagones y las bombas? —me preguntó Iván.

—Ojalá —dije—, los apagones me dan sueño.

—No delante de los niños —dijo el padre de Iván.

—Ni se van a dar cuenta —oí decir a Armando—, están jugando al ajedrez.

Fue cuando Armando sacó una tarjeta de crédito que llevó a su nariz luego de introducirla en el pequeño envoltorio con polvo blanco. Iván no veía nada porque estaba de espaldas, pero yo me hice el desentendido y miré de reojo.

—¡Ah —Armando hizo un sonido de satisfacción—, esta vaina está rica!

El padre de Iván nos miró y se dio cuenta de que su hijo estaba concentrado, mirando el tablero de ajedrez. Hizo lo mismo que Armando. Varias veces.

—Tienes razón, compadre —el padre de Iván sirvió más whisky en los vasos—, está muy rica.

—Me la traen directo de tocache —dijo Armando.

—¡Ah, carajo! Con razón.

—Es un charapa que está bien conectado y ya sabes —continuó—, consigue unas rocas que son puro cristal.

—Pues la verdad es de lo mejor que he probado.

—Sí, pues, hermano —dijo Armando—, si lo vamos a hacer hay que hacerlo bien. ¡Cuándo te he traído yo de la mala!

Eran casi las diez de la noche cuando los canales de televisión comenzaron a mostrar imágenes de la captura de la cúpula de Sendero Luminoso. Se veía a los líderes de la organización hablando con los policías vestidos de civil que los acababan de capturar. La hazaña había sido posible gracias a un grupo de inteligencia que trabajó silenciosamente y casi de espaldas al gobierno de Fujimori. De todos ellos destacaba, claro, Abimael Guzmán, el cabecilla de un grupo que había influido claramente en el destino del país. Era muy raro ver el rostro de una de las personas que había marcado parte de nuestra infancia y nuestra vida cotidiana.

—¿Si deja de haber apagones vamos a poder ir al cine? —preguntó Iván.

Realmente no dejaba de ser algo tenebroso ver cómo gran parte de la violencia que vivíamos en el país podía salir de la mente de un señor que, visto fríamente, parecía una persona normal. Quiero decir que cuando las cámaras de televisión lo ponchaban, lo que veíamos era un tipo gordito, cachetón, con gafas y nada diabólico, ni monstruoso en su apariencia.

Claro que todo lo que había detrás de su cabeza era algo que a nuestra edad no llegábamos a comprender. Durante los días posteriores a la captura fueron muchos los reportajes, programas y especiales en los que se hablaba de la captura, de lo que era Sendero Luminoso y lo que su caída significaba. Pronto comenzaríamos a darnos cuenta de lo trascendente del hecho.

—¿Cómo crees que va a afectar esto a lo nuestro? —preguntó Armando, que se había servido más whisky en su vaso.

—¡Nos viene de puta madre! —dijo el padre de Iván, que no dejaba de ver la televisión, haciendo sonar su nariz—, ¡esto era lo que nos hacía falta!

—Y tú que pensabas que el golpe de Fujimori no estaba sirviendo de mucho —escuché decir a Armando.

—Bueno, la mano dura del chino ha sido fundamental, pero vamos a ver qué hace ahora.

Con la captura de Guzmán, la popularidad de Fujimori comenzó a subir como la espuma e iba a ser fundamental para sus intereses políticos. El padre de Iván y Armando habían vuelto a repetir el ritual de inhalar ese polvo blanco mientras nosotros seguíamos jugando ajedrez. Ahora se les veía más eufóricos, animosos, y parecía como si realmente estuvieran viviendo un momento de gloria.

—Te toca —me dijo Iván viendo el tablero de ajedrez.

—Jaque mate —dije.

—¡Mierda! —se quejó Iván.

—Creo que tenemos que cantar el himno nacional —dijo Armando, que había dejado su vaso de whisky sobre la mesa.

—Sí, sí —dijo el padre de Iván poniéndose de pie—, el himno nacional es lo que tenemos que cantar ahora que este hijo de puta ha caído.

Los dos señores de pusieron de pie, se llevaron las manos al corazón y comenzaron a cantar el himno nacional. Era patético.

—Chicos —dijo el señor Sánchez-Camacho—, a cantar el himno nacional, que hoy es uno de los días más importantes para el Perú.

—Sí —dijo Armando—, porque hoy hemos vencido la lacra del terrorismo.

—Papá —Iván no dejaba de sonar quejumbroso—, creo que debería irme a casa ya.

—¡A cantar, carajo —dijo su padre—, hoy es un día muy importante!

Los viejos comenzaron a cantar: «¡Somos libres!, ¡seámoslo, siempre!». Yo me puse de pie.

—Creo que me han venido a buscar —dije.

—¡Ven, Iván, y canta con nosotros! —dijo su padre—. Después te llevo a casa de tu madre.

—Nos vemos el lunes en el colegio —le dije a Iván.

«¡Que la patria al Eterno elevó!»

Salí de la oficina y comencé a caminar por el club que ahora tenía las luces de las canchas de tenis encendidas. Fui a la recepción y pregunté si me habían venido a buscar.

—Aún no. —El portero escuchaba por radio la misma noticia de la televisión.

Por un momento pensé en llamar a mi madre, para preguntar si me vendría a recoger, pero preferí ir caminando a casa. Era una caminata larga, pero no tenía muchas ganas de esperar más en el club. En las calles, los carros hacían sonar sus bocinas y cláxones, como cuando la selección nacional de fútbol ganaba un partido importante. Algunos llevaban banderas del Perú y había algunos que gritaban: ¡Perú, Perú! Supongo que era importante, pero esa noche, a mis casi doce años, lo único que yo quería hacer era llegar a casa. Hacía frío, pero antes de salir del club me había puesto uno de los pantalones deportivos y un jersey con capucha que me cubría la cabeza. No había gente en las calles, pero tampoco era que me apeteciera ver a nadie.

Cuando llegué al barrio, la única que estaba caminando por las calles era Alicia Moll que, como todos los sábados por la noche, iba borracha. Se acercó.

—No tendrás un cigarrito —me preguntó—, ¿no?

Yo todavía no fumaba.

—Me he quedado sin puchos —lamentó.

A pesar de que en pocos años su aspecto físico se deterioraría de forma acelerada, esa noche, pude detectar algo de esa belleza que mi madre siempre comentaba en casa.

—Sabes lo que ha pasado, ¿no? —dijo Alicia—, dicen que han capturado al senderista Abimael.

—Eso es lo que oí.

—A ver si de una vez por todas dejan de volarse las torres eléctricas, que los apagones ya me tienen harta —bramó, y su tufo a alcohol me dio en toda la cara—. ¡Estoy hasta los ovarios de tener que calentar agua para poder ducharme, carajo!

Sonreí.

—Por aquí han saltado de la emoción —Alicia comenzó a señalar las casas—, están que no caben en sí de la alegría todas las viejas del barrio.

Las noches de sábado cerca de casa eran, como de costumbre, silenciosas, y el único ruido que oíamos, aparte de los exabruptos de Alicia, eran los grillos que frotaban sus patas en medio de la oscuridad.

—¿Y tú qué haces tan solo a estas horas?

—Vuelvo a casa.

—¿Seguro que no tienes un cigarrito? —insistió Alicia.

Volví a decirle que no.

—Voy a ver si el chino de la vuelta me quiere fiar. ¿No tendrás unas monedas?

Metí las manos a los bolsillos y me encontré un par de monedas de diez céntimos.

—Mis viejos me han escondido la plata, carajo; cada vez están más pesados. —Recibió las monedas y comenzó a caminar calle abajo dando tumbos.

Entré en la casa por la cocina, pero no había nadie. Dolina salía a descansar los sábados por la noche y no regresaba hasta el domingo por la noche o los lunes por la mañana. La que sí estaba era Alexia, y cuando oyó ruido, bajó.

—Ya llegaste, ¿has venido con papá y mamá?

—Me vine caminando.

—¿Solo? —Alexia se sorprendió.

—Estuve esperándolos en el club, pero no se aparecían.

—Me dijeron que tenían una comida y luego pasaban por ti. —Alexia llevaba sus gafas puestas—. Cuando se enteren se van a enfurecer. Se supone que no deberías venirte solo caminando.

—Sí, pero mira la hora que es y ya me había cansado de esperarlos.

—Sí, pero es muy peligroso que estés a estas horas andando por la calle.

—Bueno, no ha pasado nada, ¿no?

—¿Has dejado dicho en la puerta del club que te venías para acá?

—Sí, imagino que les dirán que ya me vine a casa. —Realmente esperaba que se lo dijeran.

—Cuando se den cuenta se van a desesperar. —Alexia se había acercado a la refrigeradora a coger un poco de leche—. Tú sabes cómo se pone mamá. Yo que tú llamaría al club y diría que ya llegaste a casa.

—Okey —dije dirigiéndome al teléfono—, pero creo que ya no hay de qué preocuparse, ¿no? Hoy cayó Abimael Guzmán. Se supone que las bombas van a dejar de explotar.

# 9

No sé hasta qué hora me quedé en el Averno, pero fue hasta muy tarde. Bebí muchas cervezas y escuché música que jamás había escuchado. Bandas peruanas, sobre todo rock and roll, punk rock y hardcore. Elena me dijo los nombres de ciertos grupos que, según ella, habían hecho historia en la escena subterránea durante la década pasada y que no podía dejar de oír: Narcosis, Leusemia, Zcuela Crrada, Éxodo, Guerrilla Urbana. Cuando salimos, íbamos muy borrachos, los amigos de Elena más que yo: ahora se volvían más chúcaros y violentos y parecía que se les salía el lado más salvaje. Si hay algo que llevo bien es el alcohol. No me da por gritar ni nada, simplemente nadie se da cuenta de que estoy borracho. Los chicos pateaban todo lo que encontraban en su camino y no dejaban de gritar que vivíamos en una dictadura y que Fujimori era un asesino. De repente se oyó la sirena de un carro de la policía y todos comenzaron a correr hacia la avenida Wilson. Corre, me dijo Elena, pero en vez de eso caminé muy lentamente, pegado a la pared, y cuando el patrullero pasó a mi lado, los policías no me dijeron nada.

No sé en qué momento llegué al hostal: la luz blanquecina iluminaba de tal manera que parecía un hospital, la entrada a una sala de emergencias. Pero solo funcionaba una parte del alumbrado que dejaba gran parte de la recepción a oscuras. Me acerqué. El tipo del mostrador estaba dormido. Más que sentado, estaba desparramado sobre su asiento con la cabeza a un lado, roncaba, y la baba se le salía por una de las comisuras de la boca. Frente a él, una televisión con una de esas películas que ponen en las madrugadas y que a veces son incluso mejores a las del horario estelar: *El alimento de los dioses*, donde unos animales gigantes comienzan a comerse a los humanos. Había leído el libro de H. G. Wells en la biblioteca del colegio, debió tratarse de una donación, porque si los curas y las sisters supieran que en la biblioteca había un libro así, lo habrían sacado del catálogo por pernicioso.

Una de las tantas clases de educación física en las que me escondía para no tener que correr, pero sobre todo para no quedarme dormido mientras corría, encontré el libro. Rosa, la bibliotecaria, una mujer de unos cincuenta años que veía en mí un raro espécimen al que le interesaban los libros, me dejaba husmear entre las novelas que a veces terminaba por llevarme a casa o leer en los recreos. Cuando encontré la traducción de *El alimento de los dioses*, la cogí. Rosa dudó porque sabía que si alguna de las autoridades del colegio se enteraba, ella podía meterse en problemas. Finalmente, luego de mi insistencia, dejó que me lo llevara. La novela realmente habla de una sustancia que hace crecer a los niños, que, cuando son adultos, se convierten en gigantes, como los dioses, pero la película solo se basaba en una parte del libro, cuando unos animales ingieren el compuesto químico que los hace crecer, lo que convierte la película en una de las más aterradoras que había visto, porque al final son unas ratas, cientos, del tamaño de los humanos las que comienzan a atacar a los protagonistas.

Me hubiera gustado poder coger la llave sin despertar al tipo, pero la entrada a la recepción estaba cerrada y me era imposible abrirla. Entonces la puerta de la calle se abrió y una pareja se acercó al mostrador. Llegaron riéndose tan escandalosamente que el tipo de la puerta se despertó de repente, desconcertado.

—Queremos una habitación —dijo el hombre, que parecía haber bebido más de la cuenta.

—Cómo no —dijo el recepcionista bajando el volumen de la televisión—, ahora mismo.

Buscó un juego de llaves mientras que el hombre, a mi lado, sacaba un par de billetes de su bolsillo.

—Aquí tiene —dijo el recepcionista entregándole la llave y recibiendo el dinero—, son doce soles.

El tipo que había entrado giró la cabeza, me vio, pero como no dije nada volvió a dirigirse al recepcionista y le preguntó si tenía preservativos. El sujeto abrió un cajón y sacó una tira de colores. Cuando terminó de entregarle las llaves y los condones, la pareja se dirigió al ascensor.

—¿Tú en qué habitación estás? —me preguntó el recepcionista.

—La cuatro cero seis —dije.

Me dio la llave. Caminé hacia el ascensor y no me quedó más remedio que subirme con la pareja, que ahora estaba frente a mí, mirándome. Entonces, reconocí a la mujer: era la novia de Kimpu, el dealer que Darío me había presentado esa misma semana y donde habíamos ido para que Darío comprara marihuana. Nos miramos un par de segundos.

—Yo a ti te conozco —dijo con la mano izquierda dentro del bolsillo del hombre, que parecía ir muy excitado—. Tu cara me suena.

Levanté los hombros porque no sabía qué decirle, no me parecía una buena idea recordarle que nos habíamos visto en casa de su novio, el vendedor de drogas. No hubiera sido un comentario muy oportuno. Por suerte el ascensor llegó a mi planta y salí. La pareja también salió y se metió en una de las habitaciones, dos puertas más allá de la mía. Quise echarme sobre la cama y dormir, pero, al parecer, esa noche no era el único en el hostal; quizá porque era viernes y la gente venía a ese hotelucho para culminar la jornada acostándose unos con otros. Desde mi habitación podían oírse los gemidos y el sonido de las camas que rechinaban y se daban contra las paredes. Me asomé a la ventana. Podía ver el centro de Lima en la madrugada: calles vacías de autos, pocos transeúntes caminando en zigzag por la borrachera, prostitutas y travestis en las esquinas andando con enormes zapatos de tacón. Volví a acordarme de Alexia y me vino una depresión que casi me deja sin aire. Pensé que si ahí mismo me hubiera pegado un tiro, o me hubiese lanzado por la ventana, nadie se habría dado cuenta. Era muy triste. En este punto comencé a extrañar ciertas cosas. No sé. Comienzas a echar de menos todo, incluso lo que nunca hubieras imaginado extrañar, como los domingos familiares que siempre me habían parecido tan aburridos.

Alguien tocó a la puerta, así que me sequé las lágrimas y abrí: al otro lado estaba la mujer del ascensor. No sé cuánto tiempo estuve viendo por la ventana, quizá media hora.

—¿Me vas a dejar pasar? —preguntó cuando me vio con la mano en la manija de la puerta.

Entonces dejé que entrara, y, por un instante, me imaginé al tipo que venía con ella dormido en un cuarto de hotel, sin ropa y roncando.

—¿Se puede saber qué hace un chico como tú en un lugar como este? —dijo caminando con sus enormes tacones y viendo las pocas cosas que tenía en la habitación.

Ya había cerrado la puerta y comencé a seguirla con la mirada: llevaba un bolso pequeño cogido de la mano y una falda muy corta.

—¿Vas a responderme o te vas a quedar callado toda la noche? —insistió mirando a través de la ventana.

—No lo sé —dije—, quería estar solo.

—¿Solo? —la mujer ahora se había girado hacia mí—, ¿y escogiste este lugar para estar solo?

—Acabo de estar en una fiesta, en el Averno. ¿Lo conoces?

—No me suena —se sentó sobre la cama—, ¿qué música ponen?

—Rock and roll y punk rock.

—Ay no —sacó un cigarrillo y se lo llevó a la boca—, el rock no me gusta, prefiero la salsa.

Me hubiera gustado tener algo para invitarle, no sé, una cerveza o lo que fuera.

—No tendrás algo de tomar —sabía que me lo iba a preguntar—, ¿no?

Me acordé de que tenía una última lata en el bolsillo de mi casaca, y rogué en silencio para que todavía estuviera fría.

—Sí —la casaca estaba en una esquina, sobre una silla—, aquí tienes.

La mujer recibió la lata y me miró. Con el maquillaje se veía un poco mayor a como la recordaba cuando la conocí en casa de Kimpu.

—¿Cómo era que te llamabas? —preguntó.

—Facundo. ¿Y tú?

—Yasmín.

Por lo demás se veía igual: el pelo ensortijado y largo y la piel color canela, los ojos oscuros y grandes. Era muy guapa.

—Facundo —dijo—, he venido a pedirte algo.

No sabía qué podría darle yo, así que seguí escuchando.

—Quiero que por favor no digas nada —aspiró una bocanada de humo.

—¿A qué te refieres? —pregunté. Realmente no sabía de qué estaba hablando.

—A lo que has visto en el ascensor —dijo la mujer—, no me gustaría que Kimpu se entere. Eres amigo de Kimpu, ¿cierto?

—Solo lo he visto una vez.

—Pero lo conoces —Yasmín siguió fumando—, y no quiero que se entere de lo que hago cuando no estoy con él. Si tú me entiendes.

Entonces recordé la portada de uno de los periódicos chicha que había visto en la casa de Kimpu donde ella salía casi desnuda. Me preguntaba cómo carajo era posible que fuera una de esas chicas que salía en las portadas de los periódicos.

—No te preocupes —dije—, no diré nada. Soy una tumba.

—Gracias, no esperaba menos de ti. Te voy a recompensar.

Unos gemidos que venían de la otra habitación comenzaron a sonar más fuerte: eso y los chirridos de la cama contra la pared empezaron a volverme loco.

—Por qué no te acercas y te sientas aquí conmigo —se había hecho a un lado y me señalaba la cama con una de sus manos—, ven.

Me acerqué y me senté.

—Eres muy bonito —y pasó su mano por mi pelo—, pareces tan dulce...

No supe muy bien qué decir.

—¿Cómo haces para salir en las portadas de los periódicos chicha? —pregunté entonces—. El otro día te vi en uno.

—¡Qué curioso eres! —dijo ella fingiendo la voz—, ¿de verdad quieres saberlo?

—Sí.

Entonces comenzó a contarme cómo lo hacía. En los periódicos siempre estaban buscando chicas. No es que fuera fácil, pero siempre era más sencillo si una se hacía amiga del jefe de la sección del periódico encargado de seleccionar a las chicas. De hecho, el hombre con el que acababa de estar era uno de los periodistas jefe que se encargaba de seleccionarlas para la portada de un nuevo periódico.

—Voy a salir en portada la próxima semana —dijo con algo de emoción.

—Enhorabuena, te felicito.

—Por eso no quiero que Kimpu se entere de ciertas cosas, ¿ya? —dijo acariciándome el pelo y pasando su otra mano por mi entrepierna—, no quiero que todo se malogre y se eche a perder. Él es muy celoso y se molestaría mucho conmigo si sabe que, para salir en las portadas de los periódicos, tengo que hacer ciertas cosas.

Me hablaba cerca de la cara y frotaba su mano contra mi sexo, que se me había puesto duro como una roca. Por primera vez en esa semana, me sentía excitado.

—Tienes la piel muy suavecita —dijo ella—, me arrechas un montón.

Me desabrochó los pantalones.

—¿Tienes enamorada?

Negué con la cabeza, justo cuando ella comenzó a masturbarme con su mano lubricada por su propia saliva.

—¡Ay —suspiró ella—, me estoy arrechando! Veo que tú también.

No sé cuánto rato estuvimos así, pero la sensación que tenía iba a medio camino entre la excitación y el miedo, miedo, imagino, por estar haciendo algo completamente nuevo.

—¿Te gusta, Facundo? —La mujer había metido su lengua dentro de mi boca sin apartar la mano de mi sexo—. Qué rico, ¿no?

Al poco rato se puso de pie, se quitó el vestido y los zapatos, y vi que ahora, a diferencia de la primera vez que la vi, tenía las uñas de los pies pintadas de dos colores distintos: rojo y amarillo. Cuando se quedó en bragas y sujetador cogió su bolso y extrajo un papelillo con cocaína muy parecido al que Darío le había comprado a Kimpu entonces.

—¿Quieres? —Yasmín se llevó un poco a la nariz—. Está buena.

Negué con la cabeza; no sé, en ese momento no me apetecía. Guardó la coca en su bolso, y, luego de darle un último trago a la lata de cerveza, Yasmín cogió un pequeño frasco en el que había una especie de gel o aceite que comenzó a pasar por mi sexo. Yo ya estaba sin pantalones sobre la cama cuando ella me puso un condón.

—Vamos a cachar rico —me dijo.

En ese instante, al empezar a moverse sobre mí, la cama comenzó a rechinar y mientras la miraba desde abajo, vi cómo se cogía las tetas; las tenía grandes y sus pezones oscuros brillaban por ese aceite que se había restregado encima: ¡Qué rico, Facundo!, ¡qué rico! Sentí cómo la tibieza de su sexo lubricado apretaba el mío: ahora Yasmín se mordía el labio inferior y soltaba algunos gemidos. No sé exactamente cuándo me quedé dormido, pero creo que fue casi al mismo tiempo en el que terminé, y lo último que recuerdo antes de cerrar los ojos fue que pensé: ha sido el primer orgasmo de mi vida.

Cuando me desperté Yasmín ya se había ido. No sé qué hora era cuando volví a abrir los ojos, pero era de día. Me di una ducha y me vestí. Me sentía raro. Como si hubiese hecho algo importante. Tenía hambre y quería desayunar. Cuando conté el dinero que tenía vi que no me quedaba mucho y que no podría quedarme una noche más, así que cogí mis cosas y las metí en la mochila. La cabeza me dolía un poco. Necesitaba un café. En la calle caminé con dirección a la plaza San Martín, me senté en una cafetería y me pedí un americano. Sobre la mesa había uno de esos periódicos chicha que se habían multiplicado en los quioscos de la ciudad. Los titulares siempre hablaban bien del gobierno y mal de los opositores, a los que, prácticamente, insultaban. También hablaban de crímenes pasionales, asesinatos o accidentes de tráfico. Todo con una chica semidesnuda en la portada y un titular que decía algo entre obsceno y pícaro. Nada más peruano que la portada de un periódico con sexo, sangre y política alineada con el régimen. Cuando terminé comencé a deambular por el centro de Lima sin tener un lugar adonde ir. Era sábado y se notaba el fin de semana porque la gente parecía algo más relajada. Tenía ganas de hablar con alguien y no se me ocurrió mejor idea que llamar a Perico Soler desde un teléfono público.

—¿Quién habla? —preguntó Perico cuando se puso al teléfono.

—Soy Facundo.

—¡Por la puta madre, Facundo!, ¿cómo estás?

—Bien.

—¿Dónde estás?

—Ahora, por el centro de Lima.

—Pensamos que te había pasado algo —dijo Perico—. Toda esta semana no hemos dejado de hablar de ti. No sabes lo que ha pasado.

A pocos metros, vi un par de niños que correteaban por las calles.

—Pedro Lines —continuó Perico— ha tenido un accidente, se le escapó un disparó cuando limpiaba el revólver de su padre. Parece que el calibre de la pistola que usó era muy pequeño y sigue con vida. Ahora está en cuidados intensivos. Todos en el colegio están un poco nerviosos. Algo raro pasa.

Entonces me acordé de la última conversación que había tenido con Pedro Lines y de lo que me había confesado.

—¡Puta madre! —dije—. Tengo que decirte algo, Perico, pero tienes que tener mucho cuidado.

—Me estás asustando, Facundo, ¿qué es lo que pasa?

—Hace unos días Lines me confesó algo. Me dijo que el padre Cipriano abusaba de él.

—¡Concha de su madre! —Perico tenía algo de furia en su voz—. ¿Estás hablando en serio?

—No bromearía con algo así, él me contó que se quería matar. Pensé que no hablaba en serio.

—¡Mierda! ¿Cuándo vuelves? Tenemos que hacer algo. No podemos quedarnos con los brazos cruzados.

—El lunes termina mi castigo. El lunes ya puedo volver. Pero quizá necesite un sitio donde quedarme. No lo sé aún.

—Cuenta conmigo. Tú sabes que mis viejos viajan mucho. Pero hoy me va a ser imposible. Ellos están aquí, y en breve nos vamos a un bautizo.

La línea se cortó y no quería gastar más monedas. Estaba cerca de donde vivía Darío, así que decidí pasar a buscarlo. Cuando llegué y entré, él y Adrián estaban en el salón, discutiendo. Adrián fue el que me dejó pasar.

—Facundo —dijo Darío—, ¿qué haces por aquí?

—Espero no molestar, pero no tenía adónde ir.

Luego de un par de segundos de silencio, Adrián dijo:

—¡Cómo que Sputnik no se quiere venir! —Parecía que llevaban discutiendo un buen rato—. Se había comprometido con nosotros.

—La verdad es que no sé lo que le ha pasado —dijo Darío—, pero no puede estar esta noche con nosotros.

—¡Puta madre —Adrián se pasó la mano por el pelo—; era lo único que nos faltaba! Esta gente no es cualquier cosa, no podemos quedar mal.

—Pero si vamos solo los dos, creo que podríamos darnos abasto tranquilamente.

—Les dije que íbamos a ser tres, vamos a quedar mal.

—Tú, Facundo —me dijo Darío—, ¿no quieres ganarte un dinerillo?

No supe realmente a qué se refería.

—Nos tendrías que acompañar a ver a unos clientes.

—No sé —respondí. Realmente no lo sabía.

—Solo tienes que venirte y ser amigable con esas personas —explicó Adrián—, son unos tíos muy buena gente. Habrá comida y bebida gratis.

No estaba seguro. Nunca había hecho nada parecido.

—No va a pasar nada que tú no quieras que pase —me aseguró Darío.

—Cariñoso sí vas a tener que ser —dijo Adrián—, esta gente nos está pagando por nuestra compañía.

—Anda, Facundo, no seas rosquete, échanos una mano.

No sé, no podía decirles que no.

—Está bien —dije. Hasta cierto punto me daba igual.

Cuando llegó la noche nos duchamos, y Adrián y Darío me dijeron que me cambiara de ropa, que tenía que verme mejor. La verdad era que lo necesitaba porque desde que había salido de mi casa no me había cambiado de jeans. Por suerte me quedaban unos en la mochila. Cerca de las nueve, un taxi pasó a buscarnos. Nos llevó no muy lejos de ahí, al hotel Sheraton, donde en el lobby nos estaba esperando un tipo sonriente, vestido de manera informal. Se presentó como Tobi, nos hizo pasar y caminamos por los pasillos del hotel. Habían reservado una de las habitaciones más grandes y lujosas que, comparadas con las del hotelucho en el que había estado, daban ganas de llorar. Estuvimos varios minutos esperando a los clientes de Darío y Adrián, que al parecer, para no levantar sospechas, habían reservado un par de habitaciones contiguas. Después de todo, los tipos estaban a punto de pasar la noche con unos muchachos que vendían sus cuerpos por dinero. Lo primero que hizo Tobi fue ofrecernos algo de beber, nos dijo que había cervezas, whisky, ron y vodka; nos señaló una mesa donde estaban las botellas y varias cosas para picar. Luego nos aclaró que lo que íbamos a hacer tenía que ser completamente confidencial, que no podíamos contar a nadie lo que estaba a punto de pasar. Luego Adrián tomó la palabra y le dijo que no se preocupara, que ellos ya llevaban varios años en ese negocio y que sabían perfectamente cómo manejar esas cosas.

—Tú me conoces, Tobi —dijo Adrián—, no tienes por qué repetirlo.

—Lo sé —dijo Tobi—, pero tenía que decirlo, esto tiene que quedar muy claro.

—Está todo más que claro —Adrián se puso de pie y se sirvió un vaso de ron con cola—, antes de empezar creo que deberíamos cerrar el negocio.

Tobi extrajo un fajo de dólares de su bolsillo y comenzó a contarlos frente a Adrián, que se había acercado a ver los billetes.

—Es lo que acordamos —dijo Tobi dándole el dinero—, ¿está bien?

Adrián recibió la plata y comenzó a contarla él mismo: eran varios billetes de veinte y cincuenta dólares. No sé muy bien cuánto habría, pero parecía bastante.

—De acuerdo, —Adrián le estrechó la mano a Tobi.

—Lo que me han dicho es que si quedan contentos —continuó Tobi—, hay la posibilidad de una propina extra bastante generosa.

Adrián sonrió y se metió el dinero en sus pantalones.

—Puedes decirles que vengan cuando quieran —dijo Adrián.

Tobi nos dejó solos un rato. No sé por qué, pero luego de ver la transacción de dinero comencé a ponerme nervioso. Darío me había dicho que no tenía que hacer nada más que ser atento y cordial, que ellos se encargarían de evitar que tuviera que hacer cualquier otra cosa, pero ya no estaba tan seguro. Sentí que me iba a quedar dormido. La verdad era que quería irme, pero no me atreví a decir nada. Comencé a bostezar. Darío y Adrián bebían y picaban algo de la comida que estaba sobre la mesa.

—Chicos —dije finalmente—, creo que no me siento bien.

Tobi volvió a aparecer, pero esta vez venía acompañado de tres personas más que entraron detrás de él, señores de unos cincuenta años. Entonces todo comenzó a verse borroso, las manos me sudaban y mientras los tipos entraban, escuché sus voces y risas. Casi al mismo tiempo que reconocía una de ellas, me di cuenta de que la primera de las personas que entraba era Dionisio, el amigo de papá. Pero eso no fue todo: inmediatamente después reconocí que el tercero que entraba era mi propio padre. Durante los primeros segundos él no me vio, porque había dirigido toda su atención a Darío y Adrián, que estaban de pie junto a la mesa; yo estaba en una esquina del sofá, y cuando terminó de saludarlos y se dio cuenta de que había alguien más, giró su cabeza y al mirarnos, lo último que vi fue su sonrisa congelada, su cara de sorpresa, y por un segundo se quedó así, quieto, como una estatua. Su rostro petrificado fue lo último que vi antes de quedarme dormido.

No sé cuánto tiempo pasó, pero lo que sí recuerdo es que no me desperté en esa habitación sino en la de al lado. Nunca me había despertado tan asustado, y lo primero que hice fue ponerme de pie y salir corriendo. Fue una reacción espontánea. Corrí a través de los pasillos y comencé a bajar las escaleras, a la vez que oía que alguien decía mi nombre. A medio camino me encontré con Kimpu, el vendedor de drogas, que, cuando me vio me reconoció y me preguntó si había venido con Darío, pero no le dije nada, simplemente seguí bajando y llegué a la calle. Corrí por el paseo de la República, hasta que no pude más. Tomé aire y vi que estaba frente a la Carpa Grau. Al parecer, había una fiesta. Mientras veía cómo la gente entraba y salía, seguía recuperando aire.

—Niño, Facundo —escuché entonces—, ¿eres tú?

La que estaba allí era Erminda, la hermana de Dolina. Iba muy arreglada, maquillada y con el pelo suelto.

—¿Qué pasó, niño? —preguntó—, ¿has estado llorando?

—No pasa nada —pasé mi mano por los ojos e intenté secarme las lágrimas. No quería que se enterara de nada—, estoy bien.

—¿Seguro? —insistió Erminda.

—Sí —dije—, ¿qué haces tú por aquí?

—He venido a ver a los Shapis —dijo—, esta noche tienen un duelo con Vico y su grupo Karicia.

—¿Va a estar bueno?

—¿Te quieres venir? Conozco al de la puerta y yo le digo que te deje entrar sin pagar.

Levanté los hombros. La verdad es que no tenía adónde ir.

—Vente. Va a ser muy divertido.

Entramos en la carpa donde había un escenario con una serie de instrumentos encima. Erminda me cogió de la mano y me dijo que la siguiera, así que nos adentramos entre la multitud, donde nos encontramos con un par de amigas suyas y un tipo al que me presentó como Jacinto. Lo reconocí porque los había visto en uno de los programas de Lara Bosfia. De repente la gente comenzó a gritar, y cuando dirigí mi mirada al escenario, vi que aparecían los Shapis, vestidos con un uniforme blanco y rayas de colores. Los espectadores llevaban botellas de cerveza y, cuando la banda comenzó a tocar, todos ahí se pusieron a bailar. Jacinto también llevaba una botella de cerveza con la que servía un vaso que fue pasando de mano. La Carpa Grau era el punto de encuentro de los inmigrantes que venían de la sierra del Perú a la capital. Durante años, Dolina nos había hecho escuchar chicha a través de su pequeño equipo de música y sabía quiénes eran los Shapis, Chacalón, o Vico y su grupo Karicia.

—¡Ay, joven Facundo, qué raro se me hace verlo acá! —dijo Erminda mientras bebía del único vaso de cerveza antes de dármelo y tirar la espuma sobrante al suelo—. Tómate una cervecita.

Cogí el vaso y la botella, y me serví. Vi rostros tristemente alegres, cabellos hirsutos y sudados de una gran cantidad de gente que parecía extasiada con el sonido de las guitarras eléctricas y los ritmos tropicales que salía de los altavoces. La chicha era una música alegre, pero al mismo tiempo melancólica, triste, siempre me lo había parecido; ahí comprendí que venir del campo a la ciudad, ser un provinciano, como los que estaban en esa fiesta, era lo que todos tenían en común, lo que los unía, y traté de entenderlos, de sentir esa extraña soledad y tristeza en su propio país. Las letras de las canciones hablaban de la dificultad de los inmigrantes frente a la hostilidad de la capital, que de alguna forma les hacía ver que eran distintos, inferiores, aunque ellos tenían la música, la chicha. Y las cervezas.

—¿Te gusta? —me preguntó Erminda.

—Sí —dije dándole el vaso vacío a la chica que estaba a mi lado.

—¡Sacúdelo, pe chochera! —me dijo Jacinto—. ¡El vaso, sacúdelo!

Tiré lo último de espuma y se lo di a la chica.

En un momento dado salí de la multitud y me fui a la parte posterior, donde había menos gente. Era más de la una. La fiesta, me enteré, se extendería hasta las tres o cuatro de la mañana. En el suelo me encontré un cigarro entero y lo recogí. Comencé a fumar mientras veía que una pareja de borrachos, a mi lado, parecía pelearse. Pasada cierta hora, todo el mundo tenía aspecto de estar muy ebrio, y cuando la música dejó de sonar y se hizo una pausa, Erminda volvió a aparecer. Estaba llorando. Creo que ya estaba borracha.

—¿Pasa algo? —le pregunté.

—Me he peleado con Jacinto —sollozó—, es que no sabes lo que ha pasado.

Daba la impresión de que Erminda quería contarme algo.

—Tú sabes que nosotros hemos sido panelistas en el programa de Lara Bosfia.

—Sí. Dolina me lo contó.

—Lo que pasa es que nos quieren hacer el avión —dijo.

—¿A qué te refieres?

—Quieren que vayamos a un programa especial de Lara Bosfia —dijo Erminda—, quieren que vayamos a mentir.

—Pero en ese programa todo es mentira.

—Pero esta vez quieren que nos hagamos pasar por víctimas del terrorismo —Erminda seguía sollozando—; quieren que salgamos en la televisión y digamos que hemos perdido familiares producto de un atentado de Sendero Luminoso. Quieren que digamos que estamos muy agradecidos a Fujimori y al ejército por todo lo que han hecho.

—No me jodas —dije—, y quieren que salgas, así nomás, para hacer propaganda política.

—Nos han dicho que nos darán pelucas y gafas oscuras —continuó Erminda—, para que no nos reconozcan.

—Y tú no quieres, claro.

—Tengo amigos que han perdido a sus familiares por los militares asesinos y abusivos —dijo Erminda—, no puedo salir a decir ahora que los militares son lo mejor que nos ha pasado en este tiempo.

—Diles que no, entonces —dije.

—Pero Jacinto sí quiere, la paga es mejor que la de otros programas. Él sí quiere ir.

—¿Y por eso se han peleado?

—Sí. Lo peor es que ya nos dieron un adelanto, y Jacinto ya se lo gastó. En la producción de *Lara en América* nos han dicho que, si no vamos, nos van a denunciar.

Pensé que esa tal Lara Bosfia era una hija de puta.

—Y quería preguntarte si tu padre, que tiene buenos contactos, puede ayudarnos —dijo Erminda.

—Voy a hablar con él. No te prometo nada, pero intentaré comentárselo.

—Gracias, joven Facundo —Erminda se pasó las manos por los ojos—, eres un sol.

Cuando la música volvió a sonar, Erminda dio un respingo y dejó de llorar.

—Vamos a bailar, niño. —Me cogió de la mano.

—Luego te alcanzo, quiero estar un rato más aquí.

Pero ya no la alcancé. No sé qué hora era, pero cuando vi un par de peleas y me percaté de que había unos pendejos que se aprovechaban de los borrachos para robarles, salí de la carpa. Afuera había un tipo muy ebrio que estaba con el brazo sangrante, luego de habérselo cortado con una botella de cerveza rota. Eran más de las dos de la mañana cuando comencé a contar las monedas que tenía en el bolsillo, paré un taxi y le pregunté cuánto me cobraba hasta San Antonio. Le confesé al conductor cuánto tenía realmente y el taxista accedió a llevarme. No me dejó en el barrio exactamente, pero muy cerca. Caminé y vi que en el cielo había luna llena. Volver a mi barrio fue reconfortante hasta cierto punto. Cuando llegué a casa, saqué mis llaves y vi que tenía una de las papelinas con cocaína que me había dado Darío para que me armara de valor con los clientes en el hotel esa noche. Abrí muy sigilosamente. En la cochera estaban los carros estacionados, pero no el de mi padre. Entré por la cocina: las luces de la casa estaban apagadas. Todos parecían estar durmiendo. Caminé hasta mi habitación y entré con mucho cuidado para no despertar a nadie. Cerré la puerta con seguro, me eché en la cama y no tardé nada en quedarme dormido.

# TERCERA PARTE

Lo primero que hizo mi madre cuando volví a casa fue preguntarme varias veces si estaba bien y luego se molestó conmigo. Me dijo que cómo había sido posible que hiciera lo que había hecho en la capilla del colegio, y, peor aún, que me hubiera ido de casa sin avisar. Para ella era inconcebible haberla dejado preocupada tantos días.

—No sabes la angustia que me has hecho pasar —dijo casi sollozando.

Sabía que lo mejor que podía hacer era quedarme callado. Mamá no tenía culpa de nada, su ceguera la exculpaba, así que la dejé que hablara. Era lunes por la mañana, y si bien ese día me tocaba volver al colegio, me había despertado muy tarde. Aparte de mamá, solo estaba Dolina en casa. Alexia estaba en clase.

—¿Y papá? —le pregunté a mi madre.

—Está de viaje —dijo ella.

Entonces comencé a comprender muchas cosas. Por supuesto, no le dije nada a mi madre de lo que me había pasado la noche anterior ni del desafortunado encuentro con mi padre. No sé por qué, pero me sentía diferente, era como si en vez de una semana hubiera pasado varios años fuera de casa. Por la tarde, mientras Dolina veía el programa de Lara Bosfia, me fui a casa de Perico Soler.

Perico vivía en San Isidro, en una enorme casa frente a un parque. En vez de tocar el timbre, lancé una piedrita a la ventana de su habitación y al poco rato se asomó y me sonrió antes de dejarme pasar. Sus padres no estaban, estaba solo con la chica que trabajaba en casa, muchísimo más joven que Dolina. Casi parecía que podía tener nuestra edad.

—¿Dónde te habías metido? —me preguntó Perico.

—Es una larga historia —dije.

—No hemos dejado de hablar de ti en toda la semana —Perico caminaba hacia su habitación y yo lo seguía—; lo que hiciste en la capilla quedará grabado en los anales de la historia de nuestro colegio.

—Tampoco es para tanto, solo quería hacer algo por lo que pasaba con Alexia.

—¿Cómo está?

—No la he visto aún. Seguro que la veré más tarde en casa.

—Pero ¿sabes si está bien? —Cerró la habitación de su cuarto—. Lo que le ha pasado a ella también es una putada. ¿Quién está preparado para tener un hijo a los diecisiete años?

—No me lo recuerdes que me pongo mal —dije—, si tuviera que cargarme a toda la Iglesia católica con tal de que no lo pase mal, lo haría.

—Te entiendo, es tu hermana.

La habitación de Perico estaba llena de afiches y fotos de skateboards sacadas de revistas como *Trasher* o *Big Brother*, y afiches de personajes como Bob Marley fumando marihuana y Mario Bros.

—Entonces, cuéntame, ¿qué fue lo que pasó? ¿Dónde has estado?

—En un hostal —dije sin entrar en detalles—, no podía quedarme en casa.

—¿Y qué hacías en un hostal?

—Nada, los hostales pueden ser muy aburridos.

—¿Vas a volver mañana al colegio?

—Sí. Pero cuéntame, ¿qué es lo que ha pasado con Pedro Lines?

—Está internado, en la clínica Anglo Americana.

—¿Se le puede ver?

—No lo sé, está en cuidados intensivos.

—¡Puta madre!

—¿Es cierto lo que me dijiste por teléfono? —Perico se había sentado en su cama y limpiaba uno de sus skateboards.

—¿Te refieres a lo de Cipriano?

—Sí, y si es cierto es muy grave.

—Tenemos que hacer algo, Lines me comentó que la estaba pasando mal, que Cipriano lo tenía amenazado.

—¡Qué hijo de puta! —soltó Perico—. Siempre supe que era un concha de su madre.

—Tenemos que hacer algo.

—Pero ¿qué?

—Lo primero sería ir al hospital y verlo, a ver cómo sigue.

—Está bien —dijo mientras se quitaba el uniforme de colegio—, déjame cambiarme. ¿Has venido en bicicleta?

—La dejé en el colegio, pero creo que puedo pasar a buscarla.

—Así puedo ir yo en skate.

—Me voy a buscarla. Pasa por el colegio cuando estés listo.

Caminé en dirección a la escuela: no estaba muy lejos y llegué en menos de diez minutos. No había nadie. Me dirigí a la cancha de fútbol y busqué mi bicicleta. Estaba en una esquina, amarrada. Vi que en los vestuarios había algunos alumnos que se habían quedado a jugar al fútbol después de clase. Salí de la zona de bicicletas con la mía a un lado y andando. Entonces, alguien se me acercó. Era Alfonso Neroni.

—Facu —dijo—, ¿dónde has estado todo este tiempo?

—Una larga historia —dije—, pensé que los entrenamientos ya habían acabado.

—La final fue el sábado.

—¿Cómo quedaron?

—Ganamos —Neroni sonrió—, somos los campeones de Adecore.

Por su expresión supe que estaba más que orgulloso de la hazaña que había conseguido con el equipo de fútbol. Ganar el Adecore no era cualquier cosa. El nivel era muy competitivo.

—¿Ya sabes con quién vas a ir a la fiesta del sábado?

La verdad era que me había olvidado de todo, incluso de la fiesta de promoción, que era ese sábado.

—Ni idea —dije—, quizá no vaya.

—¿Cómo que no vas a ir?

—No lo sé.

Me subí en la bicicleta.

—¿Adónde vas?

—A ver a Pedro Lines.

—Ya te enteraste, entonces. —La expresión de Neroni cambió—. Dicen que tuvo un accidente con la pistola de su padre, que la estaba limpiando y se le escapó un tiro.

Entonces supe que esa había tenido que ser la explicación oficial del colegio para con los alumnos.

—¿Y tú te lo crees? —quise saber.

—¿Qué cosa?

—Que fue un accidente.

—Es lo que nos dijeron.

—¿Y si el disparo fue intencionado?

—¿Estás hablando de un intento de suicidio?

—¿No te parece muy sospechoso que Pedro Lines haya estado limpiando una pistola? —pregunté—. ¿A quién se le ocurre limpiar una pistola cargada?

Neroni se quedó en silencio, pensando en lo que le había dicho.

—Lo que han dicho los profesores es mentira —dije—; Lines se ha querido matar.

—¿Y por qué haría eso? —Neroni realmente no se enteraba de nada.

—Porque Cipriano abusaba de él.

Se quedó en silencio. Para todos los que estudiamos en ese colegio y habíamos crecido con Cipriano, lo que le estaba diciendo no era nada extravagante. Creo que todos, en algún momento de nuestra infancia, habíamos sufrido algún tipo de situación extraña con Cipriano, o con alguno de los catequistas, o con los consejeros religiosos.

—¡Puta madre! —dijo Neroni—. Si lo que dices es cierto, hay que hacer algo.

—Estoy yendo con Perico a la clínica a ver si lo podemos ver.

—Vamos —dijo Neroni—. Estoy en bicicleta.

Cuando salimos del colegio nos encontramos con Perico Soler que venía encima de su skate. Nos dirigimos a la Anglo Americana y en la recepción preguntamos por Pedro Lines. La recepcionista nos dijo que estaba en cuidados intensivos, que su familia estaba en la sala de espera.

—¿Qué hacemos? —dijo Perico Soler señalando a los padres de Pedro Lines—. ¿Crees que debamos decirles lo que te contó Lines, Facundo?

La verdad era que tampoco lo sabía. Era una situación delicada.

—No lo sé —dije.

—Por qué no tanteamos —propuso Perico.

El padre de Lines se puso de pie y fue a la cafetería de la clínica.

—Voy a acercarme a hablar con él —dije.

—¿Quieres que te acompañe? —me preguntó Soler.

—Mejor voy solo.

Caminé hacia la cafetería.

—¿Señor Lines?

—Sí —dijo—, soy yo.

—Soy Facundo Lescano, compañero de Pedro.

—Hola, Facundo. —Me estrechó la mano.

Su rostro se veía muy mal, parecía devastado, con ojeras, se notaba que había llorado mucho.

—¿Cómo está?

—Muy mal —dijo el señor Lines—, sigue en coma. El calibre de la bala era muy bajo, veintidós, y se ha salvado de milagro. Pero el doctor dice que su estado es muy grave, su vida pende de un hilo.

—Lo siento mucho.

—No sé cómo se le ocurrió coger mi arma y ponerse a jugar con ella —llevaba una fina cadena con una pequeña cruz colgada del cuello—, y la culpa fue mía por dejar el arma fuera de la caja fuerte.

Apenas dejó de hablar, se puso a sollozar. Me daba la impresión de que no había dormido en un par de días y estaba agotado.

—Lo siento —dijo luego de secarse las lágrimas—, ¿quieres un café?

—Estoy bien, gracias.

El señor Lines pidió un par de cafés.

—¿Eres muy amigo de Pedro?

—Bueno, estamos en el mismo salón de clase.

—Con lo buen hijo que ha sido siempre, no sé por qué el Señor me pone este tipo de pruebas en la vida.

—Señor Lines —hice una pausa—, solo quería decirle que estamos con usted en este momento. Si algo pudiera hacer, no dude en pedírmelo.

—Gracias, hijo. —El hombre recibió su pedido—. Tengo que llevarle el café a mi esposa.

Comenzó a alejarse y, cuando estaba a punto de salir de la cafetería, dije:

—¡Señor Lines!

El hombre se detuvo, giró la cabeza y me miró. Quise acercarme y contarle lo que me había dicho Pedro y sus intenciones de quitarse la vida, pero me fue imposible: ¿cómo decirle a un hombre devastado y con la esperanza de que su hijo pueda salir vivo que se ha querido matar? Simplemente no pude.

—Espero que se recupere —dije.

—Gracias.

Volví con Perico y Neroni, que habían estado esperando fuera, en la rampa de emergencias.

—¿Qué pasó? —preguntó Perico—, ¿se lo dijiste?

—No pude.

—Me lo imaginaba —dijo Perico—, debe estar hecho una mierda. Destrozado por dentro.

—Eso es poco —dije—. Creo que mientras tenga posibilidades de quedar con vida, no podemos decir nada.

Salimos de la clínica y caminamos hacia el óvalo Gutiérrez.

—Entonces, ¿qué haremos? —preguntó Neroni.

—Por lo pronto, esperar —dijo Perico—, Facundo tiene razón. Quizá se recupere y él mismo pueda contar lo que está pasando. ¿A alguien le apetece fumarse un pucho?

—Yo no fumo —dijo Neroni.

—Vamos al Olivar —propuse.

No sé cuánto rato estuvimos en el parque del Olivar, pero pasamos buena parte de la tarde hablando de muchas cosas, sobre todo de lo que era inminente: el año escolar se acababa y ese era el último para nosotros. La fiesta de promoción estaba a la vuelta de la esquina y la preocupación más grande era saber con quién iríamos. La verdad era que no tenía mucha idea. Ni siquiera tenía un traje con el que ir. Según Neroni, la mayoría ya sabía con quién iba a ir y se habían hecho un terno a la medida. A mí me tenía sin cuidado. La semana fuera de casa me había enseñado a dejarme llevar menos por lo que opinaba la mayoría, que por lo que pensaba yo realmente. Por alguna razón sentía que ahora tenía una mayor autoridad sobre ellos.

—¿Tú con quién vas a ir, Facundo? —me preguntó Perico.

—Aún no lo sé —dije—, no sé si vaya.

—Yo iré con una chica del San Silvestre —intervino Neroni—, está buena.

—La conoció en la fiesta que hubo la semana pasada —dijo Perico—, en casa de Alejandra de la Roca.

—Te la perdiste —dijo Neroni—, estuvo buena.

La verdad era que no me importaba mucho. Seguro que había sido una de esas tantas fiestas pretenciosas donde todos van contando historias exageradas para quedar bien y sentirse los más bacanes. Lo más probable era que me hubiese quedado dormido.

—Entonces, ¿no tienes con quién ir? —dijo Perico.

Levanté los hombros.

—Puedo hablar con Alejandra —se ofreció—, seguro que tiene alguna amiga. Yo voy a ir con ella.

—No sé —dije.

—Tienes que ir, Facundo —insistió Perico—, es nuestra fiesta de promoción.

Empezaba a caer la noche cuando nos fumamos el último cigarrillo sentados en medio del parque, recostados contra un árbol. Serían poco más de las seis de la tarde cuando nos fuimos para casa. Cogí mi bicicleta, comencé a pedalear y no sé por qué se me ocurrió pasar por Miguel Dasso. Fue ahí donde me la crucé. Estaba saliendo de una tienda con un chupete al que le iba quitando el envoltorio. Cuando su mirada se cruzó con la mía, ya había disminuido la velocidad, giré en U y me puse a su lado.

—¿Qué haces por aquí? —me preguntó Rita, la amiga de Irene, a la que Lucho Salcedo quería invitar a la fiesta y a la que habíamos ido a buscar un día a la salida del colegio.

—Estaba con unos amigos por el Olivar —dije mientras trataba de mantener el equilibrio de la bicicleta—. ¿Tú?

—Salí a comprar aquí a la vuelta de casa. —Se metió el chupete a la boca—. ¿Quieres uno?

Entonces me tuve que bajar de la bicicleta para recibir el chupete que me dio: era rojo y en la envoltura se podía ver la imagen del Chapulín Colorado.

—Gracias. —Me metí el chupete en la boca.

—¿Cómo estuvo el día? —Aún estaba con su uniforme de falda a cuadros.

—Bien, hoy no fui al colegio.

—¿Y eso?

—Una larga historia.

—No me la quieres contar. —Rita no parecía con muchas ganas de volver a casa pronto.

Caminábamos en dirección al parque cercano a Miguel Dasso. Ya había oscurecido completamente y el silencio y la tranquilidad en ese barrio era incluso mayor que en el mío.

—Podemos sentarnos aquí un rato. —Rita señaló un sardinel que se elevaba por encima del césped.

El jardín estaba verde y muy bien cuidado, parecía como si lo hubieran cortado ese mismo día.

—¿Por qué no fuiste a clases hoy? —preguntó Rita—, ¿te sentías mal?

—La verdad es que me suspendieron del colegio durante una semana.

Sus cejas se enarcaron y su expresión quedó a medio camino entre la sorpresa y la curiosidad.

—¿Qué pasó?, ¿qué hiciste?

—Si te lo digo no me lo vas a creer.

—Anda —insistió ella—, dímelo ya.

—Intenté bajar la imagen que está en la capilla del colegio.

Rita puso cara de desconcierto.

—Quise quitarle los clavos —dije tratando de que visualizara lo que había hecho—, dejarlo libre. Me parecía que así les hacía un favor a todos mis compañeros de clase.

—¿Y por qué lo hiciste? —Rita frunció el ceño.

Entonces le conté lo de Alexia.

—No sabía que tenías una hermana.

—Y la está pasando mal. Y creo que todo eso de la culpa religiosa agrava las cosas.

—¿A qué te refieres?

—Que si mi hermana no lo quiere tener no lo debería tener —dije—, es su cuerpo, no de la Iglesia. No entiendo por qué se tienen que meter en sus decisiones. Si estudiáramos en un colegio laico, no habría esta presión sobre mi hermana y mi madre.

—¿Tu madre es muy católica?

—Creo que sí.

—Como la mía.

—Lo peor de todo es que mi madre prefiere hacerle más caso a la Iglesia que a Alexia —dije—. ¿No te parece injusto?

—¿Y qué piensa hacer tu hermana?

—No lo sé; desde que me fui de casa no la he vuelto a ver.

—¿Te fuiste de casa?

—Bueno, sí, pasé toda la semana de suspensión en un hostal. No podía quedarme en casa.

—Estás un poco loco. —Rita sonrió.

—¿Qué hubieras hecho tú?

—No lo sé —dijo Rita—. Pero te entiendo.

Entonces, mientras la tenía frente a mí, me di cuenta de lo bonita y guapa que era. Quiero decir que comenzó a mirarme distinto y en esa mirada pude apreciar algo que no había visto antes.

—¿Tú sabías que los caballitos de mar son los únicos animales en los que el macho se queda embarazado? —dijo Rita, entonces—. Lo leí el otro día en una revista.

—¿En serio? —dije—. No lo sabía.

—El macho lleva una bolsa donde incuba los huevos durante semanas luego de aparearse con la hembra —continuó Rita—. El apareamiento se da cuando entrelazan sus colas y dura pocos segundos. Así aseguran que los huevos provengan de una sola hembra.

—Me gustaría tener caballitos de mar.

—A mí también —dijo Rita—. Quizá los seres humanos también deberíamos decidir quién quiere tener a los hijos, ¿no crees?

—Eso sería mejor, pero no sé si al Papa y a la Iglesia les guste mucho esa idea.

Nos reímos. El chupete que me había regalado Rita ya se había convertido en un chicle dentro de mi boca cuando ella volvió a mirarme a los ojos fijamente, pero esta vez nos quedamos en silencio. Un par de segundos después, Rita dijo:

—Creo que tengo que irme.

—Yo también.

Nos pusimos de pie.

—Espero que tu vuelta al cole no sea desagradable —dijo Rita—, tampoco falta mucho para que se acabe el año.

—Sí, ya no falta nada.

Cogí mi bicicleta. Por una de las calles adyacentes al parque, una mujer había salido a pasear con su perro, un labrador de color miel.

—Te acompaño —dije—, y luego me voy.

Caminamos hasta su casa, y cuando llegamos a la puerta de su edificio, sacó unas llaves.

—Nos vemos —dijo Rita luego de besarnos en la mejilla.

Vi que caminó hacia la puerta de su casa, pero antes de que entrara me animé a pedírselo.

—Sabes, hay esta fiesta en el colegio. Es la fiesta de promoción de fin de año, y me preguntaba si te querrías venir conmigo. No pensaba ir, pero si te vienes conmigo, creo que nos la podríamos pasar bien.

—Sí —dijo ella—, claro. Creo que tu amigo Lucho ha invitado a Irene.

—Es verdad. Espero que Irene le haya dicho que sí.

—Yo creo que sí —dijo Rita.

—¡Genial!

Cuando se metió en su casa, comencé a pedalear hasta bordear el óvalo Gutiérrez, luego seguí por Comandante Espinar, Pardo y Benavides. Las luces de neón de los locales comerciales del centro de Miraflores se habían encendido. Llegué a casa cerca de las nueve. Dolina estaba en la cocina y me preguntó si quería comer algo.

—No sabes el gusto que me da que estés en casa. —Dolina manipulaba vasos y platos en la cocina—. Te he extrañado.

Me acordé del encuentro con su hermana, en la Carpa Grau y lo que me había dicho acerca de las amenazas del equipo de producción de Lara Bosfia. Comencé a preguntarme ciertas cosas, no sé, quería saber por qué le gustaba tanto ese programa, por qué lo veía todos los días.

—Es divertido —dijo Dolina—, además, la gente que sale es gente como yo.

—¿A qué te refieres con eso de «como yo»?

—Tú sabes, pues, joven —dijo Dolina—, gente como nosotros, no como tú o tu familia.

—¿Y por qué crees que somos tan diferentes?

—Ustedes tienen educación y esta casa tan bonita —dijo Dolina—, en cambio nosotros somos gente pobre, provincianos.

—Pero todo lo que pasa en ese programa es mentira —dije—, y te lo venden como si fuera verdad.

—Bueno —Dolina levantó los hombros—, es divertido.

—¿No te gustaría dejar todo esto?

—¿A qué te refieres, niño?

—Dejar de trabajar y vivir aquí —dije—, dejar de ser una sirvienta. No te gustaría tener y organizar tu propia vida.

—Pero adónde me voy a ir, niño —dijo Dolina—, ya no tengo veinte años. Casi todo lo que tengo está en esta casa.

—¿No te gustaría hacer otra cosa?

Dolina se quedó en silencio mientras seguía manipulando los trastos. No sé por qué se me dio por preguntarle y decirle eso, quizá porque ahora veía las cosas que siempre consideraba normales de otra manera.

—El otro día me encontré a tu hermana por la calle —dije.

—Ah, ¿sí?

—Sí, me contó que tenía un problema con la producción del programa de Lara Bosfia. Querían que fuera a hablar bien de Fujimori en la televisión. Quieren que se haga pasar por una víctima del terrorismo.

—Sí —dijo Dolina—, algo así me contó.

—¿No te parece eso una mierda?

—Bueno, ya le he dicho que voy a hablar con tu papá, para ver si nos puede ayudar en eso. Él se relaciona con mucha gente y quizá conozca al dueño del canal.

Entonces me acordé de mi padre y de Dionisio.

—¿Está aquí?

—¿Quién?

—Mi papá.

—Creo que sigue de viaje.

Alguien entró por la puerta principal.

—Debe ser tu hermana.

Me puse de pie y fui a recibir a Alexia.

—Facundo —me dijo Alexia—, ya estás aquí.

Vi que no había cambiado mucho. Bueno, en verdad no tenía por qué haber cambiado, tan solo había pasado una semana, pero por un instante tuve la sensación de que no la veía en años. Le pregunté cómo estaba, si se sentía bien.

—¿Te apetece caminar un poco? —dijo Alexia, y luego me susurró al oído—: no sé si sea bueno hablar aquí.

Después de dejar en su habitación unas pruebas médicas que le había mandado hacer el doctor Colomines, volvimos a salir de la casa. Caminamos por nuestro barrio, por las silenciosas calles y por el parque en el que tanto habíamos jugado cuando éramos niños.

—¿Te acuerdas de la primera vez que intentamos recolectar golosinas en Halloween? —preguntó Alexia—. Habíamos salido disfrazados, y tú no dejabas de quedarte dormido cada vez que las puertas de los vecinos se abrían.

Era la primera vez que salía de casa por las noches y también una de las primeras que me disfrazaba. A insistencia de Alexia, mamá nos había hecho unos disfraces con los que, según ella, íbamos a ser capaces de recolectar una buena cantidad de dulces y golosinas. No es que fuera una tradición netamente peruana eso de disfrazarse el 31 de octubre, pero por alguna razón, como muchas costumbres que los limeños importábamos de Estados Unidos, la de Halloween era una tradición que los niños de muchos barrios de Lima habíamos hecho nuestra.

—¿Te acuerdas de los disfraces? —prosiguió Alexia.

Ella se había disfrazado de un personaje de la Familia Monster, la madre, Lily Monster, la vampiresa que tenía el pelo de dos colores. Cuando me preguntaron de qué me quería disfrazar yo, les dije que del Hombre Araña, pero mamá había leído en el *Vanidades* que venía de México lo sencillo y creativo que era hacer un disfraz de tortuga. Aunque en un principio me negué a ser una triste y lenta tortuga, mamá y Alexia me convencieron de vestirme de verde, con una malla ceñida al cuerpo que me hacía ver como una bailarina de ballet. Pero lo que a mamá más le llamaba la atención, como autora intelectual del disfraz, era el caparazón: para ella ese era el reto. No recuerdo bien cómo fue que lo hizo, pero sí que utilizó mucho pegamento, papeles de periódico y purpurina de colores. Al final terminé con un enorme caparazón en la espalda y las mallas verdes que me hacían sentir no como una tortuga, pero sí como una mezcla de un gimnasta de las Olimpiadas y el jorobado de Notre Dame. Era muy pequeño, y cuando Alexia, yo y algunas de sus amigas del barrio salimos a pedir caramelos, muchos vecinos se habían preparado y habían adornado sus casas con calabazas, fantasmas o muertos vivientes, pero a mí me picaba todo el cuerpo. Ya para entonces comenzaba a quedarme dormido cuando algo me hacía sentir mal, y mientras las niñas gritaban: ¡truco, o treta!, a mí se me cerraban los ojos. Alexia, que me cogía de la mano, no dejaba de zarandearme cuando veía que la cabeza se me iba hacia un lado y me despertaba diciéndome al oído que si me seguía quedando dormido no podríamos continuar. Entonces yo abría los ojos más de la cuenta, intentando que no se me cerraran, pero cada vez que una puerta se abría, me vencía el sueño. Al final, no sé cómo, volvimos a casa con los recipientes llenos de dulces, y cuando Alexia y mamá le contaron a papá cómo me quedaba dormido, él se reía con algo de complicidad. Te juro, Mariano, recuerdo que le dijo mi madre, ¡nunca había visto una tortuga tan dormilona!

En el parque nos sentamos en una esquina, en una de esas elevaciones hechas de cemento en las que se podía leer el nombre de las calles.

—Cuéntame —dijo Alexia—, ¿dónde has estado?

Entonces volví a contar lo que les había dicho a mis compañeros del colegio, lo del hotel, el hostal.

—¿Vas a volver mañana al colegio?

—Sí —dije—, tengo que hacerlo. Ya no queda nada para que las clases acaben.

—Es cierto.

—¿Y tú? ¿Cómo te sientes?

—Bien, todavía recuperándome de todo esto. Hay días en los que siento muchas náuseas y tengo que correr al baño.

—Debe ser incómodo.

—Y eso que lo peor aún está por venir. Esto es solo el principio.

—Entonces ya sabes lo que vas a hacer. ¿Lo vas a tener?

—No lo sé —dijo Alexia—, creo que no tengo otra salida.

—¿Estás segura? Porque si no lo quieres tener, algo podremos hacer. Solo tienes que estar segura.

Entonces Alexia me miró con cierta ternura, como cuando era pequeñito. Conforme fuimos creciendo, las riñas y peleas de adolescentes no faltaban entre nosotros, pero nunca iba a olvidar la forma tan cariñosa de mirarme que Alexia tenía a veces.

—¿Sabes que me encontré con Julián el otro día? —pregunté.

—Sí —dijo—, me lo contó.

—Entonces ya habló contigo.

—Sí, Facundo, ya hablé con él.

—¿Y qué es lo que opina él de todo esto?

Alexia se quedó en silencio, bajó la mirada y comenzó a jugar con una flor que había cogido de los arbustos.

—Porque por lo que yo entendí...

—Facundo —Alexia me interrumpió—, hay algo que aún no te he contado.

Me quedé en silencio. Lo único que se escuchaba en la penumbra era el sonido de los grillos.

—Lo que llevo dentro no es de Julián —dijo.

Seguí en silencio y no tuve que decir nada, porque ella misma continuó.

—El padre es Rodrigo.

Pude sentir el aroma de las flores y plantas que venía del parque y que a esa hora parecía más intenso.

—¿El hijo de Alicia Moll?

Alexia asintió, y no supe si lo que me estaba contando era beneficioso para ella o perjudicial. Me costó entender ciertas cosas, aunque la verdad era que no tenía mucha idea de si lo estaba diciendo con satisfacción o con cierto pesar.

—Pero Rodrigo está en Estados Unidos, ¿él ya lo sabe?

—En eso estoy, por lo pronto te voy a pedir discreción.

—¿Y qué hay de papá y mamá? ¿Ya lo saben?

—No.

—¿Y cómo crees que reaccionarán?

—No lo sé, pero no va a ser fácil.

En ese momento vimos pasar a Alicia Moll. Curiosamente, no hacía ruido, y en esta ocasión no sabría decir si estaba borracha. Ni siquiera se dio cuenta de que estábamos ahí, y siguió de largo.

—¿Sabes que los caballitos de mar son los únicos animales en los que el que queda embarazado es el macho? —pregunté.

Alexia sonrió.

—¿En serio?

—Se aparean durante seis segundos juntando sus colas —dije—, luego la hembra coloca los huevos en una bolsa que el macho tiene en la parte delantera y los incuba durante varias semanas.

Alexia me escuchaba con atención y una media sonrisa.

—¿No te gustaría tener caballitos de mar?

—Me encantaría —dijo Alexia, antes de producirse un silencio entre ambos—. La verdad es que más que tener uno, me gustaría ser una.

Mi padre volvió a casa dos días después de que yo lo hiciera, con equipaje de mano como si hubiera vuelto de viaje. Yo había decidido no decirle absolutamente nada del encuentro en el Sheraton, aunque la verdad era que no había tenido mucho tiempo para pensar en todo eso. Siempre había considerado a mi padre una persona misteriosa y algo de eso había heredado de él. Al principio creía que todo se debía a que viajaba mucho, siempre de un lado para otro, con sus negocios y apretones de mano, pero tras el desafortunado encuentro, comencé a comprender ciertas cosas. Durante la comida de ese miércoles por la noche, la primera vez que nos sentábamos en la mesa juntos, papá estuvo muy callado, y cuando mi madre le preguntó por el viaje, se limitó a dar respuestas cortas, desviando el tema. Cuando levantaba la cabeza, no era capaz de sostenerme la mirada. Al poco rato, terminé y me fui a dormir.

Una tarde, esa misma semana, fue a buscarme a la salida del colegio. Vi su carro negro, con lunas polarizadas enfrente, desde donde me hizo un gesto para que me acercara. Me abrió la puerta del copiloto: estaba vestido con un terno azul, casi negro. Hacía mucho tiempo que mi padre no iba a recogerme al colegio. Cuando entré y cerré, arrancó. En un principio nadie dijo nada, pero luego él se adelantó:

—¿Qué tal estuvo el día?

—Normal —dije—, poca cosa.

Habíamos entrado por la calle de los Conquistadores en dirección hacia Camino Real.

— Tu madre me contó que se viene tu fiesta de graduación —dijo—. ¿Ya sabes con quién vas a ir?

Mientras me hablaba no dejaba de mirar al frente, con su brazo derecho recto en el volante.

—Creo que sí.

—¿La conozco? —dijo—, ¿quién es?

—Es solo una chica. No creo que la conozcas.

—¿Cómo se apellida?

—No lo sé —en verdad no lo sabía—, no se lo he preguntado.

Habíamos llegado a la Javier Prado y dobló a la derecha, en dirección a Monterrico y la Molina.

—La semana pasada tu madre tuvo que ir a hablar con Albiol —dijo mi padre—, por la suspensión que te dieron.

—Lo sé —dije—, Albiol ya me lo hizo saber.

Lo cierto era que Albiol me había dejado claro que mi promedio final, en cuanto a conducta, pendía de un hilo.

—Pero no te preocupes —dijo mi padre—, ya hablé con él. Hemos llegado a un acuerdo para que la suspensión no afecte en nada tus notas finales. Él sabe que estás en tu último año y que es muy importante que termines limpio.

Camino al este, hacia Monterrico y la Molina, el cielo gris se despejaba un poco. En esa parte de Lima parecía que el sol se escondía menos.

—Pero tu madre ha insistido en que hable contigo al respecto —dijo—, ella está muy preocupada por cómo te has venido comportando desde que Alexia se quedó embarazada.

Habíamos llegado a un semáforo en rojo, y aunque estábamos parados, viendo cómo los canillitas se acercaban a vender libros pirateados, papá no me dirigió la mirada en ningún momento.

—Para todos ha sido un baldazo de agua fría —continuó papá—, tu hermana es muy joven, apenas tienes diecisiete años y mira qué manera de comenzar su vida universitaria.

Otro de los canillitas que iba con periódicos en las manos se acercó a mi ventanilla y pude ver la portada de uno de los nuevos diarios chicha que había aparecido en el mercado y donde reconocí a Yasmín; iba con una camiseta mojada que traslucía sus grandes tetas y debajo decía: MALCRIADA SE MOJA CON NOSOTROS. En el titular más grande, el principal, se leía: EL CHINO SIGUE CREANDO EMPLEO MIENTRAS CHANCHO ANDRADE SE RASCA LA PANZA. Andrade era el nuevo alcalde de Lima y uno de los pocos políticos que parecía hacerle la guerra a Fujimori.

—Entiendo cómo te debes sentir —continuó mi padre—, a mí también me da mucha lástima lo que le pasa a tu hermana, pero tienes que entender que hay cosas que no podemos cambiar.

El carro seguía en marcha y en cierto punto el tráfico se congestionó un poco.

—No te culpo por lo que hiciste en la capilla —dijo mi padre—, pero ahora que ya estás dejando la secundaria, tienes que saber que muchas veces es mejor no hacer ni decir nada.

Cuando llegamos al Jockey Center mi padre giró a la derecha y entró en el estacionamiento. El Jockey era el primer centro comercial que se construía en el Perú después de muchos años, y mi padre había tenido que ver algo en eso, porque se había encargado de traer inversores y de participar como socio dentro del grupo inmobiliario que había construido el enorme recinto.

—¿A que nos ha quedado bonito? —dijo mientras miraba la enorme edificación que nos recordaba que Lima se estaba modernizando—. Vamos a echarle un vistazo a los ternos.

—¿Ternos?

—Si vas a ir a la fiesta de promoción —dijo papá—, tienes que ir con un traje. Tu madre me dijo que no tienes uno todavía. Vamos a comprarte uno.

Bajamos del vehículo y caminamos en dirección al centro comercial. Dentro, todo se parecía más a una de esas películas estadounidenses que al Perú que había conocido cuando estuve fuera de casa. Olía a nuevo y las tiendas mostraban adornos navideños, con árboles verdes, Papás Noel, renos y bolas de colores. La Navidad en el Perú siempre me había parecido un poco ridícula cuando se trataba de decoraciones y adornos. En Lima jamás había nevado, y no entendía por qué teníamos que llenar las casas y las tiendas con motivos que nos recordaban temperaturas bajo cero. La Navidad ni siquiera era en invierno como en otras partes del mundo, pero nadie era capaz de darse cuenta. Era, claro, otra de las grandes influencias norteamericanas que durante esos años de Fujimori parecieron hacerse más evidentes. No es que me molestara mucho realmente, pero a veces creía que en Lima nadie tenía la capacidad de ver cosas obvias a simple vista. Ese miedo a no decir las cosas por «el qué dirán» estaba sometiendo a todo el mundo a creerse todo lo que nos vendían y nos decían.

—Me encanta el olor de la Navidad —dijo papá mientras caminábamos por el centro comercial—, ¿a ti no?

Habíamos llegado a una tienda que solo vendía ternos y que llevaba un nombre muy masculino. El tipo que nos recibió iba con traje y corbata, casi como si hubiera salido del catálogo de la tienda: tenía el pelo engominado hacia atrás y una sonrisa forzada.

—Buenas tardes, señor Mariano —saludó cuando cruzamos la puerta—, qué bueno tenerlo de vuelta por acá.

—Cada vez que vengo a este centro comercial veo más gente —dijo mi padre luego de que el hombre nos estrechara la mano.

—Sí —dijo el vendedor—, desde que la publicidad del centro ha llegado a la televisión, cada vez viene más gente. Este centro comercial es lo mejor que se ha podido hacer en la ciudad. No sabe cuánta falta nos hacía.

No supe darme cuenta si el hombre lo decía sinceramente o nada más estaba adulando a papá.

—¿Viene a buscar un terno?

—Sí —repuso mi padre—, pero no para mí. Sino para mi hijo.

—Claro —dijo el vendedor volviendo a sonreír—, un terno para el joven, entonces.

—Se llama Facundo —dijo mi padre cuando se dio cuenta de que eso de joven sonaba horrible—, tiene un compromiso en breve y necesita uno.

—Muy bien, Facundo —dijo el vendedor—, y ¿qué tipo de terno te gustaría llevar puesto?

Levanté los hombros.

—¿Tienes un catálogo? —preguntó mi padre—, para enseñarle los diferentes cortes que pueden usarse ahora.

—Por supuesto, don Mariano —contestó el vendedor abriendo una revista—, ¿es su primer traje?

—No —respondió mi padre—, pero tú sabes que los jóvenes a cierta edad crecen a toda velocidad.

—Mira, tenemos varios cortes distintos —explicó el vendedor—, está el corte inglés, el corte italiano o el corte ejecutivo.

—Ese es el que llevo yo ahora mismo —aclaró mi padre—, uno de corte ejecutivo.

—Muy bonito, por cierto, don Mariano —opinó el vendedor—; ¿es de esta casa?

—No —dijo mi padre—, este me lo compré fuera.

Descarté el corte ejecutivo de mi listado de opciones, no quería parecerme en nada a mi padre.

—Lo que más se lleva ahora mismo es el corte inglés —aseguró el vendedor.

—¿Solo son esos tres tipos de ternos? —La verdad era que no quería escoger nada de lo que el vendedor me ofrecía.

—Bueno, también está el corte pitillo —explicó el vendedor—. Se lleva menos, porque es más ceñido al cuerpo y es para personas delgadas y flacas, como tú. Aquí en Lima nadie lo usa, pero lo tenemos en catálogo.

—Entonces ese es el que quiero —dije.

—¿En qué color? —preguntó el vendedor—, ¿azul marino?

—Negro —contesté—, quizá me sirva también para algún funeral.

—Espero que no sea para el mío —intervino mi padre luego de sonreír.

Al poco rato, el vendedor sacó un par de trajes que tuve que ponerme en el probador antes de que se acercara y tomara algunas medidas.

—La verdad es que te queda muy bien —dijo el hombre con un centímetro al cuello y una tiza con la que iba marcando algunas partes que luego ajustaba con alfileres—, solo habría que hacer algunos ajustes.

Cuando acabé con el traje, vino lo de escoger la corbata y la camisa. No sé cuánto tiempo estuvimos en esa tienda, pero muy pronto sentí ganas de irme de ahí. Probarme ropa era algo que no llevaba muy bien. Me aburría bastante y, llegado un punto, comencé a bostezar. Se me cerraban los ojos. El vendedor nos dijo que el traje estaría listo al día siguiente, que podíamos ir a buscarlo, o, si lo preferíamos y pagábamos un extra, lo podían llevar a casa. Mi padre sacó su tarjeta de crédito y pagó sin importarle mucho el precio final. La verdad era que yo me sentía un poco mal, no solo por el aburrimiento de las compras, sino también porque me parecía que hacerme con un terno para usarlo una sola vez, era tirar el dinero.

Cuando salimos, mi padre me preguntó si tenía hambre, y nos dirigimos a un restaurante del centro comercial. Nos sentamos en una mesa desde donde podíamos ver a todos los clientes. Iban y venían de un lado para otro, algunos con bolsas en las manos luego de hacer compras y otros simplemente paseando, disfrutando de la reciente y supuesta modernidad que experimentaba el Perú.

—Hijo —dijo mi padre—, creo que tenemos una conversación pendiente.

Entonces supe que era inevitable hablar del encuentro en el hotel y de la homosexualidad de mi padre. La verdad era que, hasta cierto punto, creía que tenía que ser comprensivo. Saber que a mi padre le gustaban los hombres era algo que me había costado procesar, pero si algo había aprendido en los días fuera de casa era que nadie merecía ser juzgado con antelación. Estaba dispuesto a escucharlo y a decirle que no me importaba que le gustaran los hombres, y que podía hacer con su vida lo que le viniera en gana, que realmente me daba igual. Estaba dispuesto a decirle eso cuando comenzó a hablar.

—Mira, Facundo —dijo frente a mí—, lo que te quería comentar está relacionado contigo y con tu futuro.

Pensé que estaba bromeando.

—Me refiero a que es ya tu último año de secundaria, y tanto tu madre como yo queremos saber qué piensas hacer después. ¿Qué cosa quieres estudiar y hacia dónde quieres ir?

El camarero llegó con nuestras órdenes y las puso sobre la mesa.

—Sabes —continuó papá—, lo que ha pasado con Alexia nos ha preocupado bastante. Tendrá que hacer una pausa en sus estudios universitarios, lamentablemente, y luego retomarlos. Claro que le vamos a brindar el apoyo necesario, pero vista la experiencia, me gustaría saber qué tienes tú planeado cuando acabes el año.

Mi padre estaba aliñando la ensalada César que le habían puesto enfrente y pensé que estaba buscando la forma de llegar al tema de fondo más adelante, que hablar de mí solo era el punto de partida para que me diera una explicación de lo que había pasado ese fin de semana.

—Porque déjame decirte una cosa —dijo mientras se llevaba el tenedor a la boca—, las posibilidades que vengo a ofrecerte son bastante más generosas que las que le ofrecí a tu hermana. No porque no se las ofreciera, sino porque ella tuvo más claro qué quería hacer.

Eso era cierto: Alexia había querido estudiar psicología y en eso estaba. Su embarazo había llegado cuando recién empezaba.

—¿Ya sabes qué quieres estudiar? —preguntó antes de beber un poco de agua.

La verdad era que ni siquiera había pensado en ello. No tenía la más mínima idea.

—Porque déjame decirte algo —comenzó—, aparte de todas las posibilidades que tienes aquí en Lima, donde puedes escoger la universidad y la carrera que quieras, lo que vengo a ofrecerte es la posibilidad de estudiar fuera, donde tú quieras. Estados Unidos, Europa, España, cualquier otro país de América Latina.

Entonces me di cuenta de que si algo estaba haciendo mi padre en ese momento era ponerme el camino fácil a mí para ponérselo fácil a él.

—Mira —continuó—, no tienes que decírmelo ahora. Tienes que pensarlo y ver qué es lo que más te gustaría. Pero piensa que irte fuera a estudiar es una buena posibilidad, también. Salir del Perú te hará ver las cosas de otra manera. Te lo digo por experiencia.

Mi padre contaba los años en los que conoció Europa cuando era joven, la manera como le cambió la vida darse cuenta de que existían otras realidades distintas a las del Perú.

—No te preocupes, como te dije, ya hablé con Albiol, solo faltaría hablar con Cipriano y con el director del colegio para que salgas limpio este año en conducta —siguió mi padre—. Tienes que tener un récord académico impoluto. Lo que hiciste no es más que una simple travesura, porque estabas enojado con lo que le pasaba a tu hermana, y créeme que hasta comprendo ese malestar tuyo.

El camarero volvió a aparecer con un par de platos.

—Eso sí —papá me señaló con el tenedor—, tienes que portarte bien estos últimos días, trata de ser más dócil con las autoridades de tu colegio. Sé que pueden ser un poco irritantes, pero ya no te queda nada para terminar.

De repente, una música navideña comenzó a sonar en todo el centro comercial: uno de esos terribles y deprimentes villancicos que se apoderan de la ciudad durante el mes de diciembre.

—Déjame decirte una cosa más, esto a manera de consejo, a veces hay que hacerse el desentendido —dijo mi padre—. No todo en esta vida es como nosotros queremos que sea, muchas veces hay que hacer ciertas concesiones. Es la única forma de llegar a la cima. De otra manera no llegaríamos a ninguna parte, y créeme, para que eso pase, tienes que desentenderte. Hay una gran diferencia entre hacerte el huevón y ser uno realmente.

Entonces comprendí que la conversación solo trataría eso: mi futuro. Pensaba que mi padre me diría algo más, que se confesaría y me contaría lo que por tanto tiempo nos había estado ocultando a mí y a mi familia; pero no, no tenía la más mínima intención de tocar el tema. Y no quería ser yo el que dijera algo, porque en verdad no sabía muy bien qué decirle.

—Este verano tienes que aprovecharlo para prepararte y tomar una decisión. ¿Tienes alguna idea de lo que te gustaría hacer?

Entonces lo miré, di un sorbo de agua y, antes de hablar, tomé aire.

—Me gustaría trabajar en las noches —dije—, tú sabes, ser un acompañante, cómo le llaman, sexual, un escort.

Mi padre comenzó a carraspear y luego a toser con la música navideña de fondo. Por un instante fue reconfortante ver cómo la flema y el letargo de su rostro cambiaron de manera brusca. Mientras bebía agua para pasar el mal trago, su teléfono celular comenzó a sonar.

—Aló, sí... Dionisio, dime... Sí, estoy aquí en el Jockey Center, comiendo en el italiano de la segunda planta... ¿Dónde? —Mi padre levantó la cabeza como buscando a alguien—. Ya te vi —dijo finalmente, alzando la mano.

Unos segundos después, Dionisio apareció como siempre, vestido con una bufanda de seda al cuello y un caminar lento. La última vez que lo vi había sido la noche del Sheraton. Ahora entendía por qué él y papá eran tan buenos amigos.

—Pensé que ya te habías ido —dijo Dionisio acercándose a la mesa.

Cuando me vio, me estrechó la mano y pasó la otra por mi cabeza. Al igual que mi padre, Dionisio no tuvo el mayor remordimiento al verme y fue como si lo que había pasado en el hotel, nunca hubiera sucedido.

—Estoy tratando de conseguir algo importante —explicó Dionisio, que se había sentado a la mesa—. A ver, ¿qué te parecería si me trajera a Lara Bosfia al canal?

Entonces me acordé de Erminda y lo que me había dicho en la Carpa Grau.

—Sería un golazo —respondió mi padre—, ¿no crees?

—Es lo que pienso —dijo Dionisio.

—Pero no creo que sea tan fácil.

—Es en lo que estoy. Necesito de auspiciadores potentes, pero el otro canal no va a dejar que Lara se vaya tan fácilmente.

—Es lo que supongo.

—Me han soplado que Lara está renegociando su contrato, porque su rating se ha disparado.

—No me sorprende.

—Y si pudiera hacerle una buena oferta, creo que podría intentar traerla al canal.

Comencé a observar a la gente que caminaba por el centro comercial, donde la música navideña seguía saliendo de los altavoces, y, de repente, todos parecían haberse multiplicado, porque ahora veía a muchos más jóvenes, estudiantes universitarios que venían, seguramente, de la cercana Universidad de Lima.

—¿Y qué hay de lo que me comentaste de la reunión que ibas a tener con el *doctor*? —Mi padre dijo «doctor» en inglés, con acento en la primera o.

—Sí —dijo Dionisio, que había cruzado las piernas y había tirado su cuerpo hacia atrás—, me reúno con el Doc la próxima semana. Me ha citado en los salones del Servicio de Inteligencia.

—¡Cojonudo! —dijo mi padre, que ya le había pedido la cuenta al mozo—. A ver qué te dice. Tu canal lo que necesita es una inyección de capital, y la publicidad de los organismos públicos te puede venir bien.

—Sobre todo quiero ver lo que tengo pendiente con la Sunat y los impuestos, es algo que me gustaría tratar, también. Tengo una arruga bastante grande.

—Pues entonces aprovéchalo, que es ahora cuando tienes que sacar tu tajada. Tú lo apoyaste cuando cerró el Congreso en el noventa y dos. Sabe que eres leal.

—Por eso me gustaría traerme a la Bosfia, porque ella es buena para crear cortinas de humo cuando haya necesidad de hacer lo que el chino diga.

Sentí náuseas. Me puse de pie y fui corriendo al baño.

—¿Te sientes bien? —oí decir a mi padre detrás de mí.

Cuando llegué al baño devolví lo que había comido. No sé cuánto rato estuve vomitando en el inodoro, pero al poco rato salí y me vi en el espejo: mis ojos estaban rojos del esfuerzo que había hecho por devolverlo todo. Me lavé la cara y salí del baño. Mi padre me estaba esperando de pie, con las llaves del carro en la mano. Dionisio ya no estaba.

—¿Qué te pasó? —preguntó mi padre.

—Nada —dije—, solo quería ir al baño.

Camino a casa casi no cruzamos palabra. Mi padre no solo era un homosexual dentro del armario, sino que también apoyaba al régimen. Esto último era lo que realmente me mortificaba. Que le gustaran los hombres realmente me tenía sin cuidado y hasta me parecía algo interesante de lo que poder hablar con él, lo que no soportaba era ese cinismo y esa doble moral con la que lo llevaba. ¿Por qué no confesárselo a mi madre y decirle la verdad? ¿Por qué no hablarme de ello después de que me encontrara con Darío y Adrián ese fin de semana en el hotel? ¿Tan difícil era ser honesto consigo mismo? Los días que vivíamos estaban marcados por la farsa, la mentira y el doble rasero. Toda la sociedad vivía engañada, corrompida, embarrada de tanta basura de la televisión, los periódicos chicha y de las calles. Empezaba a darme cuenta de que en esos días nada tenía sentido, que la mayoría de los peruanos vivían resignados a su suerte y a los antojos del régimen, ciega ante lo que estaba pasando realmente. Bastaba con ver a la gente en la calle, o a mi propia madre, que no tenía ni la más mínima idea de que el hombre que había amado durante tantos años ni siquiera se sentía atraído por una mujer. Mi padre manejaba por la Javier Prado rumbo a casa y comencé a sentir rabia. Era una rabia amarga mezclada con una profunda tristeza. No sé si alguna vez la has sentido, pero era una sensación desagradable, aunque profundamente reconfortante. Me bajé en uno de los semáforos en rojo y le dije a mi padre que seguiría caminando. La verdad era que no podía seguir a su lado, y aunque mi padre trató de pedirme explicaciones, creo que se daba cuenta de que su actitud de querer ignorar lo sucedido había fracasado.

Mientras caminaba, con el bullicio y el tráfico caótico, los gritos, los insultos racistas, las mentadas de madre que los conductores se daban los unos a los otros y los policías que pedían dinero para no multarte y los piropos de mal gusto que los cobradores de combi les gritaban a las chicas y la contaminación de los viejos microbuses que echaban humo negro por sus tubos de escape, me puse a llorar. Nada me deprimía tanto como Lima, la ciudad en la que había nacido, crecido y en la que ahora me sentía un completo extraño, un forastero. Sentí que esa ciudad por la que ahora caminaba no me pertenecía o, lo que es peor, yo no le pertenecía a ella.

Llegué a una esquina y una mujer con un colorido atuendo andino —ojotas, pollera y aguayo— estaba sentada vendiendo caramelos y cigarrillos. En sus brazos tenía un niño con una quemadura en el rostro. Era muy pequeño y me acordé de la historia de Erminda, cuando fue por primera vez al programa de Lara Bosfia y se encontró con una mujer que también llevaba a un niño con el rostro marcado por una quemadura. Quizá fuera esta mujer. Quise decirle algo, pero solo fui capaz de pedirle unos cigarros sueltos. Le di una moneda de dos soles y le dije que se quedara con el vuelto, y antes de volver a ponerme a llorar frente a ella, otra chica se acercó.

—Te he traído lo que te prometí, Adela —dijo dejando un par de bolsas al lado de la vendedora ambulante.

Adela miró a la visitante con la mirada más conmovedora que jamás había visto, con esos ojos negros y vidriosos.

—La ropa —precisó la chica manipulando lo que había dentro de las bolsas—. Hay hasta los dos o tres años de edad.

Adela le dio las gracias con un tono de voz que sonó a las entrañas del Perú.

—¿Venías también a echarle una mano? —ahora la mujer se dirigió a mí.

—La verdad es que solo pasaba por aquí —dije.

—El otro día vi que salió en el noticiero de la noche —me dijo la chica que llevaba unas gafas que le daban un cierto aire intelectual—. ¿Tú sabes su historia?

Entonces recordé lo que había salido en la tele y se lo conté: al niño le había caído aceite caliente en el rostro; vivían en un asentamiento humano en un cerro, en una casa hecha de esteras que la mujer tuvo que levantar con sus propias manos, ayudada por algunos vecinos que, al igual que ella, habían venido a la capital en busca de un mejor porvenir.

—Pero eso no es todo —dijo la chica, llena de energía—. Lo que le ha pasado a Adela antes de llegar a Lima es horrible. ¿Tienes alguna idea?

—No, pero me gustaría saberlo.

—Es bueno que la gente lo sepa —la voz de la chica adquirió un tono quejumbroso y percibí su acento, quizá era extranjera—, porque en este país se vive de espaldas a lo que ocurre en provincias y al interior.

—Cuéntamelo, por favor, quiero saberlo.

—¿Cómo te llamas?

—Facundo.

—Yo soy Denise. ¿Cuántos años tienes?

—Dieciséis.

—¿Te sientes bien?

—Sí, estoy bien.

—Parece que has estado llorando.

—Debe ser por la contaminación —dije—, pero cuéntame. ¿Qué me querías decir?

—En este país ha habido una guerra muy fuerte.

—¿Te refieres a Sendero?

Denise asintió.

—Y en Lima se sabe muy poco de cómo se vivió la guerra en el interior.

Denise, entonces, comenzó a contarme que había vivido y estudiado historia en París. Su padre era peruano y su madre francesa. Hacía poco había ido a visitar un pueblo en Ayacucho gracias a un artista que trabajaba en el Centro de Agricultores de ese departamento. El artista tenía un programa de radio y se había ganado la confianza de los habitantes de un pueblo remoto. Quería contar la historia de los lugareños y hacer retablos andinos con sus testimonios sobre la guerra. Cuando se lo contó a Denise, ella se entusiasmó y quiso acompañarlo. El viaje había sido largo y pesado. Una vez en Ayacucho, tuvieron que adentrarse hacia un pueblo llamado Chungui. Aquel lejano pueblo había sido uno de los más perjudicados por el conflicto armado que había empezado varios años atrás, cuando Sendero Luminoso le había declarado la guerra al Estado quemando las urnas que serían utilizadas en las primeras elecciones presidenciales luego de doce años de dictaduras militares.

—Lo más probable es que cuando todo empezase, tú aún estuvieras gateando —dijo Denise—. O ni siquiera hubieras nacido.

Para acceder al pueblo había que ir andando o a caballo. El frío de las alturas secaba y agrietaba la piel: las caras, los labios y las manos. La zona era tan remota que el castellano se hablaba menos que en el resto del país, casi todos se entendían en quechua. Denise no lo hablaba, pero sus acompañantes eran todos bilingües. La desconfianza de los habitantes fue disminuyendo a medida que se iban dando cuenta de que los visitantes no tenían otra intención más que escucharlos. El artista, que se llamaba Casimiro, quería dejar un testimonio gráfico de lo que había pasado en aquellos años.

Todo había empezado cuando un grupo de hombres y mujeres se acercaron al pueblo de noche. Con banderas rojas y cánticos pegajosos, intentaron convencer a los campesinos de que la hora de la insurgencia había, por fin, llegado. Muchos venían de pueblos cercanos y les hablaron de un tal presidente Gonzalo, una especie de mesías que sería el encargado de liderar el camino de la revolución por un sendero luminoso. También hablaron de Marx, Lenin y Mao, y de la conquista del poder para devolvérselo al pueblo. Al principio muchos de los lugareños escucharon con atención e hicieron preguntas, pero cuando los visitantes pusieron énfasis en que la única forma de conseguir la victoria era con un baño de sangre, muchos dudaron y se mostraron reticentes. Para dejar claro que la revolución no había venido a preguntar, uno de los insurgentes disparó a un perro que un grupo de familias tenía como mascota. Una de las niñas, que jugaba con el animal todos los días, soltó un grito y se puso a llorar. El perro temblaba, desangrándose, pero nadie se atrevió a decir nada. Los otros, ahora, habían levantado sus fusiles y les dijeron que todo aquel que se opusiera a la revolución tendría el mismo destino que el animal: «El que no está con nosotros es un traidor, y a los traidores, como a la mala hierba, se les mata». Y allí se quedaron.

Los senderistas colgaron una bandera roja con la hoz y el martillo, lo que significaba que el pueblo estaba, ahora, tomado por la revolución. Su llegada dividió a los campesinos. Los que estaban en contra solían ser aquellos que salían a trabajar la tierra y a pastar a los animales todas las mañanas, incluso antes de la salida del sol. Muchos habían adquirido las tierras luego de la reforma agraria y, para ellos, los senderistas habían venido a apropiarse de sus recursos y de sus tierras. Los que apoyaban a los insurgentes, por otra parte, tomaron las armas. Hasta que llegaron los militares.

Era el comienzo de los ochenta, dijo Denise, y se sabía, a lo lejos, que, Belaunde, un presidente civil y blanco estaba gobernando en Lima por segunda vez. Era el primer gobernante democrático en doce años, pero en la actitud de los militares no había ni una pizca de comportamiento democrático. Las órdenes que habían recibido los uniformados eran las de causar una primera impresión contundente y demoledora. Estaban enfurecidos, porque las primeras víctimas de los senderistas habían sido policías y militares, y era a ellos a quienes robaban las armas que luego utilizaban en su «guerra popular».

Llegaron en helicópteros y empezaron a preguntar a las mujeres. Los senderistas les habían advertido a los campesinos que había dos cosas que los miembros del partido repudiaban de forma visceral: a las fuerzas del orden y a los soplones. Pero los militares insistían y, para demostrar su poder, comenzaron a colgar de los árboles a cada sospechoso de ser senderista: «El que llora es un terruco de mierda y debe morir, como la mala hierba. A los terroristas, hay que matarlos», parafraseó Denise. Luego me aclaró: «Les decían exactamente lo mismo».

Los rebeldes les exigían a las madres que cada vez que llegasen los uniformados, los niños tenían que estar en silencio. Pero muchas veces el hambre, la sed o el miedo hacían que los bebés lloraran. Y ese llanto terminaba delatando a los insurgentes que eran ahorcados frente al resto de los pobladores. Por ello, los jefes de los senderistas ordenaron a las propias madres matar a todos los niños del pueblo. Ellas, obviamente, se negaron a hacerlo. Los terroristas entonces comenzaron a estrangular a niños y bebés con sus propias manos, o los partían abriéndoles las piernas frente a los gritos y los llantos de las madres. «¡Nada es más importante que la revolución, ni siquiera los hijos!», les decían los senderistas. Por su parte, los militares eran más agresivos y violentos en cada visita e incluso comenzaron a violar a las mujeres. Fusilaban a los sospechosos de a cinco o seis, dejando sus cuerpos acribillados en el suelo, y obligaban al resto a cavar fosas donde escondían los cuerpos agujereados. Muchos campesinos huyeron, escondiéndose en lugares remotos, hasta que el pueblo prácticamente quedó vacío.

—Adela perdió a toda su familia en esa guerra sangrienta —dijo Denise—. Llegó a Lima no hace mucho. Tenía tu edad cuando los militares y los senderistas mataron a su padre y hermanos.

Miré a Adela a los ojos.

—La única forma que se nos ocurrió para ayudarla, fue montarle un pequeño puestito ambulante. Antes pedía dinero en la calle.

No supe qué decir. Me sentía sin derecho a decir nada.

—Los militares han hecho casi tanto daño como los senderistas —dijo Denise—. Y lo peor es que hoy los militares están en el poder, impunes.

—¿Hay algo que pueda hacer? —dije, pero sabía que no podía hacer mucho.

—Sí, cuenta la historia de Adela y que se sepa. Esa sería una buena forma de ayudar.

Decidí alejarme. No quería ponerme a llorar frente a ellas. Ahora todo parecía borroso, como si la melancolía de los que habían sufrido la guerra me aplastara. Esa pesadumbre que se respiraba en el cielo gris, en la humedad de la ciudad y los cerros, donde los que estaban arriba realmente estaban abajo, despertaba en mí un sentimiento insoportablemente contradictorio y desgarrador. El tabaco en mis pulmones me devolvió un poco la calma.

No sé cuánto tiempo tardé en llegar a casa, pero era muy tarde. Me serví un vaso de agua y subí a mi habitación. Cuando encendí la luz vi que sobre mi cama había un trozo de papel. Lo abrí y leí un mensaje. Era la letra de mi padre: LO SIENTO, HIJO.

Entonces lo arrugué, lo tiré al tacho de basura y cerré los ojos bajo la almohada.

La noche de la fiesta de promoción salí en un taxi a buscar a Rita. Ella me estaba esperando en el salón de su casa, donde no había nadie, sus padres cenaban fuera.

—¿Quieres un poco de tequila? —me ofreció caminando hacia el bar de su gigantesco salón.

Asentí y sirvió un par de shots.

—Por tu futuro fuera del colegio —dijo—. ¡Salud!

Bebimos y bajamos a la calle, donde el taxista nos estaba esperando. La fiesta de promoción era en uno de los jardines del colegio, adornado para la ocasión con mesas por todo el césped. No recuerdo muy bien a qué hora llegamos, pero fuimos casi los últimos. Un hombre nos dijo que posáramos y sonriéramos para hacernos la foto. No sé por qué, pero mientras estaba con Rita al lado, esperando a que el flash saliera disparado, crucé unos de mis brazos sobre la solapa del saco y, muy discretamente, saqué el dedo medio que quedaría inmortalizado en la imagen. Si algún recuerdo quería que quedara de esa noche, era lo falso que me parecía todo. Para la promoción era la noche más importante del año, y muchos lo habían estado esperando con ansias, pero lo cierto es que había muy poco que celebrar, sobre todo por lo que le estaba pasando a Pedro Lines, que, en vez de estar con nosotros, luchaba por su vida en la cama de un hospital.

En nuestra mesa estaban Perico Soler, Lucho Salcedo, Fernando Madueño y Bruno Flores. La música había comenzado cuando me bebí la primera cerveza de la noche. Poco después, los camareros sirvieron la cena: uno podía escoger entre carne o pescado.

Un par de horas más tarde, mientras todos estaban en la pista de baile y Rita se había ido a hablar con Irene a la mesa de otra de sus amigas, me fui al baño. Recordé que en la billetera tenía un poco del polvillo blanco de Darío. Lo saqué. En el baño había unos cuantos de quinto A, unos tipos que creían ser superiores al resto porque sus padres trabajaban como directivos de grandes empresas, además de ser los más altos, creerse unos adonis, y formar parte de los equipos oficiales de fútbol y básquet. Gracias a ellos, tipos como Pedro Lines sufrían de acoso y de alguna forma también tenían algo de responsabilidad en que se hubiera querido quitar la vida.

—La idea es ir después a la Costa Verde —decía uno de ellos—, seguirla abajo.

Me metí en la caseta y saqué el pequeño envoltorio, introduje mi tarjeta de la biblioteca escolar e inhalé. Esta vez la cocaína me supo mejor y fue hasta reconfortante sentir cómo la sustancia bajaba por mi garganta. Repetí la operación por mi otra fosa nasal y, antes de salir, restregué los residuos de la tarjeta contra mis dientes. En los lavabos me vi en el espejo: el nudo de mi corbata estaba flojo con el botón de arriba de mi camisa desabrochado. Abrí el grifo y me pasé un poco de agua por la cara. Los de A seguían ahí.

—¿Esta noche te quedarás dormido, Lescano? —preguntó uno, antes de reírse de su propia broma.

—Solo si te veo bailar —dije mirándolo por el espejo—, o si se te ocurre contar algún chiste.

Los otros se rieron.

—¿Quién es la chica con la que has venido? —se interesó otro—, ¿es amiga de tu hermana?

Sabía que detrás de su pregunta había algo de mala leche.

—Cuando te aprendas la tabla del nueve, te lo cuento —repliqué.

Los otros se rieron. Salí del baño rumbo a mi mesa y cuando estaba cruzando la pista de baile, Perico se acercó. Tenía los ojos húmedos.

—Facundo, Pedro Lines acaba de fallecer.

La música se había puesto más animada, la gente no dejaba de bailar en medio de la pista y hasta habían hecho un círculo donde todos daban aplausos al tiempo que tarareaban las canciones.

—¿Estás seguro? ¿Cómo lo sabes?

—Me lo ha confirmado el gordo Iván.

Iván estaba sentado en una mesa con un vaso de ron con cola en la mano, desparramado sobre su silla.

—¿Es cierto eso, Iván? —Me acerqué a él.

Iván asintió sin decir nada, estaba con la mirada perdida en el suelo.

—¡Puta madre! —dije.

En ese instante, mientras la algarabía de toda la promoción de quinto parecía haber llegado a su punto máximo, comencé a sentir los efectos de la cocaína: mi garganta se había cargado y mi corazón latía con más intensidad. Me acerqué a la mesa de las botellas y me serví un vaso de chilcano de pisco. Antes de que Perico me dijera nada, cogí una cajetilla de cigarros y me alejé del bullicio de la música. Crucé el patio.

Era raro ver el colegio de noche y darme cuenta de que, ahí, todos nosotros habíamos crecido, corrido y jugado. Ver los patios de noche, con un vaso de pisco en la mano, me hizo entender que las cosas estaban cambiando. Crucé la cancha de vóley de cuarto de media y me senté en una de las escaleras que daba al pabellón de tercero. En el cielo se podía ver la luna, difuminada por la neblina nocturna. El clima estaba cambiando, ya se notaba que el fin de año y el verano estaban cerca. Todavía hacía frío, pero no tanto como en julio o agosto. Saqué un cigarrillo y lo encendí en medio de la noche. Cada bocanada de nicotina parecía sacarme una buena cantidad de ansiedad del cuerpo. Estaba pensando en Pedro Lines cuando alguien se acercó.

—Facu, ¿estás bien?

Rita se había puesto de pie frente a mí.

—Te vi salir y pensé que no te sentías bien, ¿te pasa algo?

Me hice a un lado, y Rita se sentó.

—La verdad es que odio esta fiesta —dije—, sabía que no debía venir.

—Bueno, tampoco está tan mal.

—Por lo menos me alegro de que tú no lo veas así, eso me hubiera hecho sentir peor.

—¿Por qué estás así? —me preguntó pasando su mano por la parte posterior de mi cabeza.

Me quedé en silencio y le di una gran bocanada de humo a mi cigarrillo.

—¿Tienes uno?

Le di la cajetilla.

—Entonces —Rita había aspirado la primera dosis de tabaco luego de que se lo prendiera con mi encendedor—, ¿qué te pasa?

Le comencé a contar lo de Pedro Lines, de cómo se había disparado y de lo que me había confesado. Por un momento se quedó en silencio, creo que le costó tiempo procesar lo que le decía.

—¿Y qué piensas hacer? —dijo.

—No lo sé.

—Si yo fuera tú haría algo.

—¿A qué te refieres?

—No sé, Facundo, algo; un compañero tuyo se ha quitado la vida por culpa de un enfermo que va dando cátedras de moral y buenas costumbres a todo el mundo. Eso no puede quedarse así.

—Tienes razón, pero qué puedo hacer.

—Para empezar, deberías decírselo a las autoridades del colegio.

—No creo que me tomen en serio, después de lo que hice en la capilla, mi palabra está algo desacreditada.

—Entonces díselo a su padre.

—Lo intenté, pero no pude.

Durante un segundo nos quedamos en silencio.

—Pero tienes razón —dije—, algo hay que hacer.

—Claro —Rita terminó de fumar—, si ese pobre chico te dijo la verdad y el cura ese de tu colegio abusaba de él, no te puedes quedar de brazos cruzados.

Rita sacó un caramelo de menta y se lo llevó a la boca.

—Gracias —dije—, por estar aquí.

Entonces Rita pasó una de sus manos por mi rodilla y me percaté de que eran largas y delgadas.

—Tienes unas manos muy bonitas.

Rita soltó una carcajada.

—Nunca nadie me había dicho eso.

—¿Qué cosa?

—Que tengo unas manos muy bonitas.

—Pero es verdad. Las tienes bonitas.

La miré a los ojos y volví a darme cuenta de lo grandes y oscuros que eran. Más que grandes, su mirada era intensa, como si se metiera dentro de ti.

—¿Tienes un caramelo? —pregunté.

Sin dejar de mirarme a los ojos, Rita negó con la cabeza, muy despacio, como si no tener un caramelo más para mí fuera un gran drama y así, en silencio, se acercó, me cogió la cara con una mano, acercó mi boca a la suya y sentí sus labios contra los míos. No sé cuánto rato estuvimos besándonos, pero lo único que sé es que cuando nos volvimos a separar tenía su caramelo en mi boca.

Después nos quedamos mirándonos sin decirnos nada.

—Gracias —dije—, por el caramelo.

—Vamos —dijo Rita poniéndose de pie y cogiéndome de la mano—, volvamos a la fiesta.

Cuando llegamos a la pista de baile, ya eran más de las cuatro de la mañana, casi todos estaban con las camisas fuera y las corbatas desanudadas. Perico Soler se acercó a mí.

—¿Has oído los planes para después?

—Oí algo de ir a la Costa Verde.

—¿Tú vas a ir?

—Tenemos que hacer algo con lo de Pedro Lines, Perico.

—Ya lo sé, estaba dándole vueltas a eso. Pero no podemos hacer nada esta noche.

—Es verdad —dije—, la próxima semana es la última, así que podemos contárselo a Albiol.

—¡Ese hijo de puta no nos va a creer!

—Tenemos que intentarlo, no podemos quedarnos callados —insistí, y vi cómo la pareja de Perico lo cogió del brazo y se lo llevó a bailar.

La fiesta continuó hasta las seis de la mañana. A esa hora fui a dejar a Rita a su casa.

—Llámame —me dijo bajando del taxi—, y cuéntame cómo te fue con el asunto de tu compañero de colegio.

Luego de dejarla, fui a la Costa Verde, en Chorillos, donde un grupo de veinte alumnos habían bajado a seguir bebiendo. Algunos habían cogido las botellas de pisco, ron y whisky de la fiesta y las llevaron a la playa. El sonido del océano Pacífico y el olor salado del mar me hizo sentir mejor.

—Si tuviera mi tabla de surf aquí me metería a correr olas —dijo Pflucker, que estaba rodeado por los de quinto A—, el agua está rica.

—Tú ni siquiera eres capaz de correrte la paja —soltó Fernando Madueño, que iba borracho.

Pflucker se quedó callado cuando se dio cuenta de que todos los demás comenzaron a reírse.

—Qué mierda lo que ha pasado con Pedro Lines —intervino Lucho Salcedo—. Creo que deberíamos rendirle un homenaje.

—Hay que ser bien huevón para limpiar un arma cuando está cargada —dijo Luque Ferrini—. Mi viejo tiene armas, pero jamás se me ocurriría limpiar un arma cuando tiene balas.

—Hay que ser bien huevón para creerse que fue un accidente —replicó Perico Soler—, solo los imbéciles como tú se lo han creído.

—¿Qué te pasa, huevonazo? —le espetó Pflucker—. Es lo que ha pasado, ¿no? Estoy de acuerdo con Luque, ¿a quién se le ocurre limpiar un arma cargada?

Fue ahí que corroboré lo que siempre había creído de algunos de la promoción: que eran unos idiotas y unos soberbios.

—Lo de Pedro Lines no fue un accidente —dijo Alfonso Neroni—, se ha suicidado.

Las caras de imbéciles que pusieron los de quinto A y Pflucker eran para enmarcarlas.

—Entonces por qué nos han dicho que fue un accidente —quiso saber Ferrini.

—¿Por qué irían a decirnos eso? —intervino Pflucker.

—Ustedes no son más tarados porque no pueden —espetó Perico Soler.

—Suave con lo que dices, Soler —terció Gustavo Sempric, otro de quinto A que era el más alto—, sin insultar.

—¿Cómo se les ocurre que nos van a decir que Pedro Lines se ha suicidado? —siguió Perico Soler— No pueden. Parece como si no conocieran en qué tipo de colegio hemos estudiado todos estos años.

—Supongamos que es cierto lo que dices... —dijo Ferrini.

—Es cierto —lo interrumpió Perico Soler—, Pedro Lines se ha matado.

—¿Y cómo lo sabes? —preguntó Pflucker—. ¿Por qué estás tan seguro de eso?

—Porque días antes le contó a Facundo que tenía ganas de suicidarse —soltó Perico Soler—. Se lo dijo llorando.

—¿Es cierto eso, Lescano? —inquirió Ferrini—. ¿Es lo que te dijo?

—Sí —respondí.

—¿Por qué lo haría? —dijo Pflucker.

—Porque Cipriano lo tenía amenazado —contesté.

—¿Amenazado? —se sorprendió Ferrini.

—Hacía mucho tiempo que Cipriano venía abusando de él —expliqué—, y Lines quería hacer algo, contárselo a sus padres, pero Cipriano le decía que si abría la boca su futura carrera eclesiástica estaría terminada.

—¿Carrera eclesiástica? —preguntó Lucho Salcedo—. ¿Lines quería ser cura?

—Al parecer es algo que le gustaba —respondió Perico Soler—, siempre le gustó eso de ser monaguillo.

Todos se quedaron en silencio, pensando en lo que les había dicho y, seguramente, recordando las veces que Cipriano les había hecho una caricia, los había tocado o había intentado acercarse más de la cuenta. Entonces oímos que alguien comenzó a sollozar. Era Iván Sánchez-Camacho.

—¿Qué pasa, gordo? —Bruno Flores estaba acercándose a él—, ¿por qué lloras?

—Pedro Lines se ha suicidado —no podía dejar de llorar—, y nosotros siempre lo molestábamos con eso de que era maricón.

—Un poco afeminado sí era —soltó Ferrini.

—Y yo te voy a romper la cara si sigues jodiendo a alguien que ya está muerto. —Perico Soler se estaba enfadando.

—¡Tranquilos, carajo! —terció Lucho Salcedo—. ¿Quién de nosotros nunca sintió una caricia rara de Cipriano en algún momento?

Todos nos quedamos en silencio.

—¡Respondan, pues carajo! —insistió Salcedo—, ¿quién chucha de nosotros nunca ha estado en las faldas de Cipriano?

Todos volvieron a quedarse en silencio, seguramente recordando las caricias de Cipriano cuando recién entramos en la primaria.

—Tenemos que hacer algo.

—¡Vamos a matarlo —bramó Fernando Madueño—, vamos a quemarlo vivo!

—Por lo pronto habría que hacérselo saber a sus padres —apuntó Bruno Flores—, y a las autoridades del colegio.

—Propongo algo —dijo Madueño—, por qué no vamos a comer un cebiche primero.

Ya había amanecido y, desde donde estábamos, podíamos ver a los pescadores que estaban mar adentro desde hacía varias horas. Recién ahora, con la luz del amanecer, los veíamos. Cerca de donde estábamos había un chiringuito que ya había abierto, nos sentamos y pedimos cervezas, choritos y cebiche.

—¡Salud! —brindó Salcedo—. ¡Por Pedro Lines!

Comer cebiche por la mañana, luego de una noche larga de borrachera era una de las mejores cosas que se podían hacer en Lima. No sé a qué hora llegué a casa, pero Dolina ya se había despertado y mi madre también.

—Llegaste Facundo —dijo mi madre en el salón de la casa—, ¿qué tal estuvo la fiesta?

Estaba con ropa de deporte, al parecer había vuelto de correr.

—Bien —contesté.

—Hueles a alcohol, imagino que has bebido mucho.

—Necesito echarme y descansar.

—Sube con cuidado que tu padre aún duerme. Anoche llegó muy tarde.

—¿Papá ha dormido aquí?

—Sí, ¿dónde más?

—Qué raro.

—¿Raro? ¿Por qué te parece raro?

—No sé, pensé que ustedes dos habían decidido pasar menos tiempo juntos.

—¿Y de dónde sacas eso? —Mamá ahora bebía un jugo de frutas que Dolina le había preparado—. Si tu padre no duerme aquí a veces es porque viaja mucho por el trabajo.

—Si supieras, mamá, si supieras.

—¿Si supiera qué?

—Tú a mi padre no le gustas —me di cuenta de que estaba borracho—, nunca le gustaste.

—¡Pero qué falta de respeto, Facundo! —dijo mi madre levantando la voz—, ¿qué diantres te pasa?

—Papá es homosexual. Le gustan los hombres, y tú ni enterada.

Mi madre se acercó y me dio una bofetada.

—¡Cállate! —gritó, y vi cómo comenzó a sollozar—, ¿por qué me dices estas cosas?

—Lo siento.

—¡Lárgate! ¡No te quiero ver! Espero que solo sea el alcohol. Si tu padre estuviera aquí, ya te hubiera partido la cara.

—Lo lamento mucho —dije dándome media vuelta y subiendo a mi habitación—, pero no te he mentido.

—¡Desaparece de mi vista, Facundo! ¡No te quiero ver!

Entonces subí a mi habitación y cuando me eché en la cama sentí que todo me daba vueltas. Aun así, no me costó mucho quedarme dormido.

Cuando me desperté varias horas después, Dolina estaba en mi habitación.

—Niño, te llaman por teléfono.

Me puse al teléfono. Al otro lado estaba Perico Soler.

—Facundo, ¿qué tal la resaca?

Su voz sonaba ronca, como la mía.

—Hoy es el entierro de Pedro Lines, ¿vas a ir?

—¿Crees que deberíamos ir?

—Por eso te llamo.

—Sí, quizá deberíamos hacerlo.

—Entonces nos vemos en la parroquia del colegio, es ahí donde lo velan.

Salí de mi cama, me di una ducha y cogí mi bicicleta rumbo al colegio. Era domingo y se notaba que mucha gente no trabajaba. En la parroquia había personas mayores, familiares y gente que iba a darle el último adiós a Pedro. Me había puesto unas gafas oscuras que ocultaban la mala noche que había pasado y a los pocos compañeros de clase que habían ido les pasaba algo similar. El ataúd estaba en el velatorio de la parroquia, rodeado de flores, velas, y con una foto de Pedro en la que se le veía sonriendo. Estaba cerrado, y Perico Soler me susurró que no lo abrían porque, luego del disparo, su cabeza y su rostro habían quedado desfigurados.

Estuvimos ahí, de pie en una esquina, viendo cómo sus padres, a pesar del dolor, trataban de mantener la calma. Cerca de una hora después vinieron unos hombres con trajes y corbatas oscuros que levantaron el ataúd y lo metieron en un coche fúnebre, donde también se subieron los padres. Perico había sacado el carro de sus padres, una camioneta pick-up que su viejo a veces llevaba a sus cortos viajes a la sierra central, o a Cieneguilla para poner a prueba su tracción. Seguimos a la caravana de autos por toda la Javier Prado, rumbo a la Molina. Los Jardines de la Paz era un cementerio con grandes cantidades de áreas verdes, debajo de las cuales se enterraba a los muertos. El estacionamiento fue el punto donde todos los amigos y familiares de Pedro nos volvimos a reunir. En esa parte de la Molina hacía mucho más calor que en el resto de Lima. El último coche fue el que traía al padre Cipriano, que sería el encargado de oficiar la última misa y decir las últimas palabras antes de la despedida final. Verlo con esa cara de compungido y saludando a los familiares me dio náuseas.

—Mira su cara —dijo Perico—, parece como si con él no fuera.

Yo seguía con mis gafas oscuras y no tenía pensado quitármelas en toda la tarde.

—¿Deberíamos decir algo? No aguanto tanta hipocresía.

—No es el momento —le dije—, no ahora.

Luego de una breve misa en la parroquia del cementerio, los hombres de negro volvieron a colocarse en las cuatro esquinas, levantaron el ataúd y caminaron hacia uno de los jardines seguidos por todos nosotros. Colocaron la caja en un rectángulo que se había hecho sobre el césped y todos nos pusimos alrededor. El padre Cipriano, que llevaba una Biblia en la mano y agua bendita en la otra, esperó a que estuviéramos en silencio. Ahora no solo me hubiera quedado dormido, sino que el alcohol que habíamos bebido la noche anterior me produjo arcadas. Cipriano comenzó a hablar de cómo era Pedro Lines, de su bondad, de su gran corazón y de su vocación, que, según él, desde muy pequeño estaba orientada a servir al Señor. No podía creer cómo la cara de Cipriano se mantenía tan impávida, sin el menor atisbo de remordimiento, era como si realmente no tuviera el más mínimo sentimiento de esa culpa que, durante años, nos había inoculado a nosotros. Mientras oía hablar a Cipriano de las cualidades y virtudes de Pedro Lines, me sentí estafado. Estafado porque nada de lo que nos habían obligado a hacer durante todos los años de colegio era cumplido por las autoridades. Nos habían hablado de moral, de buenas costumbres, de pecados y de malos pensamientos, pero Cipriano había actuado justamente de forma contraria a como predicaba. Aún tenía muy presente en la memoria la gran bofetada que me había dado cuando se enteró de que me había cargado la imagen de la capilla. Esa rabia y esa indignación que mostró frente a mí no era más que pura mentira. ¿Por qué no sentirse así ahora que Pedro Lines se había suicidado por su culpa?

—No puedo seguir aquí —dijo Perico Soler—, escuchar esto me sienta mal.

—Espera —le dije—, tenemos que intentar hablar con su padre.

—¿Ahora mismo?

—Cuando termine todo.

Cuando Cipriano acabó, los enterradores descendieron el ataúd y, al ver cómo su hijo era sepultado, la madre de Lines comenzó a llorar: llevaba gafas oscuras, al igual que el padre, que abrazaba a su mujer dándole consuelo. No sé por qué, pero también sentí algo nuevo cuando vi cómo el cuerpo de Pedro Lines era llevado bajo tierra. Era la primera vez que iba a un entierro y cuando estás en una situación como esa, comienzas a preguntarte ciertas cosas. No esas tonterías como adónde va la gente después de muerta, pero sí comencé a cuestionarme lo frágil que era la línea que separaba la vida de la muerte, la verdad de la mentira.

Luego de que los padres de Pedro Lines terminaran de ponerle flores y de despedirse por última vez de su hijo, la gente comenzó a dirigirse al estacionamiento. Para entonces, Cipriano ya había desaparecido. Antes de irnos, me acerqué a los padres de Pedro.

—Gracias por venir, Facundo —me dijo su padre.

Su madre estaba al lado, con un pañuelo en la mano que pasaba por sus ojos húmedos, bajo sus lentes de sol.

—Él es Facundo —le dijo a su mujer—, amigo de Pedro.

—¿Cree usted que pueda pasarme algún día de la próxima semana por su casa? —dije luego de darle el pésame a la madre.

—Claro, hijo —dijo—, cuando quieras.

—Creo que hay algo que le gustaría saber.

—Puedes venir a verme a casa cuando quieras —repitió el señor Lines, y nos despedimos.

La última semana del colegio andábamos a medio camino entre la euforia, la alegría y la tristeza. Al fin y al cabo, habíamos pasado todos esos años escolares juntos, y aunque muchos, como yo, teníamos ganas de irnos y no regresar jamás, algunos sentían una extraña nostalgia hacia aquellos años de infancia y adolescencia. El día que fui a ver al padre de Pedro Lines habíamos recibido ya las notas de fin de año, y tal como me lo había dicho mi padre, lo que obtuve en conducta no fue un desaprobado. Me jalaron en el semestre por lo que había hecho en la capilla, pero en el promedio final del año aprobaba raspando con un once. Eso me permitía terminar el colegio limpio. Como era la última semana de clases, se nos estaba permitido ir en ropa de calle, así que cuando toqué la puerta del señor Lines ya no iba uniformado. Lines vivía muy cerca del colegio, en San Isidro, en una casa grande con jardín en la parte exterior y rejas. La que abrió la puerta fue la madre de Pedro, que aún iba vestida de negro.

—Hola, Facundo, pasa. ¿Has venido a ver a mi esposo?

—Sí —dije—, bueno, a los dos, quería comentarles algo.

El salón de la casa de la familia Lines era amplio: la sala y el comedor estaban uno al lado del otro, en dos espacios contiguos, separados por un arco. La señora Lines me hizo sentar en uno de los sofás del salón y fue cuando vi la especie de pedestal que estaban montando en una de las esquinas. Ahí había una enorme foto de Pedro en la que sale sonriendo a la cámara. En una de las paredes de al lado había una imagen de la Virgen María.

—Pensamos que sería una buena idea hacerle una especie de memorial —dijo la mujer mientras encendía una vela junto a la foto—, así lo vamos a tener presente siempre.

Alrededor de la imagen había varias fotos más pequeñas, donde Pedro aparecía a distintas edades: cuando era bebé, en su primer día de clases, en nuestra primera comunión.

—Recuerdo el día que hicimos la primera comunión —le dije a la madre; no sé, quería hacerle algo de conversación y que se sintiera mejor—; él era el más emocionado de todos.

—Sí —dijo ella—, siempre fue un niño muy pío.

—Siempre nos pareció un poco raro que le gustara tanto la Iglesia —apunté.

—Es que de niño siempre le inculcamos los valores cristianos —explicó la mujer—, la importancia de la fe, el amor y el perdón.

—Sí, claro —repuse; tampoco quería contradecirla—, en eso siempre fue diferente a los demás.

—El día de la confirmación también fue muy importante para él —dijo la señora Lines—, ¿tú estabas?

—No exactamente —no quería contarle que había desistido de confirmarme—, me rezagué un poco.

—¿Te rezagaste?

—La verdad es que aún no la he hecho —admití.

—Pero tienes que hacerla, hijo, no puedes quedarte sin confirmar tu fe —dijo la madre—. Después no te vas a poder casar por la Iglesia.

Sentimos unos pasos que bajaban unas escaleras y al poco rato apareció el padre de Lines.

—Facundo, muchacho —dijo—, ¡qué bueno que hayas venido!

Me estrechó la mano y nos sentamos en el sofá.

—¿Quieres algo de tomar? —ofreció la madre—, ¿un tecito?

—Estoy bien, gracias.

—Tómate algo, muchacho —insistió el señor Lines—. Sírvele también un poco de pastel.

La mujer se dirigió a la cocina.

—¿Qué te trae por acá?

—¿Se acuerda de que el otro día le dije que quería contarle algo?

—¿Sobre Pedro? —preguntó bajando la cabeza.

—Sí —dije.

Mientras veía el rostro del señor Lines frente a mí, tuve la sensación de que me iba a costar bastante decirle ciertas cosas.

—Pedro no tenía muchos amigos en el colegio —explicó entonces el hombre—, quiero decir que no era de hacer muchos amigos y hacer palomilladas, como la mayoría de los de tu edad. ¿Eras muy amigo de él?

—La verdad es que no podría decir que fuera de mis mejores amigos de la clase —reconocí—, pero una vez tuvimos una conversación.

—¿Una conversación?

—Sí, lo encontré en la calle, a la salida del colegio. Estaba llorando.

—¿Llorando?

—Aquí está el tecito —dijo la madre, que se apareció de manera repentina, dejando la taza de té sobre la mesa de centro—, ahora vuelvo con el pastel.

—¿Por qué estaba llorando? —preguntó el padre con mucha curiosidad.

—Me habló de que... —por un momento quise echarme para atrás y no decirle nada—, esto me va a costar un poco contárselo.

—Dime, muchacho, ¿por qué estaba llorando?

—Usted sabe que en el colegio todos bromeamos y nos molestamos entre nosotros —dije—, es muy normal. Pero Pedro era un punto fácil y no sabía defenderse, no era como los demás que devolvían las bromas o se peleaban para hacerse respetar. Creo que él estaba un poco harto de eso.

—¿De que lo molestaran? —inquirió el señor Lines—, ¿estaba un poco harto de que lo molestaran?

—A mí no me gustaba que lo jodieran tanto. Siempre le decía que tenía que ser más duro para que no lo fregaran de esa manera.

—¿Y por eso estaba llorando?

—Yo pensé que lloraba por eso —dije—, pero luego me confesó algo más.

—¿Qué fue lo que te dijo?

La madre de Pedro llegó con un trozo de pastel de chocolate y lo puso sobre la mesa, al lado la taza de té.

—Me dijo que el padre Cipriano lo tenía amenazado —solté—. Pedro me contó que abusaba de él.

Frente a mí, el rostro del señor Lines pareció quedarse petrificado.

—Pero ¿qué estás diciendo? —dijo la madre.

—Pedro me dijo que quería quitarse la vida —proseguí—, que quería suicidarse.

—¡Eso no es verdad! —negó la madre.

—Cipriano lo tenía amenazado, él sabía que podía manipularlo a su antojo, porque Pedro no era como el resto de los alumnos. Era más débil.

—Eso no es verdad —dijo la madre que ahora se había puesto a llorar—, el padre Cipriano jamás haría algo así.

—Todos en el colegio hemos pasado por alguna situación embarazosa con Cipriano —dije—. Pero yo, no era consciente de eso hasta que me lo confesó Pedro.

Durante unos segundos nos quedamos en silencio, la madre de Pedro se había desplomado en el sofá, al lado de su esposo. La verdad es que me sentí algo más aliviado cuando se lo confesé. Fue como quitarme un peso de encima.

—¿Quién te crees que eres? —dijo entonces el señor Lines y ahora el sorprendido era yo—. Te abrimos la puerta de nuestra casa, vienes aquí y nos dices estas estupideces, estas barrabasadas.

—Perdón, señor Lines, sé que su hijo está muerto, pero era mi obligación decírselo —me defendí—, no podía quedarme callado.

—¡Quiero que te vayas ahora mismo de mi casa! —dijo poniéndose de pie—. ¡No tienes derecho a ofendernos de esta manera!

—Solo estaba tratando de decirles la verdad: Pedro no murió por un accidente, se suicidó. Me hubiera gustado haber estado esa semana en el colegio para poder decirle que no lo hiciera. Pero me habían suspendido.

—Espera —dijo la madre—, ¿fuiste tú quien cometió la blasfemia en la capilla del colegio? ¿Fuiste tú el que hizo esa horrenda cosa a la sagrada imagen del Señor?

—Sí, pero lo hacía justamente porque estaba un poco harto de ese doble discurso de las autoridades del colegio...

—¡Lárgate! —gritó el padre de Lines con energía y levantándose del sofá—, ¡vete de aquí! No queremos volver a verte nunca más. ¡Quién te habrás creído que eres, muchachito del demonio, venir a contar estas horribles mentiras a nuestra casa!

Ya me había puesto de pie y comencé a dirigirme a la puerta.

—Yo misma voy a llamar al padre Cipriano ahora mismo —declaró la madre de Lines—, y a decirle lo que vas contando por ahí de él.

El padre de Lines caminó detrás de mí, prácticamente me estaba empujando fuera de su casa. Antes de cruzar el umbral, vi que en la parte superior del portal había una cruz encerrada en un círculo.

—Nunca más vuelvas a aparecer por aquí —dijo echándole llave a la reja que daba a la calle.

—Solo quería que supieran la verdad —dije—, Pedro era un buen chico y no se merecía eso.

El señor Lines ya se había dado media vuelta, se metió en su casa y la cerró. No sé qué hora era, pero no faltaba mucho para que cayera la noche. No sabía adónde ir, tenía la extraña sensación de que en ese momento podía ir a cualquier sitio. Estaba cerca de la casa de Rita y fui a buscarla. Me acerqué a la puerta de su edificio y cuando me disponía a tocar, se apareció una chica con un uniforme celeste y una bolsa en la mano. Era la empleada que trabajaba en casa de Rita, la reconocí porque también estaba en casa el día de la fiesta de promoción.

—Vives con Rita, ¿no?

—Buenas tardes, joven —dijo la chica—, ¿viene a buscar a la señorita Rita?

—Sí, ¿sabes si está en casa?

—Creo que sí —dijo manipulando unas llaves para abrir la puerta principal—, ¿quiere pasar?

—Preferiría esperarla aquí —dije—, ¿puedes decirle que baje?

—Ahora mismo, ¿seguro que no quiere subir?

—La espero aquí.

El portero se asomó y le preguntó a la chica si estaba todo bien. Me di media vuelta y me senté en un sardinel que bordeaba un pequeño jardín. Mientras esperaba saqué un cigarrillo y lo fumé con un caramelo de menta en la boca. Al poco rato Rita se apareció.

—Facundo, ¿cómo estás? No sabía que estabas por aquí.

Lo primero que hice fue acercarme a ella y con mucha delicadeza le di un beso. Se veía muy guapa, era una chica realmente linda.

—¿Estás bien? —dijo, y nos sentamos.

—Sí. Bueno, acabo de estar en casa de los padres de Pedro Lines —dije—, vengo de ahí.

—¿En serio? —Me miraba fijamente, con esa mirada penetrante que tenía—. ¿Les contaste lo que te había dicho Pedro?

—Sí —dije—, pero no me creyeron.

—Cómo que no te creyeron —se sorprendió Rita—, ¿qué les dijiste exactamente?

—Lo que me había contado Pedro, tal cual.

—¿Y por qué no te creyeron?

—No lo sé, creo que no están preparados para oír la verdad. De hecho, se molestaron mucho de que les dijera algo así, creen que les estaba mintiendo. Hasta me echaron de su casa.

—No me lo puedo creer —Rita había pasado su mano por mi mejilla—; son unos idiotas.

—Son muy católicos —dije antes de hacer una pausa—. Los padres de Pedro son muy católicos. Cuando venía para acá, recordé algo que nos habían dicho en clase de religión. Eso de que los suicidas no van al paraíso.

—No creerás en esas cosas, ¿no?

—Claro que no, pero los padres de Pedro sí. Quizá por eso se molestaron tanto.

—Pero su hijo estaba siendo abusado por un hijo de puta, un cura de mierda que es un enfermo. —Rita había fruncido el ceño—. Si yo fuera ellos, ya estaría en el colegio quemándoles la iglesia.

—Esa sería una gran idea.

—¿Qué cosa?

—Nada, no importa.

Nos callamos.

—Me la pasé bien el sábado —dijo Rita, al cabo de unos segundos de silencio—. Fue una buena fiesta a pesar de todo lo que pasó y de las malas noticias.

—Puede que tengas razón, después de todo no estuvo tan mal.

—¿Y sabes qué vas a hacer después de Navidad y en verano?

—Era lo que venía a decirte.

—¿Qué cosa? —El rostro de Rita ahora mostraba curiosidad.

Vi que, de una de las calles adyacentes, una mujer salía de casa con un bolso en la mano y se metía a su carro mientras hablaba por su teléfono celular. Ahora los aparatos ya no eran tan grandes, se habían encogido un poco.

—¿Por qué no nos vamos de esta ciudad? —dije—. Larguémonos.

—¿Quieres decir en el verano?

—Sí, pero me refiero a irnos definitivamente. A otra ciudad, a otro país. No te cansa toda esta farsa.

—Sí —dijo Rita—. Pero ¿adónde nos vamos a ir?

—No sé, nos vamos fuera, al norte del Perú, al Cusco. Mi padre quiere que me vaya fuera y podríamos irnos a Buenos Aires o a Madrid. Cualquier sitio fuera de Lima.

—Pero...

—Podríamos estudiar en otro lugar, ese sería un buen pretexto, igual yo puedo buscar un trabajo y ya vemos la forma como nos ganamos la vida. Seguro que si les dices que quieres estudiar algo fuera, tus padres aceptan. O solo vente conmigo, sin decir nada. Yo ya lo hice una vez.

—Pero, Facu, yo aún estoy en cuarto —dijo Rita—, me falta un año para terminar la secundaria.

—Podrías hacer tu último año, no sé, en el norte del Perú, cerca de la playa y con un buen clima. No como esta neblina que es deprimente. Podrías terminar la secundaria en Máncora o Punta Sal. Seguro que hay colegios públicos que no costarían nada.

—No podría hacer eso, Facu —dijo Rita—, mis padres no me lo perdonarían.

—Podríamos irnos en autobús, o tirando dedo.

—Lo siento —dijo Rita.

—Yo podría ser tu caballito de mar —dije.

Rita me miró con tanta ternura que me hizo ver lo disparatado y ridículo de mi idea.

—Perdona —dije—, pero me gustas. Solo es eso.

Entonces Rita se acercó, me besó y me dijo:

—Aún hay tiempo. Solo estás pasando un mal momento.

—No sé si pueda quedarme aquí —dije—, y mi padre me ha dado la posibilidad de estudiar fuera.

—Me gustaría —dijo Rita—, pero yo no podría irme...

—Tienes razón, no sé en lo que estaba pensando. Hay cosas que realmente me superan.

—Creo que deberías ir a descansar, se nota que no estás bien.

—Cuando estoy contigo no tengo sueño —dije—, suelo quedarme dormido en todas partes, pero contigo no.

Rita se rio y un segundo después, alguien gritó su nombre desde una de las ventanas.

—Anda, descansa —me dio un beso y se puso de pie—; tengo que volver a casa. Mi madre y yo estamos con los adornos navideños.

—Tú sabes que Papa Noel se moriría de calor en una Navidad limeña. Con esa barba, ese traje y esas botas.

—Yo no creo en Papa Noel, pero tienes razón, aquí debería ir afeitado y en bermudas.

—Usa un trineo y aquí ni siquiera nieva.

—Mi papá dice que la Navidad y Papa Noel los inventó la Coca-Cola.

Ya se había alejado de mí y volvía otra vez a su casa, pero antes de que entrara escuché su voz.

—Lo siento, Facu. En serio.

Me di media vuelta y caminé en dirección al colegio. Había dejado mi bicicleta, así que fui a buscarla para irme a casa. Cuando comencé a pedalear por las calles de Lima, el tráfico había aumentado y el sonido de los cláxones y los gritos de los cobradores de micro hicieron que cogiera calles adyacentes para evitar el caos. En casa no había nadie. Solo Dolina que, al verme, se puso a llorar.

—¿Qué pasa? —pregunté—, ¿por qué lloras?

—Ay, niño, creo que algo ha pasado —dijo sollozando—, algo con tu hermana.

—¿Qué ha pasado con Alexia? —me alarmé y sentí que empezaba a sudar.

—No sé, pero tus papás la han llevado de emergencia.

—¡Mierda!

—Salieron hace como media hora —dijo Dolina—, tu hermana estaba sangrando.

—¿Adónde se la llevaron?

—Creo que a la clínica.

—Ya sé, pero ¿a cuál? —dije—. ¿Adónde fueron?

—No sé —dijo Dolina, que ahora lloraba desconsoladamente.

Cogí mi bicicleta e hice el camino de vuelta a San Isidro. Supuse que la habían llevado al mismo hospital donde estuvo Pedro Lines internado, así que pedaleé con todas mis fuerzas. No sé cuánto tiempo tardé en llegar. En el camino se me habían pasado por la cabeza los peores pensamientos y llegué aterrado. En otras circunstancias me habría quedado dormido, pero algo me mantuvo despierto. En la recepción de urgencias pregunté por Alexia y cuando me indicaron dónde estaba, comencé a correr. La primera que me vio fue mi madre. Se acercó llorando y me abrazó. Mi padre estaba detrás, iba con traje y corbata y se le veía más tranquilo.

—¿Qué es lo que ha pasado? —pregunté.

—Tu hermana... —Mi madre sollozó, y no pudo terminar la frase.

—Ha perdido al niño —dijo mi padre.

Mamá seguía recostada sobre mi hombro, y durante un segundo miré directamente a los ojos a mi padre que había apretado los labios, como lamentándose en silencio.

—Y Alexia —dije—, ¿está bien?

—Se va a poner bien, tuvo una hemorragia muy fuerte y va a tener que pasar la noche aquí.

—¿Se le puede ver?

—Dice el doctor que aún está adormilada —explicó mi padre—, pero nos dijo que en breve podíamos entrar a verla.

Tomé aire y traté de no perder la calma. Sentí que necesitaba salir un momento.

—He dejado mi bicicleta tirada fuera. Ahora vuelvo.

Salí de urgencias y uno de los enfermeros tenía la bicicleta.

—¿Es tuya? Ten cuidado que te la roban.

—Gracias —dije, y la amarré en la entrada del hospital.

Antes de volver a ingresar, encendí un cigarrillo y comencé a fumar alejado de las luces de la clínica y escondido entre dos carros. No recuerdo cuánto tiempo pasó entre que salí y volví a entrar. Cuando regresé, papá y mamá salían de verla. Me dijeron que podía pasar menos de cinco minutos, porque Alexia necesitaba descansar.

Alexia estaba boca arriba, en una camilla ligeramente elevada. A su lado tenía una sonda que iba conectada a su brazo derecho.

—Hola —le dije cuando me acerqué—, soy Facundo.

—Facu —giró su cabeza hacia mí—, ven.

—¿Cómo te sientes? —Le di un beso en la frente.

—Como si me hubieran vaciado —sus ojos se abrían y se cerraban muy lentamente, como si parpadeara en cámara lenta—, es muy extraño.

—¿Te duele mucho?

—Ahora ya no tanto, pero al principio sí, mucho.

—El doctor le ha dicho a papá que mañana ya vas a estar en casa —dije—. Solo tendrás que pasar una noche en la clínica.

—Por lo menos aquí no hay televisión —dijo ella con una media sonrisa—, y no voy a tener que aguantar a Dolina y el programa de Lara Bosfia.

—Dolina estaba llorando —dije—, estaba muy asustada.

—Dile que voy a estar bien.

Al lado de la cama vi uno de esos aparatos que iban marcando las señales del corazón.

—¿Sabes una cosa, Facundo? —La voz de Alexia sonaba muy tenue—, yo no quería, no fui yo. No sé lo que pasó.

—Tranquila —dije pasando mi mano por su cabeza, y apreté los dientes para no ponerme a llorar—, no tienes que explicarme nada. No tienes que explicarle nada a nadie. Lo más importante es que estés bien y que te recuperes.

—Acabo de soñar contigo. —Alexia hizo una pausa—. Te vi haciendo lo que hiciste en la capilla. Lo vi clarito. Ahora entiendo por qué lo hiciste.

Cuando hablaba, parecía esforzarse más de lo normal.

—Lo hiciste por mí, ¿no? Porque no querías que me obligaran a hacer algo que yo no quería.

Me quedé en silencio mientras la observaba.

—Pero sabes una cosa, yo no conozco la capilla de tu colegio.

Sonreí, aunque por dentro estaba que me rompía en pedazos.

—¿Alguna vez te ha pasado eso?

—¿Qué cosa?

—Que sueñas con cosas que nunca has visto en la vida real.

—Todo el tiempo, y créeme que yo duermo mucho.

—Por eso te lo pregunto —dijo Alexia sonriendo—, quién mejor que tú para hablar de sueños. Tú solo querías llamar la atención para que toda esa mierda religiosa no me obligara a hacer cosas contra mi voluntad. Solo estabas molesto con ese doble discurso de los curas y sisters de tu colegio. —Hizo una pausa, para luego agregar—: Gracias.

Me acerqué y le di otro beso en la frente.

—La verdad es que creo que voy a dormirme muy pronto —dijo Alexia cogiéndome de la mano y esbozando una sonrisa con los ojos cerrados—, como tú.

Cuando salí, no había nadie. Parecía que iba a dormir toda la noche y me quedé tranquilo. En el pasillo pensé que me encontraría con mis padres, pero no los vi, así que salí a buscar mi bicicleta y volví a casa, donde Dolina seguía sollozando. Le dije que se calmara, que mi hermana estaba mejor. Me preguntó si tenía hambre, pero le dije que no, que prefería irme a dormir. No sé qué hora era cuando me fui a la cama.

El día siguiente era el último de clases y aunque hubiera podido no ir, decidí hacerlo. Al entrar en el cole, advertí que todos estaban un poco excitados en el patio. Lo primero que me preguntaron fue cómo me había ido con los padres de Lines la tarde anterior; ahora todos hablaban de Pedro Lines y de cómo se había quitado la vida.

—Parece que no era el único —dijo Salcedo, que estaba con Miguel de Sanz, el niño que había llegado con los calcetines blancos el día que encontraron un cigarrillo en mi camisa, y Arturo Torrecillas, que había aparecido en la enfermería el día que Sandra me contó la historia de las hermanas que en verdad eran madre e hija. Ambos eran de primero y ahora denunciaban lo mismo que Lines.

—Todos están de acuerdo en que hay que hacer algo con respecto a lo que hizo Cipriano —dijo Perico Soler—. Esto no se puede quedar así.

—Hay que quemar a Cipriano —soltó Madueño.

—Yo estaría de acuerdo —dijo Lucho Salcedo.

El timbre sonó, y tuvimos que entrar en las aulas. Las primeras horas transcurrieron volando. Como las clases ya habían terminado, solo nos dedicamos a conversar, pero todos estábamos inquietos. Un alumno de quinto C entró con una toga en las manos y me pidió que me la probara. Esa noche iba a ser la ceremonia de graduación y tenía que comprobar que la toga me quedaba bien. La verdad era que no sabía si iba a ir a la ceremonia. No estaba con muchos ánimos de hacer ninguna celebración. Lo que sí sabía era que tan pronto como saliera por la puerta de salida del colegio no iba a regresar más. Justo antes de que el timbre del primer recreo sonara, uno de los chicos de Pastoral entró y se acercó al escritorio de la profesora. Poco después, la profe me llamó y me dijo que el padre Cipriano quería verme en su oficina. Cuando el resto de la clase escuchó el nombre de Cipriano, guardaron silencio. No tuve más remedio que ponerme de pie y caminar hacia la puerta. Antes de salir, giré la cabeza y vi a Perico Soler, que me hizo un gesto con la mano que me transmitió tranquilidad. Caminé por los patios que, con el sonido del timbre que daba inicio al recreo, comenzaron a llenarse de alumnos.

Toqué la puerta, y Cipriano me dijo que pasara.

—Siéntese —me dijo, recostado sobre su asiento.

Lo hice. Aunque podía intuir por qué me llamaba, tenía cierta duda.

—He recibido una llamada —dijo mirándome con sospecha—, en la que me han contado que está usted diciendo una serie de mentiras respecto a Pedro Lines, que en paz descanse. ¿Tiene alguna idea de quién me ha llamado?

Me quedé en silencio.

—Ha sido la propia madre de Lines quien ha cogido el teléfono —continuó Cipriano con el codo apoyado en su silla y la mano hacia arriba—. ¿Es cierto que ayer estuvo usted en su casa?

Lo miré fijamente y no dije nada.

—Responda —dijo pellizcándose las uñas con una sola mano, lo que producía un sonido bastante irritante—. ¿Estuvo en casa de Lines, ayer?

—Sí —dije—, fui a ver a sus padres.

—¿Y se puede saber para qué?

La mirada de Cipriano era fulminante y feroz.

—Responda —insistió—, ¿para qué fue a su casa?

—Para decirles la verdad.

—¿Qué verdad?

—Que lo de Pedro no fue un accidente.

—¡Sí fue un accidente, señor Lescano! —Cipriano había acercado su cuerpo al escritorio—. Estaba limpiando el arma de su padre y se le escapó un tiro.

—Pedro Lines no murió en un accidente, se suicidó. Se mató por su culpa.

El padre Cipriano soltó una carcajada forzada.

—¿Y se puede saber de dónde saca esa idea?

—Me lo confesó el propio Pedro.

En el escritorio había varias imágenes religiosas.

—Mira, muchacho, ahora estás acabando el colegio y terminando el año —dijo volviendo a la calma y tuteándome por primera vez—. Lo más probable es que, una vez fuera, entres en una universidad, estudies una carrera y seas un profesional, ¿no? Pero déjame decirte una cosa, en la vida hay dos tipos de hombres —había entrelazado los dedos de sus manos—, los píos y los impíos.

Mientras hablaba, trataba de encontrar algo en su cara, en su mirada o en su forma de ser que me llevara a comprender por qué hacía lo que hacía.

—Además están los astutos y los tontos —siguió hablando—, los tontos son los que echan a perder sus oportunidades, aquellos que no son capaces de diferenciar lo que les conviene y lo que no. Los perdedores, en definitiva. Pero también están los astutos, los que saben qué es lo mejor para ellos, los que saben qué terrenos pisar y qué terrenos no pisar. ¿Me entiendes?

Pero ya no le tenía miedo, nada de lo que me dijera podía amedrentarme.

—Y en tu caso, Facundo, que, imagino, querrás ser un hombre pío y astuto, sabrás que lo que fuiste a contarles a los padres de Lines no ha sido muy inteligente. —Cipriano insistía en mostrarse tranquilo—. Ni siquiera los padres de Pedro han creído tu mentira.

—No es una mentira, es la verdad, y usted lo sabe.

El timbre que indicaba el final del recreo sonó.

—Entonces veo que me vas a obligar a tomar medidas —dijo Cipriano—. Medidas muy drásticas.

—Haga usted lo que quiera, ya no soy alumno de este colegio.

—En teoría aún lo eres, no te has graduado todavía.

Sabía que estaba tratando de asustarme, como si fuera un niño. Fue cuando entendí que eso era lo que siempre había hecho durante todos esos años de colegio: asustarnos. Comprendí que no hay nada como el miedo para hacer que la gente haga lo que uno quiere.

—Sabes una cosa —dijo—, debí haberte expulsado definitivamente cuando hiciste lo de la capilla.

—Debió de haber actuado de forma más astuta, padre —repliqué—, parece que ni usted mismo es capaz de hacer lo que predica.

—Usted se cree muy listo, ¿no? —Cipriano volvió a tratarme de usted—. Se cree que está por encima del resto.

—No creo nada, lo único que creo es que Pedro Lines se suicidó por su culpa. Y no soy el único que lo cree.

—¿A qué se refiere?

—Pedro Lines me contó que vivía aterrorizado por sus amenazas —dije—. Y no era el único, al parecer.

Comenzamos a escuchar unos gritos que venían de fuera. Eran las voces de muchos alumnos que decían: «¡Justicia para Lines!». Cipriano levantó la cabeza y su expresión, que mostraba calma y control, cambió en un segundo.

—¿Qué es lo que quiere, Lescano? —La voz de Cipriano se había alterado, por primera vez mostraba temor—. ¿Qué busca?

Me puse de pie y él hizo lo mismo. Afuera, los gritos seguían: «¡Justicia para Lines!». «¡Cipriano la reconchadetumadre!» «¡Vas a pagar por lo que nos has hecho!» «¡Hijo de puta!»

—¿Qué se siente al tener miedo? —pregunté.

—¿Qué quiere Lescano? —Cipriano, con algo de terror en el rostro, cogió unas llaves de su escritorio y se dirigió a una puerta que estaba en la parte posterior de su oficina y que conectaba con la zona de la parroquia donde estaban sus aposentos.

—¡Te vamos a quemar vivo, Cipriano! —se oyó desde el patio.

—Se lo están gritando —dije—. Lo está oyendo. Eso es lo que queremos.

Cipriano desapareció por la puerta y la cerró tras de sí. Cuando salí de la oficina, me encontré no solo con toda la promoción de quinto, sino también con muchos alumnos de otros años que, de alguna manera, se sentían identificados con lo que le había pasado a Pedro Lines. Para cuando estuve en el patio, Fernando Madueño, junto con los de quinto A, habían prendido fuego a las carpetas y pupitres que había en las aulas. Las habían sacado afuera y habían hecho una ruma con ellas. Había tanta furia en todos nosotros que ni si siquiera los profesores se atrevieron a hacer algo. Joselo, de quinto C, al ver las llamas, no tuvo mejor idea que sacar todo su arsenal de cuetones y ratas blancas que tenía escondidos en su mochila y lanzarlos al fuego, lo que ocasionó una serie de explosiones estruendosas. Fue como si un vendaval de rabia se hubiera apoderado del colegio, y cuando Albiol y el director del colegio hicieron su aparición para saber qué era lo que estaba pasando, la turba se había dirigido a la oficina de Pastoral en busca de Cipriano. Entonces, Fernando Madueño subió a la torre desde donde Albiol nos hablaba todos los lunes y cogió el micrófono, lo encendió y dijo lo que todos sabíamos:

—Lo hacemos en nombre de Pedro Lines. Cipriano, si nos estás oyendo, ¡la vas a pagar, concha tu madre!

No sé cuántas carpetas se quemaron, pero fueron las suficientes para hacer que todas las autoridades del colegio se replegaran y se intimidaran. Mientras contemplaba el colegio en llamas y a las autoridades asustadas ante nuestra furia, vi a Miss Marlene y recordé las batallas por la independencia y las sublevaciones previas a la independencia que nos había enseñado en clase.

—Y ahora, ¿qué hacemos? —me preguntó Perico Soler—. No encontramos a Cipriano. Hay que entregarlo para que pague por lo que ha hecho.

No lo hizo realmente. Nadie, ninguna autoridad hizo nada contra Cipriano. Y la verdad es que el motín no duró mucho, tampoco, pero fue hermoso mientras sucedió. Cuando llegaron los bomberos y apagaron el fuego, ya muchos padres habían hecho su aparición y el padre Cipriano, que se había escondido en algún lugar del colegio, se atrevió a decir, luego, cuando los padres comenzaron a hacer preguntas, que el incidente no había sido más que una última travesura antes de terminar el año. No quiso tomar represalias contra nadie, porque sabía que no estaba en condiciones de hacerlo, pero, si realmente quieres saberlo, para mí, ver durante un segundo tanto miedo en su rostro valió la pena.

Aunque las cosas llegaron a saberse en la Conferencia Episcopal, nada pasó. Durante esos días parecía como si hubiera un acuerdo tácito en todo el país, por el que había quienes quedaban inmunes ante cualquier tipo de represalia o castigo. Se hizo lo posible para que la noticia del motín no llegara a los medios de comunicación y no fuera a más. No era muy difícil, ya que ni siquiera los propios padres de las víctimas creían en lo que Cipriano les había hecho a sus hijos.

Meses después, Cipriano tuvo que abandonar el colegio; lo mandaron al extranjero, pero esa noche se celebró la ceremonia de graduación como si nada hubiera pasado. Mis padres estaban tan preocupados por lo que le había pasado a Alexia que ni siquiera se acordaron de que se celebraba mi graduación. Para mí fue mejor, porque así no me sentía en la obligación de ir. Aun así, decidí acercarme al salón de actos, donde vi cómo todos mis compañeros iban con las togas puestas mientras sus padres les hacían fotos. Todo seguía igual. Nada parecía haber cambiado.

—Facundo —escuché de repente—, ¿adónde vas?

Era Perico Soler.

—¿No vas a entrar? —me preguntó vestido completamente de azul—. Tu toga te está esperando.

—No creo. No sé si sea una buena idea.

—¡Perico! —escuchamos una voz de una mujer. Era su madre—. ¡Es hora de entrar!

—Anda, vamos —me dijo Perico—. Esta mañana hemos hecho historia y lo mejor de todo es que nadie nos va a castigar por ello. Vamos a graduarnos.

Pero no lo hice. No entré. En vez de eso, caminé y caminé hasta llegar al acantilado en el que la ciudad se termina y empieza el Pacífico. Era de noche, pero al fondo, a lo lejos, se veían unas luces que venían del cerro, donde estaba el Morro Solar. Pensé en los días que estaban por venir: el verano, Rita, la universidad y la posibilidad de irme fuera del país. Hubiera querido tener las cosas claras, pero lo único que sabía era que ya nada volvería a ser como antes. No sé por qué, pero al escuchar el sonido del inmenso mar que me recordaba lo insignificante que era, sentí un estremecimiento, como si estuviera a punto de explotar, y todas las emociones contenidas que había experimentado esas últimas semanas se volvieran reales. Por un momento, pensé que caería presa del sueño, pero no fue así, y mientras escuchaba los latidos de mi corazón, que parecían tener la misma intensidad que los latidos que uno oye cuando está dentro del vientre de su madre, contemplé el horizonte.

Entonces, sin dejar de mirarlo, intenté no llorar, no quedarme dormido.

Este libro acabó
de imprimirse
en Barcelona
en febrero de 2021

«Para viajar lejos no hay mejor nave que un libro.»

EMILY DICKINSON

# Gracias por tu lectura de este libro.

En **penguinlibros.club** encontrarás las mejores
recomendaciones de lectura.

Únete a nuestra comunidad y viaja con nosotros.

penguinlibros.club

Penguin
Random House
Grupo Editorial

 penguinlibros